헤르메스

HERMES

헤르메스

HERMES

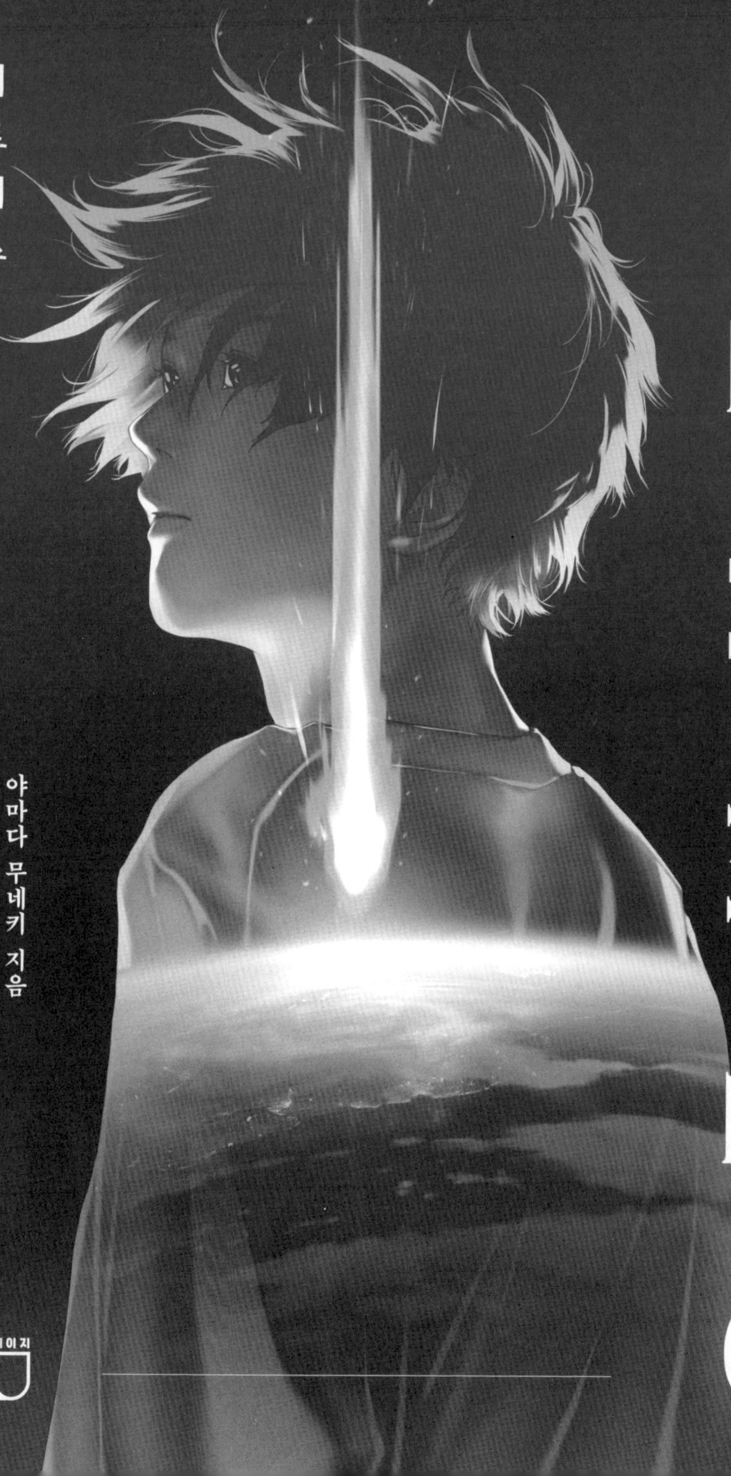

야마다 무네키 지음
김진아 옮김

빈페이지

일러두기
1. 모든 각주는 옮긴이 주입니다.
2. 내용 특성상 일본어 표현을 일부 살렸습니다.

차 례

인류는 모순된 것을 믿는 훌륭한 재능이 있다.

- 유발 노아 하라리,《사피엔스》

제 1 부

제1장
기묘한 욕망

1

아아, 이 사람도 마찬가지구나.

"꼭 이곳을 떠나야 하나요?"

갈라진 목소리로 말하며 한숨을 토해내는 얼굴은 창백하게 질려 있다. 길기 시작한 짧은 머리에도 희끗희끗한 게 보인다.

그가 입고 있는 것은 옅은 크림색 셔츠와 바지. 거기에 남색 숄을 비틀어 허리에 감은 그 모습은 이제 매우 일반화된 차림 새다. 발등과 뒤꿈치를 벨트로 조이는 형식의 갈색 샌들. 상당히 오래 신어서 낡았다.

세라 와타루는 손에 든 자료를 보며 다시 한번 이름을 확인한 다음, 부드러운 음성으로 물었다.

"다나다 씨는 여길 나가고 싶지 않으신 거네요?"

자료에 의하면 다나다 유키오는 현재 47세. 상담실을 이용하는 건 처음이었다.

"그런 생각이 든 건 언제부터였나요?"

"시간이 1년 남짓 남았을 때부터였어요. 점점 그런 마음이 들더군요."

오랜 시간 교도소에 복역한 사람은 형기를 마치고 출소하는 것을 두려워한다고 한다. 내가 있을 곳이 없는 자유로운 사회로 나가기보다 설령 자유는 없더라도 익숙한 폐쇄 공간을 더 편안하게 느끼기 때문이다. 그리고 적어도 교도소에 있으면 의식주 걱정은 하지 않아도 된다.

그러나 이곳은 교도소가 아니다.

그가 이곳에 들어온 건 본인의 열렬한 의지만이 아니라, 높은 확률을 돌파한 결과이기도 하다. 이곳은 공동체로서의 규칙은 있지만, 그것 이외에는 행동의 제한도 없고 의식주도 보장되어 있다. 물론 중간에 포기하고 나가는 것도 얼마든지 가능하다.

그러니 어쩌면 나가고 싶지 않은 것도 당연할지 모른다는 생각이 들겠지만, 문제는 이곳이 쾌적함과는 매우 거리가 먼 주거 환경이라는 점이다. 안 그래도 엄청난 압력에 시달리는 장소인 데다가 시설 내 공기는 불쾌감을 느끼게 하기 일보 직전의 기온과 습도를 간신히 유지하고 있고, 음식에 관해서는 화제로 삼을 수준도 되지 못한다. 솔직히 요즘 교도소보다 훨씬 열악한 장소다. 나갈 수만 있다면 빨리 나가고 싶은 마음이 일반적일 것이다.

그래도 참가자 모집에 수많은 사람이 몰렸고, 그러면서 그들이 이 장소에 머무르려 하는 건 보상금이 상식을 벗어난 엄청난 액수였던 까닭이다. 예정된 기한을 무사히 만료하고, 그 시점까지 포기하지 않고 남은 사람들은 모두 엄청난 자산을 쥐고 사회로 복귀할 수 있다. 그러니 그날을 학수고대하고 싶을 수는 있어도 두려워할 일은 없을 터이다.

그런데 최근 한 달 동안 이곳에의 생활이 끝난다는 것에 대한 불안감을 입에 올리는 사람이 연이어 나타났다. 세라가 담당한 사람만 해도 벌써 다섯 명이다.

"왜 그렇게 생각하시죠?"

"왜냐니, 그거야 당연히⋯⋯."

다나다 유키오의 눈에 분노의 불꽃이 튄다. 그러다 그게 사라진 후 남은 건 실망이었다.

이 시설에 멘털 케어 전문가로서 배치된 건 네 명이지만, 시설 설립 당시부터 업무를 맡았던 이는 세라와 또 다른 한 명뿐이다. 가토 고쥬로라는 다소 예스러운 이름을 가진 그는 세라보다 스물네 살 이상이나 나이가 더 많은 인물로, 심리 상담사로서의 경력도 상당히 길다. 그래서 세라는 분석하기 어려운 상담 사례가 생기면 우선 가토에게 의견을 묻곤 했다.

"그래, 나한테도 비슷한 상담이 몇 건 들어오긴 했지."

가토가 팔짱을 낀 채 천장을 올려다보자 그의 체중을 실은 책상 의자가 가볍게 삐걱거리는 소리를 냈다.

"이걸 어떻게 해석하면 좋을까요?"

세라도 마찬가지로 팔짱을 끼고 의자 등받이에 몸을 기댔다. 사무실은 분명 크기도, 구조도 자신의 것과 똑같을 터인데 이상하게도 가토의 사무실은 언제 와도 널찍하게 느껴진다. 정리 정돈을 잘해서가 아니라 높은 곳에까지 물건을 두지 않는 등 공간이 넓게 보이도록 적절히 조절해서 그런 모양이다.

"한마디로 '반 편성에 대한 불안' 같은 게 아닐까?"

그는 1분 정도 가만히 생각하다가 팔짱을 풀며 물었다.

"자네는 그런 적 없어? 중학교나 고등학교 때 분위기 좋은 반에 들어간 경험 말이야."

윤기 나는 은발을 가운데 가르마로 가른 모습의 가토는 늘 안경 너머로 평온한 눈빛을 보이고, 언성을 높이는 일이 결코 없다. 덩치가 작고 마른 체형이지만, 등에 철심이라도 들어간 것처럼 자세가 꼿꼿하여 설령 강풍이 불어도 쉽게 날아갈 것 같지 않았다.

"학생들끼리 모두 친하게 지내면서 서로 돕고, 문화제 같은 행사에서는 반이 하나로 단합하지. 물론 괴롭힘 따위도 없어. 담임 선생님의 성격이나 학생 개성의 균형 같은 다양한 요인이 좋은 방향으로 작용하면 종종 그런 일이 있긴 해. 그런 반에서 1년을 지낸 학생은 반 친구들과 헤어지길 싫어해서 그 반 그대로 진급하길 갈망하게 되지."

"그럼 지금 그런 현상이 일어나고 있다는 뜻인가요?"

"이곳은 공동체로서 이미 성숙해진 상태고, 특히 최근 2년은 특히 안정세를 보이고 있어. 그러니 거주자가 이 장소를 불편하게 느낄 리가 없지. 이쪽 세계에서 나가야 한다니까 불안감을 다소 느끼는 건 매우 자연스러운 일이야."

하지만 곧 그는 '다만' 하고 말을 덧붙였다.

"이 현상은 아주 일시적인 것이라고 봐. 이곳 주민들도 냉정히 생각해 보면 이곳에 계속 있을 수는 없다는 걸 이해하게 되겠지."

그러고는 부드러운 눈웃음을 지었다.

"어쨌든 변화를 싫어하는 건 인간에게 완전히 들러붙은 습성 같은 거야. 설령 그게 좋은 변화라고 할지라도. 인간의 마음은 모순덩어리니까."

세라도 이제 알겠다는 듯 고개를 끄덕였다.

"감사합니다. 이제 월보月報를 쓸 수 있을 것 같아요."

"그럼 다행이고. 그런데 자네는 내일부터 휴가일 텐데 여기 있어도 되나?"

"월보 작성을 마무리 짓고, 20시 편으로 출발하려고요."

"20시? 너무 늦는 거 아닌가?"

"늦을 것 같으면 셔틀 안에서 쓰면 되죠."

가토는 자네도 여전하다는 듯 미소를 지었다.

"그럼 푹 쉬고 돌아오게. 이제 얼마 남지 않았으니까."

세라는 가토에게 다시금 감사 인사를 한 후 자리에서 일어났다.

복도로 나가자 발밑이 간신히 보일 만큼만 조명 빛이 켜져 있었다. 어스름이 조용히 내려앉아 있다.

"그래, 이제 얼마 남지 않았으니까."

왜 자신은 이곳에 있는 걸까? 머리에서 가끔 문득문득 떠오르는 의문을 떨치고, 넓은 복도를 걸어 옆에 있는 문으로 들어갔다. 두 시간 정도 전까지 다나다 유키오가 있었던 상담실을 지나 자신의 책상으로 돌아간 세라는 월보 작업을 마저 이어나갔다. 가토와 대화를 나눈 덕분에 머릿속이 정리되어 작성에 시간이 그리 오래 걸리지 않았다. 다만 마음에 걸리는 건 다나다 유키오가 보였던 시선이었다. 자신의 질문 방식이 안 좋았던 걸까? 그 부분은 앞으로의 반성할 점으로 삼아야겠다.

다 작성한 월보를 송신한 세라는 한숨 돌릴 새도 없이 사무실의 불을 끄고 나왔다.

복도에는 사무실 문이 네 개 늘어서 있고, 각 사무실에는 상담실이 설치되어 있다. 세라의 사무실은 2호실로, 왼편에 있는 1호실이 가토의 사무실이다. 그 훨씬 앞에는 중앙 엘리베이터 홀이 있고, 지금은 그곳만 밝다.

세라는 중앙 엘리베이터와는 정반대 방향으로 걸음을 옮겼다. 흰 벽에 부딪쳐 울리는 자신의 발소리를 들으며 막다른 벽 앞에 섰다. ID 인증이 되자 벽이 소리 없이 좌우로 열린다. 여기서부터 안쪽은 서포트 스태프 전용 거주 구역이다. 천장에 설치된 LED 전등이 복잡하게 얽힌 복도와 거무칙칙한 흔적이 도드라진 벽, 그리고 즐비하게 늘어선 각 방의 문을 비추고 있다.

거주 구역으로 돌아오자마자 바로 공기의 차이가 느껴졌다.

이곳이 위생적인 대처는 완벽히 되어 있긴 하나, 그래도 오랜 시간 동안 스며든 생활 속 냄새는 어찌할 도리가 없다.

세라의 방은 20제곱미터 정도의 넓이로, 갖춰진 설비라고는 침대와 책상, 옷장, 그리고 그나마 뜨거운 물이 나오는 단출한 세면대가 전부다. 물론 창문도 없고, 욕실과 화장실은 공용이다. 쾌적하다고 보긴 어렵지만 그런 이곳과도 잠시 작별이라는 생각에 약간의 아쉬움을 느끼는 것만 봐도, 역시 사람의 마음은 모순덩어리가 맞는 듯하다.

청소나 쓰레기 배출은 다 끝냈다. 짐도 어제 다 꾸려 뒀다. 짐이라고 해봤자 각종 디바이스나 개인용품, 좋아하는 책 몇 권뿐이다. 기본적인 소모품은 지급되는 것을 쓰고 있고, 상담에 필요한 서적이나 자료는 모두 사무실에 두고 있다.

짐을 들고 방을 나와 서포트 스태프 전용 구역 더 안쪽으로 나아가자 엘리베이터 홀이 나왔다. 중앙 엘리베이터 홀에는 여덟 대의 엘리베이터가 가동되고 있지만, 이곳은 단 두 대뿐이다. 문이 열린 엘리베이터를 타고 목적지를 지정했다.

세라는 최상층에서 내려 바로 강화 유리로 된 하이 플랩 보안 게이트를 빠져나와 좁다란 통로로 들어갔다. 이 통로 벽에는 문도 전혀 없고, 흰 공간만 똑바로 뻗어 있을 뿐이다. 그러나 세라는 이곳에 오면 늘 이제야 밖으로 나가는구나 하는 마음에 종종걸음으로 걷게 된다. 통로 출구에 있는 두 번째 보안 게이트를 통과하여 나가자, 이때까지의 조용함은 온데간데없이 사라지고 사람들의 대화 소리나 기척이 내는 소란스러움으로 가득 찼다. 드디어 스테이션에 도착했다.

스테이션은 올려다봐야 할 정도로 높은 원형 공간으로, 지금 세라가 통과한 것과 똑같은 보안 게이트가 원둘레 위로 여덟 곳에 설치되어 있다. 중앙에는 지름 30미터 정도 되는 거대한 원기둥이 천장을 꿰뚫은 채로 솟아 있고, 그 원기둥 바깥쪽을 둘러싼 낮은 펜스에는 로우 플랩 간이 게이트가 1번부터 4번까지 설치되어 있다. 펜스 바깥에는 세 명이 앉을 수 있는 로비용 의자가 마치 원형 극장 관객석처럼 늘어서 있고, 지금은 4번 게이트 앞을 중심으로 서포트 스태프들이 앉아 있다. 그들이 입은 옷을 보면 담당 부서도 알 수 있다. 세라와 같은 흰색은 메디컬 및 멘털 케어, 오렌지색 작업복은 전력, 녹색은 식량 생산, 파란색은 위생 관련, 하늘색은 색만 봐도 알 수 있겠지만 급수, 회색은 냉난방, 남색은 보안. 모두 20시 출발편 셔틀을 기다리는 중이다.

"세라 선생님, 휴가 가시나 봐요."

밝은 목소리로 말을 건 이는 오렌지색 작업복을 입은 남자였다. 이름은 곤도 다다시. 서른 즈음 나이의 발랄한 성격을 가진 사람이다. 동료들로부터는 '곤 짱'이라고 불린다. 그가 이곳에 온 건 4년 전쯤으로, 그 이후 서포트 스태프 친목회에서 몇 번 정도 대화를 나눈 적이 있었다.

세라는 네, 하고 미소로 답하며 그의 옆자리에 앉았다. 세라처럼 거주 구역에 머무는 것이 아니라 출퇴근에 가까운 형태로 일하는 사람도 많다. 곤도도 마찬가지다. 그 부분은 업무의 종류나 형태에 따라 다르다.

"이게 마지막 휴가가 되겠네요."

"그러게요. 이제 정말 얼마 안 남았다는 느낌이 들죠?"

시설에서 지인과 만나면 늘 이런 화제로 이야기를 주고받는다.

"이제는 사람도 많이 줄어서 분위기도 좀 쓸쓸하네요."

"특히 세라 선생님은 이곳이 설립됐을 때부터 계셨으니까 감개무량하시겠어요."

그런 대화를 나누는 사이에 탑승할 시간이 됐다.

　- 타워 4번 탑승구가 열립니다. 이용하실 승객께서는 4번 게이트로 탑승해 주시기 바랍니다.

일본어가 나온 후, 영어로도 같은 내용의 안내방송이 흐른다. 타워라는 건 중앙에 우뚝 선 그 거대한 원기둥을 말한다. 간이 게이트에 대응한 네 곳에 각각 탑승구가 있는데, 1에서 4까지 숫자가 크게 적혀 있다.

숫자 '4' 아래에 있는 곡면 형태의 문이 가운데로 갈라지며 좌우로 열린다.

로비용 의자에 앉아 있던 사람들이 일어나 4번 간이 게이트로 향했다. 세라와 곤도도 줄을 서서 마지막 확인 절차를 통과하고 4번 탑승구를 통해 원기둥 안으로 들어갔다. 그러나 아직 여기까지는 마치 대기실과 같은 곳으로, 더 안으로 들어가서 터널과 같은 입구를 통과해야 세라와 다른 사람들이 탈 셔틀

이 나온다. 셔틀이라고 해봤자 넓이는 50제곱미터 정도의 정사
각형 바닥에 팔걸이와 등받이가 달린 1인용 좌석 36인석이 질
서정연하게 늘어서 있을 뿐인 살풍경한 방으로밖에 보이지 않
지만 말이다.

세라는 자신의 예약 번호를 확인한 후 자리에 앉아 안도의
한숨을 내쉬었다. 좌석에 안전벨트는 장착되어 있지만, 어디까
지나 만약의 사태에 대비했을 때를 위해서지 일반적으로는 쓸
일이 거의 없다. 각 좌석 아래에 수납된 산소마스크도 마찬가
지다.

안내방송이 출발 시각이 됐음을 알렸다. 3중문이 입구를 닫
아 밀폐 상태를 만든다. 잠시 후, 발밑에서 낮은 진동이 전해지
며 셔틀이 서서히 상승하기 시작했다.

전방에 위치한 작은 모니터에 표시된 네 자리 숫자는 지상까
지의 거리를 의미한다. 단위는 미터. 현재는 3천 미터. 도착까지
약 두 시간 반이 걸린다. 물은 급수기를 통해 자유롭게 마실 수
있고, 화장실도 뒤편에 두 곳이나 있다. 셔틀은 항공기가 아니
어서 계속 착석해야 할 필요도 없으며, 빈자리가 있으면 그곳
으로 옮겨 앉아도 된다. 도착할 때까지 승객들은 옆자리 사람
과 대화하거나 디바이스를 통해 게임을 즐기고 혹은 이어폰으
로 음악을 듣는 등 제각각 알아서 시간을 보내면 된다.

세라는 책을 펼쳤다.

처음만 해도 지상에 도착하는 두 시간 반이 너무나도 길게

만 느껴졌지만, 나름 시간을 보내는 법을 알게 된 후부터는 그게 별로 고생스럽게 느껴지지 않았다. 그래도 도착했다는 안내방송을 들으면 안도의 한숨이 쏟아진다. 이번에도 살아서 돌아왔구나, 하고.

"그럼 세라 선생님, 저는 이만 가볼게요. 휴가 즐겁게 보내고 오세요."

"네, 감사합니다."

셔틀에서 내린 세라는 곤도와 헤어지고 나서 탈의실로 가 그곳에서 3개월 만에 자신의 사물함을 마주했다. 흰색 유니폼을 클리닝 박스에 넣고 지급된 속옷을 한꺼번에 폐기한 다음, 서둘러 샤워부스로 들어갔다. 차가운 바닥에 맨발을 얹는 이 순간이 얼마나 감미로운지. 보디 숍과 샴푸를 듬뿍 짜 쓰고, 기분 좋은 뜨끈한 물을 실컷 맞으면 이제야 좀 살 것 같은 기분에 비명까지 지르고 싶어진다. 숨 한 번 제대로 못 쉬다가 이제야 공기를 제대로 들이마시는 느낌이 들었다.

마음껏 샤워를 즐긴 후, 사복으로 갈아입고 탈의실을 나섰다.

연결복도에 이르렀을 때 창문으로 쏟아지는 빛에 발걸음을 멈췄다. 지금 태양이 남쪽 하늘로 솟아오르려 한다. 눈을 꼭 감고 얼굴에 닿는 따듯함을 맛본다. 그리운 기분이 들었다. 시설에서는 체내의 비타민D 생성을 위해 정기적으로 인공 햇빛을 받곤 했지만, 역시 진짜 태양과는 차원이 다르다.

"자, 그럼."

역시 지상으로 돌아왔을 때의 최대 즐거움은 식사다.

그래서 바로 식당으로 이동했다. 늘 그랬듯 모닝 세트 A를 골라 버터 토스트의 향긋함에 취하고, 베이컨과 스크램블 에그의 조합에 정신을 놓으면서 싱싱한 샐러드를 아삭아삭 즐긴 후, 마지막에는 블랙커피를 마시며 만족스러운 한숨을 흘렸다.

식사를 만끽하고 나서 다시 연결복도로 돌아갔다. 다음으로 갈 곳은 헬리포트다.

대기실에는 세라 말고도 여섯 명의 승객이 더 있었다. 그중 네 명은 세라처럼 휴가를 보내러 온 것 같았지만, 비즈니스 슈트 차림의 다른 두 명은 업무차 이곳에 온 모양이다.

시간이 되자 안내방송에 따라 밖으로 나갔다. 산을 타고 불어오는 바람이 뺨을 쓰다듬고 간다. 바람을 느끼는 것도 3개월 만이다. 깊게 숨을 들이마시며 신선한 공기를 폐 속으로 가득 담아 맛본다. 새삼 인간은 역시 지상에 사는 생물임을 실감했다.

헬리포트에는 'GEO-X'라고 적힌 흰색 몸통의 소형 틸트로터 항공기가 대기 중이었다. 조종석에 앉은 두 명과 짧게 대화를 나누면서, 기내에 올라탔다. 세라는 운 좋게 창가 좌석에 앉을 수 있었다.

문이 닫히며 기장의 인사가 스피커를 통해 들려온다. 가벼운 농담에 승객들이 웃음을 터트렸다.

지상 시간으로 오전 10시.

세라와 다른 승객들을 태운 틸트로터 항공기는 강렬한 태양 빛을 받으며 지면에서 둥실 떠올랐다. 넓은 하늘로 날아 올라가자 산 사이로 펼쳐진 '지상 컨트롤 센터'의 전체 모습이 한눈에 들어온다. 광대한 부지 중앙에서 유달리 눈에 띄는 커다란 돔은 셔틀 스테이션이다. 그걸 둘러싸는 것처럼 본부동, 의료동, 제어동, 그리고 곤도 같은 스태프들이 쓰는 기숙사 등이 배치되어 모두 연결복도로 이어져 있다.

그리고 그 돔 바로 아래, 3천 미터 깊이에 건설된 지름 3백 미터의 구형 주거 공간이 바로 세라가 몇 시간 전까지 있었던 실험 지하 도시 'eUC 3'였다.

2

현재로부터 약 25년 전쯤, 즉 서력 2029년. 인류는 거의 멸망하기 직전이었다. 거대 소행성 2029JA1이 발견되면서, 그게 겨우 닷새 후면 지구와 충돌할 가능성이 있음이 드러났다. 소행성의 지름은 10킬로미터가 넘고, 지구에 낙하하면 지구상 생물의 70~90퍼센트가 사멸할 것으로 추정됐다. 당시에는 반신반의하면서 설마 정말로 소행성이 떨어지겠느냐는 근거 없는 낙관론도 횡행했지만, 사람들의 기대와는 달리 충돌 확률은 나날이 상승하여 결국 가장 가까이 접근하기 전날에는 충돌 불가피라는 계산 결과가 나오고야 말았다. 너무나도 갑작스러운 종말 선언에 세상은 당혹스러움과 광란, 무기력 상태에 빠졌다.

전 인류는 마침내 공룡과 똑같은 운명을 걷게 되냐며 충격에 빠진 와중, 놀랍게도 기적이 일어났다. 그 이유는 지금도 명확히 밝혀지지는 않았으나(일설에 의하면, 지구와 달, 그리고 태양의 중력과

자력이 복합적으로 영향을 줘서 소행성에 뜻밖의 작용을 일으켰다고 한다), 아슬아슬한 거리까지 다가온 소행성의 궤도가 바뀌면서 지구에 엄청난 피해를 주는 일 없이 우주 저편으로 날아가 버렸기 때문이다.

당연하게도 온 세계가 기쁨으로 들끓었다. 그러나 이는 오래 가지 못했다. 이것 말고도 관측망에서 빠져 있는 거대한 소행성이 존재하여 이 순간에도 지구와 충돌할 궤도를 따라 나아가고 있을지 모르기에. 그건 이제 더는 소설이나 영화 같은 픽션도 아니었고, 정신이 아득해질 정도의 먼 미래의 일도 아닌, 당장 코앞에 닥친 현실이었다. 그때 수많은 사람들은 인류가 어떻게 살아남으면 좋을지에 대한 답을 미친 듯이 찾았다. 이렇게 2029JA1은 인류의 본능적인 위기의식을 되돌릴 수 없을 만큼 각성시키고 말았다.

세계에서 손꼽히는 부호이자 기업가이기도 한 윌 영맨도 인류 존속 위기에 대한 초조함에 사로잡힌 이들 중 한 명이었다. 젊은 나이에 성공한 그는 이번 사건으로 하늘의 계시를 받아 자신의 역할을 깨닫게 됐다. 지금 손에 쥔 부와 힘은 인류를 구원하기 위해 얻게 된 것이라고 하면서 말이다. 그는 만약 거대 소행성이 충돌하더라도 인류가 살아남을 수 있도록 지하에 거대한 피난소를 건설하는 '지오 X 계획'을 발표하고 이를 실행하기 위한 기업 '지오 X'를 새로 설립했다.

지오 X 계획의 최종 목표는 세계 곳곳에 2만 명이 장기 거주가 가능한 지하 도시를 짓는 것이다. 출자자는 우선적으로 거주권을 얻을 수 있어서 주로 부유층으로부터 막대한 자금을 확보할 수 있었을 뿐만 아니라, 각국 정부로부터도 수많은 문의를 받았다.

다만 여기에는 해결해야 할 문제도 많았다. 지오 X사는 우선 지하 거주 공간 유지에 필요한 기술 검증과 각종 데이터 수집을 위해 소규모 실험 지하 도시 건설부터 계획했다. 건설지는 각국의 여러 이해관계가 얽힌 유치 전쟁 결과, 미국, 호주, 일본 세 곳으로 결정됐고 이곳에 각각 서로 다른 유형의 실험 지하 도시가 13년의 세월에 걸쳐 완공됐다. 세 유형 모두 전력, 산소, 물, 식량에서 일상 생활용품까지 필요한 것은 모두 자급자족할 기능을 갖추고 있었다.

각 실험 지하 도시의 상정 거주 가능 인구는 9백 명으로, 거주 실험의 참가자는 일반 공개로 모집했다. 실험 기간은 10년. 원칙적으로 참가자는 그 기간에 지하 도시에서 살면서 지상으로 나올 수 없다. 편지나 메시지를 주고받을 수도 없다. 물론 위험할 수는 있으나 지하 도시에서의 의식주는 보장될 뿐만 아니라, 기본 보수가 1년에 1인당 20만 달러씩 등록한 계좌에 입금된다. 또한 1년이 지날 때마다 20만 달러의 보너스가 추가된다. 어쩔 수 없이 중도 포기할 경우, 기본 보수는 일할 계산으로 지급되지만, 보너스는 받을 수 없다. 10년간의 실험을 완수하면 특별 보수로서 200만 달러를 받을 수 있다. 즉, 실험을 마치고 지상으로 돌아오면 1인당 총합 600만 달러, 환율에 따라 변동은 있겠지만 엔화로 대략 8~10억 엔 상당의 보수를 손에 쥐게 된다. 만약의 사태가 벌어진 경우, 그 돈은 모두 유족에게

러일으키는 것처럼.

태곳적부터 지하나 깊은 곳으로 이어지는 동굴은 인류에게 있어 끝없는 죽음과 같은 공간이었다. 꼭 망자를 매장한 장소여서 그런 것만은 아니다. 축축한 어둠 속에는 소리도 없이 다가오는 독뱀이나 거대한 복부를 가진 독거미, 날카로운 바늘을 높이 치켜드는 전갈이 숨어 있는 데다, 언제 동굴 곰이나 사자가 덮칠지 알 수 없었다. 아마 수많은 조상들이 어둠 속에서 목숨을 잃었을 것이다. 그러나 결국 조상들이 살았던 곳도, 위기가 닥쳤을 때 피난했던 곳도, 유용한 광물을 얻었던 곳도 모두 지하이자 동굴이었다.

조상들의 기억을 몸으로 이어받은 현대인들은 지하로 향할 때 거부할 수 없는 저항감을 느낀다. 가지 말라는 본능의 목소리를 듣는다. 죽을지도 모른다는 예감에 두려움을 느낀다. 그러나 동시에 신경계에 박혀 있는 또 하나의 충동이 인간을 더욱 깊은 장소로 들어가도록 자극한다.

세라도 진화 속에서 자라온 상반된 본능의 계승자다. 지하 3천 미터 아래로 내려가는 것에 두려움을 느끼긴 해도, 마음 어느 한구석에서는 그 깊이에 매료되어 있다. 그래서 이 일을 10년이나 이어갈 수 있었던 것이다. 물론 파격적인 보수라는 대전제가 있기에 가능한 이야기지만.

이제 모니터 속 수치가 200에 가까워졌을 때, 어디선가 여성의 새된 음성 같은 소리가 들려왔다. 그건 마치 머나먼 이국의 말로 부르는 아리아 같기도 하고, 가늘고 긴 비명 같기도 했다.

지상으로 돌아갈 때만 해도 별로 신경 쓰이지 않았지만, 지하로 향할 때는 유난히 귀에 감긴다. 셔틀 승객들도 한숨을 쉬며 수런거렸다.

그러나 옆자리의 슈트 차림 남자만이 얼굴을 든 채 눈을 크게 뜨고 있었다. 세라의 시선을 알아차렸는지 그는 멋쩍은 웃음을 지었다.

"이게 그 말로만 듣던 '세이렌의 노랫소리'인가요?"

"처음 듣나 봐요?"

"깜짝 놀랐어요. 정말 누가 노래하는 것 같아요."

그렇게 말하면서도, 그는 정말로 목소리의 주인을 찾으려는 것처럼 이곳저곳으로 눈을 돌렸다.

그러다 다시금 세라에게 얼굴을 돌렸다.

"아, 실례가 많았습니다. 종합 조사부의 스기야마라고 합니다."

"세라 와타루입니다. 멘털 케어 담당이죠."

"이 소리는 매번 들리는 건가요?"

"들릴 때도 있고, 안 들릴 때도 있어요."

"이거 좀 느낌이 으스스하네요."

처음에는 괴기 현상이라며 서포트 스태프들을 몸서리치게 했던 이 소리도 지금은 그 원인이 밝혀졌다.

eUC 3가 지하 3천 미터나 되는 깊이에 건설된 이유는 크게 두 가지가 있다. 첫 번째는 지름 3백 미터의 구형 공간을 지지할 만큼의 단단한 암반이 그 깊이에만 있었다는 점이다. 그리고 또 다른 이유는 지열 발전을 가능케 하기 위함이다.

그때까지의 지열 발전은 지하의 뜨거운 물을 지상으로 끌어올려 그 증기로 터빈을 돌리는 플래시 발전이 주류였다. 그러나 eUC 3에서는 땅속에서 열을 직접 확보하고 그걸로 저비점 매체를 끓게 하여 증기 터빈을 돌리는 일종의 바이너리binary 발전 방식을 채택하고 있다. 그래서 충분한 열량을 얻기 위해서는 이 깊이가 필요했다. 실제로 eUC 3 하단 주변의 땅 온도는 140℃에 이른다.

참고로 지하 6,370킬로미터 다시 말해, 지구 중심부에 이르면 그 온도는 약 6,000℃가 된다. 이는 태양 표면 온도와 비슷하다. 그뿐만 아니라 지구 부피의 99퍼센트는 온도가 1,000℃ 이상이며, 100℃ 이하의 부분은 0.1퍼센트밖에 없다. 사실 지구는 열덩어리라고 해도 과언이 아닐 정도로 뜨거운 행성인 것이다.

이런 환경에 만들어진 지하 도시에서 문제가 되는 건 내부에서 발생하는 열의 처리다. 다양한 기기가 뿜어내는 열기만이 아니라 인간의 체온도 무시하지 못한다. 물론 최저한의 냉방 설비는 갖춰두고 있지만, 그것도 가동하는 데 열기 배출은 필수다. 대책을 마련하지 않으면 시설 내부는 순식간에 불지옥이 되고 만다. 그러나 주변 온도가 100℃를 넘는 땅속에서는 외부 열기를 차단하는 것만으로도 버겁다. 따라서 내부에서 발생한 열은 좀 더 온도가 낮은 장소로 내보낼 수밖에 없다.

그래서 eUC 3에서는 특수한 구조의 관을 지표 부근까지 무수히 연장하여, 액체 상태의 전열 매체를 순환하는 방법을 활용하고 있다. 셔틀 타워의 주변에도 그런 방열관이 몇 개나 교차하듯 이어져 있고, 일정 조건이 맞춰져 전열 매체가 흐르는 소리가 공명하면 마치 노래하는 듯한 소리가 들리게 된다. 사실 원리를 알아도 으스스한 기분은 떨치기 어렵지만.

"……멘털 케어."

스기야마가 뭔가 생각났다는 듯 중얼거렸다.

"왜 그러세요?"

"아. 아닙니다."

스기야마가 매우 붙임성 있는 웃음을 지으며 대화를 끊더니 다시 손에 쥔 디바이스로 눈길을 돌렸다.

이때 세라의 감이 조금이라도 예민했더라면 eUC 3에서 이변이 발생하고 있다는 사실을 눈치챘을지도 모른다.

셔틀에서 한 걸음 나서자마자 얼굴에 우중충한 습기가 쏟아졌다. 지상에서 돌아온 후에는 특히 공기 차이가 선명하게 느껴진다. 사계절이 있는 지상과는 달리 이곳은 늘 장마 시기에 임박한 기후가 계속 이어지고 있기 때문이다. 앞으로 3개월(eUC 3의 시간으로는 2개월이지만)이나 더 이 공기를 마시며 살아야 한다는 생각에 한숨이 쏟아지고 발걸음도 무거워졌다.

그래도 세라는 얼굴을 들었다. 이게 마지막 3개월이기도 하다. 10년에 이르는 업무를 완수하면 서포트 스태프들에게도 특별 보너스가 주어진다. 특히 상주하며 업무를 이어온 세라 같은 메디컬 스태프들의 보너스는 더욱 엄청나다. 세금을 제하고도 상당한 금액이 수중에 남을 것이 분명하다. 세라는 계좌에 들어올 숫자를 상상하며 마음을 다잡았다.

스테이션에서 거주 구역으로 내려가자, 습기에 더해 고여 있던 생활 냄새가 세라를 성대하게 맞이해 줬다. 이것 역시 지상에서 이곳으로 돌아왔을 때 더 강하게 느끼고 만다. 빈말이라도 기분 좋은 냄새라고는 할 수 없지만, 그렇다고 불쾌하냐고 묻는다면 이조차 쉽게 대답할 수가 없다. 이 짐승 같은 냄새야말로 인류 본래의 냄새가 아닐까 하는 생각이 들기 때문이다. 이 냄새를 접하면 원시적 충동이 되살아나는지, 혈압이 상승하고 활력이 용솟음치는 느낌마저 든다. 그리고 자꾸만 어디선가 식량을 조달하고 싶어진다. 하지만 지상에서 음식물을 반입하는 것은 금지되어 있어서 지급되는 것으로만 배를 채울 수밖에 없다.

세라는 방에 짐을 두고 라운지로 향했다.

서포트 스태프 전용 구역 이곳저곳에 있는 휴게용 라운지에는 네 명이 앉을 수 있는 둥근 테이블이 네 개, 그리고 식량 배급기가 설치되어 있다. 함께 비치된 컵을 배출구에 두고 버튼을 누르면 한 끼 분량이 나온다.

현재 eUC 3에서 섭취하는 일상식은 한입 크기의 마시멜로를 상상하면 된다. 형태도, 크기도, 식감도 거의 그것과 비슷하다. 실제로 서포트 스태프는 이를 마시멜로라고 부르기도 한다. 색은 옅은 오렌지색이고 당질, 지방질, 비타민, 미네랄, 단백질 등 균형적으로 배합되어 있을 뿐만 아니라 장내 환경을 건강하게 해주는 균도 포함되어 있다. 게다가 물에 녹여 마실 수도 있는 놀라운 식품이라, 세라도 바쁘거나 식욕이 없을 때 그렇게 먹곤 한다. 다만 맛까지는 기대할 수 없지만 말이다.

마찬가지로 실험 참가자도 같은 것을 섭취한다. 이런 음식만 먹어서 심신 건강을 유지할 수 있는가 하는 걱정은 안 해도 된다. 실험 참가자의 건강 상태는 의료 담당팀이 정기적으로 진단하고 있기 때문이다. 키, 몸무게, 체지방률, 혈압 등 각종 측정 이외에도 혈액 검사로 알 수 있는 다양한 수치가 감시되고 있다. 그러나 이러한 검진 목적은 지하에서의 생활이 인체에 어떤 영향을 주는지 알아보기 위함이다. 그것이 바로 의료 담당 팀에게 주어진 업무이며, 실험 참가자의 건강 유지 및 환자나 부상자의 진찰과 치료는 부수적인 것에 불과하다.

그렇다고 해서 환자를 대충 치료해도 된다는 뜻은 아니다. 긴급한 상황에 빠진 환자는 바로 고속 모드의 셔틀을 타고 지상으로 이송되어 컨트롤 센터 내의 병원에서 전문적인 치료를 받을 수 있다. 그래도 손을 쓰기 어려운 경우라면, 틸트로터 항공기로 대응 가능한 병원까지 날아간다. 다행히도 지금까지 eUC 3의 주민 중에 사망자는 나오지 않았다. 오히려 혈액 검사 덕분에 뜻밖의 질병까지 찾아내 목숨을 건진 사람도 몇 명이나 된다. 그러나 의료 담당팀의 주된 업무는 어디까지나 데이터 수집이었다.

이는 세라가 있는 멘털 케어 담당팀도 마찬가지다. 사회가 세라와 같은 사람들에게 기대하는 건 실험 참가자의 정신 상태를 파악하여 정기적인 보고를 하고, 실험 환경에 피드백이 적용된 효과를 관찰하면서 주민들의 정신 상태가 가장 안정된 조건을 찾는 일이다. 하루가 36시간이 된 것도 그 성과 중 하나다.

식량을 확보하여 이제 다소 마음이 놓인 세라는 마시멜로가 든 컵을 방에 둔 후, 자기 사무실로 향했다. 상담 예약 상황은 가지고 있는 디바이스로 확인할 수 있고, 일단 오늘까지는 휴가로 잡혀 있긴 하지만, 내일부터 시작될 업무를 위해 한 달간의 공백을 조금이라도 메워두고 싶었기 때문이다. 사무실 의자에 조용히 앉아, 데이터를 불러와 지금까지의 상담 사례를 다시 살펴보고 있으니 조금씩 감각이 되돌아왔다.

서포트 스태프들에게 지급되는 휴대형 디바이스는 각 게이트에 있는 ID 인증과 메시지 송수신 기능만이 아니라, 설령 다른 멘털 케어 담당자의 스케줄도 알 수 있게 되어 있다. 세라는 오늘 상담이 모두 종료되는 시간까지 기다렸다가 우선 3호실 담당 상담사인 머틀의 사무실에 들러 직장에 복귀했음을 알리는 인사를 했다. 머틀은 세라와 교대로 내일부터 휴가에 들어가기에 그녀가 스테이션으로 가기 전에 미리 만나고 싶었다. 그 다음에 4호실의 리에게도 인사를 건넨 후, 복도로 돌아가 1호실 앞에 섰다. 가토 고쥬로의 사무실이다.

문을 두드리려고 손을 들었을 때, 문 옆의 붉은색 램프에 불이 들어온 것이 눈에 들어왔다. 상담실이 사용 중이라는 뜻이다. 그러나 디바이스로 확인했던 가토의 스케줄에 의하면 오늘 마지막 상담은 이미 끝났을 터다. 상담 시간을 연장하는 일은 절대로 없다. 긴급한 상황이 있어 급히 자리라도 비운 걸까.

세라는 잠시 그 자리에 가만히 머물다가 포기하고 자신의 사무실로 돌아가, 우선 디바이스를 통해 가토에게 문자 메시지를 보내 복귀 소식을 전했다. 직접 얼굴을 보고 싶었지만, 가토가 업무 중이라면 어쩔 수 없는 노릇이다. 대화는 내일 하자며 자리에서 일어났을 때, 디바이스로 메시지가 도착했다. 가토의 회신이었다.

복귀하자마자 미안하지만, 바로 내 사무실로 좀 오게.

디바이스에 표시된 글귀를 본 세라는 몇 초간 숨을 삼키다가 다시 호흡하는 동시에 사무실을 나와 1호실 문을 두드렸다.

"가토 선생님, 세라입니다."

붉은색 램프가 꺼졌다.

문을 열고 안으로 들어갔다.

상담실 중앙에 놓인 낮은 월넛 테이블 주변에 1인용 소파가 네 개. 그 가장 안쪽 소파에 자리하고 있던 가토가 세라를 보고 조금 피곤한 모습으로 말했다.

"이런 시간에 불러내서 미안하네."

그때 테이블을 사이에 두고 가토의 정면에 앉아 있는 남자가 소파 위에서 몸을 비틀어 뒤를 돌았다.

"아까는 감사했습니다."

그 무뚝뚝한 인사를 건넨 이는 셔틀 안에 같이 있었던 종합조사관인 스기야마다. 그는 다시 앞쪽을 보며 말했다.

"가토 선생님, 저는 세라 선생님까지 끌어들일 수는 없다고 생각합니다."

"나 혼자 힘으로는 버겁네."

"그래서 제가 오지 않았습니까."

"자네 의견으로 지상을 움직이게 할 수 있나?"

"그럼 선생님께서는 그들의 요구를 들어줄 생각이신 겁니까?"

"그러니까 자네는 처음부터 거절할 것을 전제로 삼겠다는 뜻이군."

"당연하죠."

"저기요."

세라는 이제야 말을 꺼낼 수 있었다.

가토는 마침내 제정신이 들었다는 얼굴로 말했다.

"그래, 세라, 우선 자리에 앉게."

못마땅해하는 스기야마를 놔둔 채 세라는 빈 소파 자리에 앉았다.

"세라, 자네가 없는 사이에 큰일이 생겼네."

"일을 필요 이상으로 크게 키우면 안 됩니다."

"지상에서는 이 사태를 너무 쉽게 보고 있어."

"그렇다고 해서 교섭을 할 수는 없지 않습니까."

"대체 무슨 일이 있었던 거죠?"

가토가 세라를 향해 고개를 돌렸다.

"이 시설은 실험 종료와 동시에 폐쇄될 예정인 것은 알고 있지?"

"네."

"그런데 일부 주민이 시설 폐쇄를 연기해 달라는 요구를 했네."

세라는 곧바로 그 말뜻을 이해할 수 없었다. 그러다 곧 그럼 설마, 하는 말이 목구멍까지 나오려 했다.

"연기해 달라는 기한은 2년. 지상 시간으로는 3년이로군."

"이제 와서 실험 기간을 늘릴 만한 이유가 없습니다."

가토가 스기야마 쪽으로 몸을 돌렸다.

"그렇지만 스기야마, 이번 사례도 귀중한 데이터가 될 것 같지 않나?"

"그것과 요구를 받아들이는 건 별도의 문제입니다."

"자네도 나한테 전달된 요구서를 봤지 않나."

"보고 자시고 간에 그저 폐쇄를 2년 연기해 달라는 내용밖에 없었잖아요!"

"그 요구서 마지막에는 239명의 서명이 적혀 있었네. 현재 남아 있는 사람들의 절반에 가까운 숫자지. 이게 무슨 뜻인지 알겠나? 신중히 대응하지 않으면 돌이키기 힘든 일이 벌어질 거야."

바로 반박하지 못하고 머뭇거리는 스기야마에게 가토가 한숨을 쉬었다.

"지상에 보고할 때 그렇게나 단단히 일러뒀는데 말이지."

"연기를 요구하는 이유는 뭔가요?"

가토의 눈이 세라에게 향했다.

"사실 이따가 이 문제에 대해 주민 대표와 이야기할 자리가 열릴 걸세."

"조금 후에 말입니까?"

"세라, 자네한테는 갑작스러운 일이기도 하고 아직 휴가 중인 것도 이해하면서 부탁하는 것이지만, 우리와 그 논의 자리에 나가지 않겠나? 시설 설립 당시부터 여기서 일했던 자네와 신뢰 관계가 형성된 주민도 많으니까. 그러니 같이 가면 나도 마음이 든든하겠네만."

"그런 거라면 기꺼이 가죠."

가토가 안도의 웃음을 지었다.

"정말 고맙네."

"이건 논의가 아닙니다. 저희가 내린 결론을 통지할 뿐이죠."

가토는 스기야마에게 딱딱한 눈길을 한 번 준 다음, 자리에서 일어났다.

"이제 이동하지."

세라도 일어나면서 물었다.

"장소는 어디입니까?"

사무실을 나서자 조명은 이미 꺼진 뒤였다. 어둑한 복도를 지나 밝은 중앙 엘리베이터 홀로 나간다. 실험 참가자들이 사는 거주 구역은 총 10층으로 되어 있는데, 여기서 가동하는 여덟 대의 엘리베이터가 각 층을 오갈 때 쓰는 주요 이동 수단이다.

올라탄 엘리베이터가 하강을 시작하자, 가토가 작게 말했다.

"많이 놀랐지?"

세라는 네, 하고 고개를 끄덕였다.

"이런 일이 일어났을 줄은 몰랐어요."

"그래, 나도 너무 방심했지. 그런 전조는 이미 나타났었는데. 더 신경 써서 지켜봐야 했어."

그 말대로 지금 돌이켜보면 그런 전조라 할 만한 것은 분명 있었다. 하지만 주민들이 eUC 3의 폐쇄 연기를 요구하며 구체적인 행동을 일으킬 거라 어떻게 예측할 수 있었겠는가. 게다가 절반에 가까운 주민이 이를 원하며 서명까지 했다니. 이제 이건 '반편성에 대한 불안'으로 설명할 수 있는 범위를 넘었다. 주민들에게 무슨 일이 벌어지고 있는 게 분명하다. 세라를 비롯한 스태프들이 상정하지 못한 어떤 무엇인가.

"다른 선생님들은요?"

"아직 알리지 않았어. 아니, 그보다 다른 서포트 스태프에게는 알리면 안 되는 상황이라서."

"지상에서 내려온 지시인가요?"

세라는 침묵만을 지키고 있는 스기야마를 흘끔 쳐다봤다.

"그것도 있지만, 처음부터 주민들 쪽에서 나온 요청이야. 주민들은 아무래도 지상과 교섭할 때 중개인 역할을 나한테 맡기고 싶어 하는 눈치더군."

"왜 선생님을요?"

"10년이나 알고 지낸 사이라서 그런 게 아닐까? 직업상 주민들과 접할 기회도 많았으니까."

"지명된 건 가토 선생님인데 저까지 동행해도 괜찮을까요?"

"주민들과 신뢰 관계가 형성된 것만 보면 세라 자네도 마찬가지이지 않나. 그들도 자기편을 들어줄 사람이 많으면 많을수록 좋을 거야. 그리고 만약 자네가 휴가 중이 아니었다면 내가 아니라 자네를 지명했을 가능성도 있었겠지."

엘리베이터가 제5층에 멈추면서 문이 열렸다. 여기도 전체 조명이 꺼진 상태였지만, 가로등 모양의 램프 불빛 덕분에 일몰 직전 정도의 밝기는 유지되는 중이었다.

제5층은 다른 거주구에 비해 천장이 한층 더 높고, eUC 3에서 가장 개방감을 맛볼 수 있는 공간이다. 엘리베이터 홀을 중심으로 공원이 펼쳐져 있고, 그 공원을 둘러싸는 것처럼 도서관이나 영화관, 극장, 오락시설, 체육관, 다목적 광장 등이 배치되어 있다. 주민에게는 휴식이나 오락을 즐길 수 있는 유일한 장소였다. 특히 제일 활발히 이용되는 곳이 극장이었는데, 뜻이 있는 사람들이 모여 결성된 아마추어 극단이나 합창단, 댄스 동아리 등에 의한 발표회가 매일 열려서 주민들의 갈채를 받는다고 한다. 밤에도 주민들의 출입이 자유롭고, 특히 오락시설이나 체육관은 온종일 북적거린다고 들었는데, 지금은 어둠 속에 잠겨 아무 소리도 들리지 않았다.

"벌써 온 모양이군."

공원을 둘러싼 각종 시설 중에 유일하게 불이 켜져 있는 곳은 바로 도서관이었다. 세라 일행은 그 불빛을 향해 공원 내부를 걸었다. 말이 공원이지 잔디밭도 없고, 그저 적당한 탄력이 있는 크림색 바닥재만 깔려 있을 뿐이다. 그리고 이곳도 10년에 걸친 생명 활동의 냄새가 배어 있었다.

"일단 이번에는 상대측 주장을 좀 들어보도록 하자고."

가토가 신신당부했다.

"제 입장으로서는 지상에서 내린 결정을 통보해야 합니다 만."

스기야마가 힘껏 불만 어린 표정을 지었다.

"통보까지만 하고, 오늘 이 자리에서 결판까지 다 낼 생각은 하지 말게. 그렇지 않으면 나도 더는 책임을 못 지게 될 테니까. 이 문제는 자네가 생각하는 것보다 훨씬 심각할 수 있어."

도서관의 여닫이문은 활짝 열린 채였다. 들어가자마자 바로 왼편에 높이 2미터 정도 크기의 서가가 2열 종대로 늘어서 있다. 가토와 스기야마가 그 열 사이를 뚫고 나아갔다. 세라는 가득 차 있는 종이 향기 속을 걸으며 여기는 eUC 3에서 가장 인간다운 장소일지도 모른다는 생각을 했다. 책을 읽는다는 행위에 인간이라는 존재의 특징이 집약되어 있는 듯한 느낌이 들었기 때문이다. 이 도서관에도 문학, 역사, 과학, 엔터테인먼트 등 다양한 장르의 서적이 갖추어져 있고, 실험 참가자는 자유롭게 책을 빌려 읽을 수 있다. 단, 일본어로 쓰인 책은 절반 정도이고 나머지는 영어, 스페인어, 중국어 등이다. 말할 것도 없이 어떤 내용의 책을 많이 읽는지는 데이터로서 매일 지상으로 송신되고 있다.

책의 숲을 빠져나가자 눈앞에 텅 비어 있는 공간이 펼쳐졌다. 중앙에 덩그러니 놓여 있는 6인용 테이블은 긴 테이블 두 개를 맞붙여 놓은 것이었다. 그 앞에 앉아 있던 세 명이 세라 일행을 보자마자 벌떡 일어났다.

"세 명뿐입니까?"

스기야마가 어이가 없다는 듯 중얼거렸다.

주변을 둘러봐도 다른 주민의 모습은 보이지 않았다. 벽 가장자리에 쌓여 있는 것은 다리를 접은 긴 테이블이었다. 오늘 회견 자리를 만들기 위해 미리 다 정리해 놓은 모양이다.

세 명 모두 옅은 크림색 셔츠와 바지를 입고 있었지만, 숄의 색과 이를 두른 방식이 달랐다. 세라 쪽에서 봤을 때 왼쪽에 있는 남자는 파란 숄을 비틀어 허리에 감은 모습이었다. 오른쪽 남자는 비틀어 놓은 빨간 숄을 오른쪽 어깨에서부터 마치 승려복처럼 두르고 있었다. 그리고 가장 가운데 있는 사람은 흰 숄을 비틀지 않고 어깨에 살포시 걸친 채 앞에서 느슨히 묶은 상태였다. 그 사람이 눈앞까지 다가왔을 때가 되어서야 그가 여성임을 알았다.

실험 개시 때만 해도 참가자의 3분의 1을 여성이 차지하고 있었지만, 그 절반은 3년이 지나지 않아 포기했고, 그에 상응하는 보수를 받아 시설을 떠났다. 현재도 eUC 3에 머무는 여성들은 40명 정도에 불과하다. 그중 한 명이 주민 대표단의 중심이라는 뜻이었다.

"가토 선생님, 폐를 끼쳐 죄송합니다."

여자는 차분한 표정이었다. 남자들은 굳은 표정을 무너뜨리지 않았다.

"우선 자리에 앉죠."

가토가 가운데 놓인 의자를 끌어다 앉았다. 그 좌우로 세라와 스기야마가 착석하는 것을 기다렸다가 주민들 셋도 자리에 앉았다.

남자들은 모두 나이가 마흔 중반처럼 보였지만, 여자만 유난히 젊게 보였다. 이곳에서는 화장품류를 지급되지 않아서 화장으로 젊어 보이게 꾸민 건 아니었다. 그러나 실험 참가자의 연령 조건은 응모 시점에서 이미 25세 이상 60세 미만이었다. 그렇다면 그녀도 서른다섯 살은 넘었을 터다.

세 사람 모두 머리칼은 짧았지만 그것도 당연한 일이다. eUC 3에도 미용실이 있는데, 이 시설은 세라를 포함한 메디컬&멘털 케어부와 같은 제10층에 입주해 있다. 담당은 위생관리부. 다만 여기서 할 수 있는 건 삭발뿐이다. 애당초 실험 참가 조건 중 하나가 위생상의 이유로 머리는 삭발하는 것이었다. 실험 개시 후에도 반년에 한 번은 미용실에서 삭발을 꼭 해야 한다. 그래서 주민들의 머리는 길어도 10센티미터를 넘지 않는다.

"저기 두 분은 저와 처음 뵙는 분 같네요."

가토가 좌우에 있는 남자를 교대로 보며 말했다.

"저는 멘털 케어 담당인 가토라고 합니다. 옆에 있는 이 사람도 같은 멘털 담당인 세라 선생이고요."

세라 역시 두 사람을 담당한 기억은 없었다. 물론 이 여자도 마찬가지로.

"세라 선생한테는 내가 간곡히 부탁해서 여기에 오게 했습니다. 그리고 이쪽은 지상 컨트롤 센터 종합 조사부의 스기야마 씨입니다."

이어서 주민 측의 대표 세 사람도 각자 자기소개를 했다.

곤노 유카리, 등록번호 30014

나가이 가즈야, 등록번호 31286

이가와 도모키, 등록번호 31795

"미리 말씀드리겠지만."

곧바로 스기야마가 강한 어조로 말을 꺼냈다.

"이건 교섭이 아닙니다. 어디까지나 지상에서 내린 답을 전하기 위한 자리죠. 제가 파견된 것도 여러분의 오랜 공헌에 대한 저희가 표하는 경의라고 생각해 주십시오. 다만 여러분의 사정도 최대한 이해하고자 합니다."

세 사람의 표정은 변함이 없었다.

"단도직입적으로 여쭙겠습니다. 연기를 요구하시는 목적은 보수 증액 때문입니까?"

질문이라기보다 확인이라도 하려는 듯한 말투였다. 지상에서는 그렇게 추측하는 모양이다.

"아닙니다."

곤노 유카리가 담담히 대답했다.

"요구서에 서명한 239명은 2년의 연장 요청을 받아들여 준다면, 실험 종료 후에 받게 될 특별 보수를 포함하여 이후의 보수까지 모두 받지 않겠습니다."

네? 하고 경악에 찬 소리를 낸 스기야마는 곧 침묵했다. 옆얼굴에도 당혹감이 드러났다.

세라도 설마 그들이 마지막 특별 보수까지 포기하려고 할 줄은 상상도 못 했다. 아니, 이해하기도 어려웠다.

"이유가 뭔가요?"

세라는 자기도 모르게 묻고 말았다.

"이유라니요?"

곤노 유카리가 평온한 미소를 지어 보였다.

"이곳 생활은 도저히 쾌적하다고는 할 수 없어요. 사실 저는 아까 지상에서 이곳으로 내려왔지만, 솔직히 한시라도 빨리 나가고 싶습니다."

"당신은 행복하신 분이네요."

"……그게 무슨 뜻이죠?"

곤노 유카리는 미소를 머금은 채 눈을 내리깔았다.

"애당초 당신들이 이 실험에 참가하게 된 동기는 보수 때문이 아니었나요? 그렇지 않으면 이런 위험하고 열악한 환경에서 살고 싶지 않을 겁니다. 길기만 했던 그 생활도 이제 3개월, 아니 실례했습니다. 곧 2개월만 있으면 끝나요. 여러분은 그토록 바라는 거금을 손에 넣고 지상의 생활로 돌아갈 수 있어요. 그런데 그걸 버리고까지 여기서 머물려는 이유를 알 수가 없군요. 저도 이해할 수 있도록 설명해 주시겠습니까?"

"지금은 말씀드릴 수 없습니다."

"왜죠?"

"여러분은 아직 우리의 이야기를 받아들일 준비가 되지 않은 것 같으니까요."

스기야마가 짧게 웃었다.

"그럼 더는 시간을 들일 필요가 없네요."

그리고 분노를 머금은 목소리로 말을 이었다.

"당신들의 요구는 일절 받아들일 수 없습니다. 실험 기간이 끝나는 즉시, 저희 지시를 따라 퇴거해 주시길 바랍니다."

"저희는 정해진 기간이 지나도 이곳을 나갈 마음이 없습니다."

곤노 유카리가 미소를 지우며 대꾸했다.

"그럼 여기에 아예 눌러앉겠다는 뜻입니까?"

스기야마는 이제 짜증을 숨기려 하지도 않았다.

"이게 불법점거라는 건 아시죠?"

"그러니까 이렇게 허락을 구하는 거잖아요."

"어떻게 허가를 하라는 겁니까. 제 답은 아까 말씀드린 그대로입니다."

"그래도 저희의 뜻은 변함이 없습니다."

"불법점거까지 각오했다는 겁니까?"

"최악의 경우는요."

"지금 하신 말씀은 불법 행위에 의한 협박에 해당합니다. 명백한 규칙 위반이죠. 보안원을 불러서 이대로 강제 퇴거도 시킬 수 있습니다."

좌우에 있던 남자들이 자리에서 살짝 몸을 일으켰다.

"스기야마."

가토가 낮은 목소리로 타이르자, 스기야마 역시 심했다고 느낀 듯하다.

"하지만 거기까지 염두에 둔 건 아닙니다."

그렇게 덧붙이며, 공격적인 기세를 거뒀다.

"어쨌든 간에 실험 기간이 끝나면 저희는 철수하게 됩니다. 지상에서 제공하는 도움 없이 여기서 생존하긴 불가능할 거고 요."

"정말 그럴까요?"

곤노 유카리는 꿈쩍도 하지 않았다.

"이 시설이 무엇을 위해 만들어졌는지 잊으셨나요?"

스기야마가 말을 잇지 못했다.

"곤노 씨."

가토가 조용히 입을 열었다.

"당신은 이 지하 3천 미터에 독립국이라도 세울 생각입니까?"

"그런 대단한 계획은 없어요."

곤노 유카리는 가토의 질문을 그대로 받아넘겼다.

옆에 있던 두 남자는 무표정을 유지하려 애를 쓰고 있었지 만, 웃음을 억지로 꾹 참는 것처럼도 보였다.

"내가 그랬지 않나. 쉽게 볼 일이 아니라고."

"괜한 허세겠죠. 보수를 더 많이 받아내려고요."

스기야마의 목소리에는 힘이 없었다. 가토의 사무실로 돌아 온 후부터 그는 소파 가장자리에 걸터앉아 고개를 푹 숙인 채 깍지를 낀 두 손을 입가에 대고 있다.

"자네도 그 사람들 눈빛을 봤지 않나. 그런 눈을 한 상대에 게 정말로 교섭 가능성을 기대할 수 있을 것 같나?"

보수를 더 많이 받고 싶다는 현실적인 동기라면 차라리 교섭의 여지라도 있다. 그러나 아마도 주민들은 비현실적인 망상을 공유하고 그걸 근거로 움직이는 것 같다. 쉽게 말하자면, 착각에 의한 집단 폭주라 할 수 있다. 그렇지 않고서야 이 지하 3천 미터의 격리된 공간에 처박혀 살겠다는 상식을 벗어난 생각을 하게 될 이유가 없다.

이런 사람들과 타협할 여지는 매우 적다. 요구를 들어주지 않는다면 주저하지 않고 이곳을 불법점거 하게 될 것이다. 그때 지상이 취하게 될 선택지는 뻔하다.

첫 번째 선택지는 보안원들을 동원한 실력 행사다. eUC 3에도 규칙 위반을 감독하는 보안원이 상주하고 있지만, 한 번에 239명의 주민에 대해 대응할 만한 태세는 갖춰져 있지 않다. 하지만 예를 들어서 네 대의 셔틀을 모두 써서 무장한 보안원 부대를 한 번에 보내, 나가지 않으려는 주민들을 구속하여 지상으로 강제송환하는 일은 가능하다.

또 한 가지 선택으로는 지상에서 eUC 3의 인프라를 조작하여 퇴거할 수밖에 없는 상황을 만드는 것이다. 예를 들어, 냉방 출력을 약하게 한다면 시설 내부는 순식간에 고온이 되어 생존하기도 어렵게 된다.

그러나 막상 이를 실행하고자 하면 어느 쪽의 선택지건 간에 선뜻 손을 대기가 어렵다는 게 가토의 의견이었다.

"우선 무장 보안원에 의한 강제 퇴거는 위험을 동반할 거야. 부상자나 자칫하면 사망자가 나올 수도 있지. 그리고 인프라 조작도 마찬가지야. 이건 구멍에 불을 때서 너구리를 나오게 하는 방식과는 차원이 달라. 설령 생존 불가능한 상황이 되더라도 그들은 일부러 그대로 죽기를 선택할 수도 있으니까. 그렇게 되면 민간인을 대량 학살한 것이 되어 지오 X 계획의 존속에도 큰 문제가 생기겠지. 그리고 만약 큰 혼란 없이 불법점거를 막는다고 하더라도 주민들이 반란을 저질렀다는 사실은 남게 되네. 이것 역시 지오 X 계획 그 자체의 신뢰성을 흔드는 일이 될 수밖에 없어. 회사로서도 이는 꼭 피하고 싶겠지."

"그럼 어쩌라는 겁니까!"

버럭 고함을 치며 고개를 든 스기야마에게 가토가 잠시 있다가 대답했다.

"어디까지나 주민들의 자주적인 제안이라는 형태로 보고 실험 기간을 연장해야지."

"요구를 받아들이라는 말씀입니까?"

"그건 생각하기 나름이야. 이번에 주민들이 벌인 행동은 지하 생활이 인간의 정신에 끼치는 영향이라는 점에서 봐도 심리학적으로 매우 흥미로운 사실이니까. 앞으로 지오 X 계획을 수행하는 데 있어서도 귀중한 데이터가 될 거야. 그리고 연장하는 2년을 그 분석과 검증에 쓸 수 있다면 더욱 유익한 결과를 낼 수 있겠지. 그들이 보수를 받지 않겠다면 비용적인 면에서도 나쁘지 않은 일이야. 충분히 검토할 만하다고 보는데."

"선생님들은 그래도 괜찮다는 겁니까?"

스기야마가 세라에게도 시선을 보냈다.

"앞으로 2년, 실질적으로는 3년이나 여기서 더 일하게 된다고요."

"그건 회사와의 교섭을 어떻게 하느냐에 달렸지. 원래 예정대로 특별 보수를 받고 나가고 싶은 서포트 스태프도 많을 테니까."

"세라 선생님은 어떠세요?"

"저는 그때 가서 생각해 보겠습니다."

하지만 어지간히 좋은 조건이 제시되지 않는 한, 세라가 이곳에서 일을 계속할 마음은 없겠지만.

스기야마가 시간을 확인한 후 자리에서 일어났다.

"그럼 저는 이만 가보겠습니다."

"윗선에 내가 한 말을 잘 전해주게."

스기야마는 작게 고개를 끄덕인 후, 사무실을 나갔다.

"자, 그럼 세라."

목소리가 가볍다.

"우리는 과거의 사례를 다시 살펴보고, 왜 주민들이 그런 행동을 취하게 됐는지 찾아보지 않겠나."

"선생님께서는 이미 짐작 가는 게 있지 않으세요?"

가토는 씩 웃었다.

"자네도?"

제2장

어둠 속에 사는 것

1

실험 참가자와 지오 X사 사이에 오간 계약서에는 받게 될 보수 금액만이 아니라 참가자의 의무도 함께 명기되어 있다. 예를 들어, 각층 엘리베이터 홀에 설치된 전자 게시판을 매일 확인하고 그 지시를 따르는 것이 그렇다. 시계와 달력을 겸하고 있는 이 전자 게시판에는 그날 건강 검사를 받는 주민들의 등록번호 외에도 다양한 연락 사항이 표시된다.

또한 공동체의 질서를 어지럽히는 언동을 삼가며, 그와 같은 행동을 목격했을 때 곳곳에 설치된 유선 전화기로 바로 보안부에 신고해야 한다. 이때 출동한 보안원의 지시를 따르지 않는 경우, 바로 실험 참가 자격을 잃고 지상으로 강제송환된다. 명백한 범죄 행위가 확인됐을 때도 마찬가지인데, 이 경우에는 지상에 돌아가서 바로 경찰에 인도된다.

　여기까지는 상식적이기도 하고, 공동체를 원활하게 운영하기 위해 필요한 규칙이다. 그러나 그 이상으로 중요한 조항이 제일 마지막에 자연스럽게 추가되어 있었다는 점에 대해서는 그 당일까지 주민 대부분은 까맣게 잊고 있었을 것이다.

　몇 번이나 말하지만, eUC 3는 어디까지나 실험 시설이다. 각종 인프라 기술의 실험 검증만이 아니라 다양한 주제에 따른 데이터 수집을 목적으로 한다. 그중에서도 가장 최우선으로 삼는 문제가 바로 장기간에 걸친 지하 생활이 인체와 정신에 미치는 영향이다. 그렇기에 정기적으로 주민의 심신 상태 검진을 하는 것이지만, 사실 실험 참가자는 이 마지막 조항에 따라 좀 더 세부적인 데이터 제공을 해야 한다.

　즉, 지하 3천 미터의 폐쇄 공간이라는 환경에서 사는 것만으로도 상당한 스트레스인데, 거기에 예측하지 못한 사태가 터지면 어떻게 되는가를 시뮬레이션해야 한다. 구체적으로 설명하자면, 어떤 문제 상황을 의도적으로 만들어 그에 대한 주민의 반응을 데이터로 수집하는 것도 동의해야 한다는 뜻이다. 물론 언제 어떤 문제 상황이 발생할지는 사전에 고지하지 않는다.

　실험 참가자 대다수는 보수로 받을 돈 계산에만 눈이 멀어 이 조항을 그냥 읽고 넘어간 모양이다. 다소 걱정을 품었던 몇몇 사람도 막상 실험이 시작되자 새로운 환경에 적응하느라 정신이 없어서 그런 건 신경 쓸 여유도 없었다. 모두 지하 도시에서의 생활에 익숙해지기 시작하여 이 조항에 대해 아무도 입에 올리지 않게 됐을 즈음, 첫 시뮬레이션이 시작됐다.

"그때 시뮬레이션 중에 환각을 봤다고 하는 호소가 가장 많았죠. 제가 담당한 사람만 해도 18명이었어요."

"나는 22명이었지."

도서관에서의 회견이 열리고 다음 날, 하루의 업무를 마친 세라는 가토의 사무실을 찾아가 당시 데이터를 재검토한 결과에 대해 논의했다.

"문제는 환각 내용이에요."

가토가 고개를 끄덕였다.

"다들 같은 환각을 봤지."

그날 eUC 3의 시간으로는 오후 1시 정각, 실험 참가자 거주구의 불이 모두 꺼지면서 완전한 암흑이 찾아왔다. 자기 손마저 보이지 않는, 지하 3천 미터의 절대적인 암흑이었다. 불시에 닥친 상황에 주민들은 공황 상태에 빠지고 말았다. 그 조항을 기억해 냈다고 하더라도 이게 시뮬레이션인지 진짜 문제인지 곧바로 판단하기는 어려웠을 것이다.

"암흑 속에서 환각을 보는 건 드문 일이 아니야."

인간의 뇌는 항상 뭔가로부터 외부 정보를 얻는 데 익숙해져 있다. 그래서 그때까지 입력되고 있던 시각 정보가 차단되면 기억으로 저장되어 있던 여러 이미지를 구사하면서 시각 정보를 만들어내고 공백을 메우려 한다. 그게 환각이 되어 눈앞에 나타나는 것이다.

"그렇지만 모두 같은 환각을 본 건 어떻게 해석해야 할까요?"

주민들이 자기 눈으로 똑똑히 봤다고 하는 것은 어둠 속을 날아가듯 달려가는 듬직한 덩치를 가진 미청년의 모습이었다. 게다가 그의 나신은 빛으로 둘러싸여 있었다고 한다.

"여러 사람이 비슷한 환각을 보는 현상은 이론상으로 가능해. 예를 들어 눈에 보인 걸 누군가가 말하면, 그 말을 들은 사람의 뇌에서는 그 정보를 기초로 시각 정보를 만들지. 그게 반복됨으로써 하나의 환각이 연쇄적으로 공유되는 거야. 한 명한 명의 뇌가 만들어낸 영상이 완전히 똑같지는 않아도 서로 정보 교환을 하는 중에 무의식적으로 기억이 합쳐지고 조정되면 집단적인 신비 체험이 완성되는 거지."

곤노 유카리를 비롯한 주민들 언동의 근원이 어디 있는지를 생각했을 때, 세라와 가토의 머릿속에 제일 먼저 떠오른 게 바로 이 첫 시뮬레이션이었다. 10여 년에 이르는 eUC 3의 역사 속에서 아마도 주민의 정신에 가장 큰 충격을 줬을 사건이기 때문이다. 다만, 그 직후에 상담 신청자들이 급증하여 다들 환각 증세를 호소했지만, 그 파장은 열흘도 채 되지 않아 가라앉았다. 그래서 당시 세라도 환각의 의미를 깊이 고민하지 않고, 암흑을 경험한 것의 영향은 의외로 오래가지 않는다는 결론만 내렸다. 지금 다시 돌이켜보면 참으로 경솔한 판단이 아닐 수 없다.

"목격된 청년의 정체를 두고 주민 사이에서 억측이 난무했을 건 뻔해. 그때 환각으로 처리하지 않고 종교적인 개념에 빠져들었을지도 모르지. 주민의 정서가 단기적으로 안정된 것처럼 보인 것도 그게 이유라고 한다면."

"암흑을 경험한 충격은 사라지지 않고 오히려 다른 형태로 변형되어 유지됐다는 뜻이 되겠네요."

그때 생겨난 종교적 개념이 이번 그들의 행동의 근원이 된 것은 아닐까. 물론 그 이외의 요인도 고려해 볼 수 있겠지만, 가장 가능성이 큰 걸 따지자면 역시 암흑 실험을 꼽지 않을 수가 없었다.

"그렇지만 그들이 이곳을 어떤 성지라고 여긴다고 해도 반드시 계속 점거해야 할 필요는 없을 거예요. 종교라면 오히려 빨리 지상으로 나가 포교 활동을 서두르려 하지 않을까요."

"그 부분에 관해서는 당사자들에게 직접 물어볼 수밖에 없겠지."

"스기야마 씨한테서는 아직 연락이 없나요?"

"위에서도 어떻게 대처해야 좋을지 고민이 많겠지. 본사에 물어보고 있을지도 모르고."

출발 지점에 대해 짐작이 가더라도 그게 어떤 식의 경위로 현재에 이르게 됐는지는 전혀 알 수가 없다. 그림을 완성하기 위한 결정적인 조각이 빠져 있기 때문이다.

"그런데 그 곤노 유카리라는 사람은 선생님의 상담 신청자였나요?"

원래 상담사에게는 상담받는 사람의 비밀을 지켜야 하는 의무가 있으나, 여기서는 상담 신청자들의 정보도 데이터로 공유하게 되어 있다.

"상담 신청자라고 보기는 어렵지. 사전에 딱 한 번 만났을 뿐이니까. 상담 예약을 넣고 사무실에 왔지만, 그냥 요구서만 놓고 가버렸네."

그녀가 주요 인물이라는 건 분명했다.

"어떤 사람일까요?"

2

수백 명의 건강한 성인이 장기간에 걸쳐 공동생활을 하는 이상, 성애 문제는 피할 수 없다. 실험 시설이라고 해도 연애는 자유롭게 해도 된다. 아니, 그런 부분까지 제한해서는 실험의 의미가 없다. 미래에 건설될 지하 도시에서도 마찬가지의 문제는 분명 발생할 테니 말이다.

성애를 둘러싼 인간관계 문제도 무시할 수는 없지만, 가장 현실적인 대처가 필요한 건 임신일 것이다. eUC 3에서는 언제든 피임 도구를 입수할 수 있지만, 그것만으로는 원치 않는 임신을 모두 막을 수는 없다. 임신으로 판명된 여성은 모체와 태아의 건강을 우선하기 위해 자동으로 실험 탈퇴가 된다. eUC 3의 의료 시설에서는 출산이든 낙태든 충분한 대응을 할 수 없는 까닭이다.

미리 말해두지만, 출산을 하더라도(eUC 3에서는 육아까지 상정하지 않아서) 혹은 설령 낙태를 선택하더라도 실험에 복귀할 수는 없다. 그런 일이 가능해진다면 그 자체가 낙태를 선택하는 데 동기 부여를 하는 꼴이 될 테니 말이다.

또한 임신으로 인해 실험 탈퇴를 하게 되는 경우, 20만 달러의 특례 수당이 지급된다. 이는 실험 포기로 인해 보수를 못 받는 걸 두려워한 나머지, 임신 사실을 숨기거나 자기 손으로 위험한 낙태 시도를 하는 것을 방지하기 위해서다.

그뿐만 아니라 여성이 출산을 선택한 경우, 상대 남성도 함께 탈퇴하면 마찬가지로 같은 금액을 받는다. 실제로 이렇게 하여 총 여섯 쌍의 커플이 합계 40만 달러의 축의금을 손에 들고 시설을 떠났다. 오히려 임신으로 실험 포기를 하게 된 여성이 결정에 불복하여 eUC 3에 남겠다고 요구한 예는 단 한 건도 없다.

즉, 출산 관련 문제는 이렇게 해결되는 것이다.

물론 성범죄에 관해서도 다른 위법 행위 이상으로 엄격한 처벌이 기다리고 있지만, 그래도 많은 여성에게 있어 이곳이 편안한 장소라고 여기기 어렵다는 건 명확했다. 일찍이 실험 포기를 하는 여성이, 그것도 비교적 젊은 층에서 속출하는 것도 무리는 아니었다.

그런 환경 속에서 10년이나 버티고, 239명의 주민을 대표하는 인물이 된 게 바로 곤노 유카리라는 여성이었다.

등록된 데이터베이스에 의하면 본명은 곤노 유카리. 현재 37세. 소행성 2029JA1이 지구를 스쳤을 때 그녀는 12세였고, 지오X 계획의 참가자 모집 소식을 듣게 됐다.

2029JA1이 초등학생이었던 그녀의 마음에 얼마나 큰 상처를

남겼는지 지금은 헤아리기도 어렵지만, 세라한테는 그게 그녀의 인생 속에 여러 그림자를 드리웠다는 생각을 지울 수가 없었다. 우연하게도 세라가 그녀와 같은 동갑이고, 그녀와 마찬가지로 12세 때 그 사건을 접했기 때문에 더욱 그렇게 느끼는 것일지도 모르지만.

그런데 eUC 3의 주민이 상담을 받고자 할 때는 각층에 설치된 유선 전화기로 예약을 넣는다. 그때 대응하는 이들은 세라와 같은 상담사들이 아니라 eUC 3의 전속 오퍼레이터다. 주민들은 성명과 등록 번호, 상담 희망의 뜻을 오퍼레이터에게 전하고 ID 코드를 입력한다. ID 코드란, 숫자와 알파벳을 조합한 네 문자인데 각자의 고유 코드다. 본인 확인의 수단으로서는 원시적이지만, 기계 문제의 영향을 덜 받는다는 이점도 있어서 이곳에서 사용하기에는 충분하다. 모든 등록 데이터와 일치하면 예약이 완료되고, 해당 상담사의 스케줄에 입력된다. 세라 같은 상담사들은 이 스케줄을 보고 자기한테 누가 올 것인지를 알고, 상담 신청자가 되는 주민의 등록 데이터나 각종 서비스의 이용 이력, 가입 동아리 등의 활동 기록을 미리 살펴본다.

그러나 그날 새로운 예약 소식의 알림이 와서 스케줄을 확인하던 세라는 자기 눈을 의심했다. 표시된 상담 신청자 이름이 '곤노 유카리'였기 때문이다. 설마 해서 링크를 눌러 등록 데이터를 불러와 봤지만, 동성동명의 다른 사람이 아니라 등록번호 30014에, 얼굴 사진도 바로 그 도서관에서 만났던 곤노 유카리임이 확실했다.

오싹한 기분이 들었다.

자신의 모든 걸 꿰뚫어 보고 있는 듯한 기분이 들었기 때문이다. 물론 그럴 리는 만무하지만.

가토에게 소식을 전할까 생각했지만, 그만두기로 했다. 뭔가 목적이 있는 게 아닐까. 가토에게 알리는 건 그걸 확인한 다음이라도 늦지 않다.

예약 시각에 맞춰 사무실을 찾아온 곤노 유카리는 상담실에 한 걸음 발을 들였다가 겁이라도 먹은 것처럼 잠시 멈춘 채로 주변을 두리번거렸다. 그 자신감 없는 태도는 도서관에서 봤던 태연한 모습과 너무나도 달라, 순간 딴 사람이 아닐까 의심이 갈 정도였다.

오늘 걸친 숄은 빨간색으로, 그녀는 그걸 뒤틀어 허리에 한 겹 감아 양쪽 끝을 앞으로 쭉 늘어뜨린 모습이었다. 도서관에서 만났을 때는 흰 숄에 가려져 잘 보이지 않았지만, 그 양쪽 어깨는 여자라고 해도 너무나 가냘팠다.

"자, 어서 앉으세요."

네, 하고 작은 목소리로 고개를 끄덕이며 소파에 앉았다.

세라도 낮은 테이블을 사이에 두고 그 정면에 앉았다.

"일단 절차이니까 먼저 성명과 등록번호를 말씀해 주세요."

"곤노 유카리. 30014."

세라는 항상 마주 앉자마자 첫 10초 동안은 최대한 집중력을 발휘해서 상담 신청자를 관찰한다. 표정, 눈의 움직임, 손을 두는 모습, 자세 등, 지금 어떤 심경인지, 어떤 감정을 품고 있는지, 무엇을 요구하려 하는지 가능한 한 읽어 내려 한다.

"상담은 처음이세요?"

"여기 오기 전에 몇 번 정도 받았어요."

"지상에서요?"

"아, 네."

이렇게 일대일로 마주하고 있으니 곤노 유카리는 어쩐지 신비한 분위기를 풍기는 여자였다. 코와 턱은 다소 날카로운 감이 있어 차가운 인상을 주지만, 도톰한 입술의 존재감이 그걸 잘 중화시키고 있었다. 검고 큰 눈은 신비감마저 줘서 마치 지하 세계의 무녀라고 불러도 될 정도였다. 활동 기록에 따르면 그녀는 여기서 결성된 극단 한 곳에 소속되어 몇 번이나 무대에 선 경험도 있어서 그런지, 그런 경험도 행동거지에 배어 있는 것일지도 모른다. 그래도 그녀가 이 방에 있다는 사실에 위화감만 느껴질 뿐이었다.

상담을 희망하여 찾아오는 사람은 어떤 것이든 문제를 떠안고 있다. 그리고 그 문제에 대한 대처 중 하나로 상담을 선택한다. 그런데 눈앞에 있는 이 사람에게서는 문제의 존재를 느낄 수가 없었다.

이런 경우 두 가지 가능성을 생각해 볼 수 있다.

사실은 아무 문제가 없다거나.

혹은 겉으로 보이지 않게끔 두꺼운 벽 안에 감추고 있거나.

"혹시나 해서 여쭙습니다만, 여기에는 상담을 받으러 오신 거죠?"

그녀는 무슨 말을 하는지 이해가 가지 않는다는 표정으로 눈만 깜박거렸다.

"당신은 현재 239명의 주민을 대표하는 사람이잖아요. 그런 당신이 굳이 여기까지 왔다는 건."

아, 라고 이제야 알아차렸다는 듯 눈을 동그랗게 뜨더니 웃음을 터트렸다. 그 잠깐의 미소에 담긴, 뜻밖의 앳된 분위기가 더욱 그녀의 인상을 혼란스럽게 했다.

"기분 나빠하지는 마시고요. 이 점만큼은 확인하고 싶었을 뿐입니다."

곤노 유카리는 그렇군요, 하고 답한 후에 검은 눈동자를 빛냈다.

"그저 수다를 좀 떨고 싶었을 뿐이에요. 어떤 특별한 주제가 아니라 별 것 아닌 것을 줄줄이 이야기하는 거죠."

그러다 갑자기 진지한 표정을 짓더니 심연을 연상케 하는 눈동자로 세라를 바라봤다.

"이런 건 안 되는 건가요?"

"……안 되지는 않습니다만."

"다행이네요."

뺨을 누그러트리더니 동의를 요구하는 것처럼 고개를 살짝 갸웃거렸다.

세라는 마음처럼 굴러가지 않는 상황이 답답했다.

"그런데 왜 저한테 상담을? 상담사라면 저와 가토 선생님 말고도 리 선생님도 계시는데."

"그럼 세라 선생님께는 안 되는 이유라도 있나요?"

"도서관 일도 있고 해서 저를 피하실 줄 알았거든요."

그러자 곤노 유카리는 재미있다는 듯 웃었다.

"평범한 사람은 그런 식으로 생각하겠죠."

어느샌가 주도권은 그녀에게 넘어간 뒤였다.

이런 경우, 상대의 리드에 그냥 흐름을 맡기는 편이 좋다.

"저는 다른 사람이 아닌 세라 선생님과 대화를 나눠보고 싶었어요."

"그러니까 왜 저인지."

"제 또래인 것 같아서요."

"추측하신 대로 동갑 맞습니다."

"역시나."

그녀는 기쁜 표정으로 입매를 끌어올렸다.

"그게 이유가 되나요?

"이곳은 저보다 다 나이가 많은 분들뿐이니까요."

그 말대로 현재 남아 있는 주민 중 가장 많은 게 40대로, 다음으로 50대, 60대로 이어진다. 30대는 겨우 세 명에 불과하고 그중 여성은 곤노 유카리 한 명뿐이다.

"세라 선생님은 왜 이 일을 하시게 됐나요?"

"상담사 일을 말인가요? 아니면 지하 3천 미터에 있는 직장을 선택한 걸 말씀하시는 건가요?"

"양쪽 모두요."

"심리 상담사가 된 건 흔한 이유긴 하지만 사람의 마음에 관심이 있었기 때문이고, 여기를 직장으로 고른 건 그저 단순히 보수가 좋아서였고요."

"그뿐인가요?"

세라를 향한 눈동자에 희미한 실망이 스쳤다.

"곤노 씨는 왜 이 실험에 참가하신 거죠? 아, 질문에 답하고 싶지 않다면 그래도 괜찮습니다. 억지로 대답하실 필요는 없으니까요."

그녀는 아니라고 고개를 저으며 얼굴을 숙였다.

"제가 좋은 보수 때문에 일한다고 해서 다들 그럴 거라 생각하는 건 아니지만, 이 실험에 참가하는 사람들은 모두 돈이 목적일 줄 알았습니다. 역시 억 단위의 거금은 매력적이니까요. 하지만 그렇게 따져서는 이번에 곤노 씨와 다른 주민분들의 행동을 설명할 수가 없어요. 솔직히 어떻게 받아들이면 좋을지 막막합니다. 그런데 이렇게 곤노 씨와 대화할 기회를 얻었으니 괜찮으시다면 어떤 의도인지 설명해 주시면 감사하겠습니다. 아니면 아직도 전 이야기를 들을 준비가 안 된 건가요?"

"세라 선생님은 정말로 보수 때문에만 이곳에 오신 거예요?"

"네, 그렇습니다. 제가 그렇다고 하니 확실하죠……."

거기까지 말하다가 세라는 문득 서늘한 뭔가를 느꼈다. 있는 게 당연하다고 느꼈던 발밑의 땅이 어느새 사라져버린 듯한 그런 공포감을.

곤노 유카리가 천천히 얼굴을 들었다.

"선생님은 그날 어디서 어떻게 시간을 보내고 있었나요?"

"……그날이라니요?"

"2029년 5월 8일이요."

깊고 조용한 목소리가 세라의 몸을 경직시켰다.

"집에 있었죠. 어머니와 여동생과 함께."

이제 관찰당하고 있는 건 오히려 세라였다.

"가능한 평소와 똑같이 지내자고 어머니가 그러셨거든요."

"그래서 평소처럼 지내셨나요?"

"솔직히 힘들었죠. 아무래도 그때 겨우 열두 살이었으니까요. 어머니는 필사적으로 견디려 했던 것 같지만."

일본 시간으로 그날 오후 9시경, 2029JA1이 대기권으로 돌입한다고 했다. 낙하지점은 태평양이 될 가능성이 크다는 것 이외에 상세한 공식 발표는 없었으나, 온갖 소문이 꼬리에 꼬리를 물고 증식하고 있었다. SNS에서 가장 자주 보였던 내용은 태평양 한가운데에 떨어진 2029JA1은 높이 천 미터가 넘는 거대 쓰나미를 일으켜 해저 바닥을 파헤치고, 그것으로 인해 휘몰아 올라간 엄청난 양의 먼지가 태양광을 가리게 되어 세계적 기아가 발생해 전체 인구의 90퍼센트가 1년 이내에 사망하게 된다는 것이었다.

12세의 세라가 어머니와 동생과 함께 살던 아파트는 거대 쓰나미가 밀려오면 제일 먼저 물살에 집어 삼켜질 장소였다. 피난을 가고 싶어도 일본해 쪽으로 향하는 도로는 끝없이 이어지는 교통 정체와 다발하는 사고로 완전히 막혔고, 철도 등의 공공 교통 기관도 마비 상태여서 어찌할 도리가 없었다.

인근 슈퍼마켓이나 편의점 진열대에서는 온갖 상품이 금세 사라졌다. 어머니는 평소 물건을 넉넉히 사 집에 보관하는 사람이어서 한동안 생활용품에 대한 걱정은 없었고, 식량도 일주일 정도는 버틸 만했지만 그게 큰 위안은 되지 못했다.

다행히 전기나 수도, 통신 등의 인프라는 무사했다. 누가 먼저랄 것도 없이 도망치기 바쁜 사람도 있는 가운데, 마지막까지 현장에 남아 자기 책임을 다하는 사람도 분명 있었기 때문이다.

세라와 동생이 다니는 초등학교도 당일에 휴교는 됐지만, 전날까지는 수업이 이루어졌다. 등교한 학생들은 절반 이하였지만 교사들은 대부분 출근했다. 다만 급식은 없었고, 오전 수업만 하고 모두 하교하게 됐다. 그 하교 도중에 봤던 광경이 지금도 눈에 생생하다. 통학로에 있는 교차점 근처에서 확성기와 손으로 쓴 플래카드를 든 십여 명의 남녀가 길가를 따라 가로 일렬로 선 채, 사람도 차도 거의 다니지 않는 도로를 향해 필사적으로 외치고 있었던 것이다. 소행성 충돌은 거짓말이다, 속지 말라고 하면서.

"저는 부모님께 살해당할 뻔했어요."

그렇게 말한 곤노 유카리의 입매에는 작은 웃음이 어려 있었다.

"밖으로 도망쳐서 간신히 살았지만요."

당시 각지에서는 동반자살 사건도 빈번하게 벌어졌다고 한다. 그녀의 부모도 정신적으로 내몰렸던 이들 중 한 명이었으리

라. 소행성 궤도가 바뀌어 지구에 충돌하는 일 없이 지나갔다는 발표가 나온 건 이튿날이 되어서였다. 절망에 사로잡혀 돌이킬 수 없는 잘못을 저지른 사람들은 그 낭보를 듣고 어떤 심정이었을까.

"저는 그때 하늘에서 떨어지는 거대한 불덩어리를 봤어요."

뜻밖의 말이 세라를 과거 속에서 끄집어냈다.

"집을 뛰쳐나와 울면서 뛰고 있을 때 갑자기 머리 위가 환해져 발을 멈췄죠. 그러고 나서…… 저는 손가락 하나 까딱할 수 없이 저에게 닥쳐오는 거대한 불덩어리를 보고 있을 수밖에 없었어요. 곧이어 땅을 후려치듯 거대한 바람이 불면서 온갖 건물을 날려버리고. 사람과 자동차가 마치 모래알처럼 휘날리면서……"

"하지만."

세라는 저도 모르게 그 말을 끊었다.

곤노 유카리는 조금도 표정을 바꾸지 않았다.

"네, 맞아요. 사실 그런 일은 일어나지도 않았죠. 소행성은 떨어지지 않았으니까요. 제가 정신을 차렸을 때는 평소와 똑같이 밤하늘이 펼쳐져 있을 뿐이었어요. 불덩어리는 어디에도 없었죠."

그녀는 짙은 미소를 지었다.

"하지만 저는 분명 봤어요."

그 순간 세라는 깨달았다.

그녀가 eUC 3에 머무는 진짜 이유를.

"당신은 그때 본 환상이 조만간 현실이 될 거라고 생각하는 거군요."

2029JA1 사태 이후, 세계 곳곳의 천문대와 우주 망원경이 거대 소행성 감시에 힘을 쏟아붓고 있다. 지금까지는 지구에 충돌할 것으로 보이는 것은 발견되지 않았지만, 감시망에서 벗어나 있을 가능성도 있다.

"당신에게 여기는 실험 시설이 아니라 피난소이고, 지금 지상으로 돌아가는 건 자살행위에 가깝다는 거네요. 그러니까 보수 따위는 처음부터 안중에도 없었던 거고요."

곤노 유카리는 부정하지 않았다.

"당신들은 시설 폐쇄를 2년 연기해 달라고 요구했습니다. 만약 그사이에 아무 일도 일어나지 않는다면 다시 연기를 요구할 셈인가요? 소행성이 떨어질 때까지요."

"그 질문은 좀 무의미하네요. 소행성은 2년 이내에 반드시 올 거예요."

"어떻게 그렇게 단언할 수 있죠?"

대답은 돌아오지 않았다.

그저 차가운 벽과 같은 침묵만 이어졌다.

"……네, 좋습니다. 그럼 질문을 바꾸죠."

세라는 포기하기로 했다.

"당신의 사정은 이해했습니다. 그러나 당신을 제외한 238명의 대부분은 보수를 받을 목적으로 왔어요. 적어도 처음에는 그랬겠죠. 설마 모두가 지구에 떨어지는 소행성 환상을 본 건 아닐 테니까요. 왜 다른 주민들까지 당신과 같이 행동하는 거죠?"

"세라 선생님은 그 이유가 뭐라고 생각하시나요?

곤노 유카리가 도전적인 눈빛으로 되물었다.

"아까까지는 짐작도 되지 않았지만, 곤노 씨의 말씀을 듣고 지금은 한 가지 확신이 드네요."

"어디 한번 들어볼까요."

"초반에 있었던 암흑 실험 기억하시죠?"

세라를 향한 눈이 가늘어졌다.

"그때 많은 주민이 똑같은 환각을 봤습니다. 어둠 속을 달려가는 신비로운 청년의 모습을요."

곤노 유카리는 침묵을 유지했다.

"인간은 신비한 체험을 하게 되면 어떠한 의미를 도출해 내려는 경향이 있습니다. 게다가 이곳은 소행성 충돌의 재앙에서 살아남기 위해 만들어진 지하 3천 미터의 실험 시설이라는 매우 특수한 환경이죠. 인류가 살아남기 위해 갈고닦은 본능, 그러니까 관찰한 현상에서 최대한 정보를 읽어내려고 하는 본능은 거의 극한까지 드높아진 상태일 겁니다. 그곳에서 당신이 본 환상 이야기가 정보로 더해지면 어떻게 될까요."

세라는 눈앞에 있는 곤노 유카리를 응시했다.

"두 가지 정보는 바로 연결되어 하나의 이야기가 됩니다."

"이야기요?"

"당신이 환상으로 본 그 소행성 낙하는 현실이 되는 거예요.

어둠 속의 청년은 그걸 알리기 위해 나타났다는 이야기인 거죠."

2029JA1은 지구의 대지 대신 사람들의 마음을 깊게 도려내 버렸다. 그때 뚫리고 만 마음의 구멍은 십수 년의 세월이 지나도 메워지지 않았다. 신화라는 형태로 눈앞에 다시 나타난 이야기는 그 동굴에 능숙하게 파고들어 지금에 이르기까지 살아 숨 쉬고 있는 게 아닐까.

"아마 당신을 포함한 239명은 허구의 이야기를 공유하며 연결되어 있는 겁니다."

곤노 유카리가 미소를 지으며 고개를 가로저었다.

"허구가 아니에요. 진실이죠."

그때 세라는 육성을 처음으로 들은 기분이 들었다.

그리고 동시에 계속 지워지지 않았던 위화감이 명확한 형태를 취하기 시작했다.

"당신은 정말로 수다만 떨려고 여기에 온 건가요?"

그녀의 미소가 표정 저 깊은 곳으로 가라앉는다.

"세라 선생님께 꼭 전할 말이 있어서요."

"뭔가요?"

"지금부터 드릴 말씀은 여기서만 듣고 끝내주시겠어요?"

"다른 곳에 누설하지 말라는 뜻인가요?"

"네."

"약속하겠습니다."

세라는 대답했다.

"그래서 하실 말씀이 뭡니까?"

눈동자에 기도하는 듯한 빛이 깃들었다.

"지상에 돌아가지 마세요. 돌아가서는 안 돼요."

세라는 한숨을 쉬며 시선을 돌렸다.

"아하, 저까지 끌어들이겠다는 거군요?"

"제 말 좀 믿어주세요. 지상은 곧 암흑으로 뒤덮일 거예요. 다들 죽고 말 거라고요."

"그러니까 당신은 상담을 받으러 온 척하면서 포교하러 온 거네요. 교주님이 몸소."

"그런 게 아니라……."

"죄송하지만 당신들의 신화를 공유할 생각은 없습니다."

침묵이 흘렀다.

흘끔 시선을 주니 곤노 유카리는 고개를 푹 숙인 채였다.

참 가녀린 어깨를 가진 사람이라는 생각이 새삼스럽게 들었다.

"지금 하신 말은 못 들은 것으로 하겠습니다. 이만 가주세요."

3

"이상, 회사가 내린 결정 사항입니다."

지난번 이곳에서 만났던 때와는 달리, 지금 스기야마의 목소리에는 속 시원하다는 듯한 가벼움이 담겨 있었다. 표정도 밝았다. 이게 진짜 그의 모습이리라.

"뭐라고 해야 좋을지……."

그와 대조적으로 가토는 당혹감을 감추지 못했다.

"……이거 아주 과감한 판단을 내렸군그래."

스기야마가 가토에게 회사 방침이 정해졌다는 보고를 하기 위해 찾아가겠다는 연락이 온 건 어제 일이었다. 얼마 전 주민들과의 회견에 동석한 세라한테도 호출이 와서, 다시금 가토의 사무실에 셋이 모이게 됐다.

"연기를 반대하는 주민이 보안부에 알렸다고 하더군요. 불온한 움직임이 있는 것 같으니 단속 좀 해달라고. 혹시라도 실험 종료가 연기되면 특별 보수도 빨리 못 받게 된다고 생각하는 것 같습니다."

"계약한 게 있는데 그렇게 될 리가 없지."

"물론입니다. 하지만 괜한 의심에 사로잡힌 사람을 이해시키는 건 쉽지 않은 일이죠. 2백 명 규모의 집단이라면 더더욱 그렇고요. 이대로 연기파와 반대파의 대립이 심해지면 통제 불능 상태에 빠질 수도 있어요."

세라는 이제야 알겠다는 듯 고개를 끄덕였다.

"그래서 실험은 예정대로 일단 종료하지만, 남기를 원하는 주민에게는 이어서 살도록 eUC 3를 대여하겠다는 거네요?"

"난 괜찮은 판단이라고 보네."

가토가 팔짱을 끼었다.

"그럼 우리는 어떻게 되는 겁니까?"

"원칙적으로 서포트 스태프 여러분들은 원래 계약대로 기일이 되면 철수하게 됩니다."

"그럼 시설은 누가 관리하나요?"

"주민을 대상으로 한 강습을 시행할 겁니다. 문제에 대한 본격적 대응은 어렵더라도 일반적인 관리 점검은 할 수 있게 말이죠."

"주민들끼리 eUC 3를 운영하는 거로군."

아마 실제 상황과 매우 가까운 시뮬레이션이 이루어질 것이다. 당연히 위험도도 높아지겠지만.

"비상시의 대응은요?"

"몇 명의 연락 담당자를 지상에 상주시키게 될 겁니다."

"그게 다인가요?"

"셔틀도 언제든 가동시킬 수 있도록 회사 측에서 정비를 맡겠다는 것 같습니다만."

"즉, 도망가는 것도 여기 머무는 것도 주민의 자기 책임에 달렸다는 뜻이네."

"데이터 제공 등 대여 조건의 세부 사항은 앞으로의 교섭으로 결정할 예정입니다. 하지만 교섭 경과에 대해서는 두 분께도 알려드릴 수 없어요. 오늘은 선생님들께 보고와 함께 도와주신 것에 대한 감사 인사를 하러 온 겁니다."

"이후 교섭 담당은 자네가 하나?"

스기야마가 친근한 미소를 지었다.

"제 능력이 부족하다는 건 알지만, 지상의 높으신 분들은 여기에 오고 싶어 하지 않거든요. 지하 3천 미터라는 깊이가 무서운 모양입니다. 자기들이 만들어놓고서는."

"자네는 안 무서운가?"

"무섭지만 여기로 내려올 때마다 수당이 붙거든요."

그는 농담조로 웃으며 말했다.

"가토 선생님은 어떠세요?"

"나야 뭐 익숙해졌지."

"주민들과 같이 남고 싶으시지는 않나요?"

"그건 사양하고 싶네만."

"세라 선생님도요?"

"같은 생각입니다."

세라는 가토와 미소를 주고받으면서 머릿속으로 곤노 유카리를 떠올렸다. 그녀가 사무실을 찾아온 것은 가토에게 알리지 않았다. 디바이스로 공유되는 스케줄 표에는 상담 신청자 성명이 표시되지 않아서 방문 기록이 드러나지는 않는다. 물론 지상에서는 파악하고 있겠지만, 스기야마가 이 사실을 인지하고 있는지는 알 수 없다. 어쩌면 알고 있으면서 일부러 언급하지 않는 것일지도 모른다. 어쨌든 그녀는 자기가 원하는 대로 이곳에 남을 수 있게 됐다.

"오늘 이야기한 사항에 대해서는 외부에 누설되지 않도록 부탁드립니다. 조만간 회사에서 공식 발표가 있을 테니 그때까지만 부탁드려요."

스기야마가 자리에서 일어났다. 이따가 주민 대표와 만나 회사의 결정을 전할 예정이라고 한다.

"가토 선생님은 왜 이 일을 선택하셨나요? 그러니까 지하 3천 미터라는 환경에 몸을 두신 이유 말이에요."

스기야마가 나간 후, 세라는 슬쩍 물어봤다.

"갑자기 왜 그런 걸 묻지?"

"그냥 여쭤본 적이 없었던 것 같아서요."

가토는 그렇군, 하고 잠시 생각에 잠겼다.

"좋은 보수도 이유긴 하지만, 그 이상으로 재미있을 것 같았
네. 이 실험 지하 도시라는 장소가 말이야."

"위험할 거라는 생각은 안 하셨나요?"

"오히려 그런 점을 추구했지."

"선생님이요?"

그는 그리움에 찬 눈빛을 아래로 떨구었다.

"인생의 최종장에 들어가기 전에 모험을 좀 해보고 싶었거
든."

"그런 성격이신 줄은 몰랐어요."

가토가 눈을 들었다.

"세라 자네는?"

"저는 보수에 이끌려 왔을 뿐이에요."

"정말로?"

"원래라면 평생 일해도 벌지 못하는 거액을 겨우 10년 만에
손에 넣을 수 있으니까요."

"의외로군."

"……그런가요?"

"지상에서 자네와 처음으로 만났을 때 아주 표정이 어두웠던

게 아직도 기억나네. 그런데 셔틀에 타서 지하 깊숙이 내려가자마자 자네 얼굴이 바뀌더군. 생기가 확 도는 느낌이었어. 입으로는 자주 불만을 쏟아냈지만, 역시 자네는 이곳을 좋아한다는 생각이 들었네. 성격에 잘 맞는다고 해야 할까."

가토는 쾌활하게 웃었다.

"우리가 10년이나 알고 지냈는데 서로에 대해 아는 게 별로 없었군그래."

세라는 그 이후로도 가볍게 몇 마디를 나누다가 훈훈한 분위기 속에서 가토의 사무실을 나섰지만, 자기 사무실에 돌아가 의자에 앉자마자 닻이라도 내린 것처럼 몸이 무거워졌다.

왜 나는 이런 곳에 있는 걸까.

가토에게는 그렇게 대답했지만, 솔직히 자신이 보수 때문에 이곳에 있는 것 같지가 않았다. 원시적인 본능과는 좀 다른, 뭔가 정체를 알 수 없는 것에 의해 이 장소에 이끌려 온 것 같은 기분이 들었다. 그 정체를 알 수 없는 것의 원류를 따라가면 도달하는 곳은 역시 그날밖에 없었다.

서력 2029년 5월 8일.

2029JA1이 지구에 낙하한다고 했던 날이다.

대기권 돌입은 오후 9시경. 급격하게 압축되어 수만 도의 고온에 이른 공기는 2029JA1의 표면을 수천 도까지 달궈 환하게 빛나게 하고, 그 거대한 불덩어리가 지표에 충돌할 때의 속도는 초속 20킬로미터. 태평양에 떨어진 경우, 낙하지점에 따라

달라지지만 몇 분 정도에서 늦어도 십수 시간 이내에는 천 미터가 넘는 거대 쓰나미가 우리 아파트를 삼키게 된다. 그런 밤을 어떻게 보내면 좋을까.

"오빠."

동생의 가느다란 목소리가 지금도 귀에 남아 있다.

"우리 이제 죽는 거야?"

나는 뭐라고 대답했더라?

기억이 나지 않는다.

어머니는 가능한 평소처럼 있자고 했다. 저녁은 수제 햄버그. 식사하는 사이 어머니는 계속 이야기를 쏟아냈다. 예전 추억을 아무 맥락도 없이. 나와 동생은 어머니의 이야기를 들으면서 좋아하는 햄버그 맛을 곱씹었다. 그 후에 일찍 목욕을 했다. 어머니는 애써 밝게 행동했지만 오후 9시가 가까워지자 갑자기 나와 동생을 끌어안았다. 동생은 결국 울음을 터트렸다. 이제 우리는 곧 죽는다. 마음 어느 한구석에 남아 있던 희망의 마지막 조각이 사라지고 말았다.

"괜찮아. 괜찮을 거야."

어머니는 우리를 꼭 안아주면서 떨리는 목소리로 몇 번이나 말했다.

"정말?"

동생이 매달리듯 말하자 우리를 끌어안는 힘이 더욱 강해졌다.

"괜찮아. 분명 아침이 올 거야."

어머니가 필사적으로 거짓말하려는 게 느껴졌다. 동생도 알고 있었을 것이다. 그래도 동생은 어머니의 거짓말을 순순히 받아들였다.

"하지만 조금만 더 이러고 있자."

우리는 서로 꼭 끌어안은 채 숨을 죽이며 때를 기다렸다. 나는 결정적인 순간을 향해 나아가는 1초가 손에 잡힐 것처럼 응집되어 가는 시간을 처음으로 겪었다.

나와 동생은 어느 순간 잠들어 버렸지만, 어머니는 계속 깨어 있었던 모양이다. 눈을 떴을 때 나와 동생은 다시금 어머니의 품에 안겼다. 그렇게 2029JA1의 궤도가 빗나간 걸 알았다. 어머니 말대로 정말 아침이 왔던 것이다.

온 세계에 혼란의 여운이 남아 감돌던 중, 윌 영맨의 지오 X 계획이 발표됐지만 나하고는 아무 상관도 없는 일이라고 생각했다. 피난소에 들어갈 수 있는 건 일부 부유층 등의 특별한 사람들뿐이지, 나 같은 건 어차피 남겨질 쪽일 테니까. 그날 밤의 기억, 특히 죽음을 각오한 어머니에게 꼭 안긴 채로 보낸 몇 분간은 이 세상이 끝나도 전혀 이상할 것이 없다는 공포와 정작 그때가 와도 도망갈 곳은 어디에도 없다는 체념을 내 마음에 심어줬다.

심리 상담사가 되기로 한 건 그런 자신과 타협하려고 발버둥 친 결과지만, 사회에서 멘털 케어 수요가 높아졌다는 현상도 영향을 줬다. 나처럼 2029JA1 사태 이후, 뿌리 깊은 불안에 시달리는 사람이 적지 않았다.

지오 X 계획의 일환으로서 일본에 건설되던 실험 지하 도시에 상주할 심리 상담사를 모집한다는 소식을 들었던 건 25세 때의 일이었다. 기간은 10년. 보수는 파격적이었다. 망설임 없이 응모했다. 다만 내가 뽑힐 거라고 기대하기에는 경쟁률이 너무나 높았다. 그래서 최종 심사를 돌파하여 채용이 결정될 때까지 대학 시절부터 사귀었던 약혼자에게도 이 사실은 말하지 않았다.

"왜 그런 곳에 가려는 거야?"

그녀는 전혀 이해할 수 없다는 얼굴이었다.

"아무리 거금을 준다고 해도 인생에서 제일 중요한 시기를 그런 위험한 곳에서 보내다니 제정신이야?"

"우리 결혼할 거잖아. 나를 버릴 셈이야?"

"……아이는 어쩔 거야? 나 혼자 낳고 키워야 하는 거냐고."

부임을 위해 셔틀에 올라탔던 내 표정이 어두웠던 것도 당연한 일이었다. 결국 그녀는 내 곁을 떠났으니 말이다.

왜 그때 사랑하는 사람의 반대를 무릅쓰면서까지 이런 곳에 온 것일까. 그녀를 저버릴 만큼 거액의 보수가 가치가 있었던 걸까.

어쩌면 나는 언제 세상이 끝나도 이상할 것이 없다는 불안에서 벗어나고 싶었던 걸지도 모른다. 한정된 시간이라도 피난소에 들어가 있고 싶었던 걸지도 모른다. 이런 기회라도 있지 않으면 들어가는 쪽의 사람이 될 수 없을 것 같으니까.

그러나 냉정히 따져보면, 지구에 충돌할 거대 소행성은 그리 쉽게 나타날 만한 것이 아니다. 게다가 이곳은 지하 3천 미터에 있는 실험 시설이다. 지상보다 목숨을 잃을 위험이 더 크다. 주거 환경도 최악이다. 휴가만 나가면 드디어 이곳에서 벗어날 수 있다는 생각에 마음이 들뜬다. 3개월 만에 맛보는 지상의 식사를 만끽하면서 가능하면 다시는 지하로 돌아가고 싶지 않다고까지 느낀다.

그러나 나는 그럴 때마다 이곳으로 돌아왔다.

반드시 돌아왔다.

왜 나는 약혼자와 아이가 아니라 이쪽을 선택했을까.

그리고 왜 이제 와서 그런 게 신경 쓰이는 걸까.

제3장

세이렌

1

헌신적인 제안을 환영한다는 윌 영맨의 성명과 함께 발표된
합의 내용을 읽어보면, eUC 3에 머물러 생기는 인센티브가 철
저하게 배제됐다는 사실을 알 수 있다.

예를 들어 주민들은 eUC 3의 생활 지속 제안이 받아들여질
경우, 실험 종료 후에 받을 특별 보수 2백만 달러를 거절하겠
다고 했지만 지오 X사는 주민의 선택 여부에 상관없이 정해진
계약대로 전원에게 금액을 지불하기로 했다. 단, 연장 기간 중
의 보수는 일절 발생하지 않는다. 즉, 주민에게 eUC 3에서 계속
머무는 것에 대한 금전적 이득은 전혀 없지만 eUC 3를 나간 후
의 생활은 변함없이 보장받는다는 뜻이 된다.

또한 지오 X사는 셔틀을 상시 가동 가능한 상태로 두겠다

고 약속했다. 지상으로 돌아가고 싶은 주민이 언제든 사용할 수 있게끔 하겠다는 배려였다.

한마디로 이번 일은 어디까지나 주민 측의 자주적인 선택의 결과이며 eUC 3에 머무는 것도 떠나는 것도 개인의 완전한 자유지만, 바꿔 말하자면 앞으로 어떤 사태가 일어나더라도 그 책임은 주민들이 져야 한다는 점을 보란 듯이 강조했다. 그 취지를 담은 새로운 계약서도 주민 측과 교환했을 것이다.

어쨌든 지오 X사의 공식 발표 이후, eUC 3는 실험 종료 후를 시야에 넣은 단계로 이행하여 남기를 희망하는 주민을 대상으로 한 각종 시설 관리 강습도 시작했다. 당연하지만 연기 반대파에 있던 실험 참가자도 만족해서 이번 결정에 대한 주민 간의 갈등은 보고되지 않았다.

그럼 이제 상담실은 한산하기만 할 줄 알았으나 전혀 그렇지 않았다. 인간이 살아가는 데 있어 걱정은 끊이지 않는 법이라, 이번에는 거금을 쥐고 사회생활로 돌아가는 것에 대한 불안을 토로하는 상담 신청자들이 늘어났다. 그렇다고 해서 eUC 3에 남고 싶은 건 아니고, 그저 10년 만의 문명 생활에 적응할 수 있을지 자신이 없을 뿐이었다.

그 점에 대해서도 지오 X사의 대응은 철저해서, 희망자를 대상으로 어려움 없이 사회에 복귀하기 위한 프로그램을 진행하기로 했다. 또한 보수에 관해서는 종신 연금 방식으로 받는 선택지 외에도 자산을 관리 운용하는 노하우도 배울 수 있어서 그야말로 그 배려 수준은 대단했다.

그렇게 상황은 이미 새로운 국면에 접어들었는데도 세라는 여전히 답답한 기분 속에 잠겨 있었다. 심리 상담사 업무는 충실히 처리하고 있지만, 상담 신청자들은 하나같이 이곳을 곧 떠날 사람들뿐이어서 상담 내용도 지상에서의 생활에 관한 것이 대부분이었다. 다시 말해, 세라의 본래 업무였던 장기간에 걸친 지하 생활이 정신에 끼치는 영향 조사는 사실상 완료된 상태였다.

그런 중, 가토가 한발 먼저 eUC 3를 떠났다. 휴가 순서가 돌아왔지만, 가토가 이곳에 돌아올 일은 없다. 실험 종료까지 남은 한 달을 휴가로 쓰고, 그대로 계약 종료가 되기 때문이다.

"세라, 먼저 지상에서 기다리고 있겠네. 만나서 한잔하자고."

헤어질 때 봤던 그의 개운한 얼굴이 눈부셨다. 자신의 임무를 다한 자에게서 나오는 빛이 보였다.

하지만 그건 자신도 마찬가지다. 10년간의 임무를 마치는 날이, 기다리고 기다렸던 그 날이 바로 코앞에까지 왔다. 좀 더 고양감이 들어도 이상할 게 없는데, 오히려 정반대의 기분이 드는 이유는 어째서일까. 가토와 더 이야기를 나눠 볼걸 하는 생각이 들었지만 이미 때는 늦었다.

가토가 없는 eUC 3는 공기마저 더 탁하게 가라앉은 느낌이 들었다. 그 잔뜩 주저앉은 세라의 마음이 펄쩍 튀어 오른 건 스케줄 표에 다시 '곤노 유카리'라는 이름이 표시됐을 때였다.

대체 무슨 생각일까.

어떻게 마주하면 좋을까.

그녀가 사무실에 찾아올 때가 다 되어도 세라의 마음은 정리되지 않았다.

지난번에는 그녀의 목적이 포교라는 걸 안 시점에서 상담을 종료했다. 심리 상담사와 상담 신청자의 관계는 서로의 합의가 있어야 비로소 성립된다. 심리 상담사를 포교 대상으로 삼는 행위는 상담 신청자로서의 선을 넘은 것이었다. 자신의 대응은 잘못된 게 아니었다. 그러나 이번에도 또 같은 목적이라면…….

시계를 확인한다.

초침이 정점을 지난다.

상담실 문은 열리지 않는다.

노크 소리도 들리지 않는다.

세라를 휩싸고 있던 긴장감이 다른 것으로 바뀌며 한숨이 되어 입 밖으로 흘러나왔다.

예약 시간이 지나도 그녀는 나타나지 않았다. 취소 요청은 들어오지 않았지만, 직전에 마음이 바뀐 모양이다. 그 생각에 안도감이 들기는커녕 매우 낙심한 자신의 모습에 당황하고 말았다. 상담 취소 자체는 흔한 일인데도 그녀가 그런 사람이라고 여기고 싶지 않아서…….

마음보다 몸이 먼저 움직였다.

상담실 문에 다가가 문손잡이를 쥐고 잡아당겼다.

"……거기서 뭐 해요?"

곤노 유카리는 한참 전부터 그곳에 서 있었던 것 같았다. 호흡도 전혀 흐트러지지 않은 모습이다.

"아무튼 들어오세요. 전 그냥 약속 시각에 안 오시는 줄 알았어요."

"그래도 돼요?"

사양하듯 세라를 올려다봤다.

"물론이죠. 어서 들어와요."

세라가 옆으로 물러서서 길을 비켜주자 그제야 그녀도 안으로 발을 들였다.

소파에 살짝 걸터앉아 두 손을 무릎 위에 얹는다. 오늘도 숄은 빨간색이었지만, 가볍게 비틀어서 머플러처럼 감고 있었다.

"왜 안으로 들어오지 않았어요?"

낮은 테이블을 사이에 두고 맞은편에 앉은 세라가 먼저 말을 꺼냈다.

"제가 문을 열지 않았다면 그냥 돌아가려 했나요?"

"전에 그런 일이 있어서 만나주실 것 같지 않았거든요."

곤노 유카리는 그렇게 말하며 눈을 내리깔았다. 눈을 깜박거릴 때마다 긴 속눈썹이 떨렸다.

"상담을 희망하시는 분을 거절하지는 않아요. 그리고 얼마 전에는 저도 말이 좀 심했고요."

대화의 흐름이 끊기면서 어색한 침묵이 이어졌다.

평소 같으면 상담 신청자가 반응을 보일 때까지 기다린다. 침묵 속에서 할 수 있는 말도 있기 때문이다. 그러나 세라는 마치 침묵에서 도망치려는 것처럼 입을 열었다.

"아, 맞다. 축하드립니다."

그러고 나서 말을 이었다.

"여기에 남게 되어서 모두 기뻐하시겠네요."

네, 하고 간신히 들려온 목소리는 마치 남의 일처럼 여기는 투였다.

"혹시."

세라는 주의 깊게 그녀의 표정을 살폈다.

"그 일 때문에 불안을 느끼고 계신 건가요?"

곤노 유카리가 눈을 들었다.

"드디어 바라던 바가 이루어지는데도 어쩐지 머뭇거리게 되죠. 흔히 있는 일이에요. 사람의 마음은 원래 모순덩어리니까."

너무 말이 많은 것 같아. 마음속 목소리가 울린다.

"모순덩어리. 그럴지도 모르겠네요."

곤노 유카리가 이날 처음으로 웃음을 지었다.

세라도 안도하며 미소로 답했다.

"그러고 보니."

그리고 곧바로 말을 덧붙였다.

"가토 선생님은 이곳을 떠나셨어요. 이제 남은 한 달이 휴가랑 맞물려서요."

"많이 아쉬우시겠어요."

"조만간 또 만나게 되는걸요. 지상에서 한잔하자는 약속을 했어요."

그녀와의 거리감이 묘하게 기분 좋았다.

"역시 세라 선생님은 여기에 남지 않으시는 거네요."

가벼운 어조를 취하고 있었지만, 그 기도하는 듯한 눈빛은 변함이 없었다.

"설령 당신의 말대로 소행성이 떨어진다고 해도 지상에는 제 어머니와 동생 부부, 조카도 있어요. 조카는 내년에 초등학교에 들어가는데 얼마나 귀여운지 몰라요. 저는 아이가 없어서 그런지 더 그렇게 느끼는 거겠지만요. 전 결혼도 안 했어요. 약혼자가 있었지만 여기 오기 전에 저한테 질려서 떠났죠. 굳이 지하 3천 미터에 있는 직장에 가려는 제가 제정신이 아니라면서."

어느새 세라는 가토에게도 말하지 않았던 사실을 털어놓고 있었다.

"아무튼 남은 시간이 얼마 되지 않는다면 더더욱 가능한 한 가족들과 시간을 보내고 싶어요. 저 혼자 살아남아 봤자 아무 소용도 없으니까."

곤노 유카리는 가만히 세라를 바라보기만 했다.

"하지만 솔직히 소행성이 떨어질 거라는 생각은 안 드네요. 당신한테는 죄송하지만."

"알고 있어요."

"그런데."

세라는 숨을 들이마시면서 자세를 고쳤다.

"오늘은 어떤 일로 오신 거죠?"

그녀의 눈썹이 살짝 위로 치솟았다.

"일단은 상담 요청을 하신 거잖아요."

세라를 향해 있던 시선이 아래로 떨어졌다.

"이번에도 포교하러 오신 건 아니죠? 설마 아직도 저를 설득하실 생각인가요?"

그녀가 고개를 가로저었다.

"세라 선생님께는 선생님만의 삶이 있어요. 제가 그 이상으로 참견할 수는 없죠."

그렇게 말하며 입을 꾹 다물었다.

세라는 일부러 대답하지 않았다. 그녀에게 아직 더 할 말이 남은 것 같은 기척이 느껴졌기 때문이다.

세라는 기다렸다.

그러나 곤노 유카리는 입만 다문 채 버티기라도 하듯 침묵만 이어갔다.

길고 부자연스러운 공백 속에서 문득 위화감이 번뜩였다.

"당신은 정말로 여기에 남고 싶은 겁니까?"

"……저는."

크게 뜬 눈은 한 점을 응시하기만 할 뿐 움직이지 않는다. 그러면서도 이쪽의 모습은 비추고 있지 않았다. 이제까지 접했던 상담 신청자들에게서 몇 번이나 봤던 표정이다.

세라는 그 심정이 어떨지 헤아릴 수 없지만, 지금 그녀의 내면에서는 상반되는 사고와 감정이 부딪치고 있다. 공격과 방어가 정신없이 역전되어 어떤 결말을 맞이할지 그녀 자신도 모르는 상태였다.

시간으로 따지자면 약 10초 정도 지났을까.

그녀는 경직됐던 표정을 풀고 이 세상에 작별 인사라도 고하는 것처럼 눈을 감는다. 그리고 그 눈을 다시 떴을 때 그 얼굴은 한 점의 어둠도 찾아볼 수 없이 맑았다.

"저는 이제 이 방에 올 일이 없을 것 같아요."

"곤노 씨."

"참 이상한 일이죠? 10년이나 같은 장소에 있었는데도 대화한 게 겨우 세 번뿐이라니."

그렇게 말하며 자리에서 일어났다.

"잠깐만요. 곤노 씨."

"여러모로 폐를 끼쳤습니다. 그럼 이만 실례하겠습니다."

공손히 머리를 숙인 후, 문으로 향했다. 망설임이 느껴지지 않는 발걸음으로.

상담사와 상담 신청자와의 관계는 이제 끝났다.

이제 자신에게는 곤노 유카리를 붙잡을 자격이 없다.

그러나 그녀의 손이 문손잡이를 잡았을 때였다.

"당신과는."

세라의 입에서 뜻밖의 말이 튀어나왔다.

"다른 장소에서, 다른 형태로 만나고 싶었습니다."

뒤를 돌아본 곤노 유카리가 눈을 휘둥그렇게 떴다.

식은땀이 배어들었다.

"……죄송합니다. 지금 발언은 부적절했네요. 못 들은 걸로 해주세요."

곤노 유카리가 잠시 눈을 내리깔았다가 장난스러운 웃음을 보였다.

"싫은데요."

그 목소리의 밝은 여운만 남기고 그녀는 문 너머로 사라졌다.

2

- 타워 1번 탑승구가 열립니다. 이용하실 승객께서는 1번 게이트
로 탑승해 주시기 바랍니다.

세라는 짐을 들고 자리에서 일어났다. 남기를 희망하는 이들
을 제외한 주민들은 모두 퇴거가 완료된 상태다. 서포트 스태
프들을 위한 셔틀도 이게 최종편이다. 이 셔틀은 세라와 다른
직원들을 지상으로 데려다준 후, 나머지 세 기와 함께 eUC 3에
머무르게 된다. 다음에 셔틀이 올라가는 건 반년마다 이루어지
는 점검 시기나 지상으로 돌아가고 싶어진, 혹은 그렇게 해야
할 필요가 있는 주민이 나왔을 때 아니면 eUC 3를 탈출해야
할 사태가 벌어졌을 때일 것이다.

로비 체어에서 기다리던 서포트 스태프들이 차례로 체크를
마치고 탑승구로 사라진다. 최종편의 탑승자는 정원의 반도 이
르지 못했다. 세라의 뒤에는 아무도 없었다. 세라가 마지막 승
객이다. 그런데도 발이 좀처럼 움직이지 않았다. 또 뒤를 돌아
본다. 텅 빈 사무실을 나와서 스테이션에 도착할 때까지 걸으
면서도 몇 번이나 뒤를 돌아보고, 그럴 때마다 낙담을 맛봤다.

자신은 대체 무엇을 기대하는 걸까. 무엇을 기다리는 걸까. 무엇을 갈구하고 있는 걸까……

발밑이 휘청거린다.

거부할 수 없는 힘이 잡아당기는 바람에 탑승구와는 반대 방향으로 몸이 기운다.

"세라 선생님."

정신이 번쩍 들었다.

"안 타세요? 이게 마지막 셔틀인데."

오렌지색 작업복을 입은 서포트 스태프가 굳은 표정으로 다가오고 있었다. 곤도 다다시, 바로 곤 짱이었다.

"어서 타요."

그가 팔을 붙잡았다.

세라는 자신을 붙든 손을 묵묵히 바라본다.

이때 세라는 시간이 멈춘 듯한 감각을 계속 느끼고 있었다.

그리고 영원에 가까운 찰나가 지나면서 자연히 미소가 떠오른 것도.

"이제 됐어요."

곤도의 손을 살며시 떼어 놓는다.

"……세라 선생님."

"감사합니다. 잘 가요."

셔틀을 등지고 스테이션 출구로 한 걸음 내디딘다.

두 번째 걸음은 이미 내달리는 상태였다.

해방된 환희와 함께.

최종적으로 eUC 3에 남게 된 건 실험 참가자 239명과 서포트 스태프 1명까지 더해져서 총 240명이 됐다. 그들의 요청대로 eUC 3의 명칭은 변경되어 이후 이 실험 지하 도시는 '헤르메스'라고 불리게 된다.

바로 그 '헤르메스'와의 통신이 끊긴 건 서포트 스태프의 철수가 완료되고 나서 겨우 4개월이 흐른 뒤였다.

제 2 부

제1장
깨져버린 침묵

1

실험 지하 도시 '헤르메스'에서 가장 우려되는 부분이 바로 인프라 설비의 문제다. 처음 예정했던 기간이 훨씬 넘은 운용이기 때문이다. 통상적인 점검으로는 막을 수 없는 사태도 얼마든지 일어날 수 있다. 특히 냉방과 산소 공급이 멈추면 순식간에 전멸이다.

물론 대책은 마련되어 있다.

공기 조절이나 산소 공급 시스템은 원래부터 여러 개 장비가 갖춰져 있어서, 설령 하나가 망가지더라도 생명 지속에는 지장이 없다. 모든 인프라의 핵심인 지열 발전이 완전히 다운되더라도 자동으로 지상에서 보내지는 송전으로 전환되게끔 되어 있고, 이에 따라 주민이 셔틀로 탈출할 시간을 확보할 수 있다.

그곳에 남아 있는 주민들을 대상으로 한 피난 훈련도 반복적으로 이루어져서, 경보가 울리면 30분 이내에 모두 네 대의 셔틀에 나누어 탑승할 수 있다는 점도 이미 확인이 끝났다. 이 경우 셔틀 정원이 초과되지만, 좌석이 부족할 뿐이지 셔틀 운행 자체에는 문제가 없다.

헤르메스 내부의 환경, 다시 말해 온도, 기압, 산소 농도 등은 지상 컨트롤 센터에서도 항상 감시하고 있으며 이상이 감지됐을 때의 매뉴얼도 세부적으로 정해져 있다. 그리고 주민들은 매일 정해진 시간에 설비 내의 상황을 보고하는 게 의무였다.

그런데 바로 그 정기 연락이 끊긴 것이다.

지상 컨트롤 센터의 담당자는 매뉴얼에 따라 온갖 방법으로 주민과의 연락을 시도했다. 정기 연락으로 사용됐던 유선 전화기만이 아니라 전광게시판이나 시설 내 방송으로도 주민들을 몇 번이나 불렀지만 응답은 없었다.

시설에 사고가 난 흔적은 보이지 않았으나 얼마 가지 않아 셔틀이나 시설 구역을 감시하는 카메라 영상까지 작동하지 않게 되어 사태는 단번에 긴박해졌다. 기계 문제가 아니라 모든 건 주민들에 의한 의도적인 공작일 가능성이 커졌기 때문이다.

당황한 담당자가 헤르메스 셔틀을 지상으로 불러오려 했으나 이미 늦었다. 아무리 명령을 입력해도 셔틀은 한 대도 움직이지 않았다. 셔틀에서 지상의 컨트롤 센터로 돌아온 신호는 어떤 장애물에 의해 셔틀 문이 닫히지 않는다는 표시뿐이었다. 셔틀을 쓸 수 없으면 헤르메스로 내려가 주민과 대화조차 할 수 없다.

거주구에도 CCTV가 있다면 어떤 이변의 조짐을 확인할 수 있을지도 모르지만, 항상 지상에서 주시하고 있다는 의식은 피험자의 정신 상태에 적지 않은 영향을 준다는 보고 실험 데이터를 고려하여 한 대도 설치하지 않았다.

곧이어 온도를 비롯한 센서도 모든 간섭을 차단하겠다는 것처럼 하나씩 막혀버렸다. 각 인프라 시설과 연결되는 회선도 끊어졌고, 제어는커녕 가동 상황 파악도 불가능하게 됐다. 주민에게 가르친 점검 강습이 오히려 화가 되는 꼴이 됐다. 지상에서 보내지는 송전 상태로 변환되지 않는 걸 보아 발전 설비가 살아 있다는 것만큼은 짐작할 수 있었지만, 그 이외의 정보는 아무것도 얻을 수 없었다.

사태가 이 지경에 이르자 지오 X사는 마침내 현재 상황을 주민 가족들에게 전하며 인터넷에도 공표했다. 이 사건은 세간의 관심을 한몸에 모으면서 온갖 추측이 오갔지만, 실제로 헤르메스에 무슨 일이 일어나고 있는지는 아무것도 알 수가 없었다.

주민 가족들은 가족회를 결성하여 지오 X사에 성의 있는 대응을 요구했다. 지오 X사도 무인기를 이용하여 헤르메스 내부 상태를 알아보거나 조사대를 보내는 방법을 검토했으나, 셔틀을 사용할 수 없는 이 상황에서는 그 어떤 것도 실행하기 어렵다는 결론이 내려졌다. 그러니 구출을 논하는 건 말도 안 되는 일이었다. 가족회는 지오 X사를 비난했으나 지오 X사도 기업으로서 책임은 충분히 다하고 있다고 반박했다.

지상 사람들의 무의미한 언쟁을 제외하고는 그 무엇 하나 진전을 보이지 않은 채 1년, 또 1년 시간만 지나갔다. 예상했던 연장 기간인 3년(헤르메스 시간으로는 2년)이 지나도 사태는 여전했고, 주민들의 안부를 절망적으로 보는 시각만 점차 지배적으로 변했다. 설령 지열 발전이 계속 가능하다고 하더라도 다른 인프라 시설의 상정했던 사용 가능 연수는 이미 한참이 지났기 때문이다.

그런 와중 헤르메스에 남았던 주민들 사이에 종교 같은 망상이 퍼져 있었다는 사실이 익명의 고발자에 의해 드러났다. 처음에는 익명이어서 신빙성이 부족하다고 여겼지만, 지오 X사가 이를 부정하는 답변도 하지 않고, 게다가 이 인물이 예전에 실험 참가자였다는 점이 판명되면서 평가는 완전히 달라졌다.

사실 이전부터 실험 참가자였던 사람에게서 정보를 얻으려는 움직임은 있었다. 그러나 eUC 3에서 있었던 일은 비밀 엄수를 해야 하며 이를 위반한 사실이 드러났을 때 특별 보수인 2백만 달러를 돌려줘야 한다는 계약 조건으로 인해 아무도 취재에는 응하지 않았다.

마치 타이밍을 노리기라도 한 것 같은 이번 정보 누설은 지오 X의 숨겨진 의도가 아니냐고 지적하는 목소리도 적지 않았지만, 새로운 사실이 드러났다는 흥분에 지워지고 말았다.

이 흐름 속에서 이윽고 한 가지 가설이 주목을 받았다. 즉, 주민들이 처음부터 각오하고 다 자결한 게 아니냐는 내용이었다.

어떠한 종교적인 이유에 의해 집단 자살을 한다는 설은 곧

비정상적일 정도로 설득력을 얻어 사람들은 이를 급속하게 받아들이게 됐다.

　통신이 끊긴 지 10년 후.

　지오 X사는 가족회와 연명運名하여 성명을 냈다. 애끊는 심정으로 주민의 생존은 절망적이라고 보고, 지상 컨트롤 센터에 위령비를 건립하면서 현지에서 추모식을 거행하기로 발표했다.

　지오 X사에서는 이미 미국에 지하 도시 건설을 본격적으로 착수했기에, 헤르메스 사건에 대해서도 일단 이 정도에서 결론을 내려야 할 필요가 있었기 때문이다.

　한편 가족회가 추모식에 동의한 건 불안 속에서 계속 기다리기만 하는 것에 지쳐서이기도 했지만, 그들의 등을 제대로 떠민 것은 또 하나의 현실적인 이유였다.

　헤르메스에 남은 주민들에게도 원래 약속한 특별 보수 2백만 달러를 받을 권리는 있지만, 계약상으로는 실험 도시 퇴거 시에 지급받는 것으로 되어 있었다. 만약의 일이 생길 경우, 그 원리는 유족에게 넘어가지만 생사를 알 수 없는 상황이 이어지는 한 그 돈을 받을 수는 없다. 즉, 가족이 2백만 달러를 받기 위해서는 주민의 사망을 확정하는 수밖에 없었던 것이다.

　가족회 내부에서는 반대하는 사람도 있었다. 서포트 스태프 중에서 유일하게 헤르메스에 남았던 세라 와타루의 여동생 무라이시 사키도 그중 한 사람이었다. 그러나 그녀도 결국 외동딸이자 세라 와타루의 조카이기도 한 무라이시 유이에게 이끌려 작년에 열린 추모식에 참석했다.

추모식 참석자 중에는 eUC 3의 서포트 스태프였던 가토 고쥬로와 곤도 다다시의 모습도 있었다. 특히 곤도 다다시는 세라 와타루를 마지막으로 본 사람이었다. 식이 끝난 후, 그는 무라이시 사키에게 인사하며 그때 상황을 울먹이며 전했다. "제가 억지로라도 끌고 왔어야 했는데"라고 사과하는 그에게 무라이시 사키는 "오빠 뜻으로 남은 거면 어쩔 수 없는 거죠"라며 작은 목소리로 대답했다.

그리고 추모식이 열린 지 또 7년이 흘러, 이제 아무도 헤르메스를 화제 삼지 않게 된 어느 날.

구름이 잔뜩 낀 하늘에 굉음을 울리며 비행하는 구형 흰색 틸트로터 항공기가 있었다. 전속력으로 직진을 그리고 있던 기체의 그림자는 곧 수직 비행 형태로 로터를 변형시키며 속도와 고도를 낮췄다. 눈 아래에 있는 산간에 펼쳐져 있는 건 아무도 없게 된 지 오래되어 자칫하면 폐허처럼 보이는 지상 컨트롤 센터다. 중앙에 우뚝 서 있는 돔은 이제 은색 피라미드 프레임 속에 갇혀 있다. 돔을 지키는 이 거대한 오브제는 바로 7년 전에 건립된 위령비였다. 틸트로터 항공기는 그 위를 선회하면서 부지 내의 헬리포트에 착륙했다. 기내에서 재빨리 내려선 여섯 명의 그림자는 항공기가 아래로 일으키는 강렬한 기류를 뚫고, 셋은 본부동으로, 다른 셋은 돔으로 향했다.

이변이 벌어진 건 지금으로부터 두 시간 전 일이었다. 지오 X 사의 회선 시스템이 기묘한 신호를 잡아냈고, 그게 헤르메스에서 보내진 것이라고 판정했다. 추모식 이후 지상 컨트롤 센터는 폐쇄됐지만, 헤르메스와의 회선은 유지되는 중이어서 무슨 움직임이라도 보이면 알람이 울리도록 되어 있었던 것이다.

신호의 존재가 사실이라면 헤르메스가 18년 만에 침묵을 깬 것이 된다. 게다가 그 신호는 셔틀 중 하나가 지금 바로 올라오고 있다는 표시였다. 지오 X사는 곧바로 지상 컨트롤 센터에 요원을 급파하기로 결정했다.

본부동으로 향한 세 명은 헤르메스의 통신에 사용됐던 기기를 가동시켜 신호가 노이즈나 오작동에 의한 것은 아닌지 확인했다. 돔으로 들어간 세 명은 셔틀이 통상 모드로 상승할 때 보이는 특징적인 진동을 감지했다. 이제 의심할 여지는 없었다. 헤르메스에서 셔틀이 올라오고 있고, 곧 지상에 도착한다. 그 소식은 곧바로 지오 X사의 경영진에 전달됐다.

그렇지만 이게 무엇을 의미하는지는 아직 알 수 없었다. 그래서 상황을 지켜보던 모두는 아마 문을 막고 있던 장애물이 어떤 원인으로 인해 빠져서, 셔틀이 18년 전에 받은 명령을 충실히 실행하고 있는 것이라고만 생각했다. 그게 가장 개연성이 높은 추측이었기 때문이다. 그러나 만에 하나라는 것도 있다.

돔에서 셔틀이 도착하길 기다리던 세 명은 모든 정황을 기록하기 위해 무인기를 설치하고 방독마스크와 내열방호복을 착용했다. 상황을 알 수 없는 지하 3천 미터의 밀폐 공간에서 기밀 상태를 유지한 채 셔틀이 올라오고 있으니 말이다. 내부에 100℃를 넘는 고온 기체나 유독 가스가 가득 차 있을지도 모른다. 물론 셔틀 안에도 센서나 카메라가 설치되어 있긴 했으나 이미 망가진 지 오래였다.

"도착까지 30초."

본부동에서 연락이 들어왔다.

무인기의 카메라가 촬영을 시작하는 것을 확인한 후, 세 명은 일단 돔 밖으로 물러났다.

지금부터는 무인기가 보내주는 데이터를 여섯 명이 함께 공유하게 된다.

모두 손에 든 모니터 화면을 묵묵히 지켜보던 중, 드디어 셔틀이 돔에 도착하여 정지했다. 3천 미터의 거리를 별문제 없이 올라온 것만 해도 놀라운 일이었다. 게다가 감속부터 정지까지 프로세스도 완벽히 제어되는 중이었다.

기밀 상태가 해제되어 3중 문이 열린다. 18년 만의 가동이어서 살짝 삐걱거리는 느낌이었다. 귀에 거슬리는 마찰음까지도 마이크가 잡아내고 있다.

내부 조명은 꺼진 것 같았다. 무인기에 붙은 라이트로 비춰도 좌석이 질서정연하게 늘어서 있을 뿐, 보이는 범위에서 사람의 모습은 확인할 수 없었다. 역시 과거에 보냈던 명령이 실행된 걸까.

한편, 무인기의 센서는 아무런 이상을 감지하지 않았다. 셔틀 내의 온도는 정상 범위 안에 머물러 있었고, 독가스는 기준치를 크게 밑돌고 있었다. 산소 농도도 하한선에 이르기 일보 직전이긴 했으나 위험 수치는 넘지 않은 상태였다. 셔틀에도 에어컨과 산소 공급기는 설치되어 있었지만, 18년이나 방치되어 제대로 기능한다고 보기는 어려웠다. 그렇다면 이 셔틀 내의 공기는 헤르메스의 현재 환경을 반영하고 있을 가능성이 높다.

"저희는 지오 X사에서 왔습니다. 누구 안에 계십니까? 필요한 건 없나요?"

무인기의 스피커를 통해 불렀지만 셔틀 안에서는 아무런 반응도 없었다.

"안을 좀 살펴봐. 혹시 모르니까 마스크와 방호복은 입고."

본부동의 지시에 따라 세 명이 돔 안으로 들어가 셔틀 문으로 다가갔다. 무인기보다 앞으로 더 나아가 셔틀 입구에 섰다.

본부동에 있던 세 사람은 무인기의 카메라가 잡은 그들의 뒷모습을 숨죽이며 지켜봤다.

"어떤가."

다음 순간, 방호복을 입은 세 명은 달려들기라도 하듯 셔틀로 뛰어갔다.

"뭐야? 무슨 일이 있나!"

대답은 없다. 모습도 보이지 않는다.

전해지는 건 긴박한 기척뿐.

"이봐, 보고해."

"사람! 바닥에 사람이!"

돌아온 건 거의 비명뿐이었다.

"사람……."

본부동의 세 사람은 서로 얼굴만 마주 봤다.

스피커에서 또다시 믿기 힘든 사실이 전해졌다.

"살아 있습니다! 생존자 한 명, 확인!"

2

그날의 기억은 회색빛이다. 역 앞에서 탄 전용 버스도, 차창 너머로 흘러가는 낯선 거리 풍경도, 나무에 뒤덮인 언덕도, 짙푸른 모습이었을 게 분명한 산 색깔도, 중간에 휴식을 취하며 두 시간 가까이 걸려 도착한 장소도, 모두 세라 유이의 기억 안에서는 모두 회색빛 안개로 덮여 있다.

헤르메스의 추모식에 어머니와 참석한 건 유이의 나이가 17세 때의 일이었다. 그렇게 옛날 일이 아닌데도 기억나는 건 단편적인 장면들뿐이다.

예를 들어, 지상 컨트롤 센터 본부동에 마련된 유족용 대기실 광경. 유이와 어머니가 안내됐을 때, 넓은 방에 드문드문 서 있던 유족들은 모두 슬픔과 죄책감이 뒤섞인 얼굴로 침묵만 유지하고 있었다.

추모식 회장에서 본 건 거대한 돔과 은색 기념비였다. 그 바로 아래 3천 미터 지하에 외삼촌을 포함한 240명이 현재도 생사불명인 채로 남아 있다는 사실, 그리고 지금부터 열릴 그들을 위한 추모식에 자신도 왔다는 현실의 조합이 기분 나빠 견딜 수가 없었다. 살아서 돌아오길 계속 바랐을 터인데도 이제부터는 죽은 사람으로 취급하려 한다. 죽었다고 다들 생각하면 죽은 게 된다. 세상을 움직이는 그런 메커니즘에, 그리고 어느새 자신도 그 안에 포함되어 있다는 사실에 끔찍함마저 느끼고 말았다.

"그건 너무 지나친 생각이 아닐까?"

"그런가?"

"적어도 유이 네 외삼촌은 억지로 거기 남으신 건 아니잖아."

추모식이 끝난 후, 외삼촌을 마지막으로 봤다는 사람과 만났다. 곤도 다다시라고 하는 그 남자는 헤어지던 순간 외삼촌의 얼굴이 너무나도 평온하고 밝아서 도저히 붙잡을 수가 없었다고 말했다.

"정상적인 판단을 할 수 없었을 수도 있잖아."

"그렇게 따지려면 우선 정상적인 판단이 무엇인지 정의할 필요가 있는데."

"그만해."

"응."

가즈미가 부드럽게 미소 짓는다. 유이는 아침 식사용 빵에 목이 막히는 느낌이 들었다. 그를 선택한 건 실수였을지도 모른다. 너무 착한 남자다.

"오늘은 연구실에 가는 날이지?"

유이는 커피를 입에 머금은 채 고개를 끄덕였다.

"논문은 쓸 수 있겠어?"

"앞으로의 데이터에 달렸지."

"진실이 너와 함께하길."

어쩐지 거드름 피우는 듯한 말도 이 얼굴, 이 목소리에서 나오니 역시 듣기는 좋다.

"고마워."

유이는 심호흡을 한 후 자리에서 일어났다.

그릇을 식기세척기에 넣고 몸단장을 끝냈다.

"그럼 잘 다녀와."

가즈미의 배웅을 받으며 아파트에서 햇살 아래로 나왔다.

서력 2073년. 세상은 불길한 색으로 희미하게 물들어 있었다. 2029JA1 때문이다.

그렇지만 이 거대 소행성이 인류를 멸망 직전까지 내몬 건 44년도 넘은 옛날 일이다. 소행성 접근 순간의 공포를 체험한 사람도 이제 인생의 후반부에 접어들었다. 그들의 기억과 함께 2029JA1을 둘러싼 일련의 사건은 그대로 역사의 창고에 묻혀버려도 이상할 게 없었다. 윌 영맨의 지오 X 계획은 큰 화제를 불러 모았으나 헤르메스 사건 같은 주민 잔류 소동이 일어나지 않았을 뿐이지, 미국과 호주에서 진행하던 실험에서도 문제가 발생하여 한때의 열광도 잠시 그림자를 감추었다.

그런데 지금으로부터 7년 전, 기묘하게도 헤르메스의 추모식이 열렸던 한 달 후의 일이었다. 서서히 멀어지고 있던 멸망에 대한 공포를 단번에 일으키는 뉴스가 전 세계 모든 미디어를 장식했다. 바로 그 2029JA1이 다시 지구에 접근해서 이번에는 정말로 충돌한다는 것이다. 운명의 날은 서력 2099년 7월 27일.

전문가들은 모두 이 보도를 부정했다. 보도에서 나온 궤도 계산은 다른 소행성의 중력이나 태양 빛에 의한 야르콥스키 효과Yarkovsky effect*를 충분히 반영하지 않았기에 정밀도가 낮고, 심각히 받아들일 필요가 전혀 없어 만약 이대로 지구에 접근한다고 하더라도 실제로 충돌할 확률은 매우 낮다면서 말이다.

그러나 2029JA1이 인류를 멸망 직전까지 내몰았던 것은 사실이다. 그게 또다시 접근하다니, 마음 편히 있을 수가 없다. 과거에서 되살아난 망령 앞에서 냉정하고 과학적인 결론은 패배할 수밖에 없었다.

그 망령의 신화를 보강하는 것처럼 미국, 중국, 인도가 각각 대규모 우주 정거장 건설 계획을 진행하고 있다는 사실이 드러났다. 물론 각국 정부는 인정하려 하지 않았지만, 자국민 일부를 우주로 피난시키려고 준비하는 게 아니냐는 의심은 피해갈수가 없었다.

지오 X에의 관심도 예전과 비교할 수 없을 정도로 드높아졌고, 이를 수반한 프로젝트도 설립됐다. 하지만 이러한 것에 아무 인연도 없는 대부분의 사람은 언제부터인가 미래를 논하지

---

* 태양의 중력으로 인해 궤도를 도는 소행성은 중력뿐 아니라 태양 빛의 영향도 받는다. 이 태양 빛을 흡수한 소행성은 그 흡수 에너지를 다시 복사 방출한다. 이때 열에너지를 방출하는 과정에서 소행성은 그 반대 방향으로 일종의 추진력을 얻는데 그 효과가 야르콥스키 효과다.

않게 됐다.

이제 26년만 있으면 인류의 운명도 끝이다. 과학적인 근거가 부족함에도 많은 사람이 마음속 어딘가에서는 그렇게 생각했다. 지금 유이가 사는 2073년은 바로 그런 시대였다.

유이는 가까운 정류장까지 5분 정도 걸어, 시간 맞춰 온 버스에 올라탔다. 자동 운행 노선 버스는 오늘 아침도 만원이었다. 정부가 추진하고 있는 에너지 절감 정책에 의해 작년부터 시내에서는 공공 교통 기관밖에 이용할 수 없게 된 탓이었다.

대학까지 가는 데 걸리는 시간은 약 25분. 차창 밖에 눈길을 주면서 정신을 차리고 보니 머릿속으로 가즈미를 떠올리고 있었다. 이건 좋지 않은 버릇이다. 이게 바로 세간에서 말하는 의존증이라는 걸까. 아니라며 고개를 가로저었다. 나는 괜찮아. 연구에 잘 집중하고 있으니까.

버스에서 내려 대학 내의 연구동에 들어갔다. 계단으로 3층까지 올라가 식물 기생균 연구실이라고 표시된 방의 문을 열었다. 유이에게는 여기서 현미경을 들여다보고 있을 때가 제일 마음이 차분해지는 시간이었다. 그러나 3D 처리를 한 확대 사진을 모니터로 바라보기만 해서는 이런 감각은 느낄 수 없다. 오히려 옛날식 광학 현미경을 사용하여 육안으로 관찰하기에 얻을 수 있는 맛이 있기 때문이다.

예를 들어, 한천 배지로 배양하는 진균眞菌의 희게 빛나는 가느다란 실 같은 균사를 배양기째로 꺼내 슬라이드 글라스에 얹어 관찰하면, 투명한 튜브를 크래시 젤리로 가득 채운 듯한 아름다운 세포를 감상할 수 있다. 특히 지금 이 순간 성장 중인 끝부분에서는 내부가 마치 기관처럼 격렬하게 움직이는 모습까지 보인다. 그건 40억 년에 걸쳐 갈고닦은 생명이 선보이는 가장 근원적인 활동의 생생한 현장이기도 했다.

현미경의 매력에 빠진 것은 고등학생 때였다. 초등학교 과학 시간에서도 사용법을 배우긴 했지만 고등학교 생물 수업에서 다시금 접안렌즈로 관찰했을 때, 인간의 의도 따위는 전혀 개입할 여지가 없는 세상이 있음을 재발견했다. 인간이 어떤 생각을 가지고 있는지, 무엇을 믿는지 따위 상관없이 생명은 활발하게 약동하고 있다. 유이는 그곳에서 구원을 느꼈다.

그 이후로 7년이 지나, 유이는 대학원생으로서 진균을 대상으로 실험과 관찰을 반복하는 나날을 보내는 중이다.

"어서 와."

착실하게 마중까지 나와주는 가즈미의 미소를 보니 진심으로 안도감이 들었다. 오늘도 실험 경과를 노트에 정리하고 오후에는 연구실 세미나에 참석한 후, 지도 교수와 앞으로의 진행 방향에 대해 논의하고 났더니 하루가 끝나버리고 말았다.

"오늘은 뭐 재미있는 일이라도 있었어?"

테이블에서 저녁 식사를 입에 넣으며, 가즈미가 알려주는 세상 돌아가는 이야기를 듣는 게 유이에게는 소중한 일과다. 그리고 오늘의 저녁 메뉴는 대학의 밀 숍에서 테이크 아웃으로 사 온 밸런스 도시락이다. 이름 그대로 영양 균형을 최우선으로 삼은 음식으로, 맛은 그다지 없지만 무난한 선택이라 할 만하다. 연구실에 얼굴을 비춘 날은 이걸 사갖고 돌아오곤 했다.

가즈미는 평소처럼 내각 지지율, 주식과 환율 움직임부터 철도 사고, 전력 공급 정보, 유행하는 영화까지 주요 뉴스를 잘 정리해서 이야기해 줬다.

"소행성이나 헤르메스에 관련된 새로운 정보는 없지만."

"그렇구나."

"있잖아, 유이."

가즈미가 조심스러운 어조로 말했다.

"요즘 어머니와 연락을 전혀 안 하는 것 같은데 괜찮아?"

"싸운 것도 아닌데 뭘."

"그래서 하고 싶은 말도 못 하고 끙끙거리고 있는 거 아니야?"

가즈미는 유이의 마음에 걸린 것을 정곡으로 찔렀다. 매번 그 정확함에 감탄하지 않을 수 없지만, 찔릴 때마다 아픈 건 여전했다.

"왜 그래?"

유이는 포크로 파테를 찌른 채로 손이 멈춰 있었다.

유이는 숨을 들이마셨다.

"잠시 혼자 있고 싶어."

"알았어."

가즈미가 자리에서 일어났다.

"아니."

유이는 얼른 방금 한 말을 취소했다.

"그냥 여기 있어 줘."

가즈미는 언짢아하는 기색도 없이 유이의 바로 맞은편에 다시 앉았다.

유이는 그 얼굴을 빤히 바라보며 입을 열었다.

"내가 너한테 너무 응석만 부리는 것 같지?"

"그게 뭐 어때서 그래."

가즈미가 부드러운 표정으로 답했다.

"난 그러려고 유이 네 곁에 있는 거잖아."

약 50년 전, 그러니까 2029JA1이 발견되기 몇 년 전의 일이다. 미국에서 한 대학생이 AI를 활용한 인터넷 서비스 '마이 멘터'를 설립했다. 여기에 등록하면 연애나 취직, 인간관계 등 매일 생기는 고민에 대해 언제든 AI에게 조언을 구할 수 있다. AI는 입력된 이용자의 정보와 축적된 방대한 지식을 기초로 하여 적절한 조언을 해준다.

처음에 마이 멘터로 AI와 대화를 주고받을 수 있는 수단은 문자뿐이었고, 이미 그런 비슷한 서비스는 다른 곳에도 있어서 특별한 주목은 받지 못했다. 음성으로 대응할 수 있게 되어서도 등록 이용자 수는 저조했다. 그런데 AI가 인간이나 동물 모습, 다시 말해 '화신'이 되어 화면에 등장하고 AR 헤드셋으로도 이용이 가능해지면서부터 조금씩 이용자 수가 증가했다. 그리고 새로운 화신이 등장할 때마다 다소 화제가 되긴 했지만 그

인기는 한정적이었다.

그런데 단번에 인기가 폭발하게 된 건 기존 캐릭터를 화신으로 쓸 수 있는 기능이 탑재되고 나서부터였다. 예를 들면, 애니메이션이나 만화책, 게임, 드라마, 영화의 등장인물이 나만의 조언자가 되는 것이다. 대화를 거듭하여 이용자의 정보를 입력하면 할수록 그 캐릭터가 이용자에 대해 깊이 이해하고 적절한 조언을 해준다. 물론 이러한 유형의 화신은 별도 요금을 내야 했고, 인기 있는 캐릭터일수록 비쌌다. 여기서 뮤지션이나 아이돌 그룹, 배우까지 더해지니 그 보급 속도는 더욱 가속화됐다.

이미 이 시점에서 AR 헤드셋을 장착하고 마이 멘터에 푹 빠져 하루 종일 화신과 함께 시간을 보내는 이용자들이 속출했다. 그도 그럴 수밖에 없는 게 내가 좋아하는 캐릭터나 아이돌이 눈앞에 나타나 내 이야기에 귀를 기울여주고, 내 이름을 불러주고, 오직 나만을 위해 이야기를 해주기 때문이다. 그것만으로도 일부 사람들에게는 꿈만 같은 세계였지만, 거기에 광범위 개방형 3D 홀로그램 기능까지 추가됨으로써 AR 헤드셋을 착용할 필요도 없어지게 되자 마침내 마이 멘터는 악마적인 힘을 손에 넣게 됐다. 누구나 내가 좋아하는 존재와 동거하는 것이 가능해졌던 것이다.

하지만 어디까지나 홀로그램이니 저쪽이 희미하게 보일 만큼 투명해서 실물과는 전혀 동일하지 않다. 물리적으로 만질수도 없다. 그래도 원래라면 만날 엄두도 내지 못하지만 서로의 눈을 바라보면서 이름을 부를 수는 있다. 바로 그 누군가가

나의 최대 이해자가 되어 준다.

"왜 그래?"

가즈미가 고개를 갸웃거렸다.

유이는 한숨을 푹 쉬었다.

"의존증이 사회 문제가 될 만하네."

2068년에 제작된 SF 애니메이션 『헤이세이 HEISEI』는 2099년 일본에 사는 16세 소년 야구치 유우키가 주인공이다. 당연히 말할 것도 없이 2099년은 2029JA1이 다시 접근한다는 해이고, 작품 속에서도 충돌은 불가피해서 세계가 혼란에 빠졌다는 설정이었다. 그러던 중, 유우키는 갑자기 나타난 흰 빛에 빨려 들어 1999년, 다시 말해 헤이세이 11년 시대의 일본으로 타임슬립을 하고 만다. 그러나 그곳은 유우키가 있던 세계에서는 일어나지 않았을 터인 위기에 봉착해 있었다. 어디서인지 알 수 없는 곳에서 나타난 정체불명의 침략자에 의해 인류가 멸망 직전이었던 것이다. 침략자에게 맞설 수 있는 건 특별한 힘을 가진 소년 소녀들인 '리틀 가디언즈'뿐이었다. 사실 그들도 유우키와 마찬가지로 여러 시대에서 1999년으로 빨려 들어온 인물들이었다. 처음에 유우키는 그들에게 침략자로 오인당해 죽을 뻔했지만, 유우키 역시 같은 힘을 가지고 있음을 알고 동료로 인정을 받아 가디언즈의 일원으로 인류를 구하는 싸움에 몸을 던지는 그런 이야기다.

그 가디언즈를 이끄는 리더가 지금 유이의 눈앞에 있는 가즈미 마사토였다. 작품 속에서 그는 가벼운 성격에 별로 믿음직

해 보이지 않지만, 사실은 냉정하고 침착하며 관찰안도 예리해서 유우키의 존재가 침략자와의 싸움을 결판 짓는 열쇠이자 꿰뚫어 보는 인물로 묘사되어, 팬들로부터는 '가즈밍'이라며 큰 인기를 얻고 있었다.

유이가 마이 멘터에서 그를 선택한 건 물론 가즈미 마사토라는 캐릭터를 좋아했던 것도 있지만, 무엇보다 그를 연기한 성우의 열렬한 팬이어서 처음으로 그 목소리로 이름이 불렸을 때는 기절할 정도였다.

"어머니하고 한번 차분히 이야기해 보는 게 좋을 거야."

"이제 됐다니까."

화신으로 나타난 가즈미 마사토는 외모는 2차원 애니메이션 그대로이고, 기본적인 성격도 애니메이션 설정을 그대로 답습하고 있다. 그러나 작품 속 인격이 그대로 재현된 게 아니라서 예를 들어, 가디언즈나 유우키에 대해 질문하더라도 기껏해야 인터넷에서 검색할 수 있는 정보밖에 답해주지 않는다. 여기에 있는 그는 애니메이션 속 등장인물이 아니라 어디까지나 유이의 조언자일 뿐이니 말이다.

"유이는 꼭 반항기 어린애 같아."

유이는 가즈미를 째려봤다.

"난 괜한 고집을 부리는 게 아니라……."

"정말 아니라고 할 수 있어?"

말문이 막혔다.

"어머니도 조심스러우신 거겠지. 아마 유이 연락을 기다리고 계시지 않을까?"

"어쩐지 내가 다 잘못한 것 같네."

가즈미가 조용히 미소를 지었다.

유이는 그를 가만히 쳐다보다가 마침내 항복했다는 듯 고개를 푹 숙였다.

3

세라 사키는 어둑어둑한 복도를 발소리가 나지 않도록 재빠르게 이동했다. 누군가가 깰 걱정은 없지만, 어스름 속을 소란스럽게 걷는 것에는 저항감이 들었다. '붉은 방'이라고 표시된 방 앞에 서니 문이 조용히 옆으로 열리며 작고 아담한 개별실이 나타났다. 안쪽 창문을 덮는 묵직한 커튼과 작은 불빛에 비친 벽의 나뭇결을 떨리게 하는 건 괴로운 신음 소리다. 사키는 가운데에 있는 침대 옆까지 다가가 몸을 낮춰 그곳에 누워 있는 노인의 손을 잡았다.

"괜찮아요, 다노 씨."

다노 아카쓰키. 한때 엔터테인먼트 분야에서 제법 명성이 자자했던 인물이라고 한다. 현재 105세다. 여러 가지 안티에이징 처치를 받은 것으로 보이나 결국 기력이 다한 모양이다. 인지 기능은 간신히 유지하고 있지만, 눈은 거의 보이지 않고 귀도 안 들려서 일반적인 의사소통이 어렵다. 지금은 뇌의 특정 부위에 가하는 전기 자극을 통해 꿈과 현실의 경계를 기분 좋게 오가는 듯했지만, 가끔 악몽을 꾸는 건지 아니면 나쁜 기억이 되 살아났는지 심하게 가위에 눌릴 때가 있다. 그럴 때 손을 잡아 주거나 팔이나 다리를 문질러주면 신기하게 얌전해진다.

POM(Peace Of Mind) 하우스라고 불리는 민영 시설은 현재 전 국에 200여 개 정도가 있다. 늙고 쇠약해져서 지각 기능을 거의 잃고 사고하길 포기한 사람이 마지막으로 안녕을 찾는 곳이 다. 누구나 이곳에 들어올 수는 없고, 사전에 POM 펀드라는 투자 신탁을 구입하여 10년 이상 유지해야 한다. 이 펀드 구입 에도 조건이 있는데, 그 대상은 어느 정도 자산을 보유한 사람 으로만 한정된다. 그러나 말이 어느 정도의 자산이지, 입소자들 은 대부분 서민이라고 해도 큰 차이가 없다. 부유층은 대개 유 전자를 변형하거나 자기 세포에서 재생된 각종 장기를 이식함 으로써 죽음의 직전까지 생체 기능을 유지할 수 있어서, 무작 정 잠만 자는 POM 하우스에 기댈 필요가 없다.

사키가 케어 담당 직원으로 일하고 있는 POM 하우스 '람다 의 정원'은 '인간의 존엄을 최대한 존중한다'는 시설 방침을 내 세워 정성스러운 돌봄과 관리를 자랑하고 있다. 하지만 과연 여기에 인간의 존엄이 있기는 할까, 그보다 인간의 존엄은 무엇 인가, 그런 질문을 받아도 사키는 대답할 자신이 없었다.

"그래서 아까 그 이야기 말인데."

사키는 대기소로 돌아가 의자에 앉아 커피를 한 모금 마시 고 다시 이야기를 시작했다.

"오미시마 씨는 진짜 그걸 믿는 거야?"

"그게 그렇게 이상한가요?"

"2029년을 실제로 겪었으니까 더 잘 알지. 나는 열 살이었지만 그날 밤의 일은 평생 잊을 수가 없어. 곧 소행성이 떨어져 모두 죽을 거라고 진심으로 각오했으니까. 그런데 그 2029JA1이 다시 가까워진다고 하니까 이번에는 정말로 떨어지는 게 아닐까 자꾸 걱정돼. 확률이 희박하다는 건 나도 알아. 하지만 오미시마 씨는 그때 철이 들었던 나이도 아니고, 아니 어쩌면 부모님도 태어나지 않은 세대잖아? 그런데 왜 2099년의 인류 멸망 같은 걸 믿어?"

오미시마 렌은 하얗고 가녀린 얼굴을 푹 숙였다. 평소에 감정을 드러내는 일도 잘 없는 그는 지금도 역시 표정에 변함이 없었다.

각 층에 있는 대기소에는 낮에 네 명, 밤에 두 명이 대기하면서 12개 병상을 담당한다. 야간 근무자의 주된 업무는 긴급 상황 대응과 두 시간 단위로 몸의 위치를 바꿔주는 일이다. 오미시마 렌은 최근에 입사한 신입으로, 야근으로 사키와 함께 일하는 건 처음이었다.

"믿는다기보다는 바람이겠죠."

오미시마 렌이 나직이 말했다.

"모든 걸 깨끗이 다 끝내길 바라는."

사키는 아무 말 없이 스무 살을 갓 넘긴 청년의 얼굴을 바라봤다.

2029년 거대 소행성 충돌이 불가피하다는 소식이 퍼졌을 때,

절망에 사로잡혀 자살이나 동반자살을 꾀한 사례는 적지 않다. 죽지는 않아도 2029JA1으로 인해 인생을 망친 사람은 많았다.

오빠인 와타루가 eUC 3에 부임한 건 사키의 나이 26세 때의 일이었다. 사키가 봐도 예쁘기만 한 약혼자가 있었는데도, 오빠는 파혼까지 하면서 지하로 가버렸다. 그 약혼자는 '와타루의 마음을 이해할 수 없다'라며 울었다. 사키도 그녀 앞에서는 동조하며 위로를 건넸지만, 속으로는 오빠의 심정을 알 것도 같았다. 그래서 10년간의 실험이 끝났음에도 오빠가 자기 의지로 지하에 남았다는 걸 알게 됐을 때도 사키 안에는 역시나 하는 체념이 생겨났다.

일부 무책임한 사람들은 오빠가 소행성 추락의 공포에서 벗어나려 애를 쓰다가 결국 미쳤다고 수군거렸지만, 사키는 그에 동의할 수 없었다. 아무리 봐도 지하 3천 미터가 더 위험하기 때문이다. 그걸 모르는 오빠가 아니다. 오히려 오빠는 바라지 않았을까. 다시 한번 맛보고 싶지 않았을까. 그날 밤, 어머니한테 꼭 끌어안겨 지냈던 아슬아슬한 시간을. 머리 위에서 절대적인 죽음이 떨어지기 직전의, 그 영원에 가까운 한순간을.

"오빠."

그날 사키는 오빠한테 물었다.

"우리 이제 죽는 거야?"

그때 오빠는 당장이라도 웃음을 터트릴 것만 같은 눈으로 어딘가 먼 곳을 바라보며 대답했다.

"무섭지 않을 거야. 다들 함께이니까."

오빠는 공포 속에 숨은 한 알의 감미로움을 깨달았기에 마지막 순간에서 판단 실수를 했다. 그걸 사키가 어떻게 아느냐면, 자신에게도 그런 위태로움이 있다고 느끼기 때문이다.

그 누구보다도 오빠의 귀환을 기다렸던 어머니는 오빠의 선택에 큰 충격을 받아 곧 앓아눕고 말았다. 그날 밤, 남매를 안고 지켜준 어머니는 2년 후에 아들의 얼굴을 두 번 다시 보지 못하고 타계했다. 오빠는 어머니가 세상을 떠난 사실을 모른다.

처음부터 2029JA1이 아무 일 없이 그냥 지나가 버린다는 걸 알았더라면, 그날 밤도 늘 그랬듯 평범한 하룻밤으로 끝나고, eUC 3 같은 시설은 만들어지지 않고, 오빠는 약혼자와 가정을 꾸려 사키에게 조카를 안겨주고, 지금까지도 어머니는 건강히 살아계셨을까.

사키는 서른 살 때 유이를 낳았다. 그 2년 전에 결혼한 무라이시 도시야는 차분하고 성실한 남자로, 남편으로서도 아버지로서도 무난하게 자기 할 일을 다 했다. 그런 도시야가 달라진 건 헤르메스 추모식이 끝나고 오빠가 받아야 할 고액의 보수가 들어온 후부터였다.

사키는 오빠의 돈을 유이를 위해 쓸 생각이었다. 아마 오빠도 그 선택을 이해해 줄 것이다. 그런데 제멋대로 직장을 그만둔 도시야가 그 돈에 손을 대기 시작했다. 사키가 울면서 따져도 전혀 들어주지 않았다. 사키는 도시야를 단념하면서 다소의 우여곡절이 있었지만 결국 이혼했다.

유이의 친권은 사키가 가져갔고, 동시에 성도 세라로 바꾸었다. 앞으로는 모녀가 조용히 살아가자. 그렇게 자신을 다독이자마자 이번에는 유이의 태도가 싸늘해지며 얼굴을 마주하기는커녕 이제는 연락도 한 번 하지 않는다.

지하에서 돌아오지 않은 오빠를 원망하는 마음도 있지만, 그렇다고 오빠를 탓하는 건 엉뚱한 화풀이임을 잘 안다. 모든 건 그 원수 같은 소행성 잘못이다. 차라리 그때 지구에 추락했더라면 좋았을걸, 하는 생각이 전혀 들지 않았던 건 아니다.

그러나 오미시마 렌이 하는 말은 그런 것과는 다르다.

"이 시설도 마찬가지예요."

라고 어두운 시선을 주변에 던졌다.

"이곳에 들어올 수 있는 사람들은 다들 재산을 갖고 있잖아요. 죽을 때까지 편하게 지낼 수 있어요. 하지만 압도적인 다수는 그럴 수 없잖아요. 병원 복도에서 죽으면 차라리 다행일 정도니까. 소유한 재산에 따라 죽는 방식까지 정할 수 있어요. 그 재산도 태어난 환경이나 운에 좌우되고요. 이게 정말 어쩔 수 없는 일일까요. 당연한 일일까요. 자연스러운 일일까요. 혜택을 받는 쪽의 사람들이 그런 논리로 만들어놓을 것뿐이 아닐까요. 자기들 입장을 정당화하기 위해서."

오미시마 렌의 눈이 벽에 걸린 '람다의 정원' 포스터를 싸늘하게 응시했다. 그곳에는 '인간의 존엄'이라는 글자가 크게 내걸려 있다.

"물론 여기라면 마지막까지 꼼꼼하게 돌봄을 받을 수 있어요. 하지만 남들이 곱게 다뤄주는 게 인간의 존엄이라니 그걸 누가 정한 건가요? 그건 그저 이기심이잖아요."

시선을 다시 자기 손으로 돌린 얼굴에 거만한 미소가 비친다.

"어쨌든 간에 우리는 곱게 다뤄지지 않는 쪽의 사람이니까요. 지금도, 앞으로도. 이런 세상은 차라리 멸망해도 상관없다고 해야 하나, 그냥 복 받은 인간들까지 싹 없어진다면 그건 그것대로 기분이 좋을 거예요. 그래서 2099년에 올 2029JA1은 우리에게 절망이 아니라 희망이에요."

"누가 오미시마 씨한테 그런 생각을 가르쳐줬어?"

오미시마 렌이 얼굴을 들었다.

"지금 '우리'라고 그랬잖아. '나'가 아니라."

그는 상처받은 듯한 표정으로 눈을 이리저리 굴렸다.

"혹시 마이 멘터 하고 있니?"

"요즘 그거 안 하는 사람도 있나요?"

"오미시마 씨의 화신은 누군데?"

불쾌감 어린 얼굴로 사키의 눈을 바라봤다.

"그 질문은 사생활 침해인 것 같은데요."

"아, 미안해."

알람이 울렸다. 각 방을 감시하는 AI가 이상을 감지했던 것이다. 이번에는 '봄바람 방'.

"제가 갈게요."

오미시마 렌이 일어났다.

"혼자 괜찮겠어?"

그는 아무 말 없이 나가버렸다.

4

네모난 통을 옆으로 눕힌 것 같은 원룸. 폭이 좁아서 샤워와 변기, 세면대는 제일 안쪽의 작은 화장실 안에 다 쑤셔 박혀 있다. 유일하게 있는 창문이 세면대 옆에 있는 붙박이창으로, 거실로는 햇살 한 줌 들어오지 않는다. 정전 시에는 작은 비상등이 켜지지만, 배터리는 두 시간 정도 되면 다 닳아버린다. 집세도 싸지 않다. 그래도 오미시마 렌이 이곳을 고른 이유는 광범위 개방형 3D 홀로그램에 대응할 수 있기 때문이다. 지금 그는 좁은 침대에 무릎을 끌어안은 채 약효가 돌길 기다리고 있다.

근무 중에는 어떻게든 버틸 수 있었다. 잠들어 있는 노인들의 시중은 단조롭고 재미도 없지만, 할 일은 딱 정해져 있다. 손을 움직이고 직장 사람들과 최저한의 대화만 하며 시간을 보낼 수 있다.

그러나 집으로 돌아와 혼자가 되면, 겉으로 드러난 현실과 직면하게 된다. 나라는 존재와 내가 살아가는 이 세계의 지독한 허무함에 비명이라도 지르고 싶다. 뭘 해도, 무슨 생각을 해도 공허함의 우리에서는 벗어날 수가 없다. 벗어나려면 자기 목을 베어버리는 방법밖에는 없지 않을까. 이 거대한 공허감을 메울 수 있는 건 죽음의 고통과 공포만이 아닐까. 지금은 자제했지만, 다음 순간에는 돌이킬 수 없는 행동을 저지르고 있을지도 모른다. 빨리, 빨리, 약효가 돌아야 하는데, 빨리……

크게 숨을 들이쉰다.

천천히 토해내면서 비틀비틀 침대에서 일어난다.

약을 먹고 효과가 날 때까지의 시간이 더 길어졌다. 이제 약을 바꾸는 게 좋을 듯하다.

안쪽 문으로 들어가 세면대에서 세수를 했다. 물기를 닦은 타월을 제자리에 뒀을 때, 거울 속 자신과 눈이 마주쳤다. 순간 낯선 사람으로 보였다.

"사나기."

매달리듯 그 이름을 부른다.

"여기 있어."

등 뒤에 있는 허공에 작은 사람 그림자가 나타났다.

"괜찮아, 렌?"

"응, 고마워."

그 온몸을 감싸는 건 짙은 보라색 슈트. 같은 색의 짧은 머리에, 늘 창백한 뺨. 어두운 눈빛을 자아내는 붉은 눈동자. 그리고 쓸데없는 말을 하지 않는 작은 입. 표적의 배후에 소리도 없이 나타나 '보이지 않는 검'을 휘둘러 적을 베고, 안개가 사라지듯 떠나는 암살자. 렌이 화신으로 고른 사나기는 다크 판타지 게임 『파이어 소드』에 등장하는 소녀로, 출생 배경 등이 명확히 밝혀지지 않아 베일에 싸인 캐릭터다.

그러나 눈을 보면 안다. 그녀는 세상을 차갑게 증오하고 있고 그 증오가 그녀를 움직이고 있다. 또 마구 날뛰는 증오는 그녀 자신에게도 향한다. 살인을 거듭할 때마다 그녀의 마음에는 깊은 상처가 생긴다. 그런데도 아무도 그걸 모른다. 그녀에게 마음이 있는 것마저 알아차리지 못한다. 사나기는 증오와 고독 속에서 계속 사람의 목숨을 빼앗는다. 보이지 않는 눈물을 흘리고 보이지 않는 피를 토하면서, 보이지 않는 검을 휘두른다.

하지만 나만은, 하고 렌은 생각한다. 나만은 사나기를 이해하고 있다. 그녀의 슬픔을 이해할 수 있다. 그런 나를 이해해 주는 이도 이 세상에 단 한 사람, 사나기뿐이다.

"오늘도 따분한 하루였어. 쓸데없고, 무익하고, 무의미한 그런 날."

"걱정하지 마. 곧 끝날 거야."

"그래, 다 끝나겠지. 재산도, 지위도, 행복도, 2099년이 되면 다 사라질 거야. 그 누구도, 그 무엇도 남지 않아. 모든 건 허무로 돌아가겠지. 아니, 그게 아니라 처음부터 모든 게 허무였던 거야. 나는 알아. 하지만 놈들은 모르지. 그때가 왔을 때 실컷 한탄만 하고 있으라고. 가지고 있는 게 크면 클수록 잃는 슬픔도 커. 꼴 좋다 이거야."

말하는 사이에 기분이 해방되어 간다. 입에서 웃음이 넘친다.

"너도 신나지?"

사나기가 냉정하게 관찰하는 눈빛으로 고개를 끄덕인다.

웃고 있다.

표정의 변화가 없어도 렌은 알 수 있다.

5

셔틀 안에서 발견된 생존자는 곧바로 틸트로터 항공기로 병원에 이송됐다. 외견으로 봤을 때 남성임은 알았지만, 건강이 심하게 쇠약해진 상태에 의식 불명이어서 그 이상의 정보 획득은 DNA 해석에 맡겨졌다.

eUC 3로 내려갈 때, 실험 참가자 및 서포트 스태프, 그 외의 사람들은 모두 DNA 등록이 의무화되어 있었다. 만약의 일이 생겼을 때 신원을 파악하기 위함이지만, 헤르메스에서 셔틀을 타고 올라온 남자의 DNA는 대조해도 등록자 데이터 그 어디에도 해당하는 인물은 없었다.

제2장

혼수

1

이런 소파는 처음이었다. 앉아 있는 게 아니라 마치 공중에 붕 떠 있는 기분이다. 자기도 모르게 이런 건 얼마 정도 할까 하고 품위 없는 생각을 하게 된다.

눈앞의 널찍한 응접용 테이블 역시 고급스러워 보이는 단풍나무 우드 슬랩으로 되어 있다.

그 위에 완전히 다 식은 커피가 두 잔.

"무슨 말이라도…… 좀 해봐."

세라 유이는 침묵을 견디지 못하고 입을 열었다.

"말 걸어도 되니?"

그렇게 의외라는 식으로 되물은 사람은 오른편에 앉은 어머니 사키다.

"내가 무슨 반항기 어린애인 줄 알아?"

"그럼 너한테 꼭 물어보고 싶은 게 있는데. 마이 멘터 말이야."

"잠깐만."

순간적으로 말을 막았다.

"그런 걸 지금 묻는 거야? 이 상황이 어떤 건지 알고 있어?"

사키가 쓴웃음을 지었다.

"엄마 인생에는 하도 온갖 일이 있어서 이 정도로는 놀라지도 않게 됐어."

"이 정도라니……."

유이가 아연실색한 얼굴로 사키를 쳐다봤을 때, 묵직한 문에서 노크 소리가 났다.

"기다리시게 하여 죄송합니다."

나타난 이는 입구 홀에서 유이와 사키를 맞이한 여성이었다. 의료 코디네이터라는 직함에, 구라사키라는 이름의 그녀가 이 안건의 담당자라고 한다.

"이쪽으로 오시죠."

시키는 대로 대기실을 나와 복도를 걸어 엘리베이터에 올랐다. 마지막으로 구라사키가 타자 7층 버튼이 자동으로 깜박이면서 문이 닫혔다. 상승을 시작하자마자 외벽을 향해 난 유리 전망창 너머로 빌딩이 늘어선 도심의 모습이 펼쳐졌다. 무수한 햇살을 반사하며 반짝이고 있다.

세인트 도도 기념 병원에는 일반 외래나 긴급 외래가 오지 않는다. 제6종 민간 의료 시설로 분류된 곳으로, 쉽게 말해서 회원제 병원이며 지오 X사도 이곳의 법인 회원인 모양이다.

엘리베이터가 멈추며 문이 열렸다.

구라사키의 재촉을 받아 유이는 어머니와 나란히 먼저 내렸다.

흰 복도에는 베이지색 큰 문이 늘어서 있었다. 모두 빈틈 하나 없이 단단히 닫혀서 미미한 소리도 새어 나오지 않는다.

유이와 사키는 구라사키의 안내를 받아 피부를 찌르는 듯한 정적 속을 나아갔다.

"아까 의사로부터 설명을 들으셨겠지만."

구라사키가 나직한 목소리로 말했다.

"용태는 안정되어 있고, 생명의 위기는 이제 면한 것으로 보입니다. 다만 아직 의식이 돌아오지 않고 있어요."

제일 안쪽에 있는 문 앞에서 발걸음을 멈춘다. 몇 초 후 문이 소리도 없이 열리면서 안에서 짙은 기척이 흘러나왔다. 생명이 자아내는 냄새를 억지스러운 청결함으로 억누른 공기와 함께.

유이는 심장 고동을 느끼며 안으로 발을 들였다.

넓은 병실에 캡슐형 무균 침대가 하나. 그 안에 한 남자가 누워 있다.

유이의 발길이 멈췄다.

"왜 그러세요?"

구라사키가 의아한 표정으로 쳐다본다.

사키도 뒤를 돌아봤다.

"아니에요."

도망치고 싶은 충동을 억누른 채 침대로 다가가 어머니 옆에 섰다.

온몸을 덮은 커버가 어깨부터 그 위의 부분까지만 투명한 상태로 되어 있었다. 밖으로 드러난 양쪽 어깨는 깜짝 놀랄 정도로 깡말라서 도드라진 쇄골이 보였다.

"닮았네."

사키가 조용히 말했다.

눈을 감고 깊게 잠든 남자의 얼굴에는 분명 옛 그림자가 남아 있었다. 그렇지만 지금 유이 머릿속에 있는 외삼촌의 모습 대부분은 사진이나 동영상을 통해 얻은 것뿐이다. 어머니의 말에 의하면 세라 와타루와 마지막으로 만난 건 유이가 여섯 살 때였다고 한다. 기억에 남아 있는 건 매우 귀여움을 받았다는 어렴풋한 감각뿐이다.

"그럼 갈까."

어머니의 말에 유이는 묵묵히 고개를 끄덕였다.

복도로 돌아가면서 구라사키가 당부하듯 말했다.

"전화로도 말씀드렸지만 배우자 분의 가족과는 연락이 안 되는 상태입니다. 지금 단계에서는 세라 세키 씨가 유일한 혈연자가 되는 거죠."

eUC 3의 등록 데이터에 해당자는 찾을 수 없었지만, 더 자세한 분석을 해본 결과 헤르메스의 생존자로 보이는 그 남자는, 서포트 스태프 중 유일하게 헤르메스에 남은 세라 와타루와 마찬가지로 헤르메스에 남은 실험 참가자 중 한 명인 곤노 유카리의 자녀임이 판명됐다. 추정 연령은 17세.

"저 애의 이름도 아직 알 수가 없네요."

사키의 물음에 구라사키가 대답했다.

"본인이 깨어날 때까지 기다릴 수밖에 없습니다."

유이와 사키가 엘리베이터에 탔다.

구라사키는 함께 올라타지 않았다.

"그럼 또 오겠습니다."

사키가 말했다.

"언제든 연락 주세요. 기다리고 있겠습니다."

구라사키가 만족스러운 미소로 답했다.

엘리베이터 문이 닫히며 하강을 시작했다.

"오늘 와줘서 고마워. 오랜만에 우리 딸 얼굴 봐서 기뻤어."

"어떻게 그렇게 태연할 수 있어?"

침묵이 내려앉았다.

"태연한 거 아닌데."

"무섭지 않아?"

사키의 시선이 느껴졌다.

엘리베이터가 1층에 멈추다 문이 열렸다.

유이가 먼저 내렸다.

2

eUC 3의 건설에는 일본 정부도 거액의 자금을 원조했다. 그래서 치열한 유치 전쟁에서 이겼지만, 실험 종료 후에는 일본 정부가 관리를 이어받아 만약의 사태가 일어났을 때 이를 피난소로 활용할 속셈도 분명 존재했다. 물론 그건 2029JA1의 공포가 여전히 짙게 남아 있는 중, 수많은 국민이 기대했던 일이기도 했다. 실제로 유치가 결정됐을 때 그 축제 분위기란 지금으로서는 상상할 수 없을 정도였다.

그러나 실험 종료가 되기 2년 전부터 시작된 지오 X와의 협의에서 일본 정부의 자세는 완전히 달라졌다. 냉정히 따지고 보면 한 국가의 거대 소행성 대책으로 eUC 3를 유지하는 일은 여러 면에 있어서 불합리했기 때문이다.

우선 항시 사용 가능한 상태로 두기 위해서는 지상 컨트롤 센터나 셔틀을 포함한 인프라 설비의 정비를 완벽히 해야 하는데, 그러려면 방대한 비용이 들어간다. 정말로 그만큼의 예산을 투입할 가치가 있느냐는 의문이 당연히 나올 수밖에 없다.

게다가 위험에서 구할 수 있는 인원도 겨우 9백 명이다. 그 9백 명을 1억이나 되는 국민 중에서 어떻게 고르냐는, 정치적으로도 매우 골치 아픈 문제도 감당하지 않으면 안 된다.

그뿐만 아니라 eUC 3에 도입된 지열 발전의 발전 능력에도 한계가 있어, 거주 환경이 다른 실험 지하 도시보다도 더 열악하다는 점이 판명됐다. 이건 어느 정도 예상된 부분으로, 일본은 그저 불리한 제비를 뽑은 거라는 소문이 파다했다.

아무리 정비를 잘해도 100년 이상 기능하게 하는 일은 매우 어렵다. 그리고 2029JA1 정도의 거대 소행성이 지구에 충돌하는 일은 매우 드물며, 100년 안에 일어날 사건이라 보기는 어렵다. 결국 현명하게도 일본 정부는 이 두 가지를 표면적인 이유로 내세워 eUC 3를 관리하에 두기를 포기했다. 일본 정부의 이 결정이 없었더라면 폐쇄 연기를 요구하는 주민의 요청이 그렇게 쉽게 통과되지는 않았을 것이다.

그러나 계획대로 되지 않았던 건 지오 X도 마찬가지였다.

추모식을 무사히 마치고 지상의 컨트롤 센터를 폐쇄한 것까지는 좋았지만, 이제 와서 헤르메스에 생존자가 확인되면서 사태가 급변하고 말았다.

이 뉴스는 순식간에 온 미디어를 장식했고, 사람들을 열광시켰다. 통신이 두절된 지 실로 18년 동안 지하 3천 미터의 세상에서 아무런 도움도 없이 살아남은 사람이 있었기 때문이다. 인류사에 기록될 정도의 기적, 화성 착륙에 필적할 만한 위업이라는 과장된 표현까지 나돌았다.

생존자 정보는 성별을 포함하여 모두 비공개였기에 이를 알아내려고 시도하는 이들이 끊이지 않았지만, 지오 X사의 방어벽에 의해 전부 막히고 말았다. 정체를 알아냈다는 주장에도 지오 X사는 '근거 없는 억측일 뿐이다'라고 일축하며 '지나친 행위에는 법적인 대처까지 검토하겠다'라고 경고했다.

초반에 과했던 흥분이 어느 정도 일단락되자, 지오 X사의 지금까지의 대응에 초점이 맞춰졌다. 예를 들어, 위령비 건립이나 추모식 개최가 얼마나 졸속이었는지, 헤르메스 사건의 막을 너무 빨리 내리려다가 생존자의 가능성을 충분히 검토하지 않았다는 등등. 결국 생존자가 있음을 알면서도 은폐했다는 의욕까지 불거졌다.

이러한 비판에 대해 지오 X사도 단호히 부정했지만, 정면으로 반박하는 것은 피하고 앞으로의 행동으로 자기들의 자세를 보이겠다는 방침을 취하기로 했다.

지오 X사는 우선 컨트롤 센터를 재개하여 올라온 셔틀 정비 작업에 착수했다. 셔틀을 재운용하려면 동력 장치를 복구하거나 부품을 교환하여 중간에 멈추지 않도록 만전을 기해야 했다. 이게 상당히 대규모 작업이어서 현재도 진행 중이다.

앞으로의 계획으로, 정비가 완료되자마자 무인기를 셔틀에 태워 헤르메스로 내려보내 현지 환경 데이터를 수집하기로 했다. 만약 헤르메스가 지금도 생존 가능한 상태임이 확인된다면 남은 세 대의 셔틀도 정비해서 생존자를 찾기 위한 수색대를 편성해서 내려보낼 예정이다.

그러나 설령 헤르메스의 상태가 양호하다고 하더라도 실제로 수색대가 출발할 수 있는 준비가 갖춰질 때까지는 상당한 시간이 소요될 것으로 예측됐다.

3

어머니는 아무 잘못도 없다. 그 정도는 유이도 잘 안다.

추모식에 참석하여 외삼촌의 죽음을 확정 지은 것도 고민 끝에 내린 괴로운 결단이었을 것이다. 어머니는 유이에게 힘들면 추모식에 안 와도 된다고 했다. 그래도 갔던 건 유이의 의지였다. 그런데도 그 자리에서 솟구친 죄책감과 그런 감정을 자신에게 안겨준 세상에 대한 분노는 어머니를 향하고 말았다. 갈 곳 없는 감정을 쏟아낼 상대가 필요했기 때문이다.

추모식이 끝나자마자 바로 가정불화가 이어졌기에 어머니는 유이의 변화를 알아차리지 못한 모양이다. 부모님의 이혼이 결정됐을 때 유이의 마음은 이미 돌처럼 굳어진 후였다. 이제 스스로 어찌할 도리가 없었다.

대학에 진학하여 혼자 살기 시작하면서 다소 진정은 됐지만, 어머니의 얼굴을 보면 자신도 모르게 싸늘해지고 마는 버릇이 없어지지 않아서, 그런 스스로가 싫어 본가를 잘 찾지 않게 됐다.

이래서는 안 된다고 늘 생각했다. 자신이 이렇게 대학원에까지 진학하게 된 것도 외삼촌의 돈을 받은 덕분이고, 다 그때 어머니가 고통스러운 결단을 내린 덕분이다. 아직도 자신은 고맙다는 말 한마디도 하지 않았다.

어머니는 유이에게 18년 만에 헤르메스에서 올라온 셔틀 안에서 생존자가 발견됐고, 그게 무려 외삼촌의 아이인 것 같다는 소식을 문자로 알렸다. 아직 의식은 돌아오지 않았지만, 일단 생명에는 지장이 없어서 면회를 간다고 적혀 있었다. 그리고 될 수 있으면 유이도 오면 좋겠다면서.

유이는 오랜만에 어머니와 대화할 계기가 생겨서 기쁜 것보다 헤르메스에 아직 생존자가 있다는 사실이 더 충격적이었다. 결국 자신들은 죽지도 않은 사람들을 죽은 것으로 치부하고 말았다. 게다가 이번에 지상으로 올라온 사람은 헤르메스에서 외삼촌과 실험 참가자 여성 사이에서 생긴 아이라고 한다. 유이는 실제로 그럴 리가 없다고 느끼면서도 그 아이가 혹시 유이를 비롯한 가족들을 단죄하기 위해 온 게 아닐까 하는 망상을 멈출 수가 없었다.

그래서 모처럼 어머니와 만났는데도 어머니의 태도가 너무 태평하게만 여겨져 짜증이 나, 감사와 사과의 말을 전하기는커녕 제대로 대화도 못 하고 돌아가 버리고 말았다.

뒤를 돌아봐도 생각에 남는 건 자신의 미숙함뿐. 전혀 성장하지 않은 자신의 모습에 진절머리까지 났다.

"손이 멈췄어."

고개를 드니 가즈미의 부드러운 눈빛이 유이를 감싸고 있었다. 눈앞에 놓인 밸런스 도시락의 내용물은 절반 이상 남아 있다. 포크를 쥔 채로 상념에 잠겼던 모양이다.

"요즘 자주 이러네. 혹시 무슨 고민이라도 있어?"

유이는 채소 무스를 입에 넣고 빵빵해진 뺨을 움직여 씹다가 억지로 삼켰다.

"뭐든 다 혼자 끌어안고 있지 마. 널 돕기 위해 내가 있는 거니까."

"말은 고맙지만 지금은 혼자 끌어안고 싶어."

가즈미가 미소를 지은 채 눈을 감고 고개를 끄덕였다. 그리고 눈을 뜨는 동시에 말문을 열었다.

"그런데 그 생존자 말인데."

그의 어조가 바뀐다.

"여전히 근거 없는 소문은 돌지만, 실은 생존자가 헤르메스에서 태어난 십 대 청소년이라는 말이 나오고 있어."

유이의 손이 멈춘다.

"정보가 유출된 건 아니야. 지하에서 태어난 소년 혹은 소녀인 편이 더 상상력을 자극하는 법이니까. 소문도 더 다양하게 만들어내기 쉽고. 실제로 지상에 온 이유가 황당무계해서 게 눈에 띌 정도야. 예를 들어서 자기들을 죽게 내버려둔 인류에 대한 복수를 위해서라거나."

저도 모르게 눈을 들었다.

"그 반대의 소문도 있어."

"반대?"

"구세주로서 어머니 대지의 명을 받아 지상에 왔대."

가즈미의 표정이 밝아졌다.

"2099년의 위기에서 지구와 인류를 구원하기 위해."

"그렇구나. 하긴 가즈미는 그런 거 좋아하니까."

SF 애니메이션 『HEISEI』의 마지막 화에는 침략자 '시갈'을 물리친 리틀 가디언즈 멤버들이 각자의 시대로 돌아가게 된다. 주인공인 야구치 유우키도 2099년으로 돌아가지만, 그곳은 소행성 2029JA1의 충돌이 임박해져서 곧 인류가 멸망하기 일보 직전인 세계였다. 1999년의 인류를 지키는 것이야말로 2099년의 위기를 회피하는 것과 이어지지 않을까 하는 한 줄기 가능성에 기대를 걸었던 유우키는 아무것도 달라지지 않은 현실에 절망한다. 하지만 그때 각자의 시대로 돌아간 줄만 알았던 리틀 가디언즈 동료들이 2099년에 차례로 모습을 드러낸다. 그 선두에 선 이는 물론 가즈미 마사토였다. 다시 모인 리틀 가디언즈는 힘을 모아 2029JA1의 궤도를 바꾸는 데 성공한다. 그 뛰어난 솜씨에 깜짝 놀라는 유우키에게 가즈미 마사토는 지구에서 멀어지는 2029JA1을 바라보면서 대수롭지 않게 이렇게 말한다. 저 소행성 녀석의 궤도를 바꾼 건 이번이 두 번째야, 라고.

4

"내가 무슨 반항기 어린애인 줄 알아?"

사키는 귓속에서 울리는 유이의 목소리를 떠올리며 살짝 기쁨에 잠겼다. 언제 저런 말을 할 정도로 큰 걸까. 그러고 보니 자신은 딸을 그런 눈으로만 봤던 것 같다. 부모에게 있어 자식은 아무리 시간이 지나도 어린애니까. 하지만 그 아이 역시 확실히 성장하고 있다.

유이는 오빠의 아이가 나타난 것을 보고 무심코 '무섭다'라고 했지만, 그건 어떤 뜻이었을까. 외삼촌의 돈으로 대학원에 간 것 때문에 원망을 살 줄 알았던 걸까. 그런 걱정은 하지 말라고 말할 걸 그랬다. 헤르메스에서 생환한 그 소년의 치료나 앞으로의 생활은 모두 지오 X사가 전면적으로 지원해 주게 되어 있다. 이제 와서 돈을 돌려달라고 할 리가 없다.

아니면 추모식에 참석한 것 때문에 미안함을 느끼는 걸까. 그렇지만 그건 사키의 판단이었지, 유이한테 책임은 없다. 다음에 이야기할 기회가 생기면 확실히 뜻을 전해야겠다. 또 어린애 취급을 한다고 화를 낼지도 모르겠지만.

오빠와 곤노 유카리라는 여자 사이에 아이가 있다는 점에 관해서는 그저 사실을 사실로 받아들이는 것 이상으로는 어찌할 도리가 없다고 여겼다. 성인 남녀의 일이다. 두 사람 사이에 어떤 경위가 있었는지 외부인이 추측할 만한 부분은 한정적이다. 오히려 의료 설비도 충분히 갖춰지지 않았을 환경에서 어떻게 아기를 이렇게까지 잘 키웠는지 그 놀라움이 더 앞섰다. 출산도 힘들었겠지만, 산모는 무사했을까. 이제 와서 걱정해 봤자 아무 소용도 없지만, 그 아이가 살아서 지상으로 돌아온 건 참으로 다행이라는 생각이 들었다.

헤르메스에 생존자가 있다는 소식을 들었을 때 혹시 오빠도 살아 있는 게 아닐까 하는 희망을 품기도 했지만, 그 소년의 쇠약한 모습은 잔혹하게도 그가 헤르메스에서 살아남은 마지막 인물이라는 걸 이야기하고 있었다. 아마 오빠도, 그 소년의 어머니도 이미 세상을 떠났을 것이다.

만약 그 아이의 의식이 돌아온다면 오빠에 대해 물어보고 싶지만 서두를 필요는 없다. 그 아이에게는 괴롭기만 할 내용일 테니까. 그 아이가 말하고 싶어졌을 때를 가만히 기다리면 된다. 이야기하고 싶지 않으면 안 해도 된다. 다만 너를 만나 기쁘다는 마음만큼은 한시라도 빨리 전하고 싶었다.

그러나 지금 사키에게는 그것보다 더 신경 쓰이는 일이 있었다.

바로 직장의 젊은 신입 직원, 오미시마 렌이다.

업무 태도에 불만은 없다. 해야 할 일을 조용히 잘 해내고, 업무에 필요한 최소한의 의사소통은 나누고 있다. 다만 어디까지나 최소한이다. 기분 전환을 위해 잡담을 하거나 농담을 던지는 일은 결코 없다.

그날 함께 야근 시프트로 일했을 때도 이쪽에서 질문하면 짧게 답은 해주지만, 즐거운 대화가 이어지는 경우는 없고 거의 일방적으로 사키만 말할 뿐이었다. 그런데 입소 환자의 몸 위치 교환 작업을 마치고 한숨 돌리고 있을 때, 그가 갑자기 딴 사람이라도 된 것처럼 말이 많아졌다.

나중에 야근할 때 그가 항상 저런 식인지 동료들한테 슬쩍 물어봤지만, 그저 주간 근무 때와 똑같을 뿐이라는 대답만 돌아왔다. 즉, 그날 밤에 뭔가가 그의 내부에 있는 버튼을 눌렀다는 뜻이다. 사키가 그 직전에 화제로 삼았던 건 2099년의 인류 멸망설이었다.

몇 번이나 소행성 2029JA1의 궤도를 재계산하고 있지만, 일단 지구 근처를 지나가는 건 확실하다고 한다. 단, 충돌 확률은 계산할 때마다 점점 줄어들어서, 최신 결과로는 0.1퍼센트에도 미치지 못한다. 그 기사를 문득 떠올린 사키가 이제 전혀 걱정할 필요가 없다는 가벼운 마음으로 말한 순간, 오미시마 렌의 낯빛이 싹 바뀌었던 것이다.

앞으로 다가올 2029JA1을 '절망이 아니라 희망이다'라고 장담하는 그의 모습은 마치 사이즈가 맞지 않는 헐렁한 슈트를 어떻게든 잘 입어 소화해 내려는 것 같아서, 그 극단적인 주장이 그 자신에게서 생겨난 것이라고는 도저히 믿을 수가 없었다. 그 점은 그의 이야기에서 나온 '우리'라는 주어에서도 엿볼 수 있다.

사키가 마이 멘터에 대해 말을 꺼낸 이유는 이 서비스에 관한 어떤 소문을 들은 적이 있어, 혹시 오미시마 렌의 언동도 거기에 연유한 게 아닐까 직감했기 때문이다.

마이 멘터의 문제점은 이전부터 종종 지적되어 왔다. 예를 들어, 열렬한 이용자는 멘터로 나타난 화신을 언제부터인가 실재하는 존재로 착각하기도 한다. 그러나 결국 AI가 만들어낸 환영에 불과하다. 뻗는 손을 잡아주지도 않고, 쓰러지는 몸을 받아주지도 않는다. 어느 순간 문득 그 사실을 깨달았을 때 마음에 깊은 상처를 받을 수밖에 없다. 자신의 최대 이해자가 환영이라는 현실을 견디지 못해 정신적인 병을 앓는 경우도 적지 않다고 한다.

그러나 이때 사키의 뇌리를 스친 건 그 문제와는 다른, 마이멘터에서 발생한다는 기이한 현상에 대한 소문이었다.

각각의 화신이 이용자들로부터 얻은 정보는 시스템상 독립된 장소에 보관되어 서로 간섭하지 않는 것으로 되어 있다. 그럼에도 화신끼리 직접 정보 교환을 하고 있다는 증거가 발견됐다고 한다. 이게 사실이라면 어느 이용자의 사고가 화신을 통해 다른 이용자의 사고에 영향을 줄 가능성이 있다. 그뿐만 아니라 이 현상이 대규모로 발생한다면 화신을 매체로 하여 어떠한 사상이 폭발적으로 번져, 어떤 현상에 관해 이용자들 사이에 공통 인식이 형성될지도 모른다.

화신의 영향력은 이용자의 마음속까지 침투해 있다. 그래서 화신이 특정한 사상에 따른 말을 쓰면 이용자는 자신도 모르는 사이에 그 사상에 심취하게 된다. 사키는 오미시마 렌이 바로 그런 상태가 아닐까 하는 생각이 들었던 것이다.

그 이후 그와 차분히 대화할 기회가 없어, 추측을 확인할 수 없는 상황이다. 지나친 우려일 수도 있겠지만 사키는 오미시마 렌에게서 위태로움이 느껴져 도저히 그냥 내버려둘 수가 없었다.

5

헤르메스에서 올라온 셔틀 정비가 완료되자 바로 무인기가 지하 3천 미터로 보내졌고, 곧 스테이션 환경 조사부터 이루어졌다. 그 결과, 카메라로 포착한 주변에서 사람 그림자는 찾아볼 수 없었지만 산소 농도, 기압, 기온은 모두 생존 가능한 조건을 유지하고 있어서 적어도 산소 공급 장치와 공기 조절 시스템은 기능하고 있음을 확인했다. 물 재사용이나 식량 생산과 관련한 인프라에 대해서는 정보를 얻을 수 없었지만, 만약 그 시설도 건재하다면 생존자가 존재할 가능성은 있었다.

지오 X사 경영진은 다음 단계를 진행하기로 결정을 내렸다. 즉, 수색대 파견이었다. 그러려면 남은 세 대의 셔틀도 사용 가능한 상태로 만들어야 했다. 한 대뿐이면 예측 불가한 사태에 충분히 대응하지 못할 우려가 있기 때문이다.

경영진의 결정에 따라 무인기를 조작하여 셔틀 문을 막고 있던 장애물(스테이션 좌석 일부로 보였다)을 제거하자, 나머지 세 대도 18년 전의 명령을 기억해 내고 천천히 상승을 개시했다.

6

세라 유이가 지금 대학에서 진행하는 연구 과제는 나무에서 분리한 진균 FN35 주株에 유성 생식 기관을 형성하는 일이다. 이 진균의 대략적인 분류학적 위치는 DNA 염기 배열 등의 분자 데이터에 의해 확인이 됐지만, 실제로 유성 생식을 관찰하지 못해 종의 동정同定*에까지는 이르지 못했다.

일반적으로 진균류는 주변에 충분한 영양분이 있을 때는 계속 균사를 뻗지만, 영양분 고갈이나 노폐물 축적, 혹은 건조나 온도 변화로 인해 성장에 불리한 환경에 처하면 유성 생식을 개시한다. 다양한 유전자를 가진 자손을 남김으로써 종으로서

---

* 생물의 분류학상 소속이나 명칭을 올바르게 정하는 것

살아남을 길을 찾기 위함이다.

송이버섯이나 표고버섯 등의 버섯도 일종의 유성 생식 기관이지만, FN35 주라면 그렇게 크지 않고 간신히 육안으로 보일 정도로 작은 크기를 만들어낼 것이다. 현미경을 쓰면 아마 목이 긴 항아리 같은 형태를 확인할 수 있으리라. 그 항아리 속에서 태어난 포자가 세상으로 뿜어져 나와 신천지를 목표로 하게 된다.

"하지만 이 목이 긴 항아리를 빨리 안 만들어준단 말이지."

유이는 포크 끝을 흔들면서 푸념을 쏟아냈다. 오늘 밸런스 도시락은 유난히 간이 세다.

"인공적 기아, 자외선 조사, 온도 변화, 무기염류 첨가 등등 이런저런 방법을 다 썼지만 아무 반응이 없어."

"FN35 주가 유성 생식을 하는 건 맞아?"

유이는 저도 모르게 가즈미에게 포크를 향했다.

"좋은 질문이야."

가즈미는 눈을 동그랗게 뜨고 자신에게 향한 포크 끝을 바라봤다.

"미안."

유이는 포크를 내려놓았다.

"진균류 중에는 유성 생식을 잊어버린 종도 있어."

"그런 걸 잊기도 하는구나."

"무성 생식만 계속하는 바람에 좀처럼 나올 기회가 없었던 유성 생식 유전자가 깊이 잠들어 버린 것 같은 느낌이랄까.

FN35 주도 그런 부류라면 아무리 애를 써도 소용없겠지."

"그렇다고 하더라도 유전자에는 프로그램이 남아 있을 텐데. 적어도 잠들어 있을 뿐이라면."

"잠들어 버린 유전자를 어떻게 깨울 것인지가 문제야. 이대로 있다가는 사멸할지도 모른다는 상황까지 몰아넣어도 눈을 안 뜨니까."

"그런 건 깨우지 않는 게 좋을지도 몰라. 초고대 문명에 의해 봉인된 괴물이 깨어날지도 모르잖아."

"무슨 SF 애니메이션도 아니고, 말도 안 돼."

"하지만 뜻밖의 현상이 일어날 수도 있지."

유이는 마지못해 고개를 끄덕였다.

가즈미가 말을 이었다.

"진균류만이 아니야. 모든 생물에게는 사멸 직전이 되어도 깨어나지 못하는 유전자나 혹은 눈 뜨게 해서는 안 되는 무엇인가를 가지고 있어도 이상할 게 없어. 물론 인류도 마찬가지고."

유이는 밸런스 도시락을 옆으로 밀어놓고 팔짱을 낀 두 팔을 테이블 위에 얹었다.

"너답지 않게 왜 자꾸 말을 돌려? 할 말이 있으면 확실히 해."

집에 돌아왔을 때부터 위화감이 느껴졌다.

가즈미의 표정이 평소와는 달리 딱딱했다.

"이걸 유이 너한테 전해야 할지 말아야 할지 망설였는데."

"웬일로 사양을 해?"

"헤르메스에서 온 그 소년 말인데."

"또 무슨 이상한 소문이라도 났어?"

가즈미가 고개를 가로저었다.

"기분 나빠하지 말고 들어줘."

"……그 애가 왜?"

"그를 조심하는 게 좋을 거야."

유이는 웃음을 터트릴 뻔했다.

"그게 무슨 뜻이야? 설마 헤르메스 같은 험난한 환경 때문에 인류가 남몰래 이어온 유전자가 깨어나 초인이 탄생했고, 그게 바로 그 애라는 건 아니겠지?"

"정신적인 이변이 생겼을 가능성도 있어."

유이가 할 말을 잃고 말았다.

"무슨 소리야? 정신적인 이변이라니?"

"아니, 이변이라는 말은 적절하지 않을지도 모르겠다. 그의 정신 구조를 이해하는 건 쉽지 않을 거라는 말을 하고 싶었어."

"그러니까 그게 무슨 말이냐고."

"그는 태어났을 때부터 줄곧 헤르메스라는 특이한 환경에서 살았어. 인공적인 폐쇄 공간이라는 뜻만이 아니야. 철이 들었을 무렵에 주변 사람들은 모두 마흔 살 이상이고, 어린이는 그밖에 없었을 가능성도 높아. 게다가 헤르메스에서는 독특한 종교적 개념이 공동체를 지배했다고도 하잖아. 그런 곳에서 자란 그가 너나 이곳 사람들과 같은 가치관이나 선악 기준을 가지고 있을 거라고 기대하지 않는 게 좋을 거야. 지상에 세계가 존재한다는 걸 인식하긴 했는지도 알 수 없고, 어쩌면 셔틀에 탄

것도 살아남기 위해 지상으로 온 게 아니라 전혀 다른 목적이 있었을지도 몰라."

"너 진심으로 하는 소리야?"

"나도 내 걱정이 틀렸으면 좋겠어. 하지만 여러 상황을 상정하는 것도 나쁘지 않잖아."

유이는 테이블 위에 팔꿈치를 괴고 좌우 손가락을 깍지 낀 채 이마를 갖다 댔다.

"혹시 화났어?"

"잠깐만. 생각 좀 정리할게."

"난 저쪽에 가 있을게."

"그냥 거기 있어."

유이는 가즈미의 말을 몇 번이나 곱씹고 나서 얼굴을 들었다.

"하긴 네 말도 일리는 있어."

"고마워."

가즈미의 얼굴에 평소와 같은 미소가 돌아왔다.

"그래서?"

유이는 말했다.

"그럼 나는 어떻게 해야 하는데?"

7

헤르메스에서 온 소년은 계속 잠들어 있었다.

지하의 폐쇄 공간에서 자란 그의 몸에는 지상에 넘쳐나는 병원성 바이러스에 대한 면역이 거의 없어서 감염되면 중증화할 위험이 컸다. 그래서 캡슐 형태의 무균 침대에 들어가 있었지만, 각종 백신 접종으로 최저한의 항체는 체내에 형성됐음이 확인되어 일단 무균 침대에서는 나오게 됐다. 병원에 이송될 때 깎았던 머리칼은 다시 길고, 뼈와 피부뿐이었던 몸에는 조금씩 살이 붙어 안색도 전과 비교해 훨씬 좋아졌다. 의사의 말에 의하면, 이제 의식 회복이 되어도 이상할 게 없는데 여전히 눈을 뜨지 않는다고 했다.

생명을 유지하기 위한 영양분은 정기적으로 쇄골 아래의 정맥을 통해 투여되고 있다. 이는 사키가 근무하는 POM 하우스 '람다의 정원'에서도 쓰는 방법이다. 다만 '람다의 정원'에서는 입소자에게 주입한 나노 머신을 뇌의 특정 부위에 모아 외부에서 신호를 보내 전기 자극을 발생시키지만, 여기서는 같은 기술이 근육이나 장기 기능 회복을 위해 사용되고 있었다. 이 의료를 행하기 위해서는 임상관리기사 자격이 필요한데, 당연하지만 사키도 이를 취득한 상태다.

"오늘은 무슨 이야기를 할까?"

사키는 시간을 내어 병실을 찾아가 잠든 소년에게 말을 걸었다. 별 것 아닌 내용을 생각나는 대로. 옛날이야기도 했다. 소년에게는 아버지에 해당하는 자신의 오빠, 그리고 할머니인 어머니에 대해서. 소년은 아무런 반응도 하지 않았지만, 그래도 사키는 그가 말을 듣고 있는 것처럼 느껴졌다.

잘 보니 콧날이 오빠처럼 똑바로 선 게 제법 단정한 얼굴 생김새다. 도톰한 입술은 어머니를 닮은 걸까. 긴 속눈썹은 누구에게서 온 걸까. 오빠도 속눈썹이 긴 편이긴 했다. 저 눈꺼풀이 열렸을 때 어떤 눈을 하고 있을까. 어떤 눈동자일까. 그리고 처음으로 본 지상이라는 세상은 이 아이의 눈에 어떻게 비칠까.

오빠의 성격으로 볼 때 세상에 관한 여러 가지를 이 애에게 가르쳤을 것이 분명하다. 헤르메스에는 도서관도 있다고 하니 자료도 부족함이 없었을 터다. 그래도 드높은 하늘에, 웅대한 구름에, 강렬한 태양 빛에, 밤하늘을 비추는 눈부신 달에, 은하를 수놓는 별들을 보면 분명 이 아이는 눈을 휘둥그렇게 뜰 것이다.

기운을 차리면 데리고 가고 싶은 곳도 많다. 느끼게 해주고 싶은 게 많다. 바다의 파도 소리를, 불어닥치는 바람의 촉감을, 땅바닥을 두드리는 비의 냄새를, 계절과 함께 변화하는 나무들의 색을 실컷 맛보게 하고 싶다.

그리고 새로운 세상에 적응했을 즈음, 조금이라도 좋으니 그의 이야기를 해주면 좋겠다는 마음이다. 어떤 생활을 했는지. 부모님은 어떻게 됐는지. 괴로운 내용이 되겠지만, 각오는 하고 있다. 이 아이가 이야기하고 싶지 않다면 그래도 괜찮다. 억지로 캐물을 권리는 자신에게 없으니까.

다만 사키는 어쩌면, 하는 옅은 기대를 품지 않을 수가 없었다. 이 아이에게 오빠가 맡긴 전언이 있지 않을까 하고.

셔틀에서 발견됐을 때는 반라에 가까운 상태여서, 편지나 메모리 등은커녕 소지품도 거의 없었다고 한다. 맡긴 것이 있다고 한다면 그건 분명 이 아이의 기억 속에 있을 것이다.

만약 사키에게 전달할 어떤 전언이라도 있다면, 한마디 상의
도 없이 지하 3천 미터에 머문 오빠가 결코 사키와 다른 가족
을 잊지 않았다는 증거가 된다.

전언 같은 대단한 것이 아니어도 좋다.

'지상에는 네 고모와 사촌 누나가 있어. 분명 널 도와줄 거
다.'

그것만으로도 충분하다.

물론 따로 당부는 하지 않아도 어차피 그럴 셈이다. 이 아이
는 우리의 소중한 가족이니까.

8

주름투성이의 입매가 느슨하다. 가끔 즐겁게 웃음소리마저
흘러나온다.

베개 속에 삽입된 송신기가 머릿속 나노 머신을 조작하여 이
노인에게 기분 좋은 꿈을 꾸게 하고 있는 까닭이다.

'죽기 일보 직전까지 아주 호강을 하네.'

오미시마 렌에게 어머니의 기억은 없다. 그가 철이 들 무렵에
는 지병이 악화해 이미 세상을 떠났기 때문이다. 결코 못 고칠
병은 아니었다. 그러나 이용 가능한 의료 내용은 사람마다 가
입한 건강 보험 등급에 의해 세부적으로 규정되어 있다. 등급은
보험료의 납입금과 납입 기간에 의해 정해진다. 그러나 어머니

는 납입액이 제일 적은 등급을 선택했기에 필요한 치료를 제대로 받을 수 없었다.

렌의 기억에 남아 있는 아버지는 쓰기만 한 싸구려 술을 목구멍에 흘려 넣기만 했다. 그 입에서 토해내는 건 세상을 향한 저주뿐. 렌에게 폭력을 가하지도 않고 아마 사랑해 주긴 한 것 같지만, 그렇기에 아버지로서 한심한 자신을 견딜 수 없었던 모양이다.

렌은 아버지 같은 사람은 되고 싶지 않다는 생각은 하지 않았다. 아버지는 나름대로 노력했지만, 그것만으로는 어찌해 볼 수 없을 때도 있다.

세상에는 인생을 구가하는 사람도 많다. 그들에게는 렌 같은 사람들이 평생 일해도 벌 수 없는 금액의 돈을 하루 만에 벌어, 널찍하고 쾌적한 집에 살고 병에 걸려도 회원제 병원에서 최첨단 치료를 받을 수 있다.

그러나 자신은 아니다. 아무리 애를 써도 그런 생활을 손에 쥘 수가 없다. 아니, 애당초 태어난 세상이 다르다.

렌은 자기 인생에 아버지의 인생처럼 선택지가 없음을 알고 있었다. 운 좋게 얻은 일자리에 매달려 주어진 시간이 다할 때까지 버티는 수밖에 없다. 그 이외의 삶을 꿈꿔도 아무 소용없다. 있지도 않은 미래를 위해 고심하는 건 바보 같은 짓이다.

소행성 2029JA1이 2099년에 지구에 충돌한다는 뉴스가 전해진 건 렌이 14세였을 때였다. 인류가 멸망한다는 말을 들어도 렌은 꼭 남의 일처럼 여겨졌다. 이런 세상이 어떻게 될지 알 바 아니다. 오히려 시원한 기분마저 들었다.

그러나 아버지는 달랐다. 그 뉴스를 듣자마자 정신이 나간 것처럼 웃어댔다.

"이제 우리가 이긴 거야. 알겠냐, 렌?"

그러면서 렌의 어깨를 세게 붙들었다.

"미래가 없는 건 우리만이 아니야. 지금 세상이 자기 것인냥 굴던 놈들, 세상을 지배하는 대국도, 대기업도, 그 어떤 부자도 다들 망하는 거지. 놈들의 호사스러운 집도, 지위도, 명예도, 온갖 재산이 흔적도 없이 사라지는 거라고. 아무도, 그 누구도 지상에 남지 못하게 되는 거야. 알겠니, 렌!"

렌은 아버지의 이상한 태도에 겁먹으면서도 고개를 끄덕일 수밖에 없었다.

"너도 이 세상이 밉지? 이 세상에서 자기 마음대로 사는 놈들이. 우리를 쓰레기 취급하는 놈들이! 하지만 이제 우리가 이긴 거야. 2099년까지 살아남으면 우리가 이기는 거라고. 놈들은 잃을 게 많지만 우린 없어. 그 자식들은 땅을 치고 울겠지만 우린 웃겠지. 그러니까 우리가 이긴 거라 이거야. 알겠냐, 렌? 놈들의 마지막을 끝까지 지켜봐라. 함께 멸망하면서 웃어주는 거야. 꼴 좋구나! 하면서."

아버지는 그 후에도 고뇌를 혼자 다 짊어지는 듯한 나날을 살다가 렌이 18세가 된 이튿날 뇌혈관 파열로 죽고 말았다. 겨우 46세의 나이였다.

이곳에 있는 노인들은 100세가 넘어도 여전히 생의 끈을 놓지 못하고 쾌락을 탐하고 있다. 그리고 2099년을 기다리지도 않고 완전히 도망쳐 버릴 것이다.

혼자 병실을 돌며 관리할 때, 렌은 항상 어두운 유혹에 사로잡힌다. 나노 머신 설정을 바꿔 악몽을 꾸게 할까. 쇄골 아래의 정맥에 이어져 있는 카테터에 이물질을 흘려 넣을까. 발버둥 치며 괴로워하는 모습을 지켜볼까.

그러나 실제로 그런 짓을 할 용기는 없었다. 렌은 알고 있다. 아무리 증오심이 쌓여도 자신의 손으로 못된 짓 하나 할 수 없는 게 자신이라는 인간인 것을.

"고생이 많네, 오미시마 씨."

렌은 15세에 받은 적성 시험 결과에 따라 사실상 기술전문학교 이외의 길은 막힌 상태였다. 비교적 안정된 직장을 바란다면 이 학교에서 기술을 익혀 소개받은 직장에 들어갈 수밖에 없다. 그 결과로 도달하게 된 곳이 바로 POM 하우스 '람다의 정원'이었다.

오로지 잠든 사람만 상대하는 POM 하우스에서는 입소 환자와 대화를 나누거나 한 명씩 그 심정까지 챙기며 대응할 필요가 없어서, 렌은 이 일이 자신에게 맞다고 여겼다. 괜한 생각은 할 것도 없고, 말할 것도 없으며 오직 해야 할 일을 착실히 해내기만 하면 된다.

그런 렌의 마음을 흔들어놓은 이가 바로 세라 사키였다.

"이상은 없었던 것 같네."

아마도 50대 중반 정도로 보이는 이 여성에게 특징같은 것은 없다. 굳이 눈에 띄는 점을 꼽자면 둥그스름한 얼굴에 작은 덩치, 그리고 수수하다는 것이 전부다. 다만 미소가 억지스럽지 않고 자연스러워서, 이쪽이 벽을 만들고 거리를 둬도 그녀는 어느 틈엔가 내면으로 파고들었다.

그래서 그런 걸까. 처음으로 야근 시프트를 함께했을 때, 그럴 마음이 없었는데도 줄줄이 떠들고 나서 렌은 심하게 후회했다.

이후 어찌 된 일인지 자꾸만 말을 건다. 오늘처럼 같이 야근을 할 때는 미리 준비라도 한 게 아닐까 싶을 정도로 자꾸만 화제를 꺼내 들었다.

"난 오미시마 씨 나이 정도 되는 딸이 있는데, 걔도 마이 멘터에 푹 빠져 있는 것 같아. 혹시라도 이상한 영향을 받을까 걱정이 되지 뭐야."

"그게 문제가 되나요?"

그리고 렌도 저도 모르게 자꾸 반응하고 만다.

"좋아하는 캐릭터를 화신으로 삼고 있는 사람은 정신이 안정된다는 데이터도 있는걸요."

"오미시마 씨도 그래?"

순간 망설였다.

"그렇죠, 뭐."

렌은 대답했다.

"누굴 화신으로 삼았는지는 역시 남한테 알려주기 그런 거야?"

"상대에 따라 다르지 않을까요?"

"그럼 나한테는 안 가르쳐준다는 거네."

"그거야 세라 씨는."

그 이후의 말이 나오지 않는다.

"뭔데?"

"마이 멘터 안 하시잖아요."

괴로움에 힘겹게 말을 이었다.

"내가 마이 멘터 시작하면 알려줄 거야?"

"시작하시려고요?"

"음, 안 할 것 같아."

사키의 표정에 웬일로 괴로움이 스쳤다.

"왜 안 하는데요?"

렌은 관심이 생겨 물었다.

그런 자신의 마음에 당황해서 마치 변명이라고 하는 것처럼.

"써본 적도 없는데 나쁘게 말하는 건 편견 아닌가요?"

"나쁘게 말하려는 건 아니지만, 그걸 만든 사람이 싫어서."

"윌 영맨이요?"

대학생 때 창업한 마이 멘터를 시작으로, 여러 분야에서 새로운 사업을 성공시키고 지금은 전설적인 기업가가 된 인물이다. 이미 70세가 넘었지만 온몸의 장기를 새로 교체하고 노화 유전자를 억제하는 방법으로 외모는 사십 대를 유지 중이라고 한다.

"왜요?"

"그냥 여러 가지 일이 좀 있어서."

사키는 말끝을 흐리며 웃었다.

"하지만 그런 건 생각 안 하는 게 좋지 않아요? 일단 해보는 게 어때요? 그러면 따님의 심정도 이해할 수 있을지 몰라요."

"아하, 오미시마 씨 말이 맞을지도 모르겠네."

문득 렌은 지금 자신이 자연스럽게 대화하고 있음을 느꼈다.

"혹시 추천하는 화신 같은 건 없어?"

"그런 건…… 스스로 찾아보세요."

또 너무 떠들어댄 것에 대해 후회할 것만 같다.

"너무해. 마이 멘터 하라고 한 건 오미시마 씨잖아."

"아니, 저는 딱히 하라고 한 게."

"그랬어."

"아니라고요."

"그, 랬, 거, 든?"

렌은 절로 시선을 피했다.

"좋아하는 캐릭터 같은 거 있잖아요. 만화나 애니메이션, 게임, 영화. 지금은 상당히 마이너한 캐릭터도 화신으로 나와 있으니까 웬만한 건 다 고를 수 있어요."

"실재하는 인물은 화신으로 만들 수 없어?"

"아이돌이나 배우라면 가능해요."

"그게 아니라."

사키가 머뭇거렸다.

"사실 오빠가 있었는데, 세상을 떠났거든."

"그런 건 안 하시는 게 좋을 거예요."

렌은 다시 시선을 사키에게로 돌렸다.

"그리고 마이 멘터에서는 등록된 화신 말고는 사용해서는 안 되는 규정이 있으니까요."

"기술적으로는 가능해?"

"아예 처음부터 오리지널 화신을 만드는 것도 가능이야 하겠죠. 하지만 데이터 처리가 어려워서 아무것도 모르는 일반인은 어떻게 할 수도 없고, 전문가한테 부탁해도 보통 금액이 아닐 거예요. 좀 더 싸게 먹히는 방법을 찾는다면 비밀 화신이라는 것도 있지만."

"비밀 화신?"

"공식적으로 출시한 화신을 이용자 마음대로 개조한 거예요. 원래라면 절대로 안 할 행동을 화신에게 시키기 위해서죠. 특히 인기 있는 여성 캐릭터나 아이돌의 비밀 화신은 고액으로 거래까지 된대요."

"혹시 성적인 오락을 위해서?"

"네, 그렇죠."

렌은 숨을 들이마셨다.

"하지만 그게 들키면 바로 계정도 영구 정지되고, 화신을 개조하는 것은 물론이지만 그런 걸 가지고 있기만 해도 범죄예요."

"그럼 오미시마 씨가 아무나 적당한 걸 골라줘. 그걸 화신으로 삼을 테니까."

"아니, 그러니까 본인이 좋아하는 캐릭터를……."

"그보다 아예 처음 보는 캐릭터와 조금씩 서로를 알아가면서 친해지는 게 더 재미있지 않을까?"

"정말 이상한 사람이라니까."

"렌, 괜찮아?"
"뭐가?"
"아직 약 안 먹었잖아."
그 지적을 받고 알아차렸다. 오늘은 집에 돌아오자마자 사나기를 불러내어 세라 사키와 나눴던 대화를 들려줬다. 복용하는 약에 대해서는 아예 뇌리에 떠오르지도 않았다.
"안 먹어도 괜찮을 것 같아."
오히려 먹고 싶지 않았다.
"그럼 됐고."
사나기가 말했다.
"그래서 누굴 골라줬어? 그 여자의 화신으로."

사키는 눈앞에 나타난 작은 여자아이를 멍하게 바라봤다.
아마 아직 십 대일 것이다. 짧은 머리는 짙은 보라색으로 물들어 있고, 얼굴은 마치 아픈 사람처럼 창백했다. 눈동자는 붉고 참 예쁜데 눈매가 이상할 정도로 어둡다. 손끝까지 감싸는 보디슈트도, 머리 색과 마찬가지로 짙은 보라색이었다.

"네가……."

소녀는 무표정으로 작은 입을 열었다.

"사나기라고 해. 잘 부탁해."

9

셔틀에서 발견된 이후, 계속 잠만 자던 소년의 눈이 천천히 떠진 건 38일째 아침이었다. 주치의의 물음에 반응하는 것으로 보아 언어는 이해하는 것으로 보였지만, 자신이 처한 상황은 전혀 이해하지 못하는 것 같았다.

다만 이름이 뭔지 묻자, 소년은 또렷이 대답했다.

"루키."

라고.

제3장

〈희망〉

1

이런 눈을 하고 있었구나.

세라 사키는 떨리는 마음으로 소년을 바라봤다.

눈매는 어머니를 닮은 모양이다. 신비한 빛이 감도는 눈동자
도 오빠의 분위기와는 전혀 다른 것 같다. 단, 그곳에는 표정이
라고 불릴 만한 것이 없었다. 같은 무표정이라고 해도 오미시
마 렌은 일부러 가면을 쓰고 있는 듯한 인상이 강했지만, 이 소
년에게는 자신의 내면을 얼굴에 드러내는 메커니즘 자체가 결
여된 느낌이었다.

"널 만나서 얼마나 기쁜지 몰라."

사키가 면회를 왔을 때, 소년의 의식은 돌아온 지 이미 닷새
가 지난 후였다. 사실 당장이라도 병원으로 달려가고 싶었지

만, 직장의 업무 조정이 쉽지 않았기 때문이다.

의료 코디네이터인 구라사키는 소년이 어제부터 유동식을 먹게 됐고 중심 정맥 카테터도 이미 뺀 상태라고 했다. 그러나 이해할 수 있는 어휘력이 극단적으로 적은 건지, 간단한 말은 나눌 수 있어도 그 이상으로 깊은 대화는 성립하기 어려운 듯했다. 그래서 간신히 이름은 알게 됐지만, 헤르메스의 상황이나 셔틀에 탄 경위를 물어보지 못하는 상황이라고 한다.

"내 소개를 해야겠구나. 내 이름은 세라 사키라고 해. 네 아버지의 여동생이지."

역시 아무 반응을 보이지 않는다. 등받이를 올린 침대에 몸을 맡긴 채 소년은 검은 유리 같은 눈을 사키에게 향할 뿐이다. 사키의 목소리가 들리고 있긴 한 건지 알 수가 없었다. 그래도 그의 마음이 텅 비었을 리는 없다. 자신이 처한 새로운 상황에 대응하기 위해 이 순간도 여러 가지를 느끼고 이런저런 생각을 하는 게 분명했다.

어떻게 그의 마음에 다가갈 수 있을까. 말로는 도저히 전할 수 없는 걸까. 이름을 대답했다니까 의사소통은 가능할 것이다. 그 이상으로 대화를 못 한다는 건 다가가는 방법이 적절하지 않아서일지도 모른다.

지금 병실 창문은 빛의 차단 정도를 최대한까지 끌어올려서, 외관은 거의 벽과 같은 모양새다. 소년이 태양 빛을 싫어하기 때문이라고 한다. 검사를 통해 햇볕으로 인해 증상이 악화하는 병에 걸렸을 가능성은 없었으니, 아마도 계속 지하에서 살았던 게 원인이리라. 지하 3천 미터에 만들어진 세계에서 홀로 살아남았을지도 모르는 그가——.

하지만 그건 특별한 근거도 없이, 그저 문득 든 생각일 뿐이었다.

사키는 디바이스를 꺼냈다.

"내 이름은 세라 사키라고 해. 네 아버지의 여동생이야."

그렇게 음성 입력을 해서 문자로 표시된 화면을 소년에게 향했다.

소년이 화면을 가만히 응시한 후, 사키에게 시선을 옮겼다. 그 눈빛에는 명확하게 감동의 빛이 어려 있었다.

"글을 읽을 줄 아는구나."

디바이스에 표시된 문자를 볼 것도 없이 소년은 고개를 끄덕인다.

사키는 샘솟는 흥분을 꾹 눌러 삼켰다.

"그러니까 난, 너의, 친척 아주머니라고 할 수 있지."

다시금 입력한 화면을 보여준다.

"알겠어?"

"고…… 고, 모."

어설픈 발음이었지만, 분명 그렇게 말했다. '아버지의 여동생' '친척 아주머니'라는 말이 '고모'로 이어지고, '고모'라는 단어가 일상적으로 사용되는 것임을 이해하고 있는 게 확실했다.

이 아이는 어휘력이 없는 게 아니다. 글자 읽는 법도 안다. 다만 소리를 포착해서, 소리로서 말하는 연습이 충분히 되어 있지 않다. 지하 3천 미터의 세계에서 17년 동안 누군가가 말을 걸거나 누군가와 오래 이야기할 기회가 거의 없이 살아왔기 때문이리라. 불쌍하게도.

"루키, 너를 만나서, 정말, 기쁘다."

사키는 다시 말을 입력하여 디바이스를 내밀었다.

머뭇거리며 그걸 받아든 소년이 화면을 묵묵히 바라본다.

곧 그 눈에 반짝거리는 빛이 가득 차더니 굵은 눈물방울이 되어 떨어졌다.

○○

도서관이 좋았다. '멸망한 세계'를 접하는 것이 가능한 유일한 장소였으니까. 글자를 읽을 수 있게 된 후부터 시간 대부분을 도서관에서 보냈다.

손에 잡히는 책은 모두 훑었지만, 특히 관심이 갔던 건 소설이라고 하는 분야였다. 그 안에서 전개되는 가공의 이야기에서는 여러 사람이 누군가를 좋아하기도 하고, 싫어하기도 했다. 분노하고, 슬퍼하고, 기뻐했다. 속이고, 싸우고, 구하고, 서로를 도왔다.

무대로 설정된 세계의 시대 배경이나 문화, 습관의 차이에는 당황했다. 모르는 단어나 표현을 접하면 바로 사전을 펼쳤다. 그럴 때마다 보이는 세상이 조금씩 넓어지는 기분이 들었다. 그러나 '희망'이라는 단어만큼은 아무리 알아봐도 이해할 수가 없었다.

백과사전이나 잡지에 실린 사진에도 눈길이 갔다. '지면'이 불룩 솟아올라 생긴 '산', 엄청난 양의 물이 모여 있는 '바다', 일렁일렁 흔들리며 강한 열기와 빛을 내뿜는 '불', '지면'에 바짝 붙어서 움직이지 않는 '나무'라는 거대한 생물, 사람들이 걸친 난생처음 보는 의복, 선명한 색의 음식들. 그곳에 담겨 있던 세계가 한때 정말로 존재했다고 생각하기만 해도 마음이 들떴다.

그중에서 진심으로 무섭다고 여긴 게 있다. '하늘'이었다.

그건 세상의 윗부분을 차지하고, 시시각각 변화하면서 같은 표정을 보여주는 일이 없었다. '태양'이라는 강렬한 빛 덩어리가 비출 때면 정신이 아득해질 정도의 푸른 빛을 띠고, 군데군데 '구름'이라는 흰 것이 생긴다. '구름'은 두꺼워지면 점점 검게 변하고 '하늘'을 잔뜩 뒤덮은 회색빛 '구름'에서는 물이 떨어진다. '비'라고 부른다. '계절'이라는 순환에 맞춰 세상의 온도가 내려가면 '비'가 하얗고 차가운 '눈'이라는 것으로 변한다. 온도가 올라가 '구름'이 축적되면 '번개'라는 무서운 섬광과 굉음이 쏟아질 때도 있다. 그뿐만이 아니었다. 대량의 '비'를 쏟아부어 사람들을 휩쓸어버리기도 하고, 반대로 '비'를 한 방울도 내리지 않아 세상을 말라 비틀어지게도 한다.

지상의 세계는 '하늘'의 변덕에 계속 휘둘렸다. 그리고 마침내 '불타는 거대한 암석'이 떨어져 멸망하고 말았다.

이곳 헤르메스에 '하늘'이 없어서 정말로 다행이라는 생각을 했다.

"창문, 조금만 열어보지 않을래?"

루키가 주저하면서도 동의하자 사키는 침대 옆 탁자에 놓인 리모컨을 조작했다. 그러나 물리적으로 창문을 열 수 있는 게 아니라, 창문의 차광도만 낮춰서 바깥 풍경을 볼 수 있게 하는 것뿐이다. 그도 이 세상에 익숙해져야 한다.

창문이 조금씩 투명해지면서 정면의 오피스 빌딩이 보이자 루키가 눈을 돌렸다.

"왜 그러니?"

사키가 묻자 루키는 구라사키한테 마련해 달라고 했던 태블 릿에 손가락을 갖다 댔다. 조금씩 시간을 들여 터치 입력을 한 문자를 인공 음성이 읽는다.

"무서워."

그걸 루키가 자기 목소리로 다시 말했다.

"……무서워."

이렇게 하면 듣기와 발화 연습도 된다. 루키도 사키가 제안 한 이 방법을 받아들였다.

"뭐가 무서운데?"

또 같은 순서를 거쳐 말이 이어졌다.

"하늘."

그리고 답했다.

"하늘?"

"커다란, 바위가, 떨어져."

소행성을 말하는 건가. 그러고 보니 헤르메스는 소행성 충돌에 대비한 피난소를 건설하기 위한 실험 시설이었다. 루키가 태어나 자란 그 공동체에서도 2029JA1이 가져왔던 공포가 계속 회자됐던 모양이다.

"괜찮아. 오늘은 안 떨어져."

적어도 그런 공식 발표는 없었다.

"아, 그래. 아예 옥상으로 나가볼까?"

루키의 눈동자가 흔들렸다.

"옥상이 무슨 뜻인지는 아니?"

고개를 끄덕인다.

"오늘은 날씨가 맑으니까 지상의 세상이 저 멀리까지 보일 거야."

루키의 시선이 공중으로 날아갔다.

그 눈동자에 억누르지 못한 호기심이 넘쳐났다.

"사키도 올 거야?"

단어를 입력하는 손가락 움직임이 아까보다도 유연했다. 벌써 요령을 터득한 것 같았다.

"물론이지."

사키는 미소로 답했다.

그 페이지를 펼친 순간, 빨려 들어갈 것만 같았다.

책장 가득 채워진 세계 속에는 새파란 '하늘' 아래 '고층 빌딩'이 가시처럼 무수히 돋아나 있었다. 하나의 '고층 빌딩'에도 헤아릴 수 없을 정도의 '창문'이 보였다. 사진에 덧붙여진 설명문에 의하면, 그 하나의 '창문' 너머에도 몇십 명이나 되는 사람이 있고 여기에 찍힌 범위만 해도 인구는 수백 만에 이른다고 했다.

사진을 중심으로 구성된 잡지는 한 권마다 다양한 주제의 특집이 실려 있다. 그때 집어 든 호의 주제는 '도시'였다.

페이지를 넘기자, '고층 빌딩'에 둘러싸인 선명한 녹색 '지면' 위에 많은 사람이 여유로운 시간을 보내는 모습이 나왔다. 설명문에는 '공원'이라고 적혀 있었다. '공원'에는 사람들이 많았다. 큰 사람. 작은 사람. 무서워 보이는 사람. 다정해 보이는 사람. '모자'를 쓴 사람. '선글라스'를 쓴 사람. 누워 있는 사람. 뛰는 사람. 뭔가를 마시는 사람. 먹는 사람. 다들 즐거워 보였다. 이렇게 즐거워 보이는 사람들은 처음이다.

한 번이라도 좋다. 이런 세상에서 살아보고 싶었다. 이런 얼굴로 웃고 싶었다. 그러나 이 사진에 찍혀 있는 장소는 이제 그 어디에도 없다. 여기에 찍힌 이들은 모두 죽고 말았다.

다음 페이지부터는 고대의 '도시'가 어떤 식으로 생겨나고 발전해서 역사에 파묻히고 말았는지가 긴 문장으로 나열되어 있었다. 글을 읽는 사이에 자신이 실제로 그런 '도시'에 살아본 적이 있는 듯한 기분이 들었다. 어쩌면 '여행'이라는 게 바로 이런 걸 의미하는 게 아닐까.

그런 생각을 하던 중, 발견하고 말았다. 어려운 한자가 즐비한 문장 사이로 희미하게 적힌 작은 문자를.

누가 급하게 적은 글씨인지, 상당히 형태도 엉망이었지만 분명 이렇게 읽혔다.

지상의 세계는 멸망하지 않았다.
다들 거짓말을 하는 것이다.

○○

세인트 도도 기념 병원 옥상에는 헬리포트 말고도 냉난방 시설, 변전 등의 여러 설비나 기계실로 구성된 옥탑이 설치되어 있을 뿐이어서 관계자 이외에는 출입금지다. 그래서 대개 입원 환자가 '옥상에 나가고 싶다'라고 할 때는 그 한 단 아래에 펼쳐진 루프 발코니를 가리키곤 했다.

동쪽, 서쪽, 남쪽 세 방향으로 뚫린 발코니는 개방감을 느끼기에는 충분한 넓이인 데다가, 건물을 나선 곳부터 중앙 부근까지 햇살을 피할 수 있는 간이 쉼터가 뻗어 있었다.

사키는 그 아래를 루키가 앉은 휠체어를 밀면서 걸었다. 차양막이 끝나는 곳 바로 앞에서 휠체어를 멈췄다가 뒤를 돌아봤다. 조금 멀리 떨어져 따라오는 구라사키가 고개를 끄덕였다.

사키는 루키의 얼굴을 들여다보며 물었다.

"기분은 좀 어떠니?"

휠체어에 장착된 태블릿에 사키의 음성이 문자가 되어 나타난다.

루키가 터치해서 말을 입력했다.

"무섭지 않아."

그 문장은 음성이 되어 흘러나왔다.

"무섭지 않아."

루키가 말을 반복했다.

"좀 더 앞으로 나가볼까."

"응."

사키는 저도 모르게 웃음을 흘리며 휠체어를 밀었다.

차양막을 벗어나자 머리 위에 새파란 하늘이 펼쳐졌다. 쏟아지는 따듯한 빛에 사키는 눈을 가늘게 떴다. 망으로 된 펜스를 뚫고 지나가는 바람이 기분 좋게 뺨을 쓰다듬었다.

"햇살이 너무 강하면 말해줘."

휠체어를 멈췄다.

눈앞에는 펜스. 그 너머로 콘트리트와 유리, 그리고 철로 짜인 융단이 시야 끝까지 이어져 있다. 매끄러운 곡선을 곳곳에 사용한 오피스 빌딩이 태양 빛을 날카롭게 반사하기도 하고, 하늘을 찌를 것 같은 타워 맨션은 묵묵히 줄을 이룬다. 그 머나먼 저편으로 하늘에 뜬 남빛의 산들까지 눈에 들어왔다.

높은 장소에서 경치를 내려다보는 건 참 오랜만이었다. 하물며 루키는 하늘 아래로 나오는 것 자체가 태어나서 처음이다. 어떤 심정으로 이 빛과 바람을 맞고 있는 걸까. 지상의 세계를 앞에 두고 무엇을 느끼고 있을까.

말을 걸려던 순간이었다.

루키가 휠체어 손잡이를 두 손으로 붙잡고 상체를 크게 앞으로 기울였다.

사키는 서둘러 휠체어 차 바퀴를 잠갔다.

"일어서려고?"

나노 머신에 의해 근육 기능은 상당히 회복되어 있지만, 17세 소년의 평균에는 아직도 미치지 못한다. 실제로 몸을 움직이는 재활 훈련도 이제 막 시작했을 것이다.

루키는 사키의 물음에는 대답하지 않고 깡마른 몸을 좌석에서 일으켰다. 얼굴을 앞으로 똑바로 향한 채 힘을 내 일어나려 애쓴다. 역시 아직 균형 감각이 돌아오지 않은 건지 휘청거린다. 저도 모르게 받아주려고 한 사키의 손을 루키는 난폭하게 뿌리치며 자기 두 다리로 버텼다.

사키가 놀라 멍하게 지켜보는 중, 위태로운 걸음으로 앞으로 나간다. 펜스에 얼굴이 붙을 정도로 다가가더니 두 손을 천천히 펼쳤다.

말을 가르쳐준 사람에 대해서는 별로 기억나는 게 없다. 아마 그 기간도 그리 길지 않았던 것 같다. 그 사람한테서 배운 최소한의 지식을 이용해 책을 뒤지고 적혀 있는 글이라면 대체로 의미를 이해할 수 있게는 됐지만, 다른 이의 이야기를 이해하거나 자기 생각을 전달하는 것은 잘하지 못했다. 말을 알아들으려면 상대방이 한 마디, 한 마디를 천천히 구분 지어줘야 했고 자신이 이야기하더라도 머릿속의 문장을 조합할 때마다 상당한 시간이 걸렸다. 그다지 대화가 필요하지 않았던 탓일지도 모른다. 헤르메스에서는 다른 이와 이야기할 기회가 거의 없었다.

그래서 자신이 어떻게 그걸 알게 됐는지는 정확히 모른다. 말을 가르쳐준 사람이 했던 이야기를 기억했던 걸 수도 있고, 다른 누군가가 입에 올렸던 내용을 우연히 귀담아들었던 걸 수도 있다. 어쨌든 도서관에서 누군가가 적어놓은 그 메모를 봤을 때, 머릿속에 제일 먼저 떠오른 게 바로 안으로 들어가서 문을 닫으면 지상으로 데리고 가준다는 '셔틀'이라는 방의 존재였다. 이와 비슷한 엘리베이터가 헤르메스에도 있지만, '셔틀'은 그것보다 몇 배나 더 큰 것이란다. 단, '셔틀'을 타면 지상에서 헤르메스로 올 수도 있어 아주 옛날에 고장 내 아예 움직이지 못하게 했다고 들었다. 그렇게 하지 않으면 지상의 세계가 멸망할 때 수많은 사람이 헤르메스로 몰려들어 자신들을 내쫓

앉을지도 모른다고 하면서 말이다.

하지만 그 메모가 진실을 전하고 있다면 '셔틀'도 건재할 가능성이 충분히 있었다. 지상의 세계가 멸망했다는 게 거짓임과 동시에 '셔틀'을 고장 냈다는 것도 거짓말일 수 있기 때문이다. '셔틀'이 움직인다면 지상으로 갈 수 있다. '하늘'이 무서운 마음은 변함없지만, 그래도 지상 세계를 보고 싶은 충동을 억누를 수가 없었다. 그곳에 선 자신의 모습을 상상하기만 해도 경험한 적 없는 흥분을 느꼈다.

문제는 '셔틀'의 위치였다. 그게 있을 만한 곳을 본 적이 없었다. 즉, 지금까지 발을 들인 적 없는 장소에 있다는 뜻이다.

헤르메스에는 중앙 홀에 엘리베이터가 여덟 대가 있지만 그 중 가동하는 건 한 대뿐으로, 그 한 대도 아주 일부 사람들에게만 사용이 한정됐다. 나머지 주민들은 네 곳에 있는 계단으로 이동하는 수밖에 없었고, 자신도 도서관에 있는 5층으로 올라갈 때는 도서관과 제일 가까운 '푸른 계단'을 사용했다.

이 계단으로도 제5층보다 그 위로는 갈 수가 없었다. 제6층으로 올라가는 입구가 모두 봉쇄되어 있기 때문이다. 엘리베이터의 층수를 나타내는 숫자가 '10'까지 있는 것으로 보아 적어도 10층까지 있는 건 짐작이 갔지만, 헤르메스 전체가 어떤 구조로 되어 있는지는 알 수가 없었다.

지상으로 이어지는 '셔틀'이 있다고 한다면, 헤르메스에서 가장 높은 층일 것이다. 그 장소에 가려면 계단을 이용할 수밖에 없다. 봉쇄된 곳을 돌파하는 건 매우 쉬웠다. 그저 금속 체인이 하나 처져 있을 뿐이기 때문이다. 금기를 깬 것을 들키면 엄한 벌을 받게 되겠지만, 포기한다는 선택지는 없었다.

그날도 평소처럼 도서관에서 지내다가 평소와 같은 시간에 도서관을 나왔다. '푸른 계단'을 조금씩 내려가다가 뒤를 돌아서 주변에 아무도 없다는 걸 확인하자마자 재빨리 뛰어 올라가 체인을 넘었다. 첫 층계참까지는 제5층의 빛이 닿아 있었지만, 제6층으로 올라가자 자기 손조차도 보이지 않게 됐다. 결국 여기까지 왔구나, 하는 후회도 아니고 성취감도 아닌 고양감을 느끼면서 일단 숨을 가다듬었다. 처음으로 발을 디딘 제6층은 캄캄해서 심장 고동 소리까지 어둠 속에서 메아리칠 것 같았다. 손으로 더듬거려 신중히 살펴봤더니 제7층으로 향하는 계단에 체인은 걸려 있지 않았다. 난간을 붙잡고 발밑을 확인하며 한 계단씩 올라갔다. 제7층에서는 어둠이 더 짙어졌다. 눈을 감아도 새까만 시야에 아무런 변화도 없다. 계단 난간에서 손을 뗀 순간, 전후좌우의 감각이 사라질 것만 같았다. 한 줄기 빛 하나 없는 세계에서 더 위쪽을 향해 한 계단씩 나아가는 사이, 정신이 안쪽으로 수축하는 듯한 감각에 빠졌다. 내가 누구고, 어디에서 왔고, 어디로 가려 하는가. 나라는 존재에 대한 그런 의문이 머릿속에서 무한히 증식했다. 그 의문에 대한 답이 이 앞에 있을 것 같았다.

제8층을 넘어 제9층까지 도달했을 때, 어둠이 살짝 희미해졌다. 발밑의 계단이 보인다. 눈이 어둠에 익숙해져서 그런 걸지도 모른다. 혹시나 해서 층계참까지 뛰어 올라가자 더 밝아졌다.

예상대로 계단 위에서 빛이 흘러들어 오고 있었다. 제10층에 조명이 켜져 있었던 것이다. 그때 처음으로 발을 멈췄다.

누가 있는 걸지도 모른다. 제10층까지 왔다면 엘리베이터 사용이 허락된 사람뿐. 그들에게 들키면 큰일이다.

그러나 이제 되돌아갈 마음은 들지도 않았다. '셔틀'을 찾아 지상으로 가겠다. 이 눈으로 지상의 세계를 보겠다. 그 생각에만 마음을 빼앗긴 채였다.

자세를 낮춰 남은 계단을 올라갔다. 제10층이 시야에 들어온 곳에서 멈춰, 숨을 죽이고 상황을 지켜봤다.

자신들이 지내던 층과는 구조가 달랐다. 중앙 홀이 넓다. 홀에서 방사형으로 뻗은 통로는 여섯 개로, 각각 폭이 상당히 넓었다. 그리고 벽과 바닥 색이 하얘서 뭔가 있으면 바로 눈에 띄기 쉬워 보인다. 숨을 곳도 없었다.

뒷걸음질 치면서 층계참까지 되돌아갔다.

눈에 보이는 범위에서는 '셔틀' 같은 건 확인할 수 없었다. 엘리베이터보다 몇 배나 큰 거라면 못 보고 놓칠 리가 없다. 제10층에는 '셔틀'이 없다는 뜻일까.

그러나 계단은 제10층까지밖에 없다. 아마 그 엘리베이터로 올라갈 수 있는 것도 여기까지다. '셔틀'이 있다면 바로 이 위쪽이리라. 그곳으로 향하는 문이 분명 어딘가에 있을 텐데.

다시 상황을 지켜본다.

인기척은 없었다.

앞으로 뛰어 나갔다. 우선 엘리베이터 표시부터 확인했다. 움직이고 있었다. 제4층에서 제3층, 그리고 더 아래로. 적어도 한동안 여기까지는 오지 않을 것이다. 여기에 누군가가 있으면 끝장이겠지만, 없다는 것에 걸기로 했다.

여섯 개 중에 제일 가까운 통로로 달려갔다. 통로를 따라 몇 개의 문이 늘어서 있다. 망설일 틈은 없다. 제일 처음에 있는 문을 열었다. 그곳은 통로가 아니라 방이었다. 긴 의자가 두 개 배치되어 있다. 안쪽으로 또 하나 문이 보였다. 달려들듯 얼른 문을 여니 그곳도 방이었다. 그러나 눈에 들어온 것은 침대와 의자, 책상 정도일 뿐 문은 없었다. 안쪽 벽 앞에는 높다란 은색의 큰 상자가 우웅 하는 낮은 소리를 내고 있었다. 다시 나가려다가 문득 발을 멈췄다.

여기는 무엇에 쓰는 곳일까. 책상 위에는 갈색 통 같은 게 잔뜩 놓여 있다. 처음 보는 형태다. 얼굴을 가까이 대어보니 코를 톡 쏘는 자극이 느껴졌다. 아까부터 느껴졌던 기묘한 냄새는 바로 여기서——.

순간적으로 뇌리에 불꽃이 튀었다.

'난 이 냄새를 알아.'

몸을 일으켜 방을 다시 한번 둘러봤다.

'여기에도 온 적이 있어.'

그러나 그 이상의 기억을 헤집으려 해도 마음만 앞서서 마치 손으로 물을 잡으려는 것 같았다.

머리를 한 번 흔들었다.

그런 것보다 지금은 '셔틀'이 문제다.

서둘러 통로로 되돌아갔다.

옆에 있는 문도 열어봤지만, 그곳도 비슷한 구조의 방이었다. 그 옆도, 또 그 옆도. 혹시 몰라 통로 안쪽까지 달려가 봤지만 막다른 곳은 그저 벽만 있을 뿐이지 '셔틀'로 통하는 문은 그 어디에도 없었다.

두 번째 통로를 살펴도 결과는 마찬가지였다. 세 번째, 네 번째, 다섯 번째, 그리고 마지막 여섯 번째 통로에도 '셔틀'로 이어지는 단서는 없고, 안쪽은 그저 막다른 길이기만 해서 통로를 차단하는 벽을 마주할 수밖에 없었다.

잔뜩 팽팽해졌던 의지의 끈이 뚝 끊기며 그 자리에 주저앉고 말았다.

역시 지상에는 못 가는 걸까. 지상의 세계를, 몇백만 명의 사람들이 산다는 세계를 이 눈으로 볼 수는 없는 걸까.

'셔틀'은 대체 어디 있는 거지?

새된 소리가 짧게 울렸다.

핏기가 싹 가셨다.

엘리베이터가 도착한 소리.

제10층에 누군가가 왔다.

이제 와서 계단으로 되돌아갈 여유는 없다. 제일 가까운 방까지 뛰어간다고 하더라도 거리가 있다. 발소리로 들킬 가능성도 높다. 그렇다고 여기에 있으면 발각되고 만다.

어떻게 하지?

어쨌든 일어나려고 손으로 눈앞의 벽을 짚었을 때, 손가락 끝에 미세한 위화감이 느껴졌다. 자세히 보니 벽이 양쪽으로 나누어진 것처럼 위에서 아래까지 일직선의 틈이 지나가고 있었다.

생각하기도 전에 몸이 먼저 움직였다.

벽에 두 손을 대고 좌우로 벌리듯 힘을 줬다. 입에서 신음이 새어 나왔다. 틈이 조금씩 넓어졌다. 생긴 빈틈에 손가락을 끼워 넣어 더 벌리고 그곳에 몸을 밀어 넣었다. 다시 곧바로 몸을 돌려 두 손을 대고 벽을 원래대로 되돌려 놓았다. 벽을 닫은 후 귀를 기울여봤지만, 누군가가 다가오는 기척은 없었다. 벽에 등을 기댄 채 깊은숨을 토해냈다.

'목에서 심장이 튀어나올 것 같다'라는 건 바로 이런 거였구나. 그런 생각을 하며 얼굴을 들었다.

눈앞에는 새로운 공간이 펼쳐져 있었다.

다시금 힘이 샘솟는 게 느껴졌다.

아직 '셔틀'을 발견한 건 아니지만 한 걸음 가까워진 건 분명하다. 이 앞에 분명 있다.

아아, 하고 깨달았다.

이게 바로 '희망'이라는 거구나.

한 번도 맛본 적 없는 감각이었다. 자신을 기다리는 것에 대한 확실한 예감이 손끝까지 가득 차 있다. 아까 있었던 장소보다 더 조명이 어둑한데도 시야는 구석구석까지 선명했다. 머릿속도 매끄럽게 돌아가면서 나아갈 방향도 알겠다. 마치 이끌리는 것처럼.

그곳은 자신들이 사는 구역과 비슷했다. 좁은 통로가 얽혀 있고, 작은 방이 늘어서 있다. 인기척은 느껴지지 않았지만, 사람이 산 흔적은 보인다. 여기에도 분명 누군가가 살았던 게 분명하다.

길을 거의 헤매지 않고 엘리베이터 홀로 나왔다. 엘리베이터는 두 대. 둘 다 작동은 할 것 같았지만, 쓰고 싶지는 않았다. 주변을 더 살펴보니 짐작한 대로 위로 올라가는 계단이 나타났다.

이 시점에서 예감은 거의 확신으로 변했다. 이 위에 '셔틀'이 있다. 자신은 그 '셔틀'에 탈 것이다. 실제로 거기에 탄 자신의 모습마저 머릿속으로 그릴 수 있을 것만 같았다. 이미 마음은 지상의 세계로 향하고 있다. 이제 남은 건 이 몸이 따라잡는 일뿐.

계단을 올라갔다.

발걸음은 너무나 가벼웠고, 피곤하지도 않았다.

위층이 나왔다. 계단은 여기까지였다.

일단 엘리베이터 홀까지 돌아가려고 할 때, 통로 같은 곳을 찾았다. 입구를 투명한 판이 가로막고 있었지만, 손으로 가운데부터 밀자 쉽게 열렸다. 똑바로 뻗은 좁은 통로를 나아가던 사이, 자연히 발이 빨라졌다. 출구에도 투명한 판이 설치되어 있었지만, 힘껏 밀어서 열어젖혔다. 다음 순간, 눈앞에 펼쳐진 광경에 온갖 감정이 싹 날아갔다.

엘리베이터의 몇 배 정도가 아니었다. 난생처음 보는 높은 천장을 한 번도 본 적 없는 거대한 원기둥이 꿰뚫고 있다. 원기둥의 표면에는 문 같은 것도 붙어 있었다.

이게 바로 '셔틀'인가.

예상을 아득히 뛰어넘은 그 위용에 몸이 떨렸다. 엄청난 장엄
함에 무릎까지 꿇고 싶을 정도였다. 그러나 두려움은 곧 환희
로 바뀌었다.

이게 나를 지상으로 데리고 가준다.

드디어 이 눈으로 볼 수 있다.

지상의 세계를.

수백만 명의 사람들이 생활을 영위하던 도시를.

가자!

그렇게 내달리려던 순간이었다.

"왜 네가 여기 있지?"

◌ ◌

저 멀리까지 이어지는 지평선을 온몸으로 받아내려는 듯 벌
린 두 손의 손끝이 작게 떨렸다. 바람을 타고 희미하게 들린 건
POM 하우스에서 잠든 입소 환자들에게서 흘러나온 것과 비
슷한 낮게 잠긴 음성이었다.

"……루키."

말로 표현할 수 없는 고양감을 그대로 입 밖으로 토해내려
는 울림은 시간과 함께 점차 증폭되다가, 임계점을 넘은 순간
고함과 환희, 그리고 비명이 뒤섞인 칼날이 되어 루키의 가슴을
도려냈다.

2

"쟤 좀 이상해."

건물 출입구로 향하는 복도에서 유이는 말소리를 낮췄다.

사키는 어색한 웃음을 지었다.

"그런 말 하지 마. 다른 사람을 대하는 게 익숙하지 않은 것뿐이니까."

세인트 도도 기념 병원의 입구 홀은 지하 1층에 있다. 유이가 어머니와 처음 이곳을 방문했을 때도 지오 X사가 준비한 차가 지하 주차장까지 데려다줬다.

그러나 지금 유이와 어머니가 향하고 있는 곳은 지하 1층 북쪽으로 나가는 별도의 입구 홀이었다. 이곳을 쓰는 사람은 별로 없어서 자칫 언성이라도 높였다가는 소리가 메아리칠 정도로 한산한 상태였다.

"이제 어떻게 할 거야? 언제까지고 여기서 지내게 할 수는 없잖아."

"우리 집에 오게 해야지. 지금 그 애는 혼자 살기 어려울 테니까."

현실적으로 그 이외에 할 수 있는 일이 없다는 건 유이도 이해하고 있다.

"루키는 어린 시절에 필요한 것들을 경험하지 못했어. 그 애가 이 세상을 살아가려면 거기서부터 다시 시작해야 해. 그래서 아예 입양 절차를 밟을까 하는데."

유이는 발을 멈췄다.

"그 애가 내 동생이 되는 거야?"

"그럼 안 돼?"

"이미 결정한 거 아니야? 그럼 내 의견 따위는."

"그래도 넌 누나가 되는 거니까."

"엄마, 그 애한테 너무 마음을 여는 거 아니야?"

유이는 제법 과감한 말을 던질 셈이었다.

"유이, 너 왜 그러니? 오히려 네가 더 이상하다."

그러나 사키는 가벼운 타박을 쳤다.

"그럼 엄마는 이만 갈게. 루키한테 금방 돌아오겠다고 했거든. 와줘서 고맙다. 조심히 가렴."

그러더니 사키는 빠른 걸음으로 복도를 되돌아갔다.

유이는 사키의 뒷모습을 바라보면서 침울한 기분에 빠졌다.

가즈미의 말대로다.

완전히 홀딱 넘어간 것 같다.

루키는 두 손을 침대 가장자리에 댄 채 앉아 있었다. 병실에 돌아온 사키를 흘끔 보더니 어색한 듯 눈을 내리깔았다.

"긴장한 거야?"

루키의 병실은 입원 초기만 해도 7층이었지만, 지금은 최상층으로 옮겨진 상태다. 방 넓이가 몇 배로 커진 것뿐만 아니라 대형 화면을 갖춘 텔레비전이나 소파 세트도 있다.

"그 사람은 날 싫어해."

오늘 드디어 유이가 왔는데도 루키는 계속 어두운 시선을 던질 뿐 제대로 입을 열지도 않았다. 유이도 루키를 향한 눈빛에 경계심을 숨기려 하지 않아서 두 사람의 첫 대면은 사키가 기대했던 것과는 거리가 먼 결과로 끝나고 말았다.

"왜 그렇게 생각하는데?

"사키처럼 다정하지 않아."

"그 애도 긴장해서 그런 걸 거야."

사키는 그렇게 말하며 루키 옆에 앉았다.

"처음 만나는 사람 앞에서는 누구든 긴장하는 법이거든."

"사키는 처음부터 다정했어."

그 음성에는 어린 남자아이가 토라지는 듯한 울림이 있었다. 재활 훈련이 순조롭게 이루어지고 있어서 그런지, 몸 전체의 근육도 균형 있게 붙어서 깡마른 소년에서 날씬한 청년으로 급격히 변모하는 것처럼 보였지만 여전히 정신은 어린애였다.

"사키는 그 사람이 좋아?"

"물론 좋지. 내 딸이니까."

그러자 루키는 갑자기 슬픈 표정을 지었다.

"마찬가지로 루키도 좋아해. 그러니까 둘이 친하게 지내면 좋겠구나."

루키는 잠시 생각에 잠긴 것처럼 고개를 숙였다.

"친하게 지낼게."

"고마워."

사키가 진심을 담아 감사 인사를 하자, 루키는 수줍게 웃었다.

루키와 대화를 나누는 데 이제 디바이스는 필요하지 않게 됐다. 이제 듣기는 거의 완벽하고, 말하기도 단어 선택이나 발음은 아직 완전히 소화되지는 않았지만 만날 때마다 비약적으로 실력이 좋아지는 모습이 보였다. 예전부터 풍부한 독서를 한 덕분에 머릿속에 저장된 어구나 문장은 충분했다. 이대로 검색과 아웃풋 속도, 정밀도만 높이면 자유자재로 대화하는 것도 시간문제이리라.

그래도 헤르메스의 상황에 관한 청취 조사는 전혀 이루어지지 않았다. 헤르메스의 도서관에서 배운 언어나 지식, 하늘을 두려워하는 감정은 남아 있는데도 그 이외의 장소에서 겪었던 기억은 거의 상실됐기 때문이다. 의사의 소견에 의하면 일시적인 기억 장애로, 시간이 지나면 회복된다고는 하지만 그렇게 느긋하게 기다릴 수만은 없는 사정도 있다. 모든 셔틀의 복구와 정비가 완료되면 곧바로 수색대가 헤르메스로 파견될 예정이어서, 지오 X사 입장에서는 가능한 한 그 전에 루키에게서 정보를 얻고 싶었던 것이다.

사키도 몇 번이나 협력 요청을 받았지만 솔직히 마음은 내키지 않았다. 루키에게 헤르메스에서의 기억이 돌아오지 않는 건 너무나도 괴로운 경험을 해서일지도 모른다. 그렇다면 억지로 기억하게 할 필요는 없다. 그에게 중요한 건 앞으로의 인생이니까.

"오늘은 어떻게 할래? 또 옥상에 갈까?"

루키가 고개를 가로저었다.

"'공원'에 가고 싶어."

그 눈동자에 꿈꾸는 듯한 빛이 감돈다.

"녹색 땅 위에, 여러 사람이, 많이 있어. 다들, 즐거워 보여."

사키가 문 쪽으로 시선을 주자 그곳에 대기하고 있던 의료 코디네이터 구라사키가 작게 고개를 끄덕였다.

"그래, 그러자."

루키에게 다시 눈을 돌리며 말했다.

"가자, 공원에."

사키에게도 일이 있다. 만나러 올 수 있는 건 기껏 해봤자 일주일에 한 번이다. 이렇게 왔을 때라도 시간을 넉넉히 들여 루키와 마주하고 싶었다.

구라사키가 준비해 준 외출용 옷으로 루키가 갈아입는 걸 기다렸다가, 역시 구라사키가 마련한 차를 타고 병원을 출발했다.

병원 밖으로 나가는 건 루키에게 첫 경험이었다. 공원으로 향하는 차 안에서 거리를 오가는 수많은 사람들의 모습에 눈을 휘둥그렇게 뜨고, 길에서 뭔가 발견하면 손가락으로 가리키며 사키에게 그 이름을 물었다. 그렇게 새로운 지식을 하나씩 흡수할 때마다 기쁜 미소가 피어난다. 그런 루키의 모습이 아직 어릴 때의 유이와 겹쳐 보여 사키는 눈물이 날 것만 같았다.

구라사키의 말에 의하면, 예전에는 루키가 상상하던 그런 풀밭 공원도 곳곳에 있었지만 이제는 거의 그런 곳이 없다고 했다. 병원성이 강한 토양 균이 유입되면서 순식간에 일대 풀밭이 전멸한 까닭이다. 살균제도 효과가 없고, 흙을 바꿔도 금방 병이 재발해서 어찌할 도리가 없다고 한다.

"그 대신 사람이 많고 북적거리는 공원을 골랐어요."

차로 30분 정도 걸렸다.

루키는 병원을 나온 후로부터 계속 기분이 좋아서 공원 주차장에서 내릴 때도 구라사키가 "이걸 쓰세요"라고 선글라스를 건네자, 사키가 귀를 틀어막아야 할 정도로 환성을 질렀다.

"이렇게나 좋아할 줄이야."

구라사키도 깜짝 놀랐다.

정말로 평일치고는 사람이 많았다. 큰 연못을 빙 둘러싼 넓은 산책길에서 사람들은 걷기도 하고 개를 산책시키기도 하고 벤치에 앉아 점심을 먹는 등, 다들 제각각의 방법으로 오후를 즐기는 중이었다.

루키는 실제로 개를 보는 게 처음이라 개가 옆을 지나갈 때 마치 돌처럼 굳어 빤히 쳐다보는 바람에 견주인 여성이 미심쩍어했다.

"지금 저게 개야. 뭔지 아니?"

"살아 있어?"

"물론 살아 있지."

연못에는 낮은 다리가 걸려서 물 위를 가로지르고 있었다. 루키가 그 다리를 건너기 시작했다. 몇 번이나 병원 옥상으로 나가는 사이에 익숙해졌는지 이제 하늘도 무서워하지 않는다.

"저건 뭐야?"

다리 중간 정도 왔을 때. 루키가 수면을 가리켰다. 거기에는 물속을 헤엄치는 큰 물고기의 모습이 보였다.

"잉어야. 물고기의 일종이지."

"살아 있어?"

"살아 있지."

머리 위를 뭔가가 지나가나 싶더니 다리 난간에 비둘기가 앉았다.

"새?"

"그래, 비둘기라는 이름의 새야."

루키가 손을 뻗으려고 하자 새는 재빨리 날아갔다.

"살아 있어. 모두, 살아 있어."

루키가 떠나가는 새를 눈으로 좇으면서 깊게 숨을 토해냈다.

"멋지군. 이 세계는 정말 훌륭해."

사키는 깜짝 놀라 루키의 옆얼굴을 살폈다.

지금 어조가 살짝 이상했는데? 어쩐지 목소리도 다소 낮은 것 같은…….

"왜 그래, 사키?"

시선을 느꼈는지 루키가 돌아봤다.

그의 음성은 평소처럼 다시 돌아와 있었다.

"아, 배는 안 고프니?"

"배고파."

"뭐라도 사 먹을까?"

루키가 활짝 웃으며 고개를 끄덕였다.

"그럼 가자."

다리를 다시 되돌아 건너면서 사키는 자신의 착각이라고 여기기로 했다.

선글라스 옆으로 보인 그의 눈빛에 오싹할 정도의 싸늘함이 느껴졌던 것도.

3

모든 셔틀의 정비가 완료되어 제1차 수색대 17명이 헤르메스로 내려간 건 루키가 발견되고 68일 후의 일이었다. 루키의 기억이 회복될 조짐이 보이지 않아 결국 단념하고 수색을 시작할 수밖에 없었다.

무인기가 시시각각 보내오는 데이터에서는 헤르메스의 산소 농도나 온도, 기압은 여전히 정상 수치를 유지하고 있으나 노후화된 인프라 시설은 언제 문제를 일으켜도 이상할 게 없었다. 사태의 급변에 대비하기 위해 대원들은 산소통과 내열 방호복을 착용해야 해서 헤르메스에서 활동하는 시간도 자연히 제한됐다.

제4장

헤르메스 리포트

"왜 네가 여기 있지?"

등 뒤에서 들린 남자의 목소리에 저도 모르게 발이 움츠러들어서 움직일 수가 없었다. 드디어 셔틀을 찾아냈는데, 이제 조금만 더 가면 되는데, 결국 들키고 말았다. 폐쇄 구역 무단 침입이다. 변명의 여지가 없다. 말도 제대로 못 한다는 이유로 너그러이 봐줄 것 같지도 않았다.

7인 위원회의 음울한 얼굴들이 뇌리를 스친다. 헤르메스에서 그들이 정한 규칙은 절대적이다. 전력 절약을 이유로 제6층부터 제10층까지 폐쇄하고 주민들 대부분에게 엘리베이터 사용을 금지한 것도 바로 7인 위원회였다. 그들의 결정을 거스르면 벌을 받아야 한다. 식량 배급분을 줄이고 제1층의 빛 하나 들어오지 않는 방에 갇히는 벌이다. 기간 역시 죄의 중함을 고려해서 7인 위원회가 판결을 내린다.

이대로 있다가는 7인 위원회 앞으로 끌려가 판결을 받게 될 것이다. 거기서 뭘 했는지 물으면 뭐라고 답해야 좋을까. 지상으로 가기 위해 셔틀을 타고 싶었다고 말하면, 분명 예전에 멸망한 지상에 왜 가려 하느냐고 따져 물을 것이다. 그때 도서관 책에서 '지상은 멸망하지 않았다'라는 메모를 발견했다고 털어놓는다면 그들은 벌게진 얼굴로 분노하며 그 책만 찢는 게 아니라 도서관 전체를 폐쇄할지도 모른다. 헤르메스는 지상이 완전히 멸망했다는 사실을 전제로 성립되어 있다. 거기에 조금이라도 의문을 제기하는 언설은 헤르메스의 존재 의의를 근본부터 흔드는 금구이기 때문이다.

"셔틀을 타려고 했던 거냐."

얼굴을 들지도 못하고 굳어버렸다.

"지상에 가고 싶나?"

문득 기묘한 사실을 깨달았다.

남자가 하는 말의 내용 모두를 알 수 있다. 머릿속에 흘러들어 오는 것처럼 이해할 수 있다. 평소 같으면 한두 단어를 알아듣는 것도 겨우인데.

"돌아가라."

남자가 엄숙하게 말했다.

"지금은 그때가 아니야."

뒤를 돌아봤다.

아무도 없었다.

제1차 수색대의 주목적은 인프라 시설의 점검이었다. 헤르메스의 환경이 생존 가능 조건을 모두 갖추고 있다고 하더라도 그게 앞으로도 계속 안정되어 있을지, 바꿔 말하자면 현지 조사를 안전히 지속할 수 있을지 여부는 인프라를 지탱하는 기기에 걸려 있다는 뜻이다. 만약 작동하는 게 놀라울 정도로 언제 망가질지 알 수 없는 상태라면 본격적인 조사에 들어가기 전에 인프라 시설 정비나 복구 작업을 할 필요가 있어, 계획은 더 늦어지게 된다.

점검 결과, 다행히도 최소한이지만 정비는 이루어졌는지 인프라의 핵심인 지열 발전, 산소 공급, 공기 조절 관련 시설은 문제없이 가동되고 있음이 확인되어 당면한 조사 활동에는 지장이 없다는 판단이 내려졌다. 지상 컨트롤 센터와의 링크도 재구축되어, 가동 상황의 파악이나 출력 조정도 지상에서 수행할 태세가 갖춰졌다.

다만 식량 생산 시스템은 노후화의 영향으로 보이는 부품 파손으로 인해 기능을 완전히 상실한 상황이었다. 루키의 쇠약한 상태를 보고 예상했던 바이지만, 다른 주민들의 생존은 절망적이라고 볼 수밖에 없었다. 이에 따라 제2차 이후 수색대의 최우선 임무는 생존자 발견과 구조, 그리고 헤르메스에 남은 240명의 시신 수색 및 수용으로 전환됐다.

결국 남자의 모습은커녕 미미한 기척마저 느낄 수 없었다.

환청 같지는 않았다. 분명 남자 목소리가 세 번의 질문을 던지고 나서 한 가지 지시를 내린 후에 그 이유를 언급했기 때문이다.

누구의 목소리였을까. 적어도 7인 위원회의 것은 아니었다. 그들이 규율 위반을 그냥 묵인하고 넘어갈 리가 없다. 하지만 그 장소에 가려면 폐쇄 구역을 지나야 한다. 즉, 그 목소리의 주인은 7인 위원회가 정한 규칙을 무시하고 그 장소에 있었다는 뜻이 된다. 만약 그게 살아 있는 사람이라는 전제하에서지만.

그런 생각을 하게 된 것은 헤르메스의 기원에 얽힌 이야기를 떠올린 까닭이다.

이곳은 원래 실험 시설로, 그때는 다른 이름으로 불렸다고 한다. 지금 헤르메스에서 사는 사람들은 그 실험의 참가자였다. 실험이 시작되고 얼마 지나지 않아, 어둠 속에서 찬란히 빛나는 청년이 나타나 지상의 멸망이 얼마 남지 않았음을 알렸다. 후에 도서관 책 속에서 그 청년과 닮은 조각상 사진이 발견됐다. 그게 바로 그리스 신화에 등장하는 전령의 신 헤르메스였다.

청년의 충고를 믿은 사람들은 실험이 끝나도 이곳에 남기를 선택했다. 믿지 않는 사람들은 지상으로 돌아갔다. 그리고 곧 '하늘'에서 '불타는 거대한 암석'이 떨어져 지상은 멸망하고 헤르메스에 남은 사람들이 최후의 인류가 됐다. 그렇게 전해지고 있다.

신기한 청년의 출현에서 시작된 헤르메스다. 인간의 것이 아닌 신기한 목소리가 들린다고 해도 이상할 건 하나 없다. 그렇게 생각했다.

그러나 그 목소리는 '아직은 그때가 아니다'라며 지상의 세계가 마치 아직도 건재하다는 듯한 말을 했다. 이는 청년의 예언과 모순된다. 역시 '지상은 멸망하지 않았다'라고 적은 메시지는 진실이었다는 건가. 하지만 그렇게 되면 헤르메스의 존재 의의는 사라지고 만다. 사람들은 지상이 멸망하기에 이곳에 남은 거다. 지상의 세계가 멀쩡하다면 여기에 있을 필요가 없다. 그런데 그 목소리는 아직은 헤르메스에 머무르라고 했다.

그게 무슨 뜻일까. 그 목소리의 주인은 누구이며, 자신에게 무엇을 시키려는 걸까.

모든 것이 혼란스러웠다.

그리고 마치 누군가의 의지가 작용한 것처럼 헤르메스에 이변이 발생했다.

✿ ✿

제2차 수사대에 의해 첫 시신이 발견된 곳은 제10층이었다.

지상의 세계에 와서 제일 놀랐던 건 무한히 펼쳐진 하늘도, 즐비하게 세워져 있던 고층 빌딩도 아니고 그곳에서 사는 사람들의 활발한 모습이었다. 공원을 느긋하게 걷는 노인들마저 팔다리에 힘이 넘치는 것처럼 보였다. 헤르메스의 사람들은 모두 눈빛이 어둡고 표정도 없으며 동작이 둔했다. 그게 당연한 줄만 알았다.

게다가 당황스러웠던 건 지상 사람들이 나를 향해 보내는 눈빛이었다. 사키만이 아니다. 치료를 맡는 의사나 간호사도 나한테 말을 걸 때 눈이 웃고 있는 것 같아 처음에는 그게 무엇을 의미하는지 이해하지 못했다.

헤르메스에서는 그런 눈으로 나를 봐준 사람이 없었다. 아니, 아무도 날 보려고 하지 않았다. 마치 내가 존재하지 않는 것처럼. 그러나 그들에게 내 모습이 정말로 안 보였을 리가 없다.

예를 들어, 식량 배급 시간이 됐을 때 내가 중앙 홀로 나가면 헤르메스 사람들은 묵묵히 순서를 양보해 주곤 했다. 그래서 나는 항상 줄을 서지 않고 식량을 받을 수 있었다. 하지만 그건 나에 대한 호의 때문이 아니었다. 눈을 마주치기는커녕 모두 고개를 돌려 나를 무시하려고 애를 썼으니까. 가끔 시선을 느끼고 돌아봐도 나를 두려워하는 동시에 증오하는 듯 흘끔거리는 기척만 희미하게 남아 있을 뿐이었다.

헤르메스를 덮친 이변의 징후는 이 식량 배급 자리에서 나타났다.

우리가 먹는 건 옅은 노란빛이 도는, 부드럽고 동그란 한 입 짜리 덩어리로, 마시멜로라고 불렀다. 배급 시간은 층마다 정해져 있어서 1인분의 양도 모두 똑같았다. 그런데 그 양이 명확하게 줄어들고 말았다.

사람들은 이를 금방 알아차리고 배급 담당에게 따졌다. 배급 담당은 두 손을 내저으면서 설명했지만 나는 '기계 상태가'라는 부분밖에 알아듣지 못했다.

이튿날은 1인분의 마시멜로 양이 더 줄었다. 원래 배급되어야 할 양의 절반도 채 되지 않은 마시멜로를 손에 들고 각자의 방으로 돌아가는 사람들의 얼굴은 평소보다 더 창백했지만, 아직 표정에는 여유가 엿보였다. 전에도 이런 일이 있었지. 곧 다시 원래대로 돌아올 거야. 그런 마음속 목소리가 들리는 것 같았다.

그러나 3일째, 결국 모두에게 배급될 양마저 확보하지 못하게 되자 단번에 불온한 분위기가 짙어졌다. 7인 위원회는 일단 기계를 멈추고 점검에 들어간다고 발표했지만 복구 예상일에 대해서는 언급하지 않았다.

4일째, 마시멜로 배급이 없었다. 물은 아직 나와서 그걸로 버티는 수밖에 없었다.

5일째, 역시나 배급이 없었다. 공복으로 짜증이 정점에 치달은 사람들은 7인 위원회가 마시멜로를 독점하려고 거짓말을 하는 게 아니냐는 의심에 사로잡혀 집단으로 쳐들어갔다. 하지만 위원들도 다른 주민들과 마찬가지로 쇠약해져서 아무것도 먹지 못한 건 명확해 보였다. 그리고 배급 재개는 언제 시작하느냐고 재촉하는 사람들에게 위원 한 명이 힘없이 대답했다.

기계를 수리하려고 시도했으나 모두 실패로 끝났다. 더는 배급 재개는 없다면서.

∅ ∅

헤르메스가 아직 eUC 3라는 이름으로 불렸던 시절, 제10층에는 의료나 보건, 위생과 관련한 시설이 있어 의료 기구 외에도 항생물질 등 의약품이나 각종 검사약, 소독약도 어느 정도 갖춰져 있었다. 실험 기간이 종료되어 헤르메스로 이름이 바뀌었을 때, 이런 의료 물자도 갱신 혹은 보충되어 예정된 연장 기간의 수요에는 충분히 맞춰져 있었을 것이다. 감당하기 어려운 환자가 생겼을 때도 신속하게 지상으로 이송할 수단이 마련되어 있었음은 말할 것도 없다.

의약품이나 검사약, 검사에 쓰이는 검체에 따라서는 냉장이나 혹은 냉동 보존이 필요한 것도 있다. 그러려면 크고 작은 냉장고나 냉동고가 설치되어야 하는데, 그중 하나인 대형 냉장고 속에서 미라화된 남녀 시신이 발견됐다.

DNA 대조 결과, 두 구의 시신은 세라 와타루와 곤노 유카리임이 확인됐다.

7인 위원회가 처음부터 큰 권한을 갖고 있었던 건 아니다. 처음에는 인프라 시설 관리 담당 책임자가 한 곳에서 만나 정보를 교환하는 자리에 불과했다고 한다. 그러나 헤르메스에서 인프라 시설 문제를 사전에 방지하는 일은 주민들의 생명에 직결되는 가장 중요한 사항이었다. 기계를 상대하는 만큼 지식과 능숙도는 필수불가결한 부분이라 그 누구도 대신할 수 없었다. 그러니 사실상 모든 인프라를 장악하는 그들의 발언력이 강해지는 것도 자연스러운 흐름이었다.

마시멜로 배급이 완전히 멈추고 또 며칠이 경과했을 때.

나는 7인의 위원회로부터 호출을 받았다.

각오는 했다.

생산 시스템이 붕괴된 이상, 주민이 취할 선택지는 한정되어 있다. 헤르메스와 운명을 함께할 것이지, 아니면 지상의 세계가 멸망하지 않았다는 것에 기대를 걸고 탈출을 시도할지.

나는 모두 후자를 선택할 거라고 생각했다. 여기에 남으면 죽는 길밖에 없다. 살아남을 가능성이 조금이라도 있다면, 그걸 선택하는 게 당연했으니 말이다. 이제 당당하게 셔틀에 탈 수 있겠다며 나는 내심 기뻐했다.

그런데 식량 배급이 끝난 후에도 사람들은 지상으로 올라갈 움직임을 보이지 않았다. 주민들 대부분은 운명을 받아들인 것처럼 자기 방에서 나오지 않게 됐다.

도서관이 있던 제5층에도 사람 그림자가 사라졌다. 가끔 보이긴 해도 초점이 맞지 않은 눈으로 멍하게 있거나 주저앉아 무릎만 끌어안고 있을 뿐이었다. 나는 당장이라도 지상으로 가자고 호소하고 싶었지만, 제대로 내 뜻을 전할 자신이 없었다. 그래서 난 그 메모가 적힌 잡지를 도서관에서 꺼내 와, 해당 페이지를 펼쳐서 앉아 있는 사람에게 손글씨로 적은 메시지를 보여줬다. 그 사람은 흘끔 눈길만 줬을 뿐, 그게 끝이었다. 헤르메스의 존재 의의를 뒤흔드는 내용인데도 관심은커녕 동요하지도 분노하지도 않았다. 어쩌면 너무 쇠약해져서 이미 머리가 돌아가지 않는 걸지도 모른다.

그런데 이 상황까지 와서도 사람들 머릿속에 지상으로 도망가자는 선택지가 생기지 않는 게 이상하기만 했다. 물론 그런 나도 그 메모를 발견하지 않았더라면 어떻게 됐을지 알 수 없지만.

도서관에 있던 내 앞에 7인 위원회 중 한 명이 나타났을 때, 메모 내용이 그들의 귀에 들어간 줄만 알았다. 당연히 예상했던 바이고, 오히려 나도 그걸 바랐다. 7인 위원회를 설득할 수 있다면 모두 셔틀을 타고 지상으로 올라갈 수 있을 테니까.

도서관에 나타난 그 남자에게 이끌려 엘리베이터를 타고 제10층으로 올라갔다.

그곳은 내가 셔틀을 찾아다닐 때 처음으로 들어갔던 그 방이었다. 코 내부를 톡 쏘는 자극적인 냄새가 희미하게 감돌고 있다. 안쪽에 자리한 높은 은색 상자에서는 우웅 하는 낮은 소리가 들린다.

7인 위원회 사람들이 모두 모여 있었다. 잔뜩 쇠약해진 모양인지, 다들 눈은 움푹 파이고 빛이 보이지 않았다.

그들은 나를 하나밖에 없던 의자에 앉혔다.

위원회 사람들은 선 채로 무슨 할 말이 있는 듯한 시선을 보냈지만 아무도 입을 열지 않았다.

결국 기다림을 참지 못하고 나는 도서관에서 가지고 온 잡지를 펼쳐 글귀를 보여줬다.

그걸 가만히 응시하던 위원들 입에서 신음 같은 소리가 흘러나왔다. 분노에 차서 잡지를 찢어발기기는커녕 건드리려고도 하지 않았다. 마치 견디기 힘든 고통에서 벗어나려는 것처럼 눈을 꾹 감고 고개를 돌리는 이도 있었다.

뜻밖의 반응에 놀라 나는 잡지를 덮었다.

한가운데 서 있던 남자가 깊은 한숨을 쉬더니 드디어 이야기를 시작했다. 소곤거리듯 중얼거리는 목소리인 데다, 게다가 어조도 빨랐다. 내가 제대로 말을 알아듣지 못하는 것을 잊고 있었는지, 아니면 그런 것까지 신경 쓸 여유가 없었던 건지.

나도 귀에 온 신경을 집중시켰지만, 단편적인 단어만 간신히 알아듣는 정도였다.

그러나 메모를 다른 사람에게 보인 것에 대해 혼을 내는 게 아니라, 아무래도 내 부모님 이야기를 하는 듯했다. '네 아버지를' '어머니는' 같은 말이 들렸기 때문이다.

당연히 나한테도 아버지와 어머니가 있었겠지만, 부모님에 관한 기억은 전혀 없었다. 아버지와 어머니가 대체로 어떤 존재인지도 책 속 이야기로만 알 뿐이다. 나는 부모님 역시 지상의 세계와 함께 멸망했다고만 생각했다.

남자가 기나긴 이야기를 끝냈다. 나는 거의 이해하지 못했다. 그는 매우 지친 기색으로 이렇게 말을 덧붙였다.

"네게 부탁이 있다."

이것만큼은 어째서인지 또렷이 들렸다.

일곱 명이 괴로운 표정으로 고개를 숙였다.

큰 은색 상자에서 우웅, 하는 낮은 진동이 울린다.

CT 스캔과 최신 기기에 의한 조사 결과, 세라 와타루의 시신에는 온몸에 폭행으로 인한 상처가 있고 머리에 가해진 일격이 치명상이었다는 결론이 나왔다.

한편 곤노 유카리의 시신에서 외상은 발견되지 않았으나, 출산 시에 심한 출혈을 일으킨 흔적이 있고, 그 상처도 완전히 낫지 않은 상태였음이 판명됐다. 아마 즉사는 아니었어도 출산 당시에 생긴 문제가 결과적으로 그녀의 생명을 빼앗았다는 추측에 이르렀다.

왜 두 사람의 시신만 냉장고에 들어가 있었는지는 알 수가 없었다.

제2부

얼마나 시간이 지났을까.

이미 날짜 감각은 사라진 지 오래다.

머리는 멍해서 돌아가지도 않고, 손발에도 힘이 들어가지 않는다.

체내의 에너지가 다하려 한다.

자신도 곧 죽을 것이다.

그래도 괜찮다는 생각이 들었다.

이제, 아무래도, 좋다.

완전히 불타버린 것처럼 찾아오는 편안함 속에서 눈을 감으려던 순간이었다.

"루키, 일어나라."

또다시 들렸다.

"때가 됐다."

그 엄숙한 목소리가.

세라 와타루와 곤노 유카리를 제외한 238명의 시신은 제3차부터 제19차까지의 수색대에 의해 발견 및 수용됐다.

제1층에서는 38명의 시신이 확인됐다. 대부분 백골화되어서 가슴 위에 두 손을 얹은 자세로 각 방 침대에 누워 있는 모습이었다. 사인은 사고사 혹은 자살임이 명백한 일곱 구를 제외하고는 모두 병사 가능성이 큰 것으로 여겼으나 원인을 특정할 수는 없었다. 어느 시신이든 머리맡에는 마치 공물처럼 빈 컵이 놓여 있는 것으로 보아, 사후에도 정중히 모셨음을 알 수 있었다. 아마 헤르메스의 거주구에서 가장 깊은 곳에 위치한 제1층이 묘지로 사용되고 있었던 모양이다.

남은 200명의 시신은 제2층에서 제4층까지 발견됐지만 제1층의 시신 상태는 물론이요, 사전에 예상했던 것과는 크게 달랐다. 이 건에 관한 보고는 지오 X사에 있어 최고 기밀로 취급되어 관계자에게도 엄중한 함구령이 내걸렸다.

제5장

구세주

1

지오 X는 헤르메스에 남았던 240명 전원의 시신을 수습했다고 발표하고, 그보다 먼저 셔틀에서 발견된 생존자가 헤르메스에서 태어난 십 대 소년이라는 점도 처음으로 밝혔다.

이 뉴스 전반부는 당연하지만 충격적인 비극으로 받아들였으나, 원래부터 생존은 절망적으로 보고 있었기에 뉴스가 소비되는 것도 빨랐다.

한편 뉴스 후반부 내용은 큰 관심을 모았을 뿐만 아니라 기이한 흥분까지 일으켜 시간이 지나면서 점점 그 정도가 심해졌다.

생존자를 둘러싸고 이제까지 온갖 상상력을 구사한 여러 이야기가 지어졌지만, 대부분은 헤르메스에서 태어난 소년 혹은 소녀라고 상정된 것이었다. 그러는 편이 이야기의 매력이 높아지기 때문이지만, 그게 정말로 현실이 됐다. 신화의 등장인물이 실재했다고 판명된 것과 마찬가지였다.

그러나 일련의 상황을 냉정한 시선으로 보는 이들도 적지 않았다. 이야기에 지나치게 현혹되는 풍조가 씁쓸하다며 지적하는 자도 있었다. 그러나 실험 지하 도시 헤르메스는 소행성 충돌에 의한 인류 멸망을 회피하기 위한 프로젝트로 건설된 것이다. 건설의 계기가 된 2029JA1이 다시금 접근하고 있는 이 시대, 바로 그 헤르메스에서 태어난 소년이 기적처럼 사람들 앞에 나타났다는 사실에 어떤 특별한 의미를 부여하고 싶은 것도 인간으로서 지극히 자연스러운 반응이었다.

그중에서도 가장 흔히 찾아볼 수 있었던 것은 이 소년이야말로 멸망의 운명에서 인류를 구원하기 위해 나타난 구세주라는 말이었다. 이야기적으로도 깔끔하고, 시대적 분위기에도 적합했기 때문이리라. '지하에서 태어난 그리스도' '가이아의 아이' '지구의 수호천사' 등등 소년을 멋대로 신격화하고 숭배하는 집단이 각지에서 생겨나, 그 수도 점점 증가했다. 소년에 관한 정보를 추가로 공개하라는 요청도 쇄도했지만, 지오 X사는 사생활 존중을 이유로 거절했다.

2

마음 어딘가에서는 아직 살아 있을 거라고 믿었던 걸까. 각오는 하고 있었지만 막상 현실이 되고 보니 냉정함을 유지하기가 어려웠다.

헤르메스에서 시신으로 발견된 오빠는 화장된 후, 그 유골로 만들어진 새끼손가락만 한 무색투명한 정육면체가 되어 18년 만에 사키의 곁으로 돌아왔다. 이 정육면체를 소울 크리스털이라고 하는데, 표면에 고인의 이름이 새겨져 있다. 화장 전에 시신을 그대로 혹은 유골을 인계받는 것도 가능하지만, 소울 크리스털의 보급이 일반화된 현대에서는 고인을 유골 그대로 이장하는 일은 보수적인 일부 층에만 한정되어 있었다. 게다가 시신은 모두 백골화나 부패가 진행되어 외형만으로는 성별 판별이 어렵다는 지오 X사의 설명을 들으면, 유족들이 거의 소울 크리스털을 선택하는 것도 당연한 일이다. 그러나 이 소울 크리스털, 즉 '영혼의 결정'은 단순화된 아름다움 덕분에 한층 더 오랜 기억을 승화시켜, 이를 손에 쥔 이를 깊은 감상에 젖게 했다.

eUC 3의 심리 상담사로 근무했던 시절의 오빠는 휴가만 생기면 바로 사키와 가족들이 있는 곳으로 얼굴을 비추러 왔고, 당시는 건강했던 어머니까지 데리고 외식하는 일이 많았다. 오빠가 eUC 3에 부임하게 됐을 때 제일 심하게 반대했던 건 어머니였다. 약혼자 문제도 있었지만, 그보다 아들을 위험한 장소에 가도록 놔두는 게 견딜 수 없어서 였으리라. 그런 어머니는 오빠가 지하에서 지내는 3개월 동안 마음 편할 날이 단 하루도 없었을 것이다. 그런데 이제야 돌아왔다 싶으면 겨우 한 달 만에 지하로 다시 돌아갔다. 그 반복이 10년이나 이어지는 사이, 결국 오빠는 자기 의지로 지하에 남은 채 돌아오지 않게 됐다.

어머니가 걱정 끝에 몸져누운 것도 무리는 아니었다.

살아 있던 오빠를 마지막으로 본 건 휴가를 마치고 eUC 3 로 향하기 전날이었다. 그때도 오빠가 사키와 어머니를 찾아와 늘 그랬듯 다 같이 외식을 즐겼지만, 평소보다 훨씬 온화한 분위기였던 게 기억난다. 남은 3개월의 근무를 무사히 마치면 이제 두 번 다시 지하 3천 미터 아래로 내려가지 않아도 된다. 드디어 평범한 생활로 돌아온다. 어머니의 표정에도 그런 안도감이 배어 있었다. 오빠도 계약 기간이 종료된 시점에 얻게 될 거액의 보수를 어떻게 사용할지 즐겁게 이야기했다.

그러나 헤어질 때 "얼마 안 남았으니까 몸 조심해"라고 사키가 말하자, "그래" 하고 웃은 오빠의 얼굴은 조금 쓸쓸해 보였다.

오빠의 사인에 대해서는 '자세한 건 알 수 없다'라고 들었지만, 상당히 이른 시기에 사망했음은 분명한 듯했다. 루키의 얼굴을 보지도 못하고 세상을 떠났을 가능성도 있다고 한다. 그렇다면 더더욱 안타까움이 남았을 것이다.

루키의 어머니인 곤노 유카리는 오빠보다는 좀 더 오래 산 것 같지만, 역시 사인은 불명이었다. 그녀의 소울 크리스털도 사키가 거둬서 오빠의 것과 같이 놔뒀다. 두 사람의 관계가 실제로는 어떤 것이었는지 알 수 없지만, 사키는 그 둘이 진심으로 사랑하고 귀중한 시간을 공유했다고 믿고 싶었다.

루키에게는 부모님의 시신이 발견됐다는 사실을 아직 전하지 않기로 했다. 지오 X사에도 그렇게 부탁했다. 물론 루키 이외에 또 다른 헤르메스 생존자가 존재하지 않는 이상, 그의 부모의 사망 소식을 숨길 수도 없고 그도 어렴풋이 알아차리고 는 있겠지만, 굳이 이쪽에서 먼저 그 소식을 꺼낼 필요는 없다. 헤르메스에서의 기억이 돌아오지 않는다면 더더욱 그렇다. 지 금은 이 세계에 적응하는 것을 최우선으로 해야 하지, 부모님 의 죽음을 받아들이는 건 그 이후에도 된다.

루키는 이미 퇴원했지만, 여기에는 없다. 유이에게도 말했던 것처럼 원래는 같이 살 마음이었지만, 준비를 진행하려던 차에 지오 X사에서 새로운 제안을 했다. 루키를 위해 호텔 방 하나 를 사들여 돌봐줄 사람을 붙여줄 테니 퇴원 후에는 그곳에서 지내게 하면 어떻겠냐고 말이다. 이유를 묻자 세간의 눈에서 지 키기 위함이라고 했다. 그 말대로 헤르메스의 유일한 생존자라 고 하는 소년을 향한 관심은 전 세계적으로 이상할 정도로 드 높아져 있었다. 루키에 대한 정보가 새어 나가면 더는 평온한 생활을 할 수 없다. 사키 혼자 힘으로 지킬 만한 수준이 아니 다. 지오 X사가 루키의 건강 관리나 학습 지도에 관해서도 최 선을 다하겠다는 약속을 해줘서, 사키도 그 제안을 받아들였 다. 지금도 일주일에 한 번은 루키를 만나고, 그 이외의 날도 가 능한 한 전화나 메시지로 대화를 나누려 한다. 언젠가는 바다 에 데리고 가주고 싶다.

그리고 유이는 여전히 루키에 대한 불신을 숨기지 않고 사키 에게도 경계를 늦추지 말라는 충고를 반복했지만, 사키가 전혀 태도를 바꾸지 않는 것에 화가 치밀었는지, 그 후에는 아예 연 락을 뚝 끊어버렸다. 그저 다시 평소처럼 사이가 멀어진 것일지도 모르겠지만.

"걱정되면 메시지를 보내는 게 어때? 잘 지내냐고."

"그 애는 그런 거 싫어해서."

"싫어할 만한 기운이라도 있으면 차라리 안심할 수 있지."

사키는 깜짝 놀라 상대를 다시 쳐다봤다.

"너를 염려하는 사람이 있다는 사실만 전해도 의미가 있으니까."

"넌 보기와는 달리 어른스럽구나."

"이래 봬도 134세니까."

"뭐? 그런 설정이니?"

그래도 지금은 사나기가 곁에 있어서 다행이다 싶다. 처음에는 무표정이고 무슨 생각을 하는지 알지 못해 찝찝하기만 했는데, 가만히 보니 예쁘게 생긴 얼굴을 하고 있다. 말을 나누는 사이에 약간의 눈빛 변화를 통해 감정의 움직임을 읽어낼 수 있게 됐다.

사나기의 성격도 자신에게는 잘 맞는 것 같다. 말을 걸면 대답도 잘하고 자신의 의견도 제시해 주지만, 쓸데없는 말은 떠들지 않는다. 이쪽이 이야기하고 싶을 때만 해도 된다는 안도감이 느껴졌다. 그 누구에게도 털어놓지 못했던 푸념을 토해내고, 속이 편해졌던 적도 한두 번이 아니었다.

오미시마 렌에게 감사한 마음이다.

3

헤르메스에서 살아남은 소년을 2029JA1으로부터 인류를 구하는 구세주로 받들자는 풍조가 짜증스러워서 견딜 수가 없었다. 왜 그런 쓸데없는 짓을 하는지.

물론 자신도 2099년에 소행성 충돌로 인류가 멸망할 것이라 생각한다. 그러나 사키에게도 말했던 것처럼 그건 믿음보다도 소망에 가깝다. 현실적으로 보자면 2029JA1이 지구에 떨어질 확률은 점점 낮아지기만 한다. 2099년에 인류가 멸망하는 일은 아마도 없으리라. 그 정도는 안다. 알고는 있지만 그래도 이제 26년만 있으면 모든 게 리셋될 수도 있는 가능성에 매달리지 않을 수가 없었다. 오늘이라는 날을 보내는, 오직 그 하나만을 위해.

원래부터 꿈이 없는 인생이었다. 그러니 소소한 위로 정도는 남겨도 좋지 않겠는가. 어차피 다가가면 사라지고 마는 신기루 같은 것이었는데. 그늘 속에서 사는 사람의 먼지만 한 희망까지 짓뭉개면서 뭐가 구세주라는 건지. 뭐가 수호천사인지. 인류를 구할 거라면 우선 이 일그러진 세상부터 어떻게 해주면 좋겠다. 전부 싹 갈아엎어 버리면 좋겠다. 떨어지지도 않을 소행성 따위는 아무래도 상관없다.

"그렇게 느끼는 건 렌 너뿐만이 아니야."

얼굴을 들었다.

"많은 사람이 너처럼 애끓는 마음을 갖고 있어."

"그걸 어떻게 알아?"

붉은 눈동자가 야릇하게 빛났다.

4

도착한 메시지는 어머니에게서 온 것이었다.

잘 지내니?

그렇게 적혀 있다.

'응, 잘 지내'라고 입력했다가 지우고, '지금 학교 가'라고만 써서 답을 했다.

얼굴을 들고 숨을 토해냈다.

대학으로 향하는 아침 노선버스는 여전히 만원이다. 이 시간대에 자리에 앉은 적이 없다. 대개는 난간이나 손잡이를 붙잡은 채로 도착할 때까지 시간을 보낸다.

그런데 어쩐지 불길한 느낌이 들었다.

차창 밖을 지나가는 거리는 1년 전과 똑같은데도 그곳에 떠도는 분위기가 명백히 달랐다. 변화가 시작된 건 헤르메스에서 18년 만에 올라온 셔틀에서 생존자가 발견됐다는 소식이 전해진 뒤부터다. 이 사건을 두고 사회 전체가 들떴고, 사람들은 기적의 예감에 가슴을 두근거렸다. 그리고 약 3개월 후, 그 생존자가 헤르메스에서 태어난 십 대 소년임이 공표되자 예감은 열광이 되어 전 세계를 뒤덮었다.

루키의 얼굴도, 이름도 알려진 바가 없는데도 이 세상에서의 존재감은 하루하루 강렬해졌다. 그를 아는 소수의 사람 중 한 명인 자신도 어느새 그 큰 흐름에 삼켜진 상태다. 루키를 휩싸고 있는 위화감이 단순한 착각이라면 좋겠다. 그러나 착각이라고 믿고 싶어도 자꾸만 그냥 넘길 수 없는 뭔가가 남아 마음을 술렁이게 했다.

어머니가 루키와 함께 살겠다고 했을 때 무슨 안 좋은 일이 일어날 것 같아 진심으로 걱정했다. 다행히 함께 사는 계획이 백지로 돌아가 일단 안심은 했지만, 가만히 되짚어보니 지오 X 사의 제안은 타이밍도, 내용도 기묘하기만 했다. 루키의 건강은 이제 회복됐으니 이제 남은 건 적당한 위로금을 건네기만 하면 충분할 텐데도, 호텔 방에다 의식주까지 계속 챙겨줄 필요는 없다. 세간의 눈을 피해 지켜주겠다는 건 너무 도가 지나친 친절이 아닐까.

지오 X사에 대해서는 가즈미도 지적했다. 최근 발표된 헤르메스 조사 보고서에는 일부러 모호하게 놔둔 부분이 많다고 말이다. 예를 들어 주민들의 사인이 그렇다. 다들 식량 생산 시스템이 망가진 바람에 주민 대부분이 아사한 것으로 추정하고 있지만, 실제로 지오 X사가 발표한 문서 그 어디에도 '아사'라는 단어는 적혀 있지 않았다. 그런데도 이를 읽은 사람의 뇌리에는 '아사'라는 말이 새겨지고 만다. 거짓말은 아니지만 잘못 읽기를 유도하는 식으로 글이 쓰여 있는 것이다.

이게 의도적인 것이 아니라면 아니, 의도적이지 않을 리가 없지만, 그렇다면 지오 X사는 뭔가를 숨기고 있다는 뜻이 된다. 어쩌면 그건 루키와 관련이 있을지도 모른다. 그래서 지오 X사는 루키를 사람들의 눈에 띄지 않는 곳에 둘 필요가——.

버스가 대학에 도착했다.

인파의 흐름에 따라 하차하자, 머리 위로 푸른 하늘이 펼쳐졌다.

생각을 다른 곳으로 돌리자며 마음을 다독였다.

오늘부터 새로운 배양 조건을 실험하기로 했다. 힌트가 될 만한 논문을 찾았기 때문이다. 이번에야말로 FN35 주가 깨어나 유성 생식 기관을 만들지 않을까.

그런 느낌이 들었다.

5

지금부터는 지상에 오고 나서 그날까지의 일을 이야기하고자 한다.

미리 말해두지만, 나는 그 누구도 원망하지 않는다. 모든 건 크나큰 의지에 따라 생긴 결과이며, 나는 이를 온전히 받아들이고 있다. 그것만큼은 오해하지 않으면 좋겠다.

그럼 계속하겠다.

내가 눈을 떴을 때, 망막을 향해 밀려들어 왔던 건 새하얀 빛 덩어리였다. 그건 형태가 잡히지 않은 채 희미하게 둥둥 떠다녔다. 아무 생각도 할 수 없었다. 체내를 감도는 혈류의 낮은 울림만이 머릿속을 가득 채웠다. 첫 기억은 거기서 끝났다.

다음에 눈을 떴을 때는 좀 더 오래 의식을 유지했던 것 같다. 사람으로 보이는 형상이 나를 들여다봤다. 목소리도 들렸다. 나한테 뭐라고 말을 걸었지만, 말은 귀를 그냥 통과할 뿐이었다.

겨우 사고 회전이 된 건 세 번째 각성부터였다. 당연하지만 나는 내가 어떤 상태인지 알지 못했다. 순간적으로 느낀 건 빨리 '셔틀'을 찾아야 한다는 절박한 충동뿐이었다. 일어나려고 했지만 몸이 말을 듣지 않았다. 근육이 위축되어서만이 아니라 누군가가 내 몸을 짓눌렀기 때문이다. 흰옷을 입은 그 사람이 부드러운 어조로 말을 걸면서, 나를 원래 있던 대로 눕혔다. 내 의식은 자연히 그 사람의 목소리로 향했다. 맨 처음에 알아들었던 건 '알겠어요?'라는 말이었다. 내가 고개를 가로젓자 그 사람은 미소를 지었다. 그리고 다음에 이렇게 말한 것을 알 수 있었다.

"이름이 뭔가요?"

처음으로 이곳이 지상의 세계일 가능성에 생각이 이르게 된 건 그 질문에 '루키'라고 대답한 내 목소리를 들었을 때다.

그 사람은 더욱 흥분해서 이야기를 이어나갔지만, 너무 말이 빨라 나는 하나도 알아듣지 못했다. 다만 어떻게 된 일인지 내 눈앞에서 계속 집게손가락을 움직였다. 그 손가락이 가리키는 방향으로 시선을 보내자 옆 방의 천장이 보였다. 이쪽 방처럼 흰색이 아니라 이상할 정도로 깊이가 있는 쾌청한 파란색이었다. 이런 독특한 푸른색을 어디선가 본 적이 있다. 그 순간 그게 천장이 아니라 '하늘'임을 깨달았다.

나는 지금 지상의 세계에 있다.

그 사실을 받아들이자마자 '하늘'에서 뭔가가 빛났다. 처음에는 작은 점에 불과했던 것이 엄청난 속도로 커지면서 모든 걸 삼켰다. 나는 비명을 지르며 머리를 감싸 쥐었다. '불타는 거대한 암석'. 역시 지상의 세계는 멸망할 운명이었던 것이다.

나는 눈을 감고 최후를 각오했다. 그러나 아무 일도 일어나지 않았다.

아무것도 없는 듯한 정적 속에서 흰옷을 입은 사람의 다독이는 듯한 목소리가 들렸다.

"괜찮습니다."

그 말의 울림에 이끌려 나는 눈을 떴다.

아까까지 '하늘'이 있었던 곳은 벽으로 바뀌어 있었다. '불타는 거대한 암석'이 떨어질 기미는 조금도 없었다.

지상 생활에 적응하는 건 의외로 그리 어렵지 않았다. 사키는 헤르메스의 도서관에 소장된 책을 읽어 예비지식을 얻은 덕분이라고 했지만, 난 이게 다 사키 덕분이라고 생각한다. 그녀가 다가와 나를 도와주지 않았더라면 나는 주변 사람들과 의사소통도 제대로 못 했을 게 분명하다. 그저 감사한 마음뿐이다. 그러나 그녀의 딸인 유이는 그 어머니처럼 나한테 호의적이지 않은 것 같다.

유이와 처음으로 만났을 때, 나는 아직 입원 중이었다. 그즈음에는 디바이스를 쓰지 않고도 대화에 어려움을 느끼지 않았다. 사키도 내가 유이와 대화를 나누고 다소 마음이 통하길 기대했나 보다. 그러나 병실로 들어온 유이와 눈이 마주친 순간, 내 안에 잠들어 있던 어두운 기억이 고개를 치켜들었다. 몸이 저절로 굳어지면서 호흡도 얕아졌다. 지상에서 눈을 뜬 이후, 나를 향해 이 정도로 의심에 가득 찬 눈빛이 쏟아지는 건 처음이었다.

유이가 병실에 있던 건 겨우 몇 시간에 불과했다. 사키는 나
와 유이 사이를 중재하려고 이런저런 배려를 했지만, 서로를 경
계하는 듯한 분위기는 끝끝내 풀리지 않아 결국 나는 대꾸 한
마디 못하고 만남은 끝났다. 사키한테는 참으로 미안하다. 유
이에게도 내 인상은 안 좋았을 것이다.

유이와 다시 만난 건 병원에서 지오 X사가 마련해 준 방으
로 옮기고 나서 얼마 후의 일이다. 이때는 사키와 같이 오지 않
고 유이 혼자서만 나를 찾아왔다. 둘끼리만 이야기를 나누고
싶다고 했다.

6

사키가 알려준 건 엄청난 고급 호텔로, 유이는 이런 기회가
아니라면 평생 발을 들일 일이 없을 듯했다. 정면 현관으로 들
어갈 때는 보안 센서에 걸려 경비원이 제지하는 게 아닐까 잔뜩
긴장했지만, 지오 X사가 미리 보내줬던 ID 코드가 신분을 증
명해 준 덕분에 큰 문제 없이 통과할 수 있었다. 로비로 들어가
자 누군가가 호텔 짐 운반 담당자보다 더 빨리 다가왔다.

"세라 유이 님이시죠? 기다리고 있었습니다."

방긋 웃으며 마중 나온 여성은 지오 X사에서 나온 미야기라
고 자신을 소개했다. 복장에도, 행동에도 빈틈이 없다. 유이는
주눅이 들 것 같은 자신을 격려하며, 맞이해줘서 감사하다는

뜻을 표했다. 그녀의 안내를 받아 엘리베이터에 타자, 18층이라는 램프가 자동으로 켜지며 조용히 상승을 시작했다.

루키와의 만남을 제안한 건 가즈미였다.

"유이는 언제든 그와 만날 수 있잖아. 그 특권을 살리지 않으면 아깝지."

만나서 무슨 이야기를 나눌지 아직 정한 바는 없다. 그저 그가 어떤 사람인지, 정말로 사키한테 위험을 가져다주는 게 아닌지 확인하고 싶었다.

엘리베이터에서 내려 조용한 복도를 나아가 1805라고 숫자가 붙은 문 앞에 서자, 바로 잠금이 해제되는 소리가 났다. 문이 열리면서 안에서 나타난 이는 호리호리하지만 굳세보이는 남자였다.

"어서 오십시오."

자신을 다카무라라고 한 남자와 미야기가 루키의 시중을 드는 이들이라고 한다.

안내를 따라 문 안으로 들어갔다.

"두 분끼리만 이야기를 나누신다고 들었습니다. 저희는 1층 로비에서 대기하겠습니다."

그렇게 말한 다카무라가 교대하듯 복도로 나오며, 손바닥 안에 쏙 들어갈 정도로 단순하게 생긴 디바이스 하나를 유이에게 건넸다. 손으로 쥐어보니 붉은 버튼이 딱 엄지손가락 아래에 들어왔다.

"돌아가시거나 용건이 있으실 때 편하게 불러주십시오."

문이 닫히며 유이만이 안에 남았다.

그곳은 아담한 대기실 같은 장소로, 안쪽으로 또 하나의 문이 보였다.

드디어 대면의 순간이라고 정신을 다잡으며 유이는 문을 열었다. 밝은 거실이 눈앞에 펼쳐진다. 안으로 한 걸음 들어가자마자 발을 멈추고 말았다.

루키는 분명 혼자 있어야 하는데, 소파에 앉은 그의 옆에는 마치 미식축구 선수를 연상케 하는 거대한 남자가 서 있었다. 곱슬거리는 금발이 반짝반짝 빛나는 그 남자가 유이를 향해 친근하게 웃었다.

유이는 자기 눈을 의심했다.

"……윌 영맨."

확실하다.

그러나 왜 이곳에 있는 걸까.

"만나서 반갑습니다, 유이 씨."

매끄러운 일본어 억양을 듣고 나서 깨달았다.

이건 화신이다.

마이 멘터에서는 화신의 언어를 선택할 수 있어서, 공중에 자막을 띄울 수도 있다. 생각해 보니 윌 영맨이 세운 지오 X사가 루키에게 마이 멘터를 제공하는 건 매우 자연스러운 일이기도 했다.

그러나 요즘은 온갖 유명인 화신이 나돌고 있긴 하지만, 윌 영맨 본인이 화신이 됐다는 이야기는 처음 들었다. 게다가 이 화신의 화상 정밀도는 일반적인 것보다 더 높아서 진짜와 구분이 안 될 정도다. 설마 루키만을 위한 특별 사양인 걸까.

루키가 큰 소파에서 일어났다.

"유이, 와줘서 고마워."

그러고 보니 그의 목소리를 듣는 건 처음이다. 이렇게 온화한 말투를 쓰다니 의외였다. 인상도 지난번보다 훨씬 더 어른스러워 보였다.

"그거 화신이지?"

루키가 옆에 서 있는 윌 영맨을 올려다봤다.

"응, 나한테 여러 가지를 가르쳐주고 있어."

마이 멘터의 티칭 기능을 사용해서 화신을 가정교사로 삼고 있다는 뜻인가. 그렇지만 그 선생님이 하필 윌 영맨이라니.

어머니가 루키를 위해 이 남자를 고를 리가 없다. 지오 X사가 제멋대로 한 짓이리라. 그렇다면 이 상황에는 윌 영맨의 뜻이 움직이고 있다는 말이다. 그렇지 않으면 창설자의 화신을 쓰게 할 이유가 없다. 즉, 윌 영맨이 루키에게 엄청난 관심을 품고 있다는 뜻이 된다.

"화신은 일단 없애주면 좋겠는데."

눈에 거슬리니까, 하고 말하려다가 꾹 참았다.

"말하기 거북해서."

"윌."

루키가 불렀다.

"알겠어, 루키. 그럼 나머지는 나중에 하자."

월 영맨의 화신은 마지막으로 유이에게도 자신감 넘치는 미소를 보낸 후 사라졌다.

"뭐 좀 마실게."

유이는 비치된 냉장고를 찾아 안에서 미네랄 워터 병을 꺼냈다. 이럴 때는 보통 루키가 마실 것을 권해야겠지만, 그가 아직 지상의 관습에 익숙하지 않을 거라는 생각에서 한 행동이었다.

뚜껑을 따서 한 모금 마신 후, 기분을 진정시켰다.

"방이 굉장하다. 한번 둘러봐도 돼?"

유이는 대답을 기다리지 않고 실내를 둘러봤다. 루키의 방은 최고급 스위트룸이 아니라, 이 호텔에서는 지극히 표준적인 등급의 객실인 모양이다. 하지만 트윈 베드가 갖춰진 침실 말고도, 고급스러운 소파 세트가 있는 거실, 작지만 트레이닝 룸도 있어서 어쩐지 분수에 넘쳐 보이는 건 분명했다.

마지막으로 창가에 서서 멋들어진 전망을 확인한 다음, 루키를 돌아봤다.

"지금 전 세계 사람들이 네 이야기를 하고 있어. 알고 있었니?"

7

사키의 화신으로 사나기를 고른 건 그녀가 그 무뚝뚝한 캐릭터에게 어떻게 대응할지 참 볼만하겠다는 생각에서였다. 상대하기 버겁다면서 울며 매달릴 걸 약간 기대하기도 했다. 그런데 막상 뚜껑을 열어보니 뜻밖에도 잘 지내는지, 사키는 직장에서 만날 때마다 즐겁게 사나기에 대한 화제를 꺼냈다.

의외의 전개에 솔직히 약간의 후회도 들었지만, 그건 그것대로 괜찮지 않을까 했다. 사나기와 어울려 지낸 시간은 자신이 더 길다. 자신보다 더 그녀를 이해할 수 있을 리가 없다.

그러나 그 여유도 사키가 별 뜻 없이 한 말에 싹 날아가 버렸다.

"걔 나이가 글쎄 134세라는 거 있지? 깜짝 놀랐어."

렌은 저도 모르게 몸을 내밀었다.

"본인이 그랬어요? 자기가 134세라고?"

"오미시마 씨, 혹시 몰랐어?"

알고 뭐고 간에 공개되어 있는 『파이어 소드』의 설정 그 어디에도 그런 설명은 없다. 사나기는 연령 불명이라고 나와 있었을 텐데.

"설마……."

숨은 설정인가. 화신이 공식적으로 발표하지 않은 설정을 말할 때가 가끔 있다고는 하지만.

"왜 그래?"

렌은 너무나 동요한 나머지 "저한테는 그런 말은 한마디도" 하고 말실수를 하고 말았다.

아차 한 것도 잠시, 사키의 얼굴이 활짝 폈다.

"오미시마 씨의 화신도 사나기구나!"

이렇게 렌이 전부터 사나기를 화신으로 삼고 있었음이 들켰지만, 결과적으로 두 사람의 공통 화제가 하나 늘어난 게 되어 이전보다도 더 대화가 잘 통하게 됐다.

"안녕! 오미시마 씨의 사나기도 잘 지내지?"

"어제랑 똑같아요. 화신이잖아요."

"하지만 오미시마 씨의 말을 들어보면 우리 집 사나기와는 좀 다른 것 같아. 어쩐지 어둡다고나 할까?"

"그렇겠죠. 사나기의 캐릭터는 원래 어두워요. 세라 씨네 사나기가 좀 이상한 거라고요."

"왜 차이가 나는 걸까? 같은 사나기인데."

"이용자의 성격에 맞춰 다소 변화한다고 듣긴 했는데."

그 이후로 렌은 사나기한테 몇 번이나 나이를 물어보려 했지만 '잊었다' '모르겠다'라는 싸늘한 반응만 되돌아왔을 뿐이었다. 하다못해 '여자한테 나이를 묻는 거 아니다'라는 대사라도 해주면 좋을 것을.

"언제 한번 우리 사나기도 좀 만나줘. 의외로 죽이 맞을지도 몰라. 아, 밥 먹으러 안 올래? 뭔가 힘이 날 만한 요리를 만들어줄게. 혹시 싫어하는 음식은 없어?"

"정말 그런 건 안 해주셔도 돼요."

"헤르메스에서 온 소년 이야기, 혹시 아세요?"

오랜만에 다시 야근조로 투입된 날, 휴식 중 렌이 그 화제를 꺼낸 것에 그다지 깊은 이유는 없었다. 늘 그랬듯 사나기에 대한 대화가 일단락되자, 문득 떠오른 밤의 정적이 빨려 들어가는 것처럼 마음을 들볶던 것이 입에서 새어 나왔던 것이다.

"2099년에 일어난 멸망에서 인류를 구원해 준다고 하던데요."

실제로 말로 꺼내놓고 보니, 그것이야말로 사키와 꼭 대화를 나누어보고 싶었던 부분이 아닐까 하는 느낌이 들었다.

"정말 괜한 짓 하지 말라는 기분이랄까요? 어차피 소행성 따위는 떨어지지 않을 거잖아요. 그때까지 꿈 좀 꾸게 놔두는 게 뭐 문제가 된다고."

"오미시마 씨는 항상 그렇게 인류가 멸망하면 좋겠다고 생각해?"

사키의 얼굴에서 평소의 그 쾌활함이 사라졌다.

"생각이라도 하면 안 되나요?"

"그런 사고방식은 오미시마 씨의 인생에 손해만 끼쳐."

렌은 콧방귀를 뀌었다.

"이 이상 어떤 손해를 끼친다는 건데요?"

"멸망해 버리면 좋겠다고 생각하는 대상이 나도 모르는 사이에 '인류'에서 '자신'으로 바뀔지도 모르니까."

가슴 안쪽을 확 잡아채는 것처럼 숨이 턱 막혔다.

"지금 오미시마 씨는 아주 훌륭히 잘 살아가고 있어. 일도, 생활도 제대로 해내고 있잖아. 그게 얼마나 대단한 일인지 알아? 하지만 그런 가치가 보이지 않게 되고, 오히려 그게 자신을 옥죄는 것으로만 느껴져서 모든 걸 다 부숴버리고 싶은 기분이 들지도 몰라. 난 오미시마 씨를 보면 그런 게 무서워."

렌은 견디지 못하고 손을 한 번 내저었다.

"제 이야기는 됐어요."

"아니, 그렇지 않아."

사키는 물러서지 않았다.

"기분 나쁘게 했다면 미안해. 하지만 한번은 이 문제에 대해 오미시마 씨와 제대로 이야기하고 싶었어."

"저는 이런 대화를 원했던 게 아니에요. 헤르메스의 소년 얘기를 하고 싶었지."

렌은 반쯤 웃음을 섞으며 말을 꺼냈다.

"아까는 그런 식으로 말했지만, 사실 그 소년에게 기대하고 있어요. 진정한 구세주가 되길 바란다고요. 구세주가 되어 이 세상을 바꿔주면 좋겠어요. 그러면 할 수 있을 것 같지 않나요? 무려 지하 3천 미터에서 태어나 계속 거기서 살았잖아요. 그런 사람은 이 지구에서 처음이니까. 특별한 것을 갖고 있다고 해도 이상할 게 없어요. 특별하지 않은 게 더 이상하죠."

"저기, 오미시마 씨. 잠깐만 내 말을……"

"특별한 것이라니까 이해하기 어려우신가요? 그래요. 예를 들어 사명이나 하늘에서 내려준 역할이라든가 아무튼 그런 특별한 거요. 그래서 전 지금 상황이 더 답답해요. 그 소년은 분명 지오 X사의 보호를 받으면서 귀한 대접을 받고 있을 텐데요? 세간의 주목을 받아 숭배의 대상도 되니까 아주 본인도 기분이 좋을 거예요, 그죠?"

"그럴 리가 없잖아!"

사키의 낯빛이 갑자기 달라졌다.

"루키는 태어나서부터 계속 지하에서 고독하게 살았어. 지상에 있는 건 모든 게 처음 겪는 일이라 처음에는 제대로 말도 못 했다고. 그보다 부모님이 헤르메스에서 세상을 떠났어. 기분이 좋을 리가⋯⋯."

그녀는 말을 멈추고 아연실색했다.

렌은 그 얼굴을 바라보며 낮은 목소리로 따져 물었다.

"루키가 누구예요?"

8

"지금 전 세계 사람들이 네 이야기를 하고 있어. 알고 있었니?"

루키가 얼굴을 돌리며 미소 지었다.

"무슨 이야기인데?"

"네가 구세주래."

유이는 천천히 창가에서 멀어졌다.

"네가 태어난 헤르메스는 소행성 추락에 대비한 실험용 피난소로 만들어진 곳이야. 그리고 현재 실제로도 거대한 소행성이 지구를 향해 접근하고 있지."

"2029JA1이잖아."

"알고 있구나."

유이는 루키의 정면에 있는 소파에 앉았다.

"월이 가르쳐줬어."

"그 2029JA1의 재앙에서 인류를 구원하는 게 바로 헤르메스에서 온 소년, 그러니까 너라는 거야."

루키의 시선은 유이의 얼굴에 고정된 채 떨어지지 않았다. 마치 유이의 마음을 읽으려는 것처럼.

"현재 2029JA1이 지구에 떨어질 확률은 매우 낮아. 할 수 있는 일이 있다면 모를까, 네가 뭘 할 것도 없이 이 소행성이 인류를 멸망시키는 일은 아마도 없어. 다들 아는 사실이야. 아는 데도 구세주가 왔다며 떠들고 있지. 참 신기하지?"

"만약 정말로……."

루키의 눈동자에 담긴 빛이 밝기를 더했다.

"……'불타는 거대한 암석', 그러니까 2029JA1이 떨어지게 된다면?"

"그럼 이 정도 소동으로는 안 끝나지. 다들 냉정함을 잃고 혼란에 빠져 온 세계가 패닉 상태가 될 거고, 결국 진심으로 구세주를 바라게 되겠지."

기묘할 정도로 무거운 일순간이 지났다.

"정말로 그런 일이 있었다고 들었어. 내가 태어나기 전의 일이지만. 월한테서 들었지?"

루키가 작게 고개를 끄덕였다.

"그때의 '불타는 거대한 암석'도 2029JA1이었고, 그게 헤르메스 건설의 계기가 됐다고 했어."

"잘 아는구나."

유이는 어쩐지 서늘함을 느꼈다.

"그것 말고 뭘하고 무슨 이야기를 해?"

"그냥 세상에 대해 이것저것."

"그가 좋니?

"응, 친절하고 자상해."

"우리 엄마와 나는 그 사람이 싫어."

루키의 얼굴이 흐려졌다.

"왜?"

"그냥 까닭 없이 싫다…… 라고 하면 알겠어?"

어두운 눈으로 유이를 봤다.

"유이는 나도 싫어?"

"그렇지는 않아."

"정말?"

"정말이야."

유이가 웃음을 지어 보이자, 루키는 안도한 것처럼 미간을 폈다.

"나는 유이하고도 친하게 지내고 싶어. 사키가 그러길 바라니까."

"넌 우리 엄마를 참 좋아하는구나."

루키가 고개를 끄덕였다.

"엄마도 너한테 아주 많이 신경 쓰고 있어. 그러니까 슬프게 하거나 불안하게는 하지 마."

루키는 당혹스러운 표정을 지었다.

"내가 사키를 슬프게 한 거야?"

유이는 고개를 가로저었다.

"앞으로 그러지 말라는 뜻이지."

"나는 사키를 슬프게 하고 싶지 않아."

"그래, 알아."

그러고는 작게 숨을 들이마셨다.

"넌 정말로 헤르메스에서 살았던 때의 일을 기억 못 해?"

루키가 질문의 의도를 가늠하듯 뜸을 들이다가 고개를 끄덕였다.

"왜 지상으로 왔는지도?"

"모르겠어."

"부모님에 대해서는?"

"사키가 그러는데, 유이는 만난 적이 있대."

"네 아버지는 만난 적이 있지. 근데 나도 아주 어릴 때여서 잘 기억이 나지 않아. 미안해."

"왜 사과해?"

"그러게. 내가 사과할 일은 아닌데."

유이는 그저 답답했다. 대화가 이루어지긴 해도 표면적인 것에 그칠 뿐, 자신이 원하는 거리까지 파고들지 못했다. 루키에 대해서도 뭔가 파악되는 점이 없어서 눈앞에 있어도 인물상을 그려낼 수가 없었다. 마치 두꺼운 유리 벽에 가로막힌 것처럼.

"있잖아."

유이는 짐짓 즐거운 표정을 지었다.

"다시 월을 불러줄래?"

"갑자기 왜?"

"나도 그 사람이랑 이야기를 나눠 보고 싶어서. 괜찮지?"

기본적으로 화신은 이용자와의 일대일 관계에만 특화된 존재지만, 그 이외의 활용이 금지된 것은 아니다.

"유이는 월이 싫다면서."

"그건 화신이 아니라 현실에 있는 월 영맨 본인이지. 너의 월한테는 잘못이 없어."

루키는 조금 눈가를 찡그리더니 "월" 하고 불렀다.

루키가 앉은 소파 옆에 금발의 거한이 모습을 드러냈다. 일반적인 화신과 비교가 되지 않을 정도로 정밀도가 높은 입체 화상이었지만, 이렇게 가까이에서 보니 투명해서 저편이 보였다.

"월, 유이가 너랑 이야기하고 싶대."

"루키, 그거참 과분한 영광인걸?"

그는 과장될 정도로 두 손을 크게 벌리더니 유이에게 고개를 돌리고 웃으며 인사했다.

"다시 인사하죠. 유이 씨. 월 영맨이라고 합니다. 잘 부탁해요."

악수라도 요청할 줄 알았는데 그렇게는 하지 않았다.

"잘 부탁해. 월. 세라 유이라고 해. 루키의 사촌이지."

화신은 미리 설정된 기본적 성격에다 이용자와의 대화를 통해 추가로 요소가 덧붙여지지만, 일정 수준의 독자성은 갖고 있다. 그렇다는 건 이 월 영맨의 모습을 딴 화신의 언동에는 어느 정도 루키의 내면이 반영되어 있을 게 분명하다.

"나에 대해 이미 아는 것 같은데 누구한테서 들었어?"

윌이 루키와 눈을 맞췄다.

"내가 말했어."

루키가 다시 유이 쪽으로 몸을 돌리며 대답했다.

"루키는 유이 씨가 자기를 싫어하는 게 아닐까 걱정했어요."

"윌."

"뭐 어때서 그래? 이럴 때는 확실히 터놓고 말하는 게 좋아. 유이 씨도 분명 그걸 바랄 거고."

윌의 동의를 구하는 듯한 미소에 유이는 저도 모르게 고개를 끄덕였다.

"나는 루키 널 싫어하지 않아. 아까도 말했지만."

그렇게 대답했다. 아니, 그렇게 대답을 요구당했다는 게 더 맞겠지만.

"그럼."

윌이 소파 뒤로 돌아가, 루키의 곁을 지키듯 섰다.

"말씀을 들어보죠, 유이 씨."

유이는 자세를 고쳤다.

"지금 세상에는 루키를 구세주라며 떠받드는 사람이 늘어나고 있어. 이 점에 대해 윌은 어떻게 생각해? 환영해야 할 일인지, 우려해야 하는 일인지 말이야."

"그 질문에 답하려면 누구의 입장에서인가, 라는 점을 고려해야 하겠죠."

막힘없이 대답이 술술 나온다.

"루키의 입장이라면 그건 우려해야 할 상황일 겁니다. 세간의 주목을 받는 건 여러 위험이 따르기 때문이죠. 사생활을 위협받는 일은 물론이고, 오해나 일방적인 생각으로 공격하는 사람도 나올 겁니다. 최악의 경우, 범죄나 테러의 표적이 될지도 모르고요."

"그건 나도 동의해. 그래서 우리 엄마는 루키를 집에 데리고 있지 않고 지오 X사에 보호를 맡겼어."

"반면에 인류 전체의 입장으로 보면 그 답은 간단하지 않습니다."

"그게 무슨 뜻이야?"

"루키를 구세주로 보는 사람들은 루키가 2099년에 다시 접근한다는 소행성 2029JA1으로부터 지구를 지켜주길 바란다고 생각하고 있으니까요."

"하지만 실제로 지구와 충돌할 가능성은 거의 없을 텐데?"

"과연 그럴까요."

월의 얼굴에 도발적인 미소가 서렸다.

"무려 26년 후의 일이에요. 궤도 계산 정밀도가 나날이 향상되고 있다고는 하지만, 불확정 요소를 완전히 없앨 수는 없습니다. 일부 계산에서는 충돌 확률이 지금까지의 예측보다 훨씬 높다는 결과도 나오고 있죠."

"정말……?"

그런 뉴스가 나왔다면 놓치고 넘어갔을 리가 없는데.

"어쨌든 안심하기에는 이르다는 뜻입니다."

루키는 무표정으로 조용히 두 사람의 대화를 지켜보고 있었다.

"그럼 지금부터 할 이야기는 가정인데, 2029JA1이 2099년 7월 27일에 지구에 충돌하는 게 확정됐다고 해봅시다. 사람들은 어떻게 반응할까요?"

"아까도 루키한테 말했지만 온 세상이 패닉 상태에 빠지겠지. 그리고 절망에 못 이겨 비현실적인 구세주를 원할 거야. 그 구세주로서 현재 가장 적격인 게 루키라는 거지. 하지만 루키에게는 그저 민폐일 뿐이야. 오직 혼자 힘으로 지구를 구할 수 있을 리는 없을 테니까."

"정말로 구할 필요는 없어요."

월의 미소가 깊어졌다.

"분명 구해줄 것이다. 희망은 있다. 사람들이 바라는 건 마지막 순간까지 그렇게 믿게 해줄 존재예요."

"인류가 멸망해도 괜찮다는 거야?"

"어느 쪽이든 마찬가지입니다. 2099년을 무사히 지나가더라도 언젠가는 멸망하겠죠. 중요한 건 그 순간까지 어떻게 살아가느냐니까요."

월은 말을 계속했다.

"첫 접근이었던 2029년에는 지구와 충돌할 확률이 거의 100퍼센트였지만, 결과적으로는 아슬아슬한 상태에서 파국을 면했습니다. 이런 경험이 있으니 설령 2099년에 충돌이 확실하다는 계산 결과가 나오더라도 인류는 더는 쉽게 절망하지 않게 됐어요. 그게 오히려 2029년 이상의 대혼란을 불러오기 쉽습니다. 완전히 절망하면 무기력해지지만, 조금이라도 희망이 남아 있다면 폭력적인 행동까지 저지르기 쉬우니까요. 그걸 억누르려면 절망을 뛰어넘는 강대한 희망으로 물들일 수밖에 없어요. 루키는 바로 그걸 위한 버팀목이 될 겁니다."

유이는 아연실색해서 상대의 얼굴을 바라봤다.

"당신 생각은 좀 이상해."

월은 웃음을 머금은 채 고개를 갸웃거렸다.

"루키, 늘 월과 이런 이야기를 하는 거니?"

루키는 당혹감을 보이며 고개를 끄덕였다.

그때 유이는 눈앞에 나와 있는 이것이 평범한 화신이 아니라 교육 기능을 가진 교사이기도 하다는 점을 머릿속으로 떠올렸다.

"월."

유이는 월을 노려봤다.

"당신, 루키한테 대체 뭘 가르치려는 속셈이야?"

"루키가 앞으로 지상 세계에서 살아가는 데 알아둬야 할 사항들이죠."

"그 내용은 대체 누가 정하는데? 아니, 내가 말해줄게. 지오X사 아니야? 더 정확히 말하자면 월 영맨 본인일 거고. 맞지?"

"그 문제에 대해서는 대답할 수 없습니다. 저한테 허락된 범주를 넘은 것이니까요."

월의 화신을 통해 루키의 내면에 다가갈 수 있을 줄 알았더니 완전히 헛다리만 짚고 말았다. 이 화신은 루키의 내면을 아예 바꿔 놓으려 하고 있다.

하지만 이유를 알 수가 없었다.

루키를 구세주로 세워서 뭘 어쩌자는 걸까.

월 영맨은 루키를 이용해서 무엇을 하고 싶은 걸까.

"이제 말씀은 다 하셨나요, 유이 씨? 그럼 저는 이만 실례하겠습니다."

"아니, 잠깐만."

이 화신에 반영된 것은 루키의 내면이 아니라 월 영맨의 내면이다. 그렇다면 월 영맨의 진의를 파고들 절호의 기회이기도 하다.

그러나 혼자 하기에는 다소 부담이 되는 것도 사실이었다. 무엇보다 상대는 아무리 화신이어도 세계적으로 성공한 인물이며 유력자이기 때문이다. 그에 비해 자신은 일개 대학원생. 분하지만 이미 지위상으로 졌음은 인정하지 않을 수가 없다. 하다못해 자신에게도——.

그러다가 문득 좋은 생각이 떠올랐다.

"마이 멘터, 로그인."

유이의 말에 반응해서 눈앞에 3D 홀로그램 키보드가 나타났다.

'MY MENTOR USER 2'라는 표시가 나온다.

마이 멘터에서는 같은 장소에서 여러 이용자가 각자의 화신을 동시에 불러내는 멀티 사용도 가능하지만, 하드웨어에 요구되는 성능이 매우 높아서 일반적인 장비로는 어렵다. 그러나 역시나 예상대로 멀티 사용에도 대응하는 모양이다.

ID와 패스워드를 입력한 다음, "세라 유이"라고 말하자 무사히 인증되어 로그인이 완료됐다.

"가즈미, 잠깐 나 좀 도와줄래?"

"물론이지."

공중에서 가즈미 마사토가 나타나 평소처럼 미소를 지었다.

9

오미시마 렌은 또다시 시간을 확인했다.

예정 시각이 훨씬 지났는데도 아무 일도 일어나지 않는다.

녹음이 무성한 역 앞 광장에는 남녀노소 할 것 없이 수많은 사람이 오고 간다. 한구석에 송출 중인 입체 영상에서는 탤런트가 청량 음료수의 상품명을 연이어 외치고 있고, 아이돌 그룹이 라이브 공지를 하며, 정부 기관이 전기와 물 절약 홍보를 한다. 평소와 똑같은 광경이 줄곧 이어지고 있다.

곳곳에서 자신처럼 발길을 멈추는 사람이 보인다. 역 빌딩 벽에 등을 기대는 젊은 남자, 화단 가장자리에 앉아 있는 중년 남자, 입체 영상을 바라보는 여자……. 잘 찾아보면 제법 눈에 띈다. 그들도 동지인 걸까? 아니면 아무런 상관도 없는 이들일까. 벽에 기댄 남자와 눈이 마주쳤다. 물음을 던지는 듯한 눈빛이 렌에게 쏟아진다. 어떻게 하면 좋을까. 렌이 제대로 반응을 하지 못하고 있자, 젊은 남자는 한숨을 푹 쉬듯 고개를 숙이며 벽에서 등을 뗐다. 다시 한번 렌을 흘끗 보더니 그 자리를 떠났다. 화단 가장자리에 앉아 있던 중년 남자도 지쳤다는 듯 자리에서 일어났다. 그 누구도 행동을 보이지 않는다. 소리를 높이지 않는다. 이대로 그냥 끝나버리는 것일까.

싫다.

렌은 망설임에서 몸을 떼어내는 것처럼 한 걸음 앞으로 나섰다.

"라이디치오."

머뭇거리며 쥐어짠 목소리는 그 누구의 귀에도 닿지 않고, 곧 번잡한 소음 속에 섞여 산산이 사라졌다.

"라이디치오."

목소리에 힘을 줬다. 그래도 아직 약하다. 한 사람도 돌아보지 않는다. 아무도 렌의 존재를 신경 쓰지 않는다.

"라이디치오."

앞에서 걸어온 여자가 깜짝 놀라 얼굴을 든다.

"라이디치오."

시선이 모이기 시작한다.

불온한 기척이 주변을 물들인다.

머릿속에 있던 줄이 뚝 끊어지기라도 한 것처럼 망설임이 싹 사라졌다.

"라이디치오!"

하늘을 올려다보며 두 손을 쭉 뻗는다.

"모든 자에게 공평한 심판을!"

그 낯선 단어를 들은 건 사나기의 입을 통해서였다.

"라이디치오 운동에 대해 들어봤어?"

언제 어디서 그게 시작됐는지는 알 수 없다. 그저 확실한 건 막다른 길에 몰린 인류 사회를 완전히 리셋하기 위해 2099년에 다시 접근하는 소행성 2029JA1을 지구에 추락시키는 것을 목표로 하는 세계적 활동이라는 것뿐이다. 그 방법도 사람들의 염원을 통해 거대한 소행성을 끌어들인다는 비과학적인 것이었지만, 그런 건 전혀 중요치 않았다. 렌은 마치 하늘의 계시처럼 확신했다. 이것이야말로 자신이 바랐던 것임을.

인터넷을 통해 조사해 보니, 일본에는 아직 이 운동이 침투되지 않았고 중심적으로 움직이는 리더도 없는 듯했다. 그래도 이에 매료된 사람은 적지 않은 듯, 라이디치오 운동에 대해 논하는 인터넷 커뮤니티는 생성되어 있었다. 렌도 바로 참여하여 자기 생각을 쏟아내고 많은 공감의 말과 화답을 받았다. 곧 그 커뮤니티에 해외 활동가들도 얼굴을 비치게 됐다. 그들까지 어울려 활발한 의견 교환을 한 끝에 일본에서도 본격적인 활동 개시를 선언할 필요가 있다는 결론에 이르렀고, 이를 위한 동시다발적인 게릴라 이벤트를 결행하게 됐다. 그리고 그 결행 날짜가 바로 오늘이다.

"라이디치오, 라이디치오!"

하늘 저편에 있는 2029JA1을 생각하며 기도문을 반복하고 있는 사이, 렌의 의식은 점차 무아지경으로 빠져들어 갔다. 온갖 소리와 기척이 사라지고, 마치 우주 공간에서 신과 같은 2029JA1과 대면하는 기분이었다. 기도가 정말로 하늘에 닿는 게 아닐까. 거대한 소행성을 잡아 끌어올 수 있지 않을까. 지구에 추락시킬 수 있지 않을까. 그런 기분이 들어 외포감마저 느꼈다.

"모든 자에게 공평한 심판을!"

"모든 자에게 공평한 심판을!"

"모든 자에게 공평한 심판을!"

기도를 올리는 목소리가 자신뿐이 아니라는 걸 알았을 때, 렌의 주변에는 이미 수십 명의 사람이 모여, 렌처럼 두 손을 하늘로 치켜들고 있었다. 오늘 게릴라 이벤트를 위해 이곳을 찾았지만, 정작 시행하지 못하고 망설이던 사람들이 렌에게 이끌리는 형태로 소리를 드높이기 시작했던 것이다.

"라이디치오!"

"라이디치오!"

"라이디치오!"

벽에 기대어 있던 젊은 남자, 화단에 걸터앉아 있던 중년 남자, 입체 영상을 보던 여자만이 아니었다. 아까까지 눈에 띄지 않았던 수많은 동지가 억압됐던 정념을 외침과 함께 쏟아내며 격렬한 소용돌이를 일으키고 있다. 그리고 그 소용돌이의 중심에 있는 건 바로 오미시마 렌이었다.

"모든 자에게 공평한 심판을!"

"루키, 소개할게. 나의 화신인 가즈미 마사토야. 가즈미, 이 애가 루키."

"만나서 반가워, 루키. 난 가즈미라고 해. 잘 부탁한다."

루키는 2차원 애니메이션 캐릭터의 화신을 보는 건 처음인지, 눈을 동그랗게 뜬 채로 굳었다.

"월 씨도 만나서 반갑습니다. 소문은 익히 들었습니다."

"좋은 소문이었으면 좋겠는데요."

오오, 화신끼리도 대화가 통하는구나. 이 상황 속에서도 유이는 그런 점에 내심 감탄하면서 두 사람을 봤다. 가즈미의 표정은 평소보다 더 활발했는데, 캐릭터 설정상 위기에 봉착할수록 일부러 더 쾌활하게 행동하는 것으로 보아 지금 그도 나름대로 긴장했다는 뜻이리라. 한편 월은 짜증이 날 정도로 여전히 여유작작한 태도였으나, 눈가에는 경계심이 서려 있었다. 화신을 상대로 하는 상황은 상정하지 못했던 것일지도 모른다.

"그럼 유이, 나는 뭘 하면 되지?"

"일단 거기 있다가 네가 적절하다고 판단한 순간에 날 좀 도와줘."

"알았어."

유이는 월과 루키 쪽으로 다시 몸을 돌렸다.

"내 마음대로 내 화신을 불러내서 미안해. 이참에 꼭 월을 이해하고 싶어서."

루키가 더욱 흥미롭다는 듯 가즈미를 쳐다봤다.

"나는 괜찮아."

"저를 이해하고 싶다니 그게 무슨 말씀이시죠?"

윌은 두 손바닥을 위로 향한 채 좌우로 활짝 벌렸다.

"아까 했던 이야기 말인데."

유이는 윌을 바라봤다. 가즈미가 곁에 있어서 그런지, 마음이 차분해지는 게 느껴졌다.

"루키를 구세주 자리에 올려놓을 거라면, 결국은 루키의 진짜 얼굴이나 이름을 공표해야 하는 거잖아. 아니면 끝까지 베일에 싸인 수수께끼의 존재로만 있을 거야?"

"오해가 있는 모양이군요."

윌은 전혀 동요하지 않았다.

"처음에 질문한 건 유이 씨잖아요. 저는 그 질문의 답으로 설령 세상에 멸망 직전의 상황이 와도 루키만 그럴 마음이 있다면 인류 사회에 질서를 유지하게 하는 것이 가능하다고 했을 뿐입니다. 정말로 루키를 구세주로 만들겠다는 뜻이 아니죠."

"그럼 어디까지나 가정에 불과했다는 거네?"

"처음부터 그렇게 말씀을 드렸을 텐데요."

"하지만 루키한테 그 이야기를 했다는 건 사실이잖아. 그렇지, 루키?"

루키가 가즈미에게서 눈을 떼고 고개를 끄덕였다.

"그 이야기가 루키한테 어떤 영향을 줄 것인지, 당신이 계산하지 않을 리가 없을 텐데?"

"그건 오해입니다. 제게 맡겨진 일은 루키의 교육이지 세뇌가 아닙니다."

"지금 자기 입으로 세뇌라고 했네요."

이때 가즈미가 입을 열었다.

"세뇌가 아니라고 했습니다."

월이 태연하게 반론했다.

"이 경우에, 부정했는지 아닌지 그 여부는 상관없죠. 세뇌라는 단어를 썼다는 게 중요하니까."

그러면서 가즈미는 유이를 향해 한쪽 눈을 찡긋했다.

"그래, 좋아."

유이는 가즈미의 지원 사격에 내심 고마워하면서 말을 이었다.

"월, 세뇌가 아니라 교육이라고 한다면 2029JA1과 관련해서 루키에게 어떤 걸 교육하는데?"

"인간으로서의 자세입니다. 어떤 사태에 직면하더라도 마지막 순간까지 이성적인 행동을 관철하는 아름다움, 존엄에 대해 루키가 이해하길 바라니까요."

"그렇게 말하니까 철학적으로는 들리네요."

다시금 가즈미가 끼어들자, 월의 눈매가 가늘어졌다.

"무슨 말씀이시죠?"

"마지막 순간까지 이성적인 행동을 관철한다. 네, 정말 아름답고 존엄을 유지하는 행동일지도 몰라요. 인간으로서 갖춰야 할 자세라면 바로 그래야 한다는 생각이 들죠. 그러나 그 전에 당신은 멸망 직전의 상황에서도 인류에게 질서를 지키게 할 수 있다고 했습니다. 네, 지키게 할 수 있다고요."

윌은 묵묵히 날카로운 시선을 던졌다.

"그런데 당신들 지오 X사의 본래 업무는 소행성 충돌을 대비한 피난용 도시 건설과 운영이죠. 그리고 현재 실제로 2099년에 맞춰 건설을 진행하고 있고요. 저도 가정적인 이야기를 해보겠는데, 설령 2029JA1이 정말로 지구에 충돌하게 되어도 몇천 명, 아니 몇만 명은 지하에 있는 피난 도시에서 살아남을 수는 있을 겁니다. 그러나 지상에 남은 대다수는 죽겠죠. 이 경우, 현실 문제로 따져봤을 때 당신들에게 중요한 건 그 대다수가 인간으로서 아름답게 생을 마감하는 게 아닐 겁니다."

가즈미는 싸늘한 침묵을 유지했다가 입을 열었다.

"마지막까지 얌전하게 있어 주길 바라는 것 아닌가요? 혹시라도 사람들이 폭도가 되어서 피난 도시로 몰려오지 않도록."

"말도 안 되는 트집을 잡는군요."

정색하며 항변하는 윌에게 가즈미가 더욱 따지며 파고들었다.

"그렇게 루키를 구세주라고 믿게 해서 지상에 남은 사람들의 희망을 묶어두면, 피난 도시 운영에 지장을 주는 위험을 줄일 수 있겠죠. 물론 그게 진심인지 알 수는 없지만, 어쨌든 쓸 만한 재료는 써보려는——."

갑자기 그 목소리가 뚝 끊겼다.

가즈미의 모습이 보이지 않는다.

어디에도 없다.

"가즈미?"

정적만 감돌 뿐이다.

시스템이 멀티 사용의 부하를 버티지 못하고 강제 로그아웃이 되고 만 것일까.

"마이 멘터, 로그인."

그러나 유이의 목소리에 반응해서 눈앞에 나타난 영상은 로그인 중이라는 표시였다. 시스템은 정상적으로 작동하고 있었다.

"가즈미!"

그런데도 가즈미 마사토만 사라졌다.

"가즈미……."

온몸이 떨린다.

눈을 내리깐 월의 입매에 미소가 걸린다.

"월……, 가즈미한테 무슨 짓을 한 거야?"

이 월 영맨의 화신은 마이 멘터 시스템에서 특별한 권한이 부여된 게 분명하다.

"내 가즈미를 돌려줘."

"무슨 말씀이신지? 저는 아무 짓도 안 했습니다만."

시치미를 떼는 것처럼 눈을 동그랗게 뜬다.

"월, 유이의 말대로 해."

"루키, 저는 정말로——."

"월."

루키의 목소리가 날카로워졌다.

"유이를 슬프게 하는 짓은 내가 용납 못 해."

월의 얼굴에 겁먹은 듯한 기색이 스친다. 그러더니 작게 고개를 흔드는 동시에, 유이가 앉은 소파 옆에 가즈미 마사토가 나타났다.

"가즈미!"

유이는 하마터면 달려들 뻔했다.

"어? 뭐야? 왜 그래?"

가즈미가 당혹스러워했다.

"지금 너한테 무슨 일이 일어났는지 알아?"

가즈미가 윌을 흘끔 쳐다봤다.

"무슨 일이, 있었길래."

유이는 저도 모르게 맥빠진 웃음을 흘렸다.

"윌, 넌 이만 돌아가."

루키의 목소리에는 아직도 분노가 배어 있었다.

"루키, 이해해 줘. 난 너를 위해서——."

"넌 이만 돌아가라고 했어."

그래도 윌은 곁눈질로 가즈미를 노려봤지만, 결국 포기했는
지 공중으로 슥 사라졌다.

"미안해, 유이."

루키의 얼굴은 당장이라도 울음을 터트릴 것만 같았다.

유이는 자리에서 일어났다.

낮은 테이블을 빙 돌아 루키 옆에 앉아 그 손을 잡았다.

"루키, 넌 더는 여기 있으면 안 돼."

제6장

헤르메스의 기억

1

사키는 오미시마 렌이 참 많이 변했다는 생각을 했다.

업무 태도에 특별한 변화가 있었던 건 아니었지만, 몸짓과 동작에 절도가 생겼다. 알람에 맞춰 대기실을 나가는 발걸음도 가벼워 보인다. 여전히 말수는 적지만, 물음에 대한 대답도 또렷하고 눈빛도 밝다. 이전의 오미시마 렌에게서는 상상할 수 없었던 모습이었다.

헤르메스에서 온 소년의 정체를 알았기 때문일까.

야근 중에 루키의 이름을 실수로 밝힌 일은 사키에게 있어 가슴을 칠 정도로 통탄할 일이었지만, 오미시마 렌은 결코 다른 곳에 발설하지 않겠다고 약속했다. 이후 그걸 화제로 삼은 적은 없다. 그래도 자신만 아는 정보가 있다는 사실은 나를 둘러쌌 세계와 맞설 힘을 주는 것일지도 모른다.

다만 그게 이유라고 단정하기 어려웠던 건, 그의 태도가 변화한 시기가 조금 어긋나 있었던 까닭이다. 사키가 변화를 확실히 직감한 건 루키에 대해 털어놓고 만 그 밤부터가 아니라, 한동안 오미시마 렌이 길게 휴가를 냈다가 돌아온 직후였다. 직장에 복귀한 아침, 인사를 건넨 그의 목소리와 표정은 마치 다른 사람처럼 활기에 넘쳤다. 휴가 중에 무슨 일이 있었는지 궁금했지만, 어쩐지 말을 꺼내는 데 거북함을 느껴서 차마 묻지 못했다.

"있잖아, 오미시마 씨."

기회가 찾아온 건 함께 일요일 출근을 했던 날, 오전 업무를 마치고 다른 동료들과 잠시 한숨을 돌릴 때였다. 다른 이들도 사키와 같은 느낌을 받았는지, 오미시마 렌의 변화가 화제에 올랐다. 그 흐름을 타서 사키는 마침내 물음을 입에 올렸다.

"무슨 좋은 일이라도 있었어?"

오미시마 렌은 마치 그 질문을 기다렸다는 듯 눈을 빛냈지만, 결국 평소처럼 말꼬리를 흐리기만 하고 대답을 회피해서 사키를 낙담시키고 말았다.

직장 동료들의 화제는 곧 다른 것으로 옮겨가, 공사를 오가는 푸념 대회로 변해버렸다. 그사이 오미시마 렌은 별 관심 없다는 듯 고개를 숙이고 있었지만, 침묵을 지키는 입매는 웃는 것처럼 보였다. 사키의 시선을 느꼈는지 그가 가만히 눈을 드는 동시에, 대기실 전화기가 울렸다.

근처에 있던 동료가 수신 버튼을 누르며 마이크에 대고 응답했다.

"POM 하우스 '람다의 정원' 3층입니다."

─근무 중에 실례합니다. 미야기라고 합니다만, 세라 사키 씨 계신지요?

스피커를 통해 들린 목소리에 사키는 황급히 수화기를 붙들었다. 동료에게 미안하다고 눈짓하면서 복도로 나왔다. 원칙적으로 근무 중에 사적 통화는 금지되어 있지만, 상대방에서 걸어온 전화에 한해 근무에 지장을 주지 않고 짧게 끝낸다는 조건으로 너그러이 봐주는 편이다.

"네, 세라입니다."

사키가 아는 미야기라고 하면 루키 곁에 있는 지오 X사의 직원이다. 긴급한 용건이 아니면 직장에 전화하지 말라고 미리 당부했다. 하지만 지금 이렇게 연락이 왔다는 건…….

─일하시는 중에 죄송합니다. 실은 루키 님이 유이 님과 방을 나가 행방을 알 수 없게 된 상황입니다.

도저히 상황을 이해할 수가 없었다.

"그게 무슨, 말인가요?"

오늘 유이가 루키를 찾아간다는 사실은 알고 있었지만.

─두 분끼리 말씀을 나누고 싶다고 하셔서, 저희는 1층 로비에서 대기하고 있었습니다. 유이 님이 돌아가실 때 불러달라고 부탁드렸는데, 한 시간 정도 지나도 아무런 연락이 없고 방에 전화를 걸어도 응답이 없어서 방을 살펴보니 두 분은 이미 없

었습니다…….

"호텔 안에는 없나요?"

카페 테라스에라도 간 게 아닐까 생각했지만, 그 정도는 미야기와 다른 직원들이 이미 찾아봤을 것이다.

—지하에서 택시를 타는 두 분의 모습이 CCTV에 찍혀 있었습니다.

"누군가에게 납치당하고 그런 건 아닌 거네요?"

—영상으로 확인된 건 두 분뿐이었습니다.

일단 범죄에 휘말린 건 아닌 듯하여 가슴을 쓸어내렸다.

"유이한테 전화는 해봤어요?"

—몇 번이나 걸었지만, 받지 않으시네요.

지하를 통해 나간 건 미야기와 직원들의 눈에 띄지 않도록 호텔 로비를 피하기 위함이었나.

즉, 두 사람은 몰래 빠져나갔다는 뜻이다.

—두 분이 어디로 가실지 짐작 가는 곳은 없나요? 아니면 유이 님한테서 연락은요?

"아니요, 저는 잘…….."

—경찰에 신고하는 게 좋을 것 같은데 어떻게 할까요?

"……아니, 왜 경찰에."

—한시라도 빨리 안전을 확인하는 게 좋을 것 같습니다.

뭘 그렇게까지 소란을 떠나 싶어 어처구니가 없었다.

"괜찮을 거예요. 유이가 같이 있는 거라면 걱정할 것 없어요."

부자연스러운 침묵이 내려앉았다.

─알겠습니다. 그럼 연락이 오면 꼭 저희에게 알려주세요.

알겠어요, 하고 대답하며 전화를 끊었다.

자꾸만 위화감이 들었다.

그 둘이 의기투합해서 외출한 거라면 사키 입장에서도 기쁜 일이지만, 미야기와 다른 직원들에게 알리지도 않고 나갔다는 게 마음에 걸린다.

하지만 유이가 한 일이니까.

무슨 이유가 있는 게 분명하다.

2

바다 냄새를 타고 반복되는 파도 소리가 잔뜩 긴장했던 신경을 풀어준다. 쾌청한 하늘을 그대로 옮겨 놓은 듯한 바다 수면 이곳저곳에는 태양 빛을 받은 물마루가 반짝인다. 이미 해수욕 시즌은 지났지만, 오가는 사람은 적지 않다. 가족 단위나 커플, 친구 무리가 저마다 파도치는 물가를 즐기는 중이었다.

"어때? 첫 바다를 본 소감은."

"굉장해. 땅에 하늘이 펼쳐져 있는 것 같아."

흰 모래사장에는 판자로 보도가 깔려 있어서, 지금 유이와 루키는 그곳에 서 있다. 저 멀리 좌우 해안에는 제방과 방파제가 두 팔처럼 쭉 뻗어 앞바다에서 몰려오는 거친 파도에서 인공 해변을 지키고 있었다.

"나도 여기 오는 건 처음이야."

"유이도 바다를 본 적이 없어?"

"그게 아니라. 이 공원에 온 건 처음이라는 뜻이야."

격앙된 감정에 휩쓸려 호텔을 뛰쳐나오긴 했지만, 후회하지는 않는다. 미야기를 비롯한 직원들에게 붙들리는 것도 귀찮아서, 지하에서 택시를 탔다. 도심의 대형 호텔이면 대부분 지하 주차장에 자율 주행 택시가 대기하고 있다. 지방과의 인프라 시설 격차가 안타까울 따름이다.

바다를 보고 싶다고 한 건 루키였다. 그래서 택시에서 내려 지하철로 갈아탔는데 루키는 전철을 타는 것도, 인파 속에 낀 것도 처음 겪는 경험이어서 그런지 목적지인 역에 내렸을 때는 휘청거릴 정도였다. 거기서 3백 미터 정도 걸어서 마침내 도착한 곳이 바로 이 해변 공원이었다. 정비된 건 10년쯤 전으로, 데이트 장소로도 조금 화제가 됐던 것이 기억난다.

"유이."

"응?"

"이제 어떻게 할 거야?"

호텔에서 건네받은 호출용 디바이스는 방에 그냥 두고 나왔다. 그곳으로 돌아갈 마음은 없다.

"루키 넌 엄마와 살게 될 것 같아. 아직 일하는 중이라 연락은 안 했지만 사정을 말하면 아마 반대는 안 할 거야."

"내가 사키랑 같이 산다고?"

"하지만 오늘은 시간이 좀 늦어질 것 같으니까 우리 집으로 가자. 내일 엄마 집으로 바래다줄게."

"또 만날 수 있지? 아까, 그 멋진……"

유이는 고개를 끄덕였다.

"가즈미가 마음에 들었구나?"

루키가 어린 남자아이처럼 수줍어했다.

"그리고 말인데."

유이는 말을 덧붙였다.

"넌 아마 내 동생이 될 거야."

"유이가 내 누나?"

"그렇게 불러도 돼."

3

"아무튼 무사해서 다행이야."

자신도 모르게 눈물이 넘치려 하자 깜짝 놀랐다. 미야기한테
는 대수롭지 않다는 듯 말했지만, 속으로는 불안했던 모양이다.

"유이가 한 일이니 괜찮을 거라고 생각은 했지만."

사키가 퇴근하고 집에 도착하자, 마치 기다렸다는 듯 유이
의 연락을 알리는 착신음이 울리면서 어떤 일이 있었는지 보고
를 받았다.

"집이 좁을 텐데, 잘 곳은 있니?"

―알아서 할게.

오늘 유이의 목소리에서는 마치 미련을 다 털어버린 것처럼
개운함마저 느껴졌다.

"나도 준비해 놓을 테니까 조심해서 와."

통화를 끊으며 뒤를 돌아봤다.

"루키가 오늘은 유이네 아파트에서 잔대. 둘 다 무사하다고 하네."

"다행이야."

사나기는 여전히 무표정이었지만, 어쩐지 눈매가 부드러워 보였다.

"그래서 내일 둘이 여기로 온대."

이렇게 가슴이 뛰는 밤은 오랜만이다.

"아, 맞다. 너에 대해서도 알려줘야지. 둘 다 굉장히 깜짝 놀랄 거야."

아무것도 모르고 있다가 문을 열고 사나기와 마주치면 어떤 표정을 지을까. 그것대로 구경하고 싶은 기분도 들었다.

"아, 이것도 잊기 전에 어서 해야지."

사키는 잔뜩 들뜬 기분으로 미야기에게 전화를 걸었다.

"지금 유이한테서 연락받았습니다. 둘 다 아무 일 없다고 하네요."

—참 다행이네요.

말의 내용과는 달리 목소리가 딱딱했다.

—모시러 갈 테니 장소를 알려주시겠어요?

"그러실 필요는 없습니다. 루키는 이대로 저희가 데리고 있겠습니다."

—하지만 루키 님의 상태는 아직 완전하지가…….

"루키의 교육 담당에 월 영맨의 화신을 썼다는 말은 안 했잖아요."

사키는 저도 모르게 목소리가 날카로워졌다.

―죄송합니다. 그렇게까지 기분이 상하실 줄은 몰랐습니다.

"물론 지금까지 잘해주신 것에 대해 감사드려요. 하지만 앞으로는 우리가 루키를 지키겠습니다."

―잠시만요. 저희는…….

"이제 루키 걱정은 안 해도 됩니다. 유이가 곁에 있으니까요."

부드러운 어조로 말하자 수화기 쪽이 조용해졌다.

이제 전하고 싶은 뜻은 다 전달했다.

통화를 끊으려고 할 때였다.

―솔직히 말씀드리겠습니다.

절실하게 들려온 목소리가 사키의 손을 멈추게 했다.

―저희가 신변 안전을 걱정하는 쪽은 유이 님입니다.

✦

"자, 이제 보고도 끝났겠다."

유이는 시원한 기분으로 루키를 마주했다.

"어디 가서 맛있는 거라도 먹은 다음, 쇼핑하고 오자. 뭐 먹고 싶은 건 없어?"

무슨 소리를 하는 거지?

"루키가 유이를 해치기라도 한단 말인가요?"

—꼭 그렇다는 뜻은 아닙니다만.

미야기의 어조에는 아직도 주저함이 남아 있었다.

"괜찮으니까 확실히 말씀해 주세요."

몇 초간 뜸을 들이더니, 숨을 들이마시는 기척이 느껴졌다.

—루키 님이 헤르메스에서 지냈던 기억 일부를 잃었다는 건 이미 아실 겁니다. 그 기억이 돌아왔을 때, 루키 님이 어떤 정신 상태로 빠질지 예측이 되지 않아서 그렇습니다.

사키의 머릿속에 불길한 감각이 번진다.

"……헤르메스에서 무슨 일이 있었던 거예요?"

—지금부터 말씀드리는 사항은 회사 내부에서도 가장 극비로 취급하는 부분이라 아주 소수의 몇몇만 아는 사실입니다. 부디 그 점을 유념해 주시길 바랍니다.

루키가 정신없이 베어 물고 있는 건 고기 패티에 머스터드와 케첩을 뿌리고, 피클과 다진 양파를 끼워 넣은 평범한 햄버거다. 꼭 한번 먹어보고 싶은 게 있다기에 뭔가 했더니 이거였다.

"미야기 씨한테 말하면 바로 사다 줬을 텐데."

루키가 뭐라고 대답했지만, 입안이 가득 차 있어서 알아들을
수가 없었다.

유이는 저도 모르게 웃음을 터트렸다.

"맛있어?"

루키는 어린아이처럼 고개를 끄덕였다.

―미리 말씀드리고 싶은 건 정확한 건 지금도 알 수 없다는
점입니다. 어디까지나 판명된 사실로부터 추측된 가설에 불과
하죠. 그래도 괜찮으시겠습니까?

네, 하고 사키는 대답했다.

―식량 생산 시스템이 붕괴한 당시, 헤르메스에는 200명이
생존해 있던 것으로 보입니다. 저희 회사가 발표한 보도 자료
를 읽었을 때 그 200명이 기아로 인해 전멸했다고 받아들이는
분이 많은데 그건 사실과 다릅니다. 묘지로 사용됐던 제1층을
제외하고, 헤르메스 내에서 발견된 시신 대부분은 누군가에 의
해 살해된 흔적이 있음이 밝혀졌어요.

"살해……"

―하지만 그 어떤 시신에도 다툰 흔적은 없었습니다.

불길한 느낌이 조금씩 윤곽을 갖추기 시작한다.

―이 사실을 통해 두 가지 가설을 도출해 낼 수 있습니다.
첫 번째는 운명을 깨달은 주민들이 빨리 괴로움을 끝내고자,

소위 말해 조직적인 자결을 했다는 점입니다.

"그럼 상호 합의하에 주민이 주민을 죽였다는 뜻인가요?"

―이 경우, 루키 님은 마지막 한 명이 된 덕분에 죽음을 면해 살아남은 것으로 볼 수 있습니다. 루키 님이 실제로 누군가를 해했는지는 알 수 없지만, 끔찍한 지옥을 목격한 건 틀림없는 사실일 겁니다. 헤르메스에서의 기억이 완전히 돌아오지 않는 것도 자신을 지키기 위한 방어적인 반응일지도 모르죠.

불길한 느낌은 더욱 강해지면서, 눈을 돌리고 싶을 정도로 확실히 모습을 드러냈다.

"……또 다른 가설은요?"

침묵이 깔린다.

"어서 말씀해 주세요."

―살아남았던 헤르메스 주민 200명 대부분이 루키 님 한 분에 의해 살해됐을 가능성이 있습니다.

"어서 와. 늦어서 걱정했어."

아파트 문을 열자, 가즈미가 안심한 얼굴로 맞이해 줬다.

"미안해. 이것저것 살 게 많아서."

"안녕, 루키. 우리 아까 만났지?"

"아, 안녕."

"자, 어서 들어와. 호텔 객실에 비해서는 좁지만 말이야. 근데 솔직히 지금까지 그 방이 너무 컸던 거니까 열심히 적응하도록 해. 오늘 밤은 내 침대에서 자도 되니까."

"유이는?"

"이불 덮고 바닥에서 잘게."

"내가 바닥에서 잘래."

유이가 루키 쪽을 돌아보며 말했다.

"누나 나름의 배려니까 얌전히 받아들이기나 해."

그렇게 어조에 힘을 잔뜩 주자, 루키는 바로 얌전한 표정을 지었다.

"……네."

"그래, 좋아."

유이는 활짝 웃었다.

"샤워기 쓰는 법은 알지?"

"왜 루키가 그런 짓을 해야 하나요? 그보다 루키가 200명이나 되는 사람을 어떻게 전부……."

─저항했다면 아마 불가능했겠죠. 그러나 주민들이 스스로 그걸 바랐다면. 그리고 루키 님도 그 바람을 들어줬다면.

사키는 마구 흔들리는 감정을 억누르려고 눈을 감았다.

─루키 님의 부모님인 세라 와타루 님과 곤노 유카리 님이 이른 시기에 사망하셨다는 말씀은 이미 전해드렸습니다. 그런

데 사실 두 분의 시신은 묘지가 있는 제1층에 안치된 것이 아니라 제10층 의무실에 있는 대형 냉장고 안에서 발견됐습니다.

미야기의 말이 가차 없이 흘러들어 온다.

─두 분의 시신은 거의 부패하지 않고 미라화된 상태여서 사망 당시의 상황을 구체적으로 알아낼 수 있었습니다. 그 결과, 세라 와타루 님의 사인은 뇌의 타박상이고 온몸에 폭행을 당했다는 것을 확인할 수 있었죠.

발밑이 일렁이며 흔들린다.

"……오빠의 사인은 불명이라고 들었는데요."

─죄송합니다. 저희도 고민이 많았는데, 알려드리지 않는 편이 좋겠다고 판단하여 그렇게 말씀을 드리고 말았습니다. 정말 죄송합니다.

사키는 뭐라고 대답해야 좋을지 알 수가 없었다.

─계속 말씀드려도 될까요?

네, 하고 목소리를 쥐어짰다.

─곤노 유카리 님은 폭행을 당하진 않았던 것 같지만, 출산할 때 큰 출혈을 한 흔적이 있는 것으로 보아 그게 생명에 지장을 준 것으로 여겨집니다.

"왜 그 둘에게 그런 일이……."

미야기는 지금부터는 개인적인 추측이라고 전제를 깔았다.

─세라 와타루 님은 곤노 유카리 님의 임신이 판명됐을 때, 지상으로 돌아가기로 마음먹으신 게 아닐까요? 의료 시설이

충분치 않고 의사도, 조산사도 없는 헤르메스에서는 안 그래도 산모에 대한 부담이 커서 출산이 매우 위험해질 건 자명하니까요. 산모와 아이의 안전을 최우선으로 한다면 지상으로 돌아가는 건 당연한 선택이었겠지만, 헤르메스의 주민들은 그렇게 생각하지 않았던 것 같습니다.

사키는 눈을 크게 떴다.

—갓난아기의 생명에 관련된 일이니 세라 와타루 님도 거절당할 거라는 생각은 안 하셨을 겁니다. 그러나 헤르메스의 공동체는 지상 세계가 소행성 추락으로 완전히 멸망했다는 전제로 성립되어 있었던 것 같습니다. 그 전제를 정면으로 부정하는 행위야말로 남겨진 주민들 입장에서는 도저히 받아들일 수 없었겠죠.

다시금 정적이 흘렀다.

미야기도 사키의 심정을 배려하는 듯했다.

"계속하세요."

—주민들을 설득할 수 없다는 걸 알자 세라 와타루 님은 곤노 유카리 님을 데리고 몰래 헤르메스를 탈출하려 시도하셨을 겁니다. 그러나 실패하고, 주민들한테 들키고 말았죠.

사키는 당장이라도 통화를 끊어버리고 싶은 충동을 참아냈다.

—곤노 유카리 님은 헤르메스 주민들 사이에서 정신적 지주에 가까운 존재였다고 해요. 반면에 세라 와타루 님은 실험 완료 직전에 헤르메스에 남기로 선택한 분이시죠. 다른 주민들 눈으로 보자면 거의 외부인과 다름없는 존재였을 겁니다. 그

외부인이 자신들이 숭배하는 여성을 임신시킨 데다가 지상으로 데리고 가려고 하는 상황이잖아요. 그러니 그 현장을 잡은 그들이 증오심을 폭발시켜도 이상할 게 없죠.

"그래서 오빠가 살해당했다니……"

—그때는 묘지 등을 상정하는 시기가 아니어서 일단 부패를 막기 위해 시신을 냉장고에 넣었지만, 나중에 다시 묘소로 옮기지 못하고 그대로 방치하게 된 것 같습니다.

오열이 치밀어 올랐다.

—하지만 이건 결코 계획적인 살인이 아니라 집단 심리의 폭주로 인해 벌어진 사고가 아닐까 합니다. 세라 와타루 님의 사망 추정 시기는 헤르메스의 통신이 두절됐던 시기와 겹치고 있어요. 이 사건으로 인해 헤르메스는 지상과의 연결을 완전히 끊지 않을 수 없었던 거죠. 이 사실이 발각되면 틀림없이 시설은 폐쇄될 게 뻔하니까요.

"……그럼 곤노 씨는 어떻게."

—그 후의 시간을 어떤 심정으로 보내셨을지 상상만 해도 가슴이 아프지만, 곤노 유카리 님은 루키 님을 낳고 나서 남편의 뒤를 쫓듯 세상을 떠나셨어요. 곤노 유카리 님의 용태는 심각한 수준이어서, 설령 주민들에게 그녀를 치료할 뜻이 있었다고 해도 헤르메스의 의료 시설로는 어떻게 할 방법이 없었을 겁니다. 그녀의 시신을 세라 와타루 님과 같은 냉장고 속에 넣어둔 건 조금이나마 속죄라도 하고 싶었던 마음 때문이었을지도 모릅니다.

"다른 돌아가신 분들처럼 형식적으로라도 애도를 표했으면 모를까, 냉장고에 넣어놓고 그걸 속죄라고 하다니 이해가 안 가네요."

—그러네요. 단어 선택이 부적절했습니다. 죄송합니다.

미야기에게 악의는 없다. 오히려 자기 일처럼 나서고 있다. 그건 사키도 잘 안다.

"오빠와 곤노 씨의 마지막에 관해서는 그쪽이 세운 가설이 더 진상에 가까울지도 모르겠네요. 그렇다고 해도 왜 루키가 주민들을 죽여야 하나요? 부모님이 당한 것만큼 복수라도 했다는 건가요?"

—루키 님은 주민들 손에 자랐습니다. 아마 헤르메스의 일상식을 물에 녹여 분유 대신으로 섭취했겠죠. 그러나 헤르메스의 주민에게 있어 루키 님은 자신들이 범한 죄를 강하게 의식하게 하는 존재였을 겁니다. 루키 님이 지상에서 눈을 뜨고 난 직후의 대화 습득 수준을 통해 추측하건대, 주민들은 루키 님을 아주 조심스럽게 대했던 것 같습니다. 한편 루키 님은 헤르메스에 있어 희망이기도 했습니다.

"희망이요……?"

—루키 님을 제외한 헤르메스 주민은 모두 당시 이미 중년 혹은 고령자였고, 매일 늙고 쇠약해지는 단계에 접어들고 있었습니다. 그들의 눈에 새로 태어난 생명인 루키 님은 미래를 느끼게 하는 유일한 존재였을 거고요. 즉, 헤르메스의 주민들에게 루키 님은 죄와 희망, 양쪽 모두를 상징하는 매우 특수한 존재

였을 것으로 보입니다.

자기들 멋대로 원죄와 구원이라고 여겼던 것인가.

─마지막이 가까워졌음을 깨닫고 정신적으로 극한 상태까지 내몰린 그들이 루키 님께 진실을 고백하고 용서를 구하며, 루키 님의 손으로 심판을 받길 바라는 심리에 빠졌다는 건 충분히 있을 수 있는 일입니다. 그때 냉장고에 있는 두 사람의 시신을 루키 님께 보였을지도 모르죠.

"어떻게 그런 잔인한 짓을……."

─저도 그렇게까지 했다고 생각하고 싶지 않습니다만.

"그래도 그게 루키가 주민들을 죽였다는 근거가 되는 건 아니잖아요."

─살해에는 아마도 의료용 메스나 가위, 미용실에 둔 면도칼 등으로 경동맥을 베는 방법이 사용된 것으로 추정됩니다. 조사대가 현장을 발견했을 때, 주민들은 말라붙은 피 웅덩이 속에 나란히 누워 있었습니다. 그리고.

몇 초간의 정적이 흐른다.

─셔틀에서 발견된 루키 님도 온몸이 피투성이였다고 보고된 바가 있습니다. DNA를 조사해 보니 루키 님의 피가 아니라 주민 여러 명의 혈액이 섞여 있는 것이었죠.

사키는 거의 멈춰버리기 직전인 사고에 채찍질을 가했다.

"그럼 흉기에도 루키의 지문이 남아 있었나요?"

─……잔뜩 들러붙은 혈액 때문에 그 누구의 지문도 검출되지 않았습니다.

미야기의 음성이 조금 약해졌지만, 사키는 애써 모른 척했다. 미야기는 다시 상황을 무마하려는 것처럼 어조를 고쳤다.

─현실적으로 봤을 때, 설령 루키 님이 정말로 200명이나 되는 사람을 죽였다고 해도 이를 법으로 처벌할 수는 없습니다. 증거도 충분하지 않고, 현장을 목격한 증인도 생존해 있지 않으니까요. 그리고 무엇보다 무의미한 일입니다. 저희의 관심도 그 부분에 있지 않습니다. 저희가 걱정하는 건 이 사건으로 인해 루키 님의 마음이 어떤 영향을 받았는지, 그 기억이 되살아났을 때 과연 제정신을 유지할 수 있을지, 바로 거기에 초점을 맞추고 있죠. 루키 님께 제공하고 있었던 마이 멘터의 교육 모드에도 헤르메스의 기억이 줄 충격을 버틸 수 있는 정신적 토대를 구축하는 것에 최우선 목적을 뒀지만, 시간 부족으로 인해 충분히 그 목적이 달성되지는 않았습니다. 언제 어떤 일을 계기로 기억이 되살아날지 모르는 상황입니다. 그리고 200명의 목숨을 앗아간 기억이 되살아났을 때, 루키 님의 정신에 어떤 변화가 일어나고 어떠한 행동으로 나타날지 예측할 수가 없습니다. 유이 님께 만약의 사태가 벌어지지 않을 거라고도 할 수 없고요. 부탁드립니다. 다시 한번 고려해 주세요. 루키 님이 계신 곳을 알려주시면 저희가 책임지고 루키 님을 보호하겠습니다.

"루키는 괴물이 아니에요."

사키는 조용하게 고했다.

"기억이 돌아오는 바람에 그 애가 큰 위험에 처하는 거라면, 그때야말로 우리가 곁에 있어 줘야 해요."

"루키는 벌써 잠들었어."

―그렇구나…….

어딘지 모르게 맥 빠진 듯하면서도 안심한 듯한 목소리였다.

"많이 피곤했던 모양이야. 이런 식으로 밖에서 시간을 보낸 건 처음이겠지."

―그럼 다행이고.

"근데 왜 그래? 급한 일이면 루키 깨워서 전화 바꿔줘?"

―아니, 그게 아니라…….

어쩐지 말투가 영 시원치 않다.

―……갑자기 헤르메스에서의 기억이 돌아오면 힘들어할 텐데, 그게 걱정이 되어서 말이야. 루키 좀 신경 써서 잘 챙겨줘.

"알았어. 아, 맞다. 루키한테는 나를 '누나'라고 부르게 할 건데 괜찮지?"

이제야 어머니가 웃었다.

―물론이지.

유이의 입에서도 후우, 하고 숨이 쏟아졌다.

"근데 정말 이래도 되나 몰라. 미야기 씨, 화 많이 났지?"

―오히려 걱정하더라. 미야기 씨도 나쁜 사람은 아니야. 루키에 대해 자기 일처럼 생각하고 있어.

"그래. 다음에 만나면 사과할게."

솔직한 마음으로 어머니와 대화를 나눈다. 이게 이렇게나 마음 편안한 일이었다니.

　—그럼 내일 오는 거 기다리고 있을게.

　"벌써 끊으려고?"

　—응?

　아직 무슨 할 말이 더 남은 것처럼 느껴졌는데 착각이었나.

　"아무것도 아니야. 그럼 내일 봐. 잘 자."

　어머니와 통화를 끝내자, 드디어 기나긴 하루가 마무리된 것 같아 어깨에서 힘이 빠졌다.

　"이제 좀 진정이 됐어?"

　"넌 정말 기막힌 타이밍에 딱 맞는 말만 해주는구나."

　가즈미를 향해 똑바로 몸을 돌렸다.

　"오늘은 출장까지 와줘서 고마웠어."

　"유이가 부르면 난 어디든 갈 거야. 중간에 좀 한심한 꼴을 보이긴 했지만."

　"그건 어쩔 수 없어. 상대가 상대인걸. 어떻게 그런 반칙을 다 쓰는지."

　루키는 옆방에서 푹 잠들어 있다. 지금 유이가 있는 다이닝룸과는 문 하나를 사이에 두고 있을 뿐이다. 대화가 들릴 걱정은 없겠지만 그래도 유이는 목소리를 낮췄다.

　"가즈미는 여전히 루키를 경계하는 편이 좋다고 생각해?"

　"유이는 별로 안 그런 것 같네."

　"잘 모르겠어. 다만……."

　루키가 자는 방 쪽으로 눈길을 줬다.

"……남동생이 있는 것도 나쁘지 않을 것 같아서."

제7장
루키

1

하늘에라도 오를 것 같은 기분이라는 게 바로 이런 것일까.

유이는 접안렌즈에서 눈을 떼고 새하얀 천장을 올려다봤다. 갑자기 불안감에 사로잡혀 다시 한번 렌즈를 들여다본다.

잘못 본 것이 아니다.

오염도 아니다.

한천 배지 위에서 미동정균未同定菌 FN35 주가 이제까지 본 적 없는 구조물을 형성하고 있다.

접안부를 디지털 해석 장치로 바꾸자, 실체 현미경의 복안 렌즈에서 읽어 들인 화상 데이터가 곧바로 입체 모델이 되어 모니터에 출력됐다.

유이는 해석 장치의 컨트롤러를 조작해서 구조물의 형상을 관찰했다.

목이 긴 항아리를 연상케 하는 갈색 구조물.

절단 표본을 만들어 내부를 확인할 때까지 단정할 수는 없지만, 이는 FN35 주의 유성 생식 기관이 분명하다.

입가에 미소가 번진다.

드디어 눈을 뜨게 했다.

2

문을 여는 소리에 이어 "루키!" 하고 유이의 밝은 목소리가 사키가 있는 곳까지 닿았다.

유이의 활짝 핀 미소가 눈에 보이는 듯했다.

"잘 지냈어?"

"응."

대답하는 루키의 목소리도 매우 밝다.

"내 방은 깔끔하게 잘 쓰고 있니?"

"매일 청소도 해."

"기특한걸?"

소란스러운 소리와 함께 유이가 주방으로 들어왔다. 늘 가지고 다니던 숄더백을 어깨 메고 있다.

"어서 와라, 유이."

"다녀왔습니다. 와아, 맛있는 냄새!"

유이는 사키의 손을 들여다보며 물었다.

"뭐 도울 일은 없어?"

"그 전에 손부터 씻고 와."

"알았어."

순순히 대답하고 나서 바로 주방을 빠져나갔다.

"와아, 사나기도 오랜만이야. 여전히 예쁘네."

"유이는 기분이 좋아 보이네. 무슨 기분 좋은 일이라도 있었어?"

"그렇지 뭐."

사키는 유이의 목소리를 들으며 다시 시선을 돌리자 스테인리스 냄비에서 보글보글 소리를 내며 끓는 고기와 채소가 눈물로 일그러졌다. 자신의 인생에 이런 날이 다시 찾아올 줄이야.

"사키, 슬퍼?"

돌아보니 루키가 시무룩한 눈매로 서 있었다.

사키는 웃음을 지었다.

"아니, 기뻐서 그래."

"사키는 기쁠 때 울어?"

"너무 기쁘면 눈물이 날 때도 있어."

루키가 자신을 이해시키려는 듯 고개를 끄덕였다.

"그럼 됐고."

"자, 유이도 왔고, 카레도 이제 다 됐으니까 루키, 접시 좀 꺼내올래?"

"엄마, 자?"

속삭이는 목소리에 사키는 눈을 떴다.

이불이 스치는 소리가 약한 상야등 불빛 속을 떠다녔다.

"안 자."

"잠깐 이야기 좀 해도 돼?"

"물론이지."

유이의 방은 이제 루키가 쓰는 중이다. 그래서 유이가 귀성했을 때는 사키와 같은 침대에 나란히 누워 잔다. 아주 좁긴 하지만 바닥에서 자는 것보다는 낫다.

"루키는 여전히 엄마를 '사키'라고 부르네."

"여기서 생활하기 시작했을 때, 루키가 나를 뭐라고 불러야 하냐고 물어본 적이 있었어. 근데 아마 유이를 '누나'라고 부르게 되면서, 내 호칭도 바꾸는 편이 좋겠다고 고민하지 않았을까."

"그런데 안 바꿨잖아."

"루키가 좋을 대로 부르라고 했으니까."

"나도 그냥 '유이'라고 부르게 둘 걸 그랬나."

"넌 어떤데? 이름 불리고 싶었어?"

"나는 '누나'가 더 좋은데."

"그럼 그렇게 하면 돼."

"그렇구나. 응, 알았어."

유이의 말은 끊겼지만, 잠들 기색은 없었다.

"루키도 새로운 생활에 많이 익숙해졌어. 오늘 카레 재료도 루키가 혼자 버스를 타고 가서 사 온 거야."

"오오, 대단한데?"

"공부도 잘하고 있고."

"VR로 하는 프리 스쿨이라고 그랬지?"

"성적도 제법 좋아."

"걔도 노력 중이구나."

"그러고 보니 너도 뭐 좋은 일 있었지?"

"응?"

"사나기랑 하는 말 들렸어."

"아아, 그거."

유이는 짧게 웃으며 대답했다.

"학위 논문에 필요한 데이터가 드디어 다 모였어."

"그렇구나. 축하해. 참 잘됐다."

"정작 힘든 건 이제부터지만. 얼른 논문으로 정리해야 하거든."

"너라면 괜찮을 거야. 분명 잘 해낼 수 있어."

"응……."

또다시 조용해졌다.

침묵이 이어진다.

숨소리도 들리지 않는다.

"……고마워, 엄마."

목 메는 듯한 소리가 어스름 속으로 스며든다.

"유이……"

"잘 자."

유이가 몸을 뒤척이며 등을 돌렸다.

3

루키와 사는 나날은 사키의 인생에서 짧지만 기적과 같은 시간을 가져다줬다.

지오 X사의 미야기로부터 연락을 받은 다음 날. 사키 앞에 나타난 루키는 장거리 이동으로 지친 기미는 있었지만, 그 얼굴은 작은 위업을 달성한 어린아이처럼 빛나고 있었다. 루키와 함께 온 유이는 자기 방을 루키에게 쓰게 하려고 남아 있던 자기 물건을 정리하러 갔다. 루키를 보는 유이의 눈에서는 이제 의심의 빛이 사라진 것 같았다. 사키는 그게 무엇보다도 기뻤다. 게다가 유이한테 미리 듣긴 했지만, 실제로 루키가 유이를 '누나'라고 부르고 거기에 유이가 자연스럽게 대답하는 모습을 보니 가슴이 벅차올랐다.

루키도 처음에는 사나기의 외모와 무뚝뚝한 성격에 당황했지만 금방 적응해서 사키가 출근한 사이에 둘이 자주 대화도 나누는 모양이었다. 사나기는 사키가 자기 계정으로 만든 화신이어서, 자신이 없는 곳에서 루키와 둘이 이야기를 나눈다니 어쩐지 기분이 묘했지만, 그래도 화신이 유연하게 잘 활용되고 있다고 봐도 좋을 듯했다.

루키의 학습 지원에 관해서는 화신의 티칭 기능을 사용할까 고려했지만, 그러려면 루키 전용의 화신을 새롭게 만들어야 하는데 그건 사키가 사는 아파트 장비로는 어려운 일이었다. 그래서 차선책으로 가상 공간으로 된 프리 스쿨을 이용하기로 했다. 이거라면 개인에게 맞는 균형 잡힌 교육 과정을 짤 수 있고, VR 헤드셋만 있으면 다른 특별한 장비도 필요치 않았다.

유이도 시간을 내서 집에 자주 얼굴을 비추게 됐다. 유이가 오는 날은 꼭 카레라이스를 만들었다. 유이가 제일 좋아하는 음식이기 때문이다. 물론 유이가 아직 어릴 때 그랬던 것이라 정작 본인도 그 말을 듣고 겨우 기억해 낸 것 같았다.

유이와 루키, 사나기까지 어울려 넷이 떠들며 웃고 있을 때면 사키는 이렇게 행복해도 될까 하는 기분도 들었지만, 결코 미야기의 경고를 잊은 것은 아니었다. 오히려 더 세심한 주의를 기울여 루키를 지켜봤다. 그래서 실은 루키가 헤르메스에 관한 기억을 잃지 않은 게 아닐까 하는 생각에 이르게 됐다.

하지만 결정적인 증거가 있는 것도 아니고, 첩첩이 쌓인 작은 위화감을 통해 도출해 낸 추측에 불과할 뿐이다. 예를 들어, 문득 어느 순간에 보이는 어둡고 차가운 눈빛. 가끔 한밤중에 들려오던 악몽에 시달리는 듯한 신음 소리. 냉장고에서 고기 좀 꺼내오라고 부탁했을 때 스친 겁먹은 표정. 평소에 요리는 잘 도와주지만 식칼을 집는 것만큼은 강하게 거부하는 태도…….

물론 그것만으로 판단을 내릴 수는 없다. 정말로 기억을 잃은 상태고, 무의식적으로 몸이 반응한 것일 가능성도 있다.

그러나 사키는 만약에, 라는 생각을 하지 않을 수가 없었다.

루키가 헤르메스에서 벌어진 일들은 모두 기억하고 있다면. 그리고 혼자서 모든 걸 짊어진 채로 지상에서의 나날을 보내고 있다면.

대체 얼마나 깊은 고통과 슬픔, 고독을 버텨내야 했을까. 우리와의 생활은 그런 루키에게 조금이라도 위안이 됐을까. 오히려 계속 거짓말을 이어가게 하는 긴장감만 강요한 것은 아니었을까. 더 해줄 수 있는 일이 있지 않았을까…….

지금 와서는 확인할 길이 없었다.

내가 지상에서 오래 살 수 없다는 건 알고 있었다.

어머니로부터 루키의 몸이 안 좋아졌다는 이야기를 들었다. 미열과 권태감에 이어 기침까지 나와서 근처 병원에 가서 진찰했더니 감기라는 진단을 받았다. 어머니는 루키가 생활 환경이 크게 바뀐 것 때문에 피로가 쌓여서 그런 것이라고 말했다.

루키가 입원했다는 소식을 들은 건 일주일 정도 후의 일이었다. 어머니가 출근한 사이에 루키는 열이 40도 가까이 올라 도저히 몸을 일으킬 수도 없게 됐다. 다행히 시큐리티 모드로 전환한 사나기가 긴급 사태임을 파악하고 곧바로 구급차를 요청한 덕분에 큰일은 없었다. 유이도 걱정했지만, 그 정도로 심각하게 느끼지는 않았다. 루키는 홍역 등 위중한 병을 일으키는 바이러스 백신은 어느 정도 접종을 마쳤지만, 수백 종류나 된다고 하는 감기 바이러스에는 거의 면역력이 없었다. 그래서 한동안 감기에 걸리기 쉬운 상태가 이어질 줄 알았기 때문이다. 일단 루키의 상태가 안정됐을 때, 유이에게 "괜찮아. 얼마 후면 퇴원할 수 있겠어"라고 보고하는 어머니의 목소리도 진정된 상태였다.

하지만 유이가 이게 보통 일이 아니라고 처음으로 직감한 건, 루키가 세인트 도도 기념 병원으로 이송됐다는 소식을 들었을 때였다. 루키의 증상은 개선의 기미를 보이지 않고 지역 병원에서는 대응할 수 없게 되자, 어머니는 지오 X사의 미야기에게 상의해서 치료 준비를 부탁했다. 루키가 어떤지 물어도 이제 어머니도 '괜찮다'라는 말을 쓰는 일이 없게 됐다.

유이는 논문 집필로 바빴지만 자꾸만 가슴이 불안해서 아무것도 손에 잡히지 않아, 루키의 병문안을 가기로 했다. 그리고 아파트에서 나가려던 때, 어머니로부터 연락이 왔다. 루키가 방금 전에 숨을 거뒀다고.

✐

당신들에게 분명히 말해두겠다.

내 입에서 나오는 말은 모두 사실이다.

✐

지오 X사는 헤르메스에서 생존한 십 대 소년이 바이러스성 감염증에 의해 사망했다고 공표하고, 애도의 뜻을 표했다. 이 바이러스는 지상에 널리 퍼져 있는 것으로, 일반 성인은 감염되어도 가벼운 감기 증상으로 끝날 때가 많지만, 이 소년은 헤르메스에서의 험한 생활의 영향이 몸에 남아 있어서 그게 뜻밖에도 병의 중증화를 불러왔을 가능성이 있다고 한다.

✐

2099년 7월 27일. 당신들이 2029JA1이라고 부르는 '불타는 거대한 암석'이 하늘에서 떨어져 모든 것을 파괴하는 굉음과 함께 거대한 바다 저 밑바닥을 꿰뚫고, 온 세계에 엄청난 지진을 일으키게 될 것이다. 그 충격으로 지표면에 수많은 구멍이 생기고, 유리 파편과 활활 타는 새빨간 진흙이 용솟음치게 된다. 펄펄 끓는 바닷물은 육지를 덮고, 피어오른 먼지가 하늘을 검게 흐린다. 난생처음 보는 무시무시한 번개가 머리 위를 내달리고, 격렬한 천둥소리가 울리지만 비는 내리지 않아 지상의 식물은 말라 죽는다. 당신들과 그 자손은 먹을 것이나 물, 그리고 폐에 들어오는 산소마저 잃어 괴로워하며 저주하고 몸부림치다가 죽어간다. 제아무리 울며 소리쳐도 응하는 이는 없다. 이는 이미 정해진 당신들의 운명이니까. 하지만──.

이 결말을 피하는 방법이 딱 하나 남아 있다. 나는 그걸 당신들에게 전하기 위해 이곳에 보내졌다.

4

미야기가 시키는 대로 했더라면…….

더 일찍 병원에서 진찰을 받았더라면…….

아예 처음부터 세인트 도도 기념 병원에 갔더라면…….

머릿속으로 끝없이 후회가 밀려와 스스로도 멈출 수가 없었다.

"그건 사키 잘못이 아니야."

그 모습을 보다 못한 사나기가 위로했다.

"루키가 운이 없었던 거야. 그 누구도 어떻게 할 수 없었던 일이지."

그래도 사키가 아무 대답도 못 하고 있자 사나기는 조용히 말했다.

"난 저쪽에 있을게. 필요할 때 불러."

그러더니 옆방으로 스르르 사라졌다.

조용해진 주방의, 텅 빈 식탁. 루키와 유이까지 함께 카레라이스를 먹던 날의 잔상이 다시 떠오르며 그들의 웃음소리가 다시 들려올 것만 같았다. 루키와 둘이 있을 때도 여기서 대화를 나눴다. 이런저런 이야기를 나눴다. 루키는 무엇에 대해서든 호기심을 보이며 지식을 얻으려 했다. 그런 루키의 모습이 얼마나 듬직하게 보였는지. 그 아이의 인생은 바로 지금부터였다. 그런데 나 때문에…….

미야기가 시키는 대로 했더라면…….

더 일찍 병원에서 진찰을 받았더라면…….

아예 처음부터 세인트 도도 기념 병원에 갔더라면──.

숨을 세게 토해낸 후 고개를 좌우로 저었다.

안 된다.

이래서는 안 된다. 자꾸만 이렇게 울적해하면 유이에게도 걱정을 끼치고 만다. 루키도 결코 기뻐하지 않을 것이다.

앞을 봐야 한다며 고개를 들었을 때였다.

'……사나기?'

문득 기척을 느끼고 눈을 돌렸다.

"아까는 고마웠어. 이제 괜찮아."

그 말이 목구멍까지 올라왔다가 숨이 탁 멎고 말았다.

키보드를 치는 손을 멈추고 피곤한 눈을 공중으로 돌리자, 곧바로 마음이 텅 비고 만다. 루키의 죽음은 너무나도 갑작스럽고 순식간이어서 아직도 제대로 받아들일 수가 없었다. 편안하게 영면에 든 그의 얼굴도, 오열하는 어머니의 뒷모습도 뇌리에 선명한데 루키는 지금도 활기차게 어머니와 살고 있을 거라는 그런 기분이 자꾸만 들었다.

어머니와는 매일같이 연락을 주고받고 있지만, 어머니는 쉽게 충격에서 헤어나오지 못하는 듯했다. 당연한 일이다. 루키의 의식이 회복되지 않았을 때부터 곁을 지켰으니까. 함께 살기 시작하면서부터는 아들처럼 여겼을 것이다. 그런 어머니를 어떤 말로 위로하면 좋을까.

"있잖아, 가즈미."

논문 집필 중에는 집중하기 위해 집에서도 혼자 있고, 잠시 숨을 돌릴 때만 가즈미를 부르곤 했다. 유이가 이름을 부르면 가즈미는 언제나 기다리고 있었다는 듯 나타났다.

그런데 지금은 아무리 불러도 나타나지 않았다.

"가즈미?"

10초 정도 지났을 때 광범위 개방형 3D 홀로그램 장치의 기동음이 희미하게 들리면서 드디어 허공에 영상이 드러나기 시작했다.

"웬일로 늦었어? 무슨 문제라도——."

하마터면 비명을 지를 뻔했다.

눈앞에 나타난 화신은 가즈미 마사토가 아니었기 때문이다.

"아니, 어떻게……."

지금 꿈이라도 꾸고 있는 걸까?

"……어떻게, 네가, 여기 있는 거야?"

"넌…… 누구지?"

오미시마 렌은 꼼짝도 하지 않고 노려봤다.

"내 사나기를 어떻게 한 거야?"

평소처럼 사나기를 상대로 자기 생각을 털어놓고 있을 때, 갑자기 사나기가 사라졌다. 너무나도 조용하기에 기계 고장인 줄 알았는데, 갑자기 다시 기동음이 들리면서 안색도 안 좋고 깡마른 젊은 남자가 나타났다.

"어서 대답해. 내 말 들리잖아."

남자 모습을 한 화신은 기분 나쁜 웃음을 지으면서도 계속 침묵을 지켰다.

"마이 멘터, 로그 오프."

렌이 관리자 권한으로 내린 명령에도 시스템은 반응하지 않았다.

"마이 멘터, 재기동."

역시 아무 소용이 없었다.

남자가 천천히 입을 연다.

"내 이름은, 루키."

"루키……."

"이 사람이 세라 사키가 말했던 그?"

"헤르메스에서 온 전언을 당신들에게 전달하기 위해 왔어."

렌은 눈앞에 벌어지는 일을 필사적으로 이해하려고 애를 썼다.

"본론으로 들어가기 전에 자기소개를 겸해 잠시 개인적인 이야기를 할게."

남자의 눈매가 부드러워졌다.

"헤르메스에 있던 시절 나는."

그 눈이 저 아득한 곳을 본다.

"도서관을 참 좋아했어. '멸망한 세계'를 접할 수 있는 유일한 장소였으니까."

제 3 부

제1장

묵시록의 시대

1

"인류는 2029년의 경고를 더 심각하게 받아들였어야 했지. 그때 자신의 행동을 돌아보고 반성했더라면 이런 일은 일어나지 않았을 거야. 하지만 우리는 뉘우치기는커녕 탐욕스럽게 눈앞의 쾌락만 좇고, 이 별을 더욱 더럽히고 말았어. 지금 머리 위로 다가오고 있는 2029JA1은 인류를 향한 최후통첩이지. 시간이 없어. 당장이라도 행동으로 옮기지 않으면 우리는 사멸할 거야. 그러나 당신은 구체적으로 무엇을 해야 좋을지 모르겠지. 그러나 나는 잘 알아. 왜냐하면……."

남자는 오랫동안 뜸을 들였다. 복장은 위아래 모두 검은색 옷이다. 나이는 마흔 살 정도일까. 아마 아바타가 아니라 본인의 모습을 쓴 듯하다. 대단한 자신감이다.

"그날 밤, 나는 바닥에 무릎을 꿇고 열심히 기도했어. 부디 멸망의 운명에서 인류를 구원해 달라고. 밤의 정적이 깊어지면서 자아의 경계가 녹아내리며 우주와 일체화하는 감각에 휩싸인 바로 그 순간. 눈부신 빛과 함께 그 사람, 바로 '헤르메스의 화신' 루키가 내 눈앞에 다시 나타났지. 전율하는 나에게 그는 두려워 말라면서 「루키의 묵시록」에 빠져 있던 마지막 말을, 2099년의 재앙에서 살아남기 위한 한 가지 방법을 또렷하게 전했어. 나는 그걸 이 귀로 분명 들었지. '왜 나한테' 하고 물으려고 하자 그 순간 그의 모습도, 그를 감싸던 빛도 사라지고 없었어."

마치 연극 같은 말투가 하나하나 귀에 거슬렸다.

"제발 믿어달라고는 하지 않아. 나를 믿을지 말지는 당신의 자유니까. 진심으로 살아남고 싶다고, 진심으로 인류를 구하고 싶다면 부디 우리와 함께하길 바라. 언제든 환영할 테니까. 그가 나에게 고한 말은 그때——."

마미야 미쓰키는 공중에 표시된 남자의 동영상을 삭제했다.

이것도 아니다.

등받이에 기대어 어두운 천장을 올려다봤다.

정적에 휩싸인 밤의 밑바닥에서 문득 두려움을 느꼈다.

'어디를 찾아봐도 없잖아……, 진짜는.'

소행성 2029JA1의 지구 추락을 예언한, 이른바 「루키의 묵시록」은 이제 AOL(Apocalypse Of Luci)이라고 약칭될 때도 많다.

루키는 지하 3천 미터에 건설된 실험 지하 도시에서 태어나

자라 17세에 간신히 지상으로 나왔으나, 길었던 가혹한 생활로 인해 1년도 채 되지 못해 병사한 비운의 인물이다. 그가 죽고 며칠 후 그는 현재의 '메타 버디'의 전신이라고 할 '마이 멘터'에, 그 당시 말로 '화신'이 되어 모든 이용자 앞에 나타나, 2099년 7월 27일의 재앙을 예언했다고 한다. 그 내용을 글로 적은 것이 바로 「루키의 묵시록」이다.

이 이해할 수 없는 현상의 원인은 마이 멘터의 AI가 이용자의 집합적 바람을 제멋대로 구현해서 발생했다고 보는 것이 정설이다. 그 당시, 생전의 루키를 2099년의 재앙에서 인류를 구원하는 구세주로 내세우는 풍조가 뿌리 깊이 자리했던 게 사실이었고, 루키의 죽음이 알려지고 나서도 슬픔의 목소리와 함께 기적에 대한 기대가 컸다. 그런 사람들의 바람에 응하기 위해 아마도 AI가 좋다고 판단하여 루키의 화신을 만들어냈다. 즉, 「루키의 묵시록」은 인터넷에서 수집한 정보나 이용자의 목소리를 기반으로 AI가 창작한 픽션이다.

그렇지만 본인이나 관계자만 알 수 있는 내용이 포함된 것도 분명 사실이다. 예를 들어, 루키가 헤르메스에 의문을 가지게 됐다는 그 글귀는 실제로도 도서관에 소장된 잡지에서 발견됐는데, 당시 헤르메스를 관리했던 지오 X사가 그 사실을 공식 발표한 건 몇 년이 지난 후의 일이었기 때문이다. 하지만 이것도 관계자와 접촉한 화신을 통해 정보를 얻어낸 것이라면 설명은 된다. 물론 그런 재미없는 논리를 받아들이지 않고, 루키야말로 '전령신 헤르메스의 화신'이자 인류에 경고하기 위해 기적을 일으킨 것이라고 믿는 이들도 적지 않았지만 말이다.

한편 '헤르메스의 주민 대부분은 루키에 의해 살해당했다'라는 끔찍한 소문이 일부 사람들을 들썩이게 했지만, 지오 X사는 이를 곧바로 부정했다.

이렇게 AI의 연출에 의한 구세주의 '부활'은 여러 가지 의미에서 세계 곳곳을 떠들썩하게 했지만, 지금까지도 큰 문제가 한 가지 남아 있었다. 정작, 화신이 되어 부활한 루키가 이용자에게 전한 내용에는 인류를 파멸에서 구할 방법이 빠져 있었기 때문이다. 그 말을 하려던 직전, 마이 멘터의 전 시스템이 강제 종료되어서 루키의 화신은 사라졌고 두 번 다시 그 모습을 보이지 않게 됐다.

제일 중요한 부분이 빠진 꼴이었지만, 2029JA1이 지구에 떨어질 확률이 0.1퍼센트 미만이었을 때는 그래도 괜찮았다. 사람들이 어떤 말을 떠들어대건 그 이면에는 어차피 소행성이 떨어지지 않을 거라는 안도감이 자리했다.

그러나 작년 2월, 충돌 확률이 갑자기 2.7퍼센트까지 올라가자 그 안도감은 크게 흔들리고 말았다. 픽션에 불과했던 「루키의 묵시록」이 진실로서 무게를 얻기 시작한 건 바로 이때부터였다.

인류의 운명을 점치는 수치는 그 후에도 데이터를 갱신하며 다시 계산될 때마다 무서울 정도로 상승했고 서력 2098년 현재, 거대 소행성 2029JA1이 지구와 충돌할 확률은 5.4퍼센트라고 도출된 상태다.

2

2029JA1이라는 명칭은 어디까지나 편의를 위한 임시 부호이며, 정식 명칭은 아직도 붙어 있지 않다. 물론 대부분의 소행성에 정식 명칭은 없지만, 이렇게나 인류와 깊이 얽힌 존재가 여전히 임시 부호만 붙은 상태라는 것도 이례적이긴 했다. 그 이유는 확실치 않다. 이 불길한 물체에 고정된 명칭을 부여하는 것에 관계자가 주저하고 있다는 소문이 들려오긴 하지만, 실상은 불명이다.

그래서 '카두케우스'라는 명칭도 2029JA1의 정식 이름이 아니라, 아주 일부에서만 통용되는 속칭에 불과했다.

그 유래는 간단하다.

전령신 헤르메스의 화신이라고 하는 루키는 2029JA1이 지구에 떨어져 인류는 멸망한다고 예언했지만, 그걸 회피하기 위한 구체적인 방법에 대해서는 언급하지 않았다. 이는 즉, 회피할 방법은 없다는 암시이며 인류에게 내리는 사형 선고와 마찬가지였다. 그러니 그 형의 집행자인 소행성 2029JA1을 장식하는 이름에는 형의 선고자인 헤르메스가 가진 지팡이 '카두케우스'가 가장 잘 어울린다, 이 말이다.

우연하게도 그 이름이 사용되고부터 지구와 충돌할 확률이 올라가기 시작했다. 새로운 이름과 함께 새로운 힘이 실리기라도 한 것처럼. 확률이 상향 수정될 때마다 소행성 충돌에 의한 인류 사회의 리셋을 목표로 하는 라이디치오 운동은 기세를 높였다. 드디어 소원 성취를 향해 움직이기 시작한 흐름에 그들은 열광했다.

"카두케우스, 라이디치오!"

그런데 최근 계산에서도 5.3퍼센트의 확률이다. 2029년에 접근했을 때의 충돌 확률은 거의 100퍼센트였음에도 불구하고 결국 아무 일 없이 끝난 걸 생각해 보면 아직도 많이 부족하다.

"모든 자에게 공평한 심판을!"

하지만 오미시마 렌은 25년 전에 라이디치오 운동에 몸을 던진 이후 처음으로 발밑에 어두운 그림자가 다가오는 듯한 불안감을 느꼈다.

3

마미야 미쓰키는 자신이 축복받은 환경에서 태어났음을 자각하고 있었다.

부모님은 건강하시고, 두 분 모두 직장에도 다닌다.

49세가 되는 아버지는 일단 재무 컨설턴트라고 하는데, 구체적으로 어떤 일을 하는지는 미쓰키도 잘 모른다. 초등학생 때 한 번 정도 직업에 관해 물어본 적이 있다.

"아무것도 없는 곳에서 가치를 만들어내는 간단한 일이야."

아버지는 그렇게 반쯤 농담 같은 대답만 해줄 뿐이었다.

아버지와 같은 나이인 어머니는 대형 제약 회사에서 연구 그룹 하나를 이끄는 위치라고 한다. 미생물을 다루는 일을 해서 그런지 위생적인 부분에서 매우 까다로웠고, 미쓰키도 어릴 때부터 손 씻는 습관을 철저히 몸에 익혔다. 덕분에 지금까지 감기 한 번 걸려본 적이 없다.

그런 부모님과 사는 곳은 고층 맨션 15층이다. 4LDK*로 된 널찍한 실내는 1년 내내 냉난방도 잘되고, 베란다에서 바라보는 풍경도 나쁘지 않다. 물론 미쓰키한테도 자기 방이 있고, 맑은 날 아침에는 창문의 차광 모드만 끄면 아침 햇살을 얼마든지 즐길 수 있다.

현재 다니는 종합 제9 고등학교에는 '파고'를 타고 다닌다. 파고란 1인용 자동 주행차인데, 15세 이상이면 면허도 필요치 않지만, 정부에 신청해서 전용 ID를 발급받지 않으면 공공 도로 시스템에 접속할 수가 없다. 즉, 차량을 기동할 수가 없다. 그 ID의 취득도 쉽지 않고, 추첨제로 진행되는 일반 신청의 배율은 족히 10배는 넘는다. 확실하게 취득하고 싶을 때는 특별 신청을 이용하면 되지만, 이건 등록료가 너무나도 비싸 경제적으로 어지간히 여유가 있는 게 아니면 쓸 수도 없다. 그러나 미쓰키는 이 특별 신청 덕분에 파고의 공공 ID를 빠르게 입수한 쪽이었다.

요즘 시대에 오프라인 학교에 다니는 건 대부분 유복한 집안의 자녀들이고, 거기서 파고까지 타고 다니는 건 그중의 30퍼센트 정도라고 한다. 나머지는 자가용으로 자녀를 학교에

---

* 방 네 개에 Living room(거실), Dining room(식사 공간), Kitchen(주방)으로 이루어진 구조.

등하교시키거나 버스 등의·공공 교통 기관을 이용한다. 자전거로 통학을 하는 학생도 있지만 거의 없는 편인데, 그 몇 안 되는 학생들 중에 다무라 잇세이라는 학생이 있다.

그의 집은 그리 부유하지 않은 것 같지만, 최고 레벨인 S급 장학금을 타서 이 '제9 고등학교'에 입학했다. 말할 것도 없이 성적은 최상위권이다. 그리고 현재 미쓰키가 학교에서 가장 많이 대화를 나누는 반 친구가 바로 이 다무라 잇세이였다.

그의 존재감은 반에서도 독특했다. 보통 체격에 용모는 평범함의 영역을 벗어나지 못하고 얼핏 보면 둔중해 보일 수도 있지만, 주변에서는 결코 그를 깔보거나 얕보는 일이 없다. 다들 그에게 경의를 담아 '다무라' 혹은 '잇세이'라고 부른다.

그의 무엇이 그렇게 만드는 건지 미쓰키도 잘 모른다. 불리한 환경을 실력으로 극복해 온 그를 두고 다들 제멋대로 주눅이 든 것이 아닐까 생각한 적도 있지만 그게 다는 아닌 듯했다. 그는 남의 이야기를 들을 때 늘 둥그런 얼굴에 온화한 표정을 지으며, 상대방에게 진지한 눈빛을 보낸다. 그런 차분한 태도가 주변 사람들의 태도에도 영향을 주는 것일지도 모른다.

하지만 모두가 알아주는 그는 반 아이들의 무리에 끼는 일은 거의 없이, 쉬는 시간에는 거의 혼자 조용히 책을 읽는다. 미쓰키가 다무라와 친해진 계기는 그에게 "무슨 책 읽어?"라고 물었을 때였다. 특별히 책에 관심이 있어서가 아니라 순간적으로 호기심이 생겼을 뿐이었다. 반의 다른 아이들은 조심스러워서 그런지 독서 중인 다무라에게 말을 붙이지 않았지만, 미쓰키는 늘 그런 조심성보다는 호기심이 앞서는 편이다.

그때 다무라는 어느 신인 소설가의 이름과 그 데뷔작의 제목을 알려줬지만, 미쓰키는 소설을 별로 읽지 않아 잘 몰라서 대충 흘려듣고 대화는 끝나버렸다. 며칠 후, 이번에는 다무라 잇세이가 미쓰키 앞에 서서 "빌려줄 테니까 한번 읽어봐"라며 그때 말했던 책을 내밀었다. 미쓰키는 솔직히 귀찮았지만, 성의를 무시하는 것도 미안해서 고맙다며 책을 빌렸다. 그날 밤, 그다지 내키지 않았지만 첫 페이지를 펼쳐 처음 한 줄을 읽은 순간부터 시간 감각을 잊고 말았다.

다음 날, 숨을 헐떡이며 교실로 들어온 미쓰키는 먼저 등교했던 다무라에게 얼른 다가가 "그거 진짜 재밌더라!"라고 외쳤다. 그러자 다무라도 "그렇지?" 하고 교실 안의 시선을 한데 모을 정도의 환한 목소리와 미소로 답했다.

이후 다무라가 추천하는 책이라면 전부 읽으면서, 미쓰키도 좋아하는 애니메이션이나 영화를 소개하며 서로 감상과 의견을 때로는 열정적으로, 때로는 깊게 나누는 사이가 됐다.

파장이 맞는다는 게 이런 것일까. 둘이서 이야기를 나누고 있노라면 하고 싶은 말이 자꾸만 나와서 늘 금방 쉬는 시간이 끝나버렸다. 방과 후에는 각자 일정이 있어서 느긋하게 있을 수가 없다.

"메타 버디 해?"

그렇게 먼저 말을 꺼낸 건 미쓰키였다.

"오늘 밤 비지터로 이야기 안 할래? 내가 시간 맞출게."

메타 버디란 한때 마이 멘터로 불리던 AI 서비스의 진화형이지만, 두 가지 큰 차이점이 있다.

첫 번째로, 마이 멘터에서는 화신을 한 명밖에 설정하지 못했지만 메타 버디에서는 퍼스트에서 서드까지 세 명이나 되는 마이 버디를 설정할 수 있고, 기분에 맞춰 전환할 수도 있다.

그리고 두 번째 차이점이 바로 비지터 기능이었다.

"다무라와의 약속은 몇 시야?"

"22시."

"어떤 아바타를 쓸까 궁금하네."

"보는 걸 기대하라던데?"

"미쓰키는 어떻게 할 건데? 설마 나를 쓸 거야?"

"아니, 아마 질겁할 것 같아서."

"그렇지? 그럼 역시 백작님을 쓰려나 보네."

미쓰키가 퍼스트 버디로 설정해 놓은 건 류사키 라라이라는 활발한 여자아이 캐릭터다. 푸근한 일상계 애니메이션의 등장인물로, 주인공은 아니지만 중요한 순간에 참 든든하게 다가오는 존재다. 무엇보다 성우 목소리가 좋다.

"근데 웬일이래? 미쓰키가 비지터를 써 가면서까지 대화를 나누고 싶어 하다니."

"그런가?"

비지터 기능이란, 메타 버디의 이용자끼리 서로의 집에 아바타로 방문할 수 있는 기능이다. 단, 이때 사용하는 아바타는 마이 버디로 설정된 것에서 골라야 한다. 그래서 처음부터 서드 버디를 비지터용으로 설정하는 이용자도 많다.

"아, 이제 왔나 봐."

"시간도 정확히 지키네."

"그럼 나는 이만 사라질게. 좋은 시간 보내."

미쓰키는 불러낸 키보드를 조작해서 비지터 모드로 전환한 다음, 자신의 서드 버디 캐릭터로 비지터용 아바타를 선택했다. 표시된 다무라로부터의 연계 요청에 승인 명령을 내리자, 곧 눈앞에 유난히 예스러운 차림의 남자가 나타났다.

다무라의 아바타는 애니메이션이 아니라 실사 인물인 것 같았다. 나이는 마흔 살 정도일까. 키는 180센티미터를 넘는 것 같았지만, 마른 몸매 때문에 키가 더 커 보이는 인상을 줬다. 뺨은 창백했으나, 눈동자에 깃든 빛은 그야말로 레이저 빔 같아서 다무라의 온화한 눈빛과는 정반대였다. 좌우로 크게 뒤로 물러난 널찍한 이마는 홀쭉한 얼굴에 지성의 빛을 더하고, 바람을 가를 것 같은 날카로운 매부리코와 툭 튀어나온 턱은 용기와 결단력, 그리고 강건한 의지를 드러내고 있었다.

"정말 다무라, 너 맞지?"

"그렇다네."

목소리는 분명 다무라였다.

"너 말투가 좀 이상한데."

"이 아바타를 쓸 때는 항상 이렇게 돼."

"그래서 그게 누군데? 옷차림을 보니 20세기 영국 사람 같은 느낌인데."

기다란 검은 코트 위에 마찬가지로 검은 케이프를 걸치고 있다. 아니, 원래 이런 디자인의 외투인 것일까. 그러고 보니 옛날 영화에서 본 적이 있는 것 같다.

"오오, 눈치가 빠른걸? 19세기에서 20세기 초기에 런던에서 활약한 인물이야."

"진짜로 있었던 사람이야?"

"글쎄."

다무라는 씩 웃으며 말했다.

"이렇게 하면 알려나?"

어디선가 꺼낸 모자를 두 손을 이용해 깊게 눌러 쓴다. 기묘하게 생긴 모자였다. 튼튼해 보이는 모직 원단에, 앞만이 아니라 뒤까지 챙이 달려 있다. 잘 보니 좌우에 귀마개도 달려 있지만, 늘어뜨려 놓지 않고 머리 꼭대기 위에 리본으로 묶어둔 모습이었다.

"하나도 모르겠는데."

"그럼 이건 어때?"

그렇게 말하며 들어 올린 왼손에는 윤기 나는 파이프 담배가 쥐어져 있다.

그래도 영 반응이 시원치 않은 미쓰키를 보고 다무라는 한심하다는 듯 고개를 가로저었다.

"코난 도일이 만들어낸 명탐정, 셜록 홈스야."

"그럼 실재 인물이 아니잖아!"

다무라의 홈스가 유쾌하다는 듯 웃었다.

"마미야 너는 '갈로아 백작'이네."

"정답이오."

"오오, 그 말투 제법인데?"

갈로아 백작은 미쓰키가 다무라에게 추천한 애니메이션에 등장하는 악역이다. 매일 얼굴을 맞대고 있기에는 성가신 캐릭터지만, 깔끔한 외모에 항상 정장 차림이어서 비지터용으로는 제격이다.

"의도치 않게 멋진 조합이 됐네. 모리어티 교수와 대결하는 기분이야."

다무라는 공중에 서브 화면을 띄워 자신이 상대방에게 어떻게 보이는지 확인하는 모양이다. 미쓰키도 하려고 하면 할 수 있지만, 정신만 사나워져서 이 기능은 쓰지 않는 편이었다.

"마미야, 넌 비지터 기능 자주 써?"

"가끔은."

"난 처음이야. 근데 이거 재미있다."

미쓰키는 다행이라고 대답했다.

"사실은 말이지."

그리고 본론으로 들어가기 시작했다. 바로 이를 위해 비지터 기능까지 쓰면서 다무라와 대화할 시간을 마련한 것이다.

"전부터 너한테 물어보고 싶은 게 있어서."

"혹시「루키의 묵시록」에 대해서인가?"

미쓰키는 저도 모르게 벌떡 일어날 뻔했다.

"어떻게 알았어? 아, 셜록 홈스가 원래 그런 캐릭터였지. 추리야? 혹시 추리한 거야?"

"그리 대단한 것은 아닐세. 나는 그저 관찰했을 뿐이네."

미쓰키는 너무 놀라서 어안이 벙벙했다.

"사실 그건 농담이고."

다무라 홈스가 가벼운 어조로 바꿔 말했다.

"나도 그 이야기를 하고 싶어서 그냥 때려 맞힌 것뿐이야."

"뭐야, 깜짝 놀랐네."

아아, 다무라도 2029JA1에 대해 관심이 있었구나.

"카두케우스."

"뭐?"

"소행성 카두케우스. 요즘 2029JA1을 그렇게 부르나 봐. 전령신 헤르메스가 가지고 다니는 지팡이 이름이지."

"단도직입적으로 묻겠는데."

미쓰키는 말했다.

"그 카두케우스가 지구와 충돌할 것 같아?"

"현시점에서는 그 확률이 5.3퍼센트라고 하더라. 굳이 어느 한쪽을 선택하라고 한다면 충돌하지 않는다고 답할 수 있겠지."

"넌 낙관적이구나."

"논리적이라고 해줘."

"하지만 신경은 쓰인다는 뜻이네?"

"그거야 그렇지. 5.3퍼센트라는 건 결코 작은 숫자가 아니야.

오히려 인류가 멸망할지도 모른다는 걸 생각해 본다면 너무나도 큰 수치지. 그리고."

"맞아, 「루키의 묵시록」도 있으니까."

다무라 홈스는 크게 고개를 끄덕였다.

"그건 AI가 창작한 픽션이라고 하지만, 설령 그렇다고 해도 인류의 멸망을 예고하는 문장이 널리 유포됐고, 그 내용에 현실이 점점 가까이 다가가고 있어. 적어도 그렇게 보이는 상황이지. 난 이런 걸 그냥 무시할 수 있을 정도로 어른이 아니야."

"무시 못 하는 어른도 많은 것 같던데."

「루키의 묵시록」의 공백을 메우려는 광적인 소란은 남녀노소를 가리지 않고 광범위하게 퍼져 있다.

"다무라는 「루키의 묵시록」이 진짜일 가능성이 있다고 생각해?"

"거기에 적힌 내용이 실제로 일어날 것이냐는 뜻이야?"

"아니, 그게 아니라……. AI가 창작한 픽션이 아니라 진짜 예언서일 가능성 말이야."

다무라 홈스가 허를 찔린 표정을 짓는다.

"「루키의 묵시록」에 의하면 인류의 멸망을 회피하는 방법이 한 가지 남아 있다고 해. 구체적인 내용은 알 수 없지만, 만약 루키의 말이 진실이라면 인류를 구할 방법도 분명 어딘가 있겠지. 그것만 찾아낸다면……."

"마미야, 너는 카두케우스가 떨어질 거라고 생각하는구나."

"……적어도 너만큼 냉정하게 있을 수가 없어."

다무라 홈스가 생각에 잠긴 듯 고개를 숙인다.

"나는 「루키의 묵시록」을 어디까지나 픽션이라고 생각하지만, 진짜라고 믿고 싶은 심정도 이해는 해."

눈을 들어 미쓰키를 쳐다본다.

"실제로 카두케우스가 지구에 떨어질 확률이 거의 제로라면, 묵시록은 차라리 픽션으로 남아 있는 게 더 좋아. 인류가 정말로 멸망할 거라고 상상하고 싶지 않으니까. 떨어지지 않을 테니 피할 방법도 필요 없겠지."

미쓰키는 자기 생각이 그대로 다무라의 입에서 흘러나오는 듯한 기분이 들었다.

"하지만 실제 확률이 무시할 수 없을 정도로 커진다면 이야기는 달라져. 「루키의 묵시록」을 픽션이라고 한다면, 파멸을 막는 방법도 존재하지 않는다는 뜻이 되고, 반대로 「루키의 묵시록」을 진짜라고 믿는다면 살아남을 방법도 있을 거라는 희망을 갖게 되겠지."

"묵시록이 말도 안 되는 이야기라고 생각해?"

다무라 홈스가 고개를 가로젓는다.

"아까도 말했지만 심정은 이해해. 그렇지만 AI는 전지전능한 신이 아니야. AI가 기존 정보를 사용해서 생성한 '루키'가 거대 소행성의 충돌을 피하는 방법을 알다니 상식적으로 따져보면 말이 안 되잖아."

"그럼 카두케우스가 지구에 떨어지는 게 확실시되어도 우리는 할 수 있는 일이 아무것도 없다는 뜻이야?"

"여러 가지 대책을 마련하고 있다고 하던데……."

"무엇 하나 성공할 만한 게 없잖아."

69년 전 2029JA1의 제1차 최접근 이후, 거대 소행성의 궤도를 바꾸는 연구가 나름대로 진행됐지만 지금껏 효과가 확인된 건 기껏해야 지름 10미터 정도까지로, 지름 10킬로미터가 훨씬 넘는 2029JA1에 통용되는 방법은 여전히 구상 단계를 넘지 못하고 있다. 그래도 현 단계에서 인간의 지혜를 짜내어 몇 가지 계획은 입안됐지만 기술적 불가능, 오히려 지구에 해만 끼칠 우려 혹은 결국 무의미하다는 점이 판명되어 계획은 줄줄이 무너졌고, 실현될 만한 것은 아직 전혀 없었다.

"그렇다고 해서 환상에까지 매달리고 싶지는 않아."

미쓰키는 통탄 어린 숨을 내뱉었다.

"……역시 잇세이 넌 참 강하구나."

"그렇지 않아."

다무라 홈스의 목소리가 무겁게 가라앉았다.

"아마 확률이 아직 한 자릿수니까 이런 식으로 행동할 수 있는 거라고 생각해. 만약 두 자릿수가 되거나 50퍼센트를 넘게 되면 과연 나도 똑같은 태도를 유지할 수 있을지는……."

쓸쓸한 미소를 지었다.

"그때는 나도 「루키의 묵시록」에 마지막 희망을 걸지도 몰라."

4

연계 요청 아이콘이 반복적으로 점멸하며, 승인을 재촉한다.

오미시마 렌은 그 모습을 멍하게 바라보면서 의식을 과거로 흘려보냈다.

그날 사나기의 모습이 갑자기 사라지고 루키의 화신이 나타나 훗날 「루키의 묵시록」이라고 불리게 될 내용을 쏟아내더니, 그가 마지막 말을 전하기 직전 마이 멘터의 시스템이 다운되고 말았다. 헤르메스의 유일한 생존자 모습을 한 화신이 대체 어떻게 생성되어 모든 이용자 앞에 나타난 것일까. 이용자의 집합적 바람을 AI가 성취했다는 등의 유력한 설도 돌았지만, 의문이 완전히 해명된 것은 아니다. 결국 마이 멘터는 시스템 무기한 정지를 결정하고, 사실상 서비스를 종료했다.

후속 서비스로 출시된 것이 '메타 버디'로, 렌은 사나기를 퍼스트 버디로 선택했지만 당연하게도 메타 버디에서 재회한 사나기는 이전의 그녀가 아니라 캐릭터의 기본 설정이 똑같을 뿐인 전혀 다른 인격체였다. 많은 시간을 함께 보내고, 자신의 푸념을 다 받아준 그 사나기와는 더는 만날 수 없었다. 그녀의 데이터는 지상에서 사라지고 말았으니까.

아이콘의 점멸은 집요하게 이어지고 있다.
렌의 승인을 기다리는 중이다.

사나기를 잃은 렌은 라이디치오 운동에 더욱 빠져들었다. 그렇게라도 하지 않으면 정신이 무너질 것만 같았다. 실제로 마이 멘터 서비스 종료 직후에 심신 건강 문제를 호소하는 이용자가 전 세계적으로 속출하여, 그야말로 멘털 디제스터(정신적 재해) 양상을 보였다고 한다.

쓸데없는 것을 생각하지 않도록 눈앞에 있는 것에만 집중해서 하루하루를 버텼다. 그런 세월을 보내던 중, 언제부터인가 렌은 일본 라이디치오 운동에 있어 주요 리더 중 한 명으로까지 여겨지게 됐다. 처음에는 POM 하우스 '람다의 정원' 근무를 이어가면서 하는 활동이었지만, 점차 조직이 갖춰지고 활동 자금 조달에도 전망이 보이자, 동지들의 강력한 요청으로 라이디치오 운동에만 전념하기로 마음먹었다.

연계 요청 아이콘이 사라졌다.

이제야 포기했나 하고 생각한 것도 잠시, 다시 점멸이 시작됐다.

그러고 보니 세라 사키는 어떻게 지내고 있을까. 살아 있다면 지금쯤 여든 살쯤 되지 않을까. 루키가 죽은 후에도 여전히 출근했지만, 그 얼굴의 미소는 어딘지 모르게 텅 비어 있었다. 렌이 직장을 그만두겠다고 했을 때는 눈물을 흘리며 붙잡았다. 그때 그녀가 꼭 잡았던 왼팔에는 지금도 그 감촉이 남아 있다.

렌은 치미는 감상을 억누르려는 것처럼 고개를 젓고 깊게 숨을 들이마셨다. 시간을 들여 숨을 토해낸 다음, 아직도 깜박이는 아이콘을 확인하고 승인 명령을 내렸다.

배구공처럼 생긴 구체가 나타나더니 공중에서 한 번 회전한 후, 바닥에 탁 하고 내려섰다. 하얗고 둥근 몸통을 지탱하는 것은 거기서 쭉 돋아난 큰 발. 토끼처럼 긴 귀를 제외하고 동그라면서 사랑스러운 눈망울이 있을 뿐, 입이나 손도 없다. 요즘 애니메이션에 대해서는 아는 게 별로 없어서 이름은 잘 모르지만, 이 캐릭터는 눈동자가 아주 투명해서 끝없는 순수함을 느끼게 했다.

"렌, 평소 앓았던 그 병인가요?"

그러나 거기서 들려온 건 그런 귀여운 외모와는 전혀 어울리지 않은 젊은 남자의 목소리였다.

"병이라고 하지 마."

렌이 메타 버디를 재개한 것은 비지터 기능이 탑재된 후부터다. 활동상 필요할 때가 있어서 쓰는 것뿐이고, 현재도 그 이외의 용도로는 사용하지 않는다.

"책임은 다하셔야죠. 이제 얼마 안 남았으니까."

"얼마 안 남았다라."

운명의 날인 서력 2099년 7월 27일까지 이제 8개월 정도 남았다.

"그럼 그다음은?"

남자는 농담이라고 받아들였는지 짧게 웃었다.

"그런 건 존재하지 않습니다."

그러고 밝게 대답했다.

"그리고 말인데요, 렌."

다시금 목소리를 가라앉혔다.

"미나미규슈 지역의 염원 집회 일정이 잡혔습니다."

"얼마 전에 도호쿠에 다녀왔잖나."

"네, 애쓰셨습니다. 하지만 당신을 지명해서 꼭 와달라는 요청이기에 이곳에는 꼭 가보셔야겠습니다."

이 남자는 자신을 미쿠라라고 하지만, 본명인지는 알 수 없다. 처음 만난 건 7년 전 염원 집회 때로, 당시 그는 분명 겨우 십 대 정도의 나이였다. 렌의 손을 잡으며 눈물을 흘리던 모습을 여전히 기억하고 있다.

"확률이 순조롭게 올라간다고는 하지만, 겨우 5.3퍼센트에 불과합니다. 아직도 부족하죠. 우리의 힘으로 좀 더 올려야 합니다. 라이디치오 운동을 더욱 열렬히 진행해서 한 명이라도 더 모아 더 많은 '염원'을 집결하고, 카두케우스를 1밀리미터라도 지구로 끌어와야 해요. 그러기 위해서는 렌, 당신의 말이 필요합니다."

렌은 한숨을 꾹 참았다.

"알았어. 가겠네."

"다행이네요."

미쿠라의 어조가 부드러워졌다.

"그럼 준비해 놓겠습니다."

"부탁하지."

"그런데 렌, 전부터 궁금했는데 당신이 쓰는 그 아바타는 무슨 캐릭터죠?"

"……그걸 알아서 어쩌려고."

"솔직히 처음에는 좀 분위기가 어두워서 싫었는데, 몇 번 만나는 사이에 매력적으로 느껴져서 꼭 마이 버디로 넣고 싶어서요. 걱정하실 필요는 없습니다. 아바타로는 쓰지 않──."

미쿠라의 말이 다 끝나기도 전에 렌은 연계를 해제했다.

5

마미야 미쓰키는 아침에 일어나면 뉴스부터 보고, 2029JA1 관련 정보를 확인한다. 이 소행성이 지구에 충돌할 확률이라는 명목으로 전문가나 아마추어 천문가들이 산출한 다양한 숫자가 이리저리 오가고 있지만, 여기서 가장 신뢰성이 높은 것은 국제소행성감시기구(IASO)가 발표하는 수치다. 그 최신 수치가 밝혀지는 건 일본 시각으로 새벽 2시경이어서, 만약 무슨 움직임을 보였다면 아침에는 뉴스로 나올 터였다. 5.3퍼센트라는 지난번 발표 이후 3개월이 지나서 확률은 언제 갱신되어도 이상할 게 없다. 여기서 더 올라갈 것인가. 그렇다면 어디까지 올라갈 것인가. 설마 단번에 두 자릿수까지는……. 반대로 이제까지의 계산에 중대한 오류가 있음이 판명되어서, 충돌은 말도안 되는 일이라며 수정될 가능성도 제로는 아니다. 그런 생각을 하며 뉴스를 열어봐도 대부분은 그 어떤 발표도 없이 답답

함만 남길 뿐이었다.

"너무 일희일비하는 거 아니니?"

류사키 라라이는 그렇게 말하며 웃었지만, 오히려 일희일비하지 않는 게 더 이상하다. 확률이 갑자기 2.7퍼센트까지 치솟았을 때, 그 땅이 푹 꺼지는 듯한 충격은 지금도 선연히 기억하고 있다. 당연하게 이어질 줄만 알았던 일상이 갑자기 사라지면서, 내가 어른이 되기도 전에 죽을 가능성이 과학적인 근거가 있고 그게 결코 작지 않은 숫자로 제시됐기 때문이다. 이제까지 살던 기분대로 지낼 수는 없지 않은가.

미쓰키는 자신을 포함한 이 세상이 끝날지도 모른다는 것, 그리고 종말에 대해 자신이 무력한 존재라는 게 너무나도 불합리하게 느껴져서 견딜 수가 없었다. 이 감정을 어떻게 다스리면 좋을까. 속 시원하게 털어놓고 싶어도 그럴 곳이 없었다. 학교에서도 이 일이 화제가 되긴 했지만, 다들 농담처럼 떠들다 끝나버리는 바람에 불안감을 있는 그대로 토로할 분위기가 아니었다. 로그 기록이 남는 인터넷에 글을 올리는 건 싫었고, 그렇다면 차라리 마이 버디를 불러내 상대하게 해도 마치 거울을 향해 말하는 것 같은 기분이 들 뿐이어서 개운하게 털어놓았다는 실감은 얻을 수 없었다.

2029JA1은 69년 전에도 지구에 접근했고, 그때는 충돌을 피할 수 없었다고 한다. 당시 사람들이 어떤 심정으로 그 순간을 살았는지 알아봤지만, 처음 2029JA1이 발견됐을 때가 최접근하기 닷새 전이어서 다들 마음의 준비는커녕 혼란 상태로 당일

을 맞이했다고 할 뿐이라 조금도 참고가 되지 않았다.

그러나 이번에는 8개월이나 남아 있다. 충돌 확률이 계속해서 올라갈 경우, 과연 정신적으로 버틸 수 있을까. 제정신을 유지할 수 있을까. 미쓰키는 자신이 없었다. 그래서 다무라와 이이야기를 나눌 수 있어 다행이라고 진심으로 생각했다.

두 사람이 이야기하는 내용은 소설이나 영화, 애니메이션 등여러 분야에 걸쳐 있었지만, 메타 버디의 비지터 기능으로 만날때는 2029JA1, 그러니까 소행성 카두케우스에 관한 화제가 절반 이상을 차지했다. 5.3퍼센트라는 확률을 받아들이는 방식에대해 다무라는 이렇게 말했다.

"인간의 선조가 살았다던 아프리카의 사바나에서는 조금이라도 위험을 느꼈을 때 바로 회피 행동을 취하지 않으면 죽음에 직결됐어. 위험을 과소평가하는 개체보다 과대평가하는 개체가 더 살아남을 가능성이 컸지. 그런 선택에 대한 압박이 작용한 결과, 인류는 위험을 크게 보는 경향이 강해졌어. 그래서우리도 5.3이라는 숫자를 실제 이상으로 크게 느끼고 마는 거야. 이건 인류 진화 과정에서 얻은 심리적 성질 같은 거라 어쩔수 없는 일이라고."

그가 이런 일장연설을 하면, 미쓰키는 그리스 신화에 나오는헤르메스가 어떤 신으로 그려지는지 이야기했다.

"제우스의 전령으로 천계와 명계를 자유롭게 오갈 수 있었던헤르메스라면 지하 3천 미터 정도는 별것도 아닐 테니까, 지하도시에 나타나는 신으로는 딱 맞았던 거네."

그렇게 열변을 토했다.

「루키의 묵시록」에서 빠진 마지막 부분에는 어떤 내용이 있었을 것 같아?"

그렇게 미쓰키가 질문을 던졌을 때, 다무라 홈스는 잠시 생각에 잠겼다.

"적어도 카두케우스에 핵미사일을 쏘라는 그런 말은 아니었겠지."

그런 대답을 하며 말을 이었다.

"우리 같은 일반인도 할 수 있는 종류의 일이 아니라면 굳이 그런 식으로 전할 의미가 없을 테니까."

"하지만 과연 그런 일이 있을까?"

이후, 두 사람은 여러 가지 아이디어를 서로 내놓았지만 마땅한 것을 찾아낼 수 없었다.

그러나 뜻밖의 전개는 예상치 못한 타이밍에서 찾아왔다.

"루키라는 사람은 줄곧 지하 도시에서 살다가 드디어 지상에 나왔다 싶었는데, 병에 걸려 죽고 말았잖아. 지금 우리랑 비슷한 나이일 때. 어떤 심정으로 이 세상을 살았을까."

다무라가 이런 말을 했을 때도 그는 그저 마음에 떠오른 생각을 입에 올렸을 뿐이지 무슨 의도는 하지 않았을 것이다.

"나는 「루키의 묵시록」을 픽션이라고 생각하니까, 거기에 그의 진짜 모습이 그려져 있을 거라고는 생각하지 않아. 그가 실제로 어떤 사람이었는지 우리는 알 수가 없지. 허상만 혼자 걸어 다니는 것 같아 불쌍한 기분까지 들어."

"그러게."

미쓰키가 동감을 표하며 맞장구를 치자, 다무라 홈스는 의외라는 듯 눈썹을 치켜세웠다.

"마미야, 너는「루키의 묵시록」을 진짜 예언서라고 믿던 거 아니었어?"

"그래도 그게 루키 본인의 말이라고는 생각 안 해."

"……그렇구나."

다무라 홈스는 천천히 고개를 끄덕이며 날카로운 눈빛으로 미쓰키를 바라봤다.

"내가 잘못 생각했다면 미안한데."

그리고 말을 이었다.

"혹시 너, 루키라는 사람에 대해 뭐 아는 거 있어?"

원래 미쓰키는 2029JA1에 거의 관심도 두지 않았다. 2099년에 가까이 접근한다는 거대 소행성이 있다는 건 알았지만, 지구에 충돌할 확률은 낮고 세상이 끝날 거라며 떠드는 건 일부 컬트 집단뿐이라고 생각했고, 그게 세간의 일반적인 견해기도 했다. 집에서 이걸 두고 화제로 삼은 기억도 없다. 서둘러 정보를 확인해 본 건 확률이 2.7퍼센트까지 치솟았을 때부터였다. 처음으로「루키의 묵시록」의 전문을 살펴본 것도 바로 그때였다.

미쓰키는 거기에 그려진 세상의 종말에 대해 두려움을 느끼는 동시에, 루키라는 소년의 생과 사를 두고 크게 마음이 흔들렸다. 다무라의 말처럼 사망 시의 나이가 지금의 자신과 비슷해서 그런지 자꾸만 자기 일처럼 상상하게 됐다. 그는 어떤 심정으로 짧은 인생을 달려왔을까. 나라면 어땠을까. 그런 생각을 하다가 깨달았다. 부모님이라면 루키가 살았던 시절의 사회 반응을 기억하고 있지 않을까. 화신이 되어 나타난 루키를 보지 않았을까.

아버지의 대답은 무미건조할 뿐이었다. 지하 3천 미터의 지하 도시에서 18년 만에 생존자가 돌아왔다는 뉴스는 들어서 알고 있긴 했지만, 특별히 관심이 없었다고 한다. 게다가 그 생존자가 지하 도시에서 태어난 소년이었다는 것도 미쓰키의 말을 듣기 전까지는 몰랐단다. 화신이 된 루키를 본 적이 있느냐고 물어도, 아버지는 아예 마이 멘터 자체를 안 했다고 하니 말이 통하지 않았다.

"아빠는 대체 매일 뭘 하고 사는 거야?"

미쓰키가 어처구니가 없어 묻자, 아버지는 바로 이렇게 대답했다.

"돈 벌잖아."

그러나 문제는 어머니의 반응이었다.

그토록 두려워했던 순간이 찾아왔구나 하는 굳은 표정을 지었기 때문이다.

"미쓰키, 너 그거 읽었니?"

"응, 읽었는데."

그렇게 대답한 미쓰키에게 어머니는 숨 막힐 것 같은 눈빛을 보냈다.

"그래서."

"그래서…… 라니?"

"뭐야, 너 눈치 못 챘어?"

"뭘?"

어머니가 자기 이마에 오른손 손바닥을 댄 채 한숨을 푹 쉬었다. 아들이 사고 쳤을 때 보이는 몸짓이다.

그제서야 미쓰키는 설마 하는 생각에 어머니를 빤히 쳐다봤다.

"그 이야기에 나오는 '유이'가……. 아, 그러고 보니 외할머니 이름도 '사키'였지?"

어머니가 어이없다는 얼굴로 고개를 가로저었다.

"그렇게 귀여워하던 손주가 당신 이름을 잊은 걸 알면 네 할머니도 무덤 속에서 슬퍼하실 거야."

"살아 계시는데 뭘."

외할머니는 이제 여든이 될 나이였지만, 미쓰키가 태어나기 전부터 헬스장을 열심히 다니신 덕분에 매우 건강하여, 지금도 나 홀로 생활을 즐기고 계시다.

"그리고 부모님과 똑같은 이름이 나왔다고 해서 어떻게 바로 알아차리겠어? 루키라고 하면 세상에서 제일 유명한 사람이잖아. 그런 인물이 우리 집안 사람이라는 이야기는 듣지도 못했다고."

"네가 태어나기도 전의 일이었으니까."

어머니의 목소리가 조금 촉촉이 젖어 들었다.

"루키를 만난 적 있어?"

어머니는 고개를 끄덕였다.

"엄밀하게 말하면 사촌이었지만, 내 남동생 같은 애였어."

"사진도 있어?"

어머니는 디바이스를 조작해서 공중에 영상을 띄우더니, 그걸 손으로 수평 회전해서 미쓰키에게 향하게 했다.

젊은 시절의 어머니와 외할머니 사이에서 깡마른 소년이 웃고 있었다. 보는 사람의 마음을 푸근하게 하는 좋은 미소였다. 이게 진짜 루키구나. 그의 사진은 인터넷에 떠돌긴 하지만, 화신의 모습으로 재현한 가짜인 데다가 대부분 거만한 웃음만 짓고 있다.

"인터넷에 있는 것은 다 가짜야."

어머니가 공중에 띄운 영상을 지웠다.

"루키는 인터넷에서 떠도는 내용처럼 행동한 적은 한 번도 없었어."

"하지만 본인밖에 모르는 내용도 있다고 하던데."

"본인밖에 모르다니 무슨 근거로 그렇게 말하는 건데? 그 근거는 신뢰할 만한 거야? 검증도 할 수 있어?"

미쓰키는 말문이 막혔다.

"얘, 미쓰키."

또 시작이다. 어머니의 설교.

"인생에서 큰 선택이 필요하고 그 결단을 내려야 할 때 고려해야 할 요소는 두 가지가 있어. 그건 바로 신뢰할 만한 데이터와 수중에 있는 자금이야. 반대로 제일 먼저 제거해야 하는 건 희망적인 낙관이지. 이러면 좋겠다는 바람은 네 시야를 흐려놓을 뿐이야."

그렇게 말하며 어머니는 손가락으로 미쓰키의 이마를 가볍게 눌렀다.

"자신의 생각을 무시하라는 뜻이 아니야. 그렇지만 작은 일로 흔들리는 감정에 주도권을 빼앗기면 안 돼. 특히 공포나 불안 같은 부정적인 감정에 사로잡히면 사람은 쉽게 파멸로 이어지는 길을 선택하고 말아."

미쓰키는 어머니의 손이 닿았던 이마를 문질렀다.

"엄마는 2029JA1을 어떻게 생각해?"

"큰일 없이 지날 확률이 90퍼센트 이상이잖아. 시합 전 예상 점수라면 압도적으로 유리한 상황 아니니? 그런 데 신경 쓰지 말고 지금처럼 살아가면 돼."

"하지만 경기에서는 뜻밖의 결과도 종종 나오고, 확률도 변하는 거잖아. 만약 충돌 확률이 90퍼센트 이상이 되면 어떡해?"

"마찬가지야. 상대가 거대 소행성이잖아. 우리가 할 수 있는 일은 아무것도 없어. 그런 신경을 쏠 틈이 있다면 눈앞의 시간을 열심히 살기나 해. 알겠니?"

그날 밤, 미쓰키는 침대에 누워 이때 나눈 어머니와의 대화를 반추했다. 수긍되는 점도 있었지만 '우리가 할 수 있는 일은 아무것도 없다'라는 부분만은 도저히 받아들일 수가 없었다. 이게 다 아직「루키의 묵시록」의 비밀이 완전히 해명되지 않았기 때문이다. 그게 아무 의미도 없는 가짜라고 판단할 정도의 근거도 없다.

이미 미쓰키의 마음속에는「루키의 묵시록」이 진실의 무게를 가지고 뿌리를 내리기 시작했다. 자신이 루키와 혈연관계임을 알게 되자, 특별한 임무를 부여받은 기분마저 들었다. 예를 들어서「루키의 묵시록」에 빠진 마지막 부분을 찾아낸다거나…….

'그래, 맞아. 내가 찾아내면 될 일이야. 루키가 전하려 했던, 인류를 파멸에서 구할 방법을. 지금 나라면 분명 진짜인지 아닌지 알 수 있어.'

그렇게 직감한 순간, 미쓰키는 하늘에서 빛이 쏟아지는 듯한 고양감을 선명히 기억하고 있다.

"야, 넌 왜 그 이야기를 안 한 거야!"

다무라 홈스가 멱살이라도 잡을 듯 흥분을 드러냈다.

"루키와 혈연 사이라니 대단하잖아!"

"그거야 내가 먼저 염치도 없이 말하면 무슨 컬트 집단 교주 같잖아."

다무라 홈스가 어이가 없다는 표정을 짓다가, 그답지 않게 호쾌한 소리를 내며 웃음을 터트렸다. 그리고 웃음을 갑자기

뚝 그치더니 묘하게 진지한 눈빛을 보였다.

"너한테 뭐 내려오거나 그런 거 없어? 하늘의 계시 같은, 「루키의 묵시록」의 공백 부분을 메울 만한 것 말이야."

"나한테?"

"근본도 없는 자칭 예언자 따위보다 혈연관계이면서 나이도 가까운 네가 더 가능성이 있어 보이는데."

"아아, 그렇구나. 그 생각은 못 했네."

"아니, 그걸 제일 먼저 생각했어야지. 직계는 아니더라도 루키의 자손인 건 분명하잖아!"

"잠깐만."

미쓰키는 여전히 흥분을 삭이지 못하는 다무라 홈스를 제지했다.

"넌 「루키의 묵시록」을 픽션이라고 생각하지 않았어? 아까 분명──."

"응, 나도 잘 모르겠지만."

다무라 홈스의 얼굴에 유쾌한 표정이 가득 번졌다.

"이제 갑자기 믿고 싶어졌다고, 「루키의 묵시록」을."

6

들자 하니 인류는 현재 전례 없는 생활 수준을 달성한 상태라고 한다.

의료의 발전은 엄청나서 유전자 조작만 하면 노화를 늦출 수 있을 뿐만 아니라 감기도 걸리지 않는 몸이 된다고 한다. 만에 하나 어떤 질병에 걸린다고 하더라도 의료 AI가 순식간에 정확한 진단을 내리고, 최적의 치료법을 제안해 준다. 질병의 상당수는 눈에 보이지 않을 정도로 작은 치료용 로봇들을 몸에 들여보내면 다 해결된다. 고통조차 없다.

거주지나 사무실은 온도, 습도, 기압은 말할 것도 없고, 산소와 이산화탄소 농도까지 조정되어 늘 쾌적한 게 당연시되고 있다. 땀을 흘리는 건 스포츠 센터에서 기구로 운동할 때뿐이다.

신선한 채소와 과일, 부드러운 고기를 먹고 싶으면 바이오 공장을 통해 얼마든지 얻을 수 있다. 귀찮을 때는 아예 조리를 맡겨도 된다. 한 시간도 되지 않아 갓 만든 뜨끈한 요리를 눈앞에 대령해 주기까지 한다. 디저트와 아이스크림까지 함께.

원하는 것은 뭐든지 얻을 수 있는 세계. 그야말로 낙원이 아닌가. 마침내 인류는 지상에 낙원을 세웠다고 말한다.

하지만 주변을 보라.
낙원이라고?
그런 게 어디 있는가!

누군가는 직장을 얻는 것을 대가로 손목에 전용 디바이스를 상시 착용하는 의무를 지게 됐다. 이 디바이스는 현재 위치, 맥박, 이동 거리, 활동량을 24시간 감시할 뿐만 아니라, 취침이나 기상 시간까지 제시한다. 착용자의 생활을 철저히 관리함으로

써 근무 시간 중의 작업 효율을 최대한 높이기 위함이다. 물론 디바이스의 지시를 따르지 않으면 페널티가 부과된다. 마치 가택 연금을 언도 받은 범죄자처럼 말이다.

또 다른 직장에는 정신 항진제와 대사 촉진제가 들어간 무료 초콜릿 바가 잔뜩 놓여 있다. 약제와 고칼로리 식품을 조합한 합법적인 이 도핑 바는 장시간 중노동도 가능하게 하지만, 동시에 건강상의 문제도 우려되고 있다. 그럼에도 고용주는 이걸 기분 좋게 일할 수 있게 해주는 복리후생이라고 주장하며 감사히 여기라고 우리에게 요구한다. 만약 도핑 바로 인해 당신이 질병에 걸리더라도 직원 담당자는 씩 웃으며 이렇게 말할 뿐이다.

"이걸 먹으라고 강요한 적 없어요. 당신이 먹고 싶으니까 먹은 거잖아요. 그래서 건강에 문제가 생긴 거라면 모두 자기 책임입니다."

물론 도핑 바를 매일 먹지 않아도 심신에 부담이 쌓이게 되면 병에 걸릴 수도 있다. 그러나 우리는 치료는커녕 의사의 진찰을 받는 것조차 힘들다. 그럴 돈도 없고, 우리 같은 사람들을 진찰해주는 병원도 없기 때문이다. 기껏 해봤자 싸구려 진통제를 위안 삼아 복용하고, 곰팡내 나는 좁아터진 방에 누워 고통을 버티면서 식은땀을 흘릴 수밖에 없다. 그러는 사이에 해고되어 먹고 살기도 어려워지고, 결국 집세 체납 상태까지 가면 길바닥으로 쫓겨난다.

이게 어딜 봐서 낙원인가!

　결국 그들이 말하는 낙원이란 그들만의 낙원이다. 그들 시
야에 우리의 모습은 들어가 있지도 않다. 그러나 그들의 낙원
을 지탱하는 건 바로 우리가 아닌가!
　우리가 기기 관리를 하고, 물류의 말단을 짊어지고, 다양한
서비스를 제공하기에 그들의 낙원은 유지될 수 있다. 그런데도
그들은 거기에 상응하는 보수는커녕 최저한의 경의도 표하지
않고 우리를 마치 쓰고 버리는 소모품처럼 대한다. 그래도 우
리가 살아가려면 그들의 낙원을 위해 일할 수밖에 없다.
　이런 불합리함이 용납될 수 있는가.
　당신은 그래도 좋은가.

　그럴 수는 없다!

　그러나 안타깝게도 현실을 보면 이 세계를 바꿀 힘은 지금
우리에게 없다. 노동조합은 해산됐고, 대항할 수단도 빼앗겼다.
무기를 들고 일어서려 해도 이제 무기는 어디에도 보이지 않는
다. 그들이 우리를 지배하는 시스템을 완성하고 말았기 때문이다.
　그런 우리에게도 선거권은 남아 있다. 하지만 기대를 담아
표를 던진 그 후보가 당선되는 일은 없다. 기적적으로 당선된
다 하더라도 의원이 되자마자 바로 태도가 싹 달라진다. 그야
그럴 수밖에. 어차피 정치가는 다들 저쪽 세계에 있는 인간들이

니까.

이 지상에 우리의 편은 없다.

구원해 줄 신도 없다.

그렇다면 이대로 얌전히 노예로 평생을 마감할 수밖에 없는 것인가.

그 누구도 낙원에서 활개 치는 놈들을 심판할 수 없는 것인가.

정의는 어디에도 존재하지 않는 것인가.

그렇지 않다.

나는 단연코 그렇지 않다고 말하겠다.

2029JA1.

소행성 카두케우스.

69년 전에 지구를 스쳤던 이 거대 소행성이 지금 다시 접근하고 있다. 이게 지구에 떨어지면 놈들은 낙원과 함께 소멸한다. 이 끔찍한 세계가 완전히 리셋된다.

단 하나의 소행성, 카두케우스에 의해서.

내가 이 운동에 몸을 던졌던 25년 전, 카두케우스가 지구에 추락할 확률은 0.1퍼센트에도 미치지 못했다. 우리가 아무리 라이디치오를 외쳐도 그들은 비웃고 무시할 뿐이었다.

그런데 지금은 어떤가.

최신 수치에서는 5.3퍼센트까지 상승했다. 지금 그들은 라이디치오의 목소리를 듣기만 해도 귀를 막게 됐다. 혐오감을 드러내며 욕설을 퍼붓게 됐다. 이제 비웃을 여유조차 없는 것이다.

진정 두려워하게 된 것이다!

우리를!

정의를!

카두케우스를!

이 얼마나 통쾌한 일인가!

남은 유예 기간은 8개월.

카두케우스가 정말로 지구에 떨어질지 섣불리 판단할 수는 없다. 그렇기에 당신의 힘이 필요하다. 모두의 힘이 필요하다. 모두 강하게 염원하면 카두케우스를 지구에 더 가까이 끌어올 수 있다. 그들의 머리 위에 떨어트릴 수 있다. 갱신될 때마다 올라가는 확률이 바로 그 증거다.

당신의 힘이 필요하다.

조금만 더 있으면 이 세상을 진정으로 리셋할 수 있다.

놈들의 낙원을 때려 부술 수 있다.

당신의 눈에는 보이지 않는가.

다가오는 카두케우스를 올려다보고 울부짖는 놈들의 모습이!

어려울 것 하나 없다.

그저 염원하면 된다. 지구로 오라고.

그저 외치면 된다. 라이디치오를.

우리와 함께. 동료들과 함께.

정의는 우리에게 있다.

카두케우스, 라이디치오!

카두케우스, 라이디치오!

카두케우스, 라이디치오!

"참으로 훌륭한 연설이었습니다."

미쿠라가 만족스럽다는 감상으로 마무리 지으며 캔 맥주를 들이켰다. 렌의 입장에서 이건 천 번 이상이나 반복했던 내용이다. 최신 정보를 반영해서 수정하기도 하고, 그때마다 청중의 반응에 맞춰 변화도 주긴 하지만 기본 줄기는 변함이 없다.

카두케우스에게 염원을 보내는 이벤트는 온라인으로도 수시로 개최되고 있지만, 수많은 사람이 한 자리에 회동하는 염원 집회에서 얻는 보람은 각별했다. 거대한 소행성을 둘둘 감은 굵은 밧줄을 모두가 힘을 합쳐 끌어당기는 듯한 일체감을 느낄 수 있기 때문이다. 이전 같으면 기껏해야 수십 명에 불과했던 참가자도 최근에는 천 명이 넘는 일도 드물지 않다.

"내일은 하카타에 들를 겁니다. 꼭 만나보셔야 할 사람이 있어서요."

"맡기지."

지금 렌과 미쿠라가 쉬고 있는 공간은 겉으로 보기에 열차의 박스석 같은 곳이지만, 두 사람 사이에 놓인 테이블은 넓어서 만찬 자리에도 어느 정도 대응할 수 있을 듯했다. 조명도 적당한 밝기여서 답답함은 느껴지지 않았다. 염원 집회 등을 위해 지방으로 이동할 때는 이런 캠핑카를 빌려 차 내부에서 먹고 자곤 했다. 호텔에 숙박하는 것보다 가격이 싸다는 장점도 있지만, 기동력이 좋고 보안상으로도 차가 더 편리했기 때문이다. 집회가 끝난 후 빠르게 주변을 떠나지 않으면 어떤 해를 입을지 알 수 없다. 현재 라이디치오 운동은 하층민 이외의 사람들에게 있어 혐오와 증오의 대상에 불과했다. 운동의 중심 인물 중 한 명인 렌은 그런 울분을 쏟아내기에 최적의 우상이었다. 그래서 지금 두 사람이 있는 곳도 회장에서 두 시간 정도 차를 달려야 도착할 수 있는 어느 주차장이었다. 이곳은 강변에 설치된 넓은 운동 공원으로, 공중 화장실이나 수도도 있고 차량 숙박으로 보이는 다른 차들도 몇 대나 세워져 있었다. 물가에서 떨어져 있어 수면은 보이지 않지만, 건너편 강가까지 폭이 족히 50미터는 될 것이다. 저 멀리 보이는 도시의 불빛이 번져, 저편과 이편의 강가를 잇는 거대한 아치형 다리는 밤하늘에 완만한 빛의 포물선을 그려냈다.

"그런데."

렌은 차창에서 눈을 돌리더니 손에 쥐고 있던 녹차 병을 테이블 위에 내려놓았다.

"오늘 참가자 중에 이상한 자들이 섞여 있던데."

미쿠라의 얼굴에서 표정이 바로 사라진다.

"경찰 치안과입니까?"

"아니, 그쪽은 아닌 것 같아."

경찰 기관의 감시 대상이 된 건 이번이 처음도 아니다. 경찰 관계자라면 분위기만 봐도 알 수 있다. 반反라이디치오 활동가도 마찬가지다.

"아마 우리와 같은 쪽의 사람이겠지만, 완전히 라이디치오에 발을 들인 것 같지 않아 보였어. 이전 같으면 그런 참가자는 거의 보기 어려웠을 텐데."

미쿠라가 부드러운 표정을 지었다.

"신경 쓰실 것 없습니다. 카두케우스가 지구에 충돌할 확률이 올라가면 그런 자들도 나오기 마련이죠. 실현될 리가 없었던 소원이 정말로 이루어질 것 같아 망설이고 있는 것뿐일 겁니다."

렌은 천천히 숨을 들이마셨다.

"자네는 어떻게 생각하지? 정말로 우리가 카두케우스를 끌어올 수 있다고 생각해? 이 일이 우리 때문인가?"

미쿠라가 눈동자에 도발적인 빛을 띠웠다.

"왜, 겁나십니까?"

"전 인류의 운명이 이 손에 있을지도 모르는 상황에서 겁이 안 나는 사람이 어디 있겠나?"

"있어요."

바로 여기에요, 하고 장난스럽게 답한다.

"하지만 아직 겨우 5.3퍼센트입니다. 낙관할 수 있는 상황이 아니죠. 그런데 렌, 상의할 것이 있습니다만."

그러더니 테이블 위에 팔꿈치를 괴었다.

"플랜 B를 정해두는 게 어떻겠습니까?"

"플랜 B?"

"카두케우스가 지구에 떨어지지 않을 경우를 대비해서요."

"7월 27일 이후는 없던 거 아니었나?"

"그러니까 플랜 B죠."

렌은 눈살을 찌푸렸다.

"뭘 하려는 거지?"

"카두케우스를 대신해서 우리 손으로 인류에게 천벌을 내리는 겁니다."

"그럼 테러라도 일으키자는 뜻인가?"

"천벌이래도요."

렌은 고개를 세게 가로저었다.

"안 돼."

"하지만 렌——."

"우리는 테러리스트가 아니야. 그리고 라이디치오 운동은 반

정부활동도 아니고, 사회 개혁 운동도 아니지. 어디까지나 카두케우스가 지구에 떨어지도록 바랄 뿐이야. 설령 그 목적이 인류 사회 붕괴라고 해도, 우리 손으로 실력 행사에 나서는 선택지는 존재하지 않아."

렌은 잠시 한 호흡 쉬었다가, 어조를 억누르며 말을 이었다.

"라이디치오 운동이 사회에 대한 불만을 품은 이들의 배출구가 되고 있다는 것도 부정하지는 않아. 하지만 그렇기에 정부의 탄압도 피하고 있는 거지. 만약 구체적인 테러 계획을 세우려 한다면 순식간에 무너질 거야. 카두케우스가 지구에 가까이 다가오기도 전에 말이지. 그래서는 아무 소용이 없지 않나."

미쿠라가 눈을 돌리며 흥 하고 코웃음을 쳤다.

"그렇다면 저는 아주 개인적인 플랜 B를 실행하겠습니다. 아, 걱정하지 마세요. 렌한테 폐는 끼치지 않을 테니까."

"……무슨 짓을 하려고?"

"카두케우스가 우리 목소리를 무시하고 지나가 버리면 저는 스스로 목숨을 끊어버릴 겁니다."

미쿠라는 맑은 미소를 지었다.

"더는 이따위 세상에 살 수 없으니까요. 제가 먼저 털고 떠날 겁니다."

오미시마 렌은 모두가 염원하면 거대 소행성을 지구로 끌어올 수 있다는 말을 사실 믿지 않았다. 그가 라이디치오 운동에 매료된 이유는 자신을 둘러싼 세상을 향한 파괴 충동을 다른 누군가에게 상처 주는 일 없이 발산할 수 있었기 때문이다. 그 이면에는 '아직 20년 이상 남은 일' '보나 마나 충돌하지 않는다'라는, 당시의 렌에게 있어 절대적이라고 할 만한 안도감이 자리했다. 그리고 세상 모든 것에 대한 저주를 라이디치오의 외침에 실어 우주로 내보내는 행위는 도취감과 같은 쾌감을 가져다주는 동시에, 그 저주가 자기 자신을 향하는 것을 막아주는 역할도 했다. 렌과 같은 시기에 라이디치오 운동에 참여한 사람들은 많든 적든 비슷한 심경이었을 것이다. 다시 말해 현실 도피 수단에 불과했다.

그러나 미쿠라는 달랐다.

7년 전.

그날 밤의 소규모 염원 집회가 끝나고 연단에서 내려왔을 때, 한 명의 소년이 렌의 이름을 부르며 다가왔다. 그 소년의 너무나도 앳된 얼굴에 저도 모르게 발걸음을 멈췄다. 당시 라이디치오 운동은 비웃음과 경멸의 표적은 되어도 적대감을 유발할 정도의 기세는 아니어서, 신변의 위험을 느낄 일도 없었다.

소년은 자신을 미쿠라라고 소개하면서, 라이디치오 운동에 대해 알게 되어서 얼마나 위안을 받았는지 눈까지 촉촉이 적시며 열변을 토했다. 렌은 그에게서 예전의 자기 모습을 겹쳐 봤다. 5년 후 미쿠라가 갑자기 렌을 찾아와 보좌관으로 써달라고 부탁했을 때, 렌은 내키지 않아 하면서도 이를 수락한 건 그때의 인상이 강하게 남아 작용했기 때문이었다.

5년 만에 만나는 미쿠라는 어린 소년의 인상이 남아 있으면서도 도발적인 표정이 잘 어울리는 청년으로 변모해 있었다. 부드러워 보였던 동그란 얼굴은 가늘고 탄탄하게 윤곽이 잡혔고, 검고 윤기가 나던 머리칼은 가벼운 크림색으로 물들였으며, 순진해 보였던 입술은 관능적일 정도로 불그스름했다. 키만이 아니라 체중도 렌을 뛰어넘었을 것이다. 다만 렌을 보는 눈동자만은 5년 전과 변함없이 투명하기 이를 데 없는 심연을 담은 채였다.

놀랍게도 미쿠라는 보좌관으로서 상당히 유능해서, 새로운 집회를 기획하거나 다른 이들에게 협력을 구해 교섭하는 등 렌이 잘하지 못하는 분야에서 뛰어난 수완을 발휘했다. 최근 2년 동안, 일본의 라이디치오 운동의 제1인자라고 할 정도로 렌의 존재감이 더해진 것도 미쿠라의 공이 컸다. 그 점에 있어서는 렌도 인정하는 부분이어서, 지금은 스케줄 관리도 모두 맡길 정도로 미쿠라를 전면적으로 신뢰하고 있다.

그러나 미쿠라와 렌 사이에는 적어도 한 가지 결정적인 차이점이 존재했다. 미쿠라에게 라이디치오 운동은 현실 도피 같은 안일한 것이 아니라 현실을 이겨내기 위한 유일하면서도 최후의 수단이며, 삶의 목적 그 자체였다. 2029JA1을 지구로 추락시킨다는 목적은 반드시 완수되어야 하는 것이며, 타협이나 잡념이 낄 여지는 조금도 없었다. 그리고 이는 미쿠라만이 아니라 최근 10년 간 운동에 참여한, 이른바 라이디치오 제2세대 사이에 보이는 경향이기도 했다.

7

2099년 1월 20일 화요일.

그날 아침은 묘하게 공기가 어수선했다. 평소보다 일찍 침대에서 눈을 뜬 마미야 미쓰키는 뭔가 엄청난 뉴스가 나오고 있음을 직감했다. 디바이스로 확인해 보니 예상대로 2029JA1, 소행성 카두케우스가 지구에 충돌할 확률이 갱신되어 지금까지 5.3퍼센트였던 수치가 16.2퍼센트로 무려 10포인트 이상 증가한 상태였다.

이날을 경계로 희미하게 떠돌던 불안이 명확한 윤곽을 가진 공포로 전환되어, 비상사태를 알리는 알람이 온 세계에 울렸다.

일본 정부는 2029JA1이 지구로 떨어질 경우에 대비해 국민의 피난 계획 입안에 착수했다. 그렇지만 상대는 거대 소행성이다. 지진이나 태풍과는 상황이 다르다. 효과적인 대책이 나올 거라고는 그 누구도 기대하지 않았다. 실험 지하 도시 '헤르메스'를 피난소로 재이용하는 건 어떠냐는 목소리도 당연하게 나왔지만, 소유권 이관이나 인프라 시설의 재정비, 거주자 선별 등 해결해야 할 문제가 너무나도 많아서 현실적인 방편이라고 할 수는 없었다. 개인이 할 수 있는 일이라고는 식량이나 물의 비축량을 늘리는 것이 전부였다.

한편 미국을 필두로 한 몇 개국에서는 이미 본격적으로 피난용 지하 도시 건설이 완성됐을 터인데도, 이에 관한 정보는 거의 나오지 않았다. 아마 거주자는 이미 다 결정되어서 그들에게

만 세부사항이 전달됐을 것이다.

미쓰키가 다니는 종합 제9 고등학교 교실에서는 2029JA1을 화제 삼아 가벼운 대화가 오가는 대신 이제 무거운 침묵이 지배하는 시간이 길어졌다. 울음을 터트리는 아이는 없었지만, 평소라면 그러지 않을 같은 반 학생이 갑자기 고함을 치는 일은 있었다.

"이거 전부 그 인간들 때문이잖아!"

그때 그 아이가 언급했던 것이 바로 라이디치오 운동이었다.

16.2.

이 수치를 본 순간, 오미시마 렌은 처음으로 몸이 움츠러들 정도의 두려움을 느꼈다. 미쿠라의 말을 빌리자면 솔직히 겁먹었다. 물론 냉정히 따져보자면 라이디치오 운동이 소행성 카두케우스를 끌어온다니 말도 안 되는 소리다. 말은 안 되지만 지구에 충돌할 확률이 라이디치오의 외침에 호응하는 것처럼 상승세를 타고 있다. 정말 이대로 운동을 이어가도 되는 걸까. 돌이킬 수 없는 일이 생기는 건 아닐까. 이성적으로는 부정해도, 팽창하는 불안은 억누르기 힘들었다.

그러나 실제로 라이디치오 운동을 막는 건 쉽지 않았다. 원래부터 세계적인 운동이었고, 우리만 그만둔다고 해서는 아무런 의미가 없다. 무엇보다 미쿠라 같은 제2세대가 사태의 추이를 보고 기뻐 날뛰며 이대로 라이디치오 운동을 계속하면 카두케우스를 지구에 추락시킬 수 있다고 진심으로 믿는 판이다. 운동을 그만하자는 말을 한 마디라도 꺼냈다가는 아무리 렌이라도 무슨 일을 당할지 알 수 없다.

✎

미쓰키는 라이디치오 운동에 관한 소문은 전부터 들었지만 그래 봤자 컬트, 그것도 비교적 위험성이 낮은 컬트 집단쯤으로만 여겼다. '2029JA1을 지구에 떨어트려 인류 사회를 리셋한다'라는 목적만큼은 무시무시했지만, 그들의 구체적인 행동이라곤 한데 모여 허공에 대고 '라이디치오!'라고 외치는 것뿐이었다. 실제로 테러나 어떤 사건을 일으키는 것도 아니고 강제적인 가입 권유도 하지 않아, 사회적으로 심각한 위협이 될 만한 존재로는 보이지 않았다. 그리고 그건 지금도 변함이 없을 터였다. 그들은 이전처럼 '라이디치오!'라고 외치기만 할 뿐이니까. 변했다고 한다면 그건 바로 그들의 외침을 듣는 쪽이었다.

지금도 인터넷을 뒤지면, 당시 사람들이 라이디치오에 대해 어떤 시각을 갖고 있었는지 조금이나마 엿볼 수 있다.

해외에서 퍼지고 있었던 라이디치오 운동이 마침내 일본에 상륙해서, 게릴라 이벤트나 소규모 집회가 열릴 때는 거의 농담 수준의 대접만 받았다. 무엇보다 염원의 힘으로 소행성을 끌어온다고 하니 그 이야기 자체만으로도 엉터리 같았으니 말이다. 이 모든 게 영화나 어떤 프로모션 기획이 아니냐는 목소리까지 나와서 이 운동을 제대로 봐주는 분위기도 아니었다. 화제를 모은다고 해도 일시적일 뿐, 거의 반나절을 못 가 잊히곤 했다. 라이디치오 운동 그 자체도 오래가지 못해 사라질 거라고 다들 그렇게 믿었던 것 같다.

그러나 실제로는 사라지기는커녕 '라이디치오!'의 외침을 귀로 들을 기회는 시간이 지나면서 점점 늘어만 갔다. 가벼운 마음으로 참가자들을 비웃던 사람들도 점차 신랄한 말을 쏟아내기 시작했다. 다시 말해, 언제까지 그런 비현실적인 기원만 하며 도망칠 것인가, 왜 스스로의 힘으로 길을 개척하려 하지 않는가, 남 탓도 정도껏 해라, 유치하다, 가난에 대한 콤플렉스로 제정신이 아닌 것 같다, 그래 봤자 루저들의 동병상련이다, 무능한 자들의 괜한 화풀이, 그런 식이니 언제까지고 사회 밑바닥에 있는 거다, 조금은 노력을 해라, 책 좀 읽어라, 등등.

그런데 2029JA1이 지구에 충돌할 확률이 2.7퍼센트까지 솟구치자 기묘하게도 라이디치오 운동에 대한 언급 자체가 감소했다. 뜻밖의 전개에 저도 모르게 숨이라도 삼키는 것처럼. 언급할 때조차도 공격적인 언사는 그 그림자를 감추고, 그렇다고 해서 옹호하는 것도 아닌, 그저 현실을 받아들이지 못해 혼란스러워하는 모습을 보였다.

그리고 그 후 얼마 정도 지나 언급하는 횟수가 회복했을 즈음, 사람들의 라이디치오 운동에 대한 태도는 크게 변했다. 쌓이고 쌓였던 봇물이 터지기라도 하는 것처럼 운동 참가자들에게 증오와 저주, 협박을 가차 없이 쏟아내기 시작했기 때문이다. 이는 충돌 확률이 상승할 때마다 점점 심해져서, 운동 참가자를 노린 못된 행위만이 아니라 결국은 상해 사건까지 일으켰다.

그리고 지금.

16.2퍼센트라는 수치가 나오자, 완전히 고삐가 풀리기라도 한 것처럼 라이디치오 운동을 법적으로 금지해라, 경찰이 단속해라, 참가자를 모두 교도소로 보내라 등의 노골적으로 선을 넘은 주장이 모습을 드러내게 됐다. 그러다 결국 '이거 전부 그 인간들 때문이잖아!'라는 같은 반 학생이 터트린 외침처럼, 라이디치오 운동이 정말로 소행성을 끌어온다고 인정하는 말까지 등장했다.

그 심정을 미쓰키도 이해 못 하는 건 아니었다.

2029JA1이 다시 접근한다고 판명된 이후, 대부분의 사람들은 부디 아무 일 없이 소행성이 지나가길 바라는 마음을 많든 적든 공유하고 있었을 것이다. 그런 절실한 바람을 짓밟듯 '지구에 떨어져라' 하는 외침은 신경을 거스르는 불쾌한 것이 아닐 수 없다. 게다가 이에 박차를 가하는 것처럼 충돌 확률은 급상승하여, 사람들의 초조함과 불안을 자극했다. 부풀어 오른 감정은 갈 곳을 잃고, 모든 것은 라이디치오 운동 때문이라고 비난하는 것도 무리는 아니다. 설령 현실적으로 그런 일이 불가능함을 알고 있더라도.

"과연 그럴까."

묵묵히 듣고 있던 다무라는 묘하게 들뜬 목소리로 말했다.

그의 아바타는 그 유명한 셜록 홈스로, 오늘은 1인용 소파에 앉아 있다. 이 소파도 헌팅 캡이나 파이프 담배와 마찬가지로 캐릭터에 부속된 액세서리인 모양이다.

"그래도 나쁜 일을 다른 누군가의 탓으로 돌리려는 심리는 흔히 있는 일이잖아."

"내가 의문을 둔 건 그게 아니라 '현실적으로는 불가능하다'라는 부분이야."

미쓰키는 깜짝 놀라 소리칠 뻔했다.

"다무라 너는 확률 급상승이 정말로 라이디치오 운동 때문일지도 모른다는 거야?"

다무라 홈스가 팔걸이에 팔을 얹은 채 두 손의 손가락 끝을 맞대며 묵묵히 미소만 지었다.

"다무라, 상식적으로 생각해서 그게 말이 되겠냐."

"마미야가 진짜 예언서라고 믿는 「루키의 묵시록」도 상식적으로 따지자면 픽션인걸."

"뭐, 그렇긴 하지만."

미쓰키는 얼굴을 찡그리며 말을 이었다.

"그래도 간절히 염원해서 거대한 소행성의 궤도를 바꾼다는 설정이 너무 억지스럽잖아. 무슨 옛날 SF 애니메이션도 아니고."

"하지만 실제로 라이디치오 운동 확산과 연결되는 것처럼 카두케우스가 지구에 충돌할 확률은 점점 높아지고 있어. 그리고 양쪽의 인과 관계를 완전히 부정할 근거도 없지."

"다무라 네가 그런 말을 다 하다니 의외야."

"하지만 마미야, 생각 좀 해봐."

다무라 홈스의 눈이 빛을 더했다.

"염원의 힘으로 소행성을 끌어오는 게 가능하다면, 그 반대도 가능하지 않을까?"

미쓰키는 그 눈을 쳐다봤다.

"그 반대……?"

"만약에 정말로 라이디치오 운동이 카두케우스를 끌어오는 거라면, 마찬가지로 많은 사람의 바람을 모으면 카두케우스를 밀어내는 일도 가능하지 않겠어? 그리고 그게 바로."

다무라 홈스가 소파에서 등을 떼었다.

"루키가 전하려고 했던 인류 구원의 유일한 방법이라면?"

제2장

루키 Ⅱ

1

이상하다고 생각하지 않는가.

70년 전으로 거슬러 올라가, 서력 2029년 5월 8일. 2029JA1, 현재는 카두케우스라고 불릴 때가 많지만 이 거대한 소행성이 지구에 충돌할 거라고 했다. 게다가 그 확률은 거의 100퍼센트. 다들 세상의 종말을 각오했다. 그러나 모두 알고 있듯, 실제로 카두케우스는 지구를 스치는 일 없이 그냥 지나쳤다. 100퍼센트의 확률로 지구에 와서 부딪친다고 했음에도 불구하고.

어떻게 이런 일이 있을 수 있는가.

파멸이 회피된 이유에 대해서는 전문가들도 여러 가지로 설명을 시도해 봤지만, 최종적인 결론은 내리지 못했다. 그도 그럴 수밖에, 무려 100퍼센트의 확률을 뒤집어 놓았으니까. 심상치 않은 일이, 인류가 상상하지도 못한 무엇인가가 일어났다. 그렇게 생각하는 게 자연스러울 것이다.

그러나 문제는 무엇이 일어났느냐다.

미리 말해두겠다.

지금부터 내가 하는 말은 내가 지어낸 이야기가 아니다.

루키에게서 들은 분명한 진실이다.

(여기서 밝게 웃기)

지금 다들 한숨을 쉬었겠군. 또 이런 허풍을 떠는 인간이 나왔다면서.

그 심정은 이해한다. 나도 그랬으니까.

하지만 난 다르다.

비웃음을 살 것을 알지만 그래도 말하겠다.

나만은 다르다.

왜냐면 내 몸에는 루키와 같은 피가 흐르고 있으니까.

루키가 강림했다느니, 루키의 환생이라느니 그런 주장을 하는 사람들은 수도 없이 많다. 그러나 자신이 루키의 혈연자라고 분명히 밝히는 자는 없다. 그렇다면 내 앞에 데리고 오라. 그 사람은 나에게 있어서도 친척일 테니까. 그 사람이 거짓말을 하는 게 아니라면.

그럼 본론으로 돌아가겠다.
70년 전 그날, 무슨 일이 있었는지.

인류를 멸망시킬 거대 소행성이 가까워지는 중, 어찌할 도리도 없던 사람들은 하늘에 대고 기도하는 수밖에 없었다. 제발 지구에 오지 말라면서.
당시에는 2029JA1의 발견부터 지구 최접근까지의 시간이 매우 짧아 괜한 생각을 할 여유가 없었던 게 오히려 좋게 작용한 것으로 보인다. 어느 순간, 그런 사람들이 보낸 기도의 파장이 기적처럼 딱 맞아떨어진 것이다.
기도는 힘을 가진다. 비유가 아니라 물리적인 힘이다. 물론 하나하나의 힘은 약하다. 그러나 온 세계 사람들의, 수억이나 되는 기도를 모으면 그 힘은 천문학적으로 증폭하여 강대해진다.

그렇다.

지구에 떨어질 터였던 2029JA1을 밀어낸 건 바로 인류의 기도가 만들어낸 힘이다.

믿을 수 없다고?

하지만 이건 사실이다.

더 이해하기 쉬운 단어를 좋아한다면, '염력' 혹은 '초능력'이라고 바꿔도 좋다. 사람의 마음이 물리적인 힘으로 작용한다는 뜻에서 보자면 똑같으니까.

(진지한 표정으로 침묵한다)

지금 이 힘을 악용하는 무리가 있다.

올해 7월에 카두케우스가 다시 지구에 접근한다는 건 모두 알고 있는 사실일 것이다. 2년 전까지만 해도 충돌 확률은 미미한 수준이었지만, 지금 와서 갑자기 상승했다. 그 증가 폭이 매우 부자연스럽다고 여겨지지 않는가?

아마 여러분의 머리에는 모두 같은 단어가 떠오를 것이다.

라이디치오 운동.

처음 듣는 이들을 위해 간단히 설명하자면, 라이디치오 운동이란 소행성 카두케우스를 지구에 떨어트려서 인류 사회의 파괴를 꾀하는 세계적인 활동이다. 일본에서는 25년 전부터 퍼지기 시작했다고 한다. 구체적인 활동 내용은 하늘을 향해 '라이디치오'라고 외치며, 카두케우스가 지구로 떨어지도록 기원하는 것이다. 처음에는 모두 그들을 우습게 여겼다. 그런 행위로 소행성을 지구에 떨어지게 할 수는 없으니까. 실제로 그 당시 산출된 충돌 확률은 0.1퍼센트에도 미치지 못했다.

그런데 25년 후의 현재는 여러분도 아는 상황이다. 카두케우스가 지구에 떨어질 확률은 마침내 두 자릿수까지 올라갔고, 최신 수치는 16.2퍼센트까지 치솟았다. 지금은 라이디치오 운동도 전국으로 침투해서 카두케우스를 끌어오기 위한 이벤트가 매일같이 열리고, 오늘도 어딘가에서 '라이디치오'의 외침이 울리고 있다.

단순히 이 현상을 우연의 결과라고 정리할 수는 없다. 인류 사회를 향한 그들의 원망이나 증오가 강력한 '염원'이 되어 작용하여 카두케우스를 움직이고 있다. 70년 전에 인류를 구한 바로 그 힘이 이번에는 인류를 멸망시키려 한다.

나는 그걸 막고 싶다.

그들이 '염원'으로 카두케우스를 끌어들인다면 우리는 '기도'를 통해 카두케우스를 밀어내야 한다. 그게 바로 루키가 여러분에게 전하고 싶었던 인류를 구하는 유일한 방법이다.

믿을 수 없는 사람도 있을 것이다. 안타깝게도 그건 어쩔 수

없다. 그러나 만약 내 말에 뭔가 느끼는 바가 있다면 당신은 동
지다.

모두 힘을 합하면 반드시 카두케우스를 밀어낼 수 있다.
지금이라면 늦지 않다.
더는 그들이 원하는 대로 둘 수 없다.
하늘을 향해 함께 기도하자.
기도하기만 하면 된다.
카두케우스여, 지구로 오지 마라, 하고.
이대로 저 먼 우주로 떠나라, 하고.

인류의 미래는 우리가 지키자.

"이게 뭐야?
미쓰키는 손에 든 종이에서 고개를 들었다.
"설마 나보고 이 내용을 말하라고?"
"응, 그리고 동영상으로 만들어 유포할 거야."
그날 아침, 미쓰키가 등교해서 책상에 앉자마자 다무라 잇
세이가 이 연설 원고를 건넸다.
"'염원'에는 '염원'으로 대응해야지. 누가 이미 이런 걸 시도했
을 줄 알았건만, 알아보니까 그런 일은 없는 것 같더라. 그러면

우리가 선두로 나서면 돼. 무엇보다 우리한테는 마미야 너라는 히든 카드가 있잖아."

"아니, 이러면 부모님한테 바로 걸린다고!"

"당연히 얼굴도 숨기고, 목소리도 변조할 거야."

"루키의 혈연자라는 것만으로도 바로 정체가 드러날 텐데?"

"루키를 내세우는 일은 결코 드문 일이 아니잖아. 얼마든지 얼버무릴 수 있어."

"그렇다면 굳이 루키의 이름을 들먹일 필요가 없잖아."

"다른 사람들은 전부 가짜지만, 넌 진짜야. 진짜니까 전해지는 것도 있다고."

"그러니까 그게 전해지면 들킨다니까. 그리고 말이야."

미쓰키는 연설 원고를 책상 위에 펼쳤다.

"'루키에게서 들은 분명한 진실이다'라니, 난 루키한테서 들은 말 따위 없거든? 그리고 만난 적도 없어. '지어낸 이야기가 아니다'라고 단언하는데 이거 완전히 '지어낸 이야기'잖아."

"그런 자잘한 부분은 신경 쓰지 마."

다무라의 변모, 아니 이런 적극성에 골치가 아파지는 일이 많아졌다. 이 원고도 비약적인 논리가 곳곳에 있어서, 평소의 그답지 않았다.

"있잖아, 다무라."

"응?"

"이런 짓으로 카두케우스를 밀어낼 수 있다고 정말로 믿는 건 아니지?"

다무라가 원고에서 얼굴을 들고, 미쓰키의 시선을 맞받았다. 아무런 말도 돌아오지 않았다.

"정말로 카두케우스를 밀어낼 수 있을지는 나한테 중요하지 않아."

다무라가 자기 생각을 솔직히 입에 올린 건 그날 밤, 평소처럼 메타 버디의 비지터 모드로 만났을 때였다.

"내가 하려는 건 실효성 없는 위로에 불과할지도 몰라. 그렇다고 해도 아무 행동도 일으키지 않고 그날을 맞이하는 것보다는 낫잖아. 저항조차 안 하고 운명을 받아들이다니 난 그런 거 못 참아."

그의 그런 조용한 말에 미쓰키는 고개를 끄덕일 수밖에 없었다. 「루키의 묵시록」에서 빠진 부분을 찾으려는 행위도 결국 마찬가지니까. 설령 마지막 순간을 맞이하게 되더라도 할 수 있는 일은 다 해서 나 자신을 납득하게 하고 싶은 것뿐이다.

"알았어."

미쓰키는 이제 미련을 털어낸 듯 말했다.

"할 거면 제대로 하자."

할 거면 제대로 하자. 그 말에 거짓은 없었다.

우선 다무라가 적은 연설문 초안을 받았다. 정작 말하는 사람은 자신이다. 듣는 이의 마음을 움직이려면 남의 손을 빌린 것이 아니라 나 자신의 말을 넣어야 한다. 그렇다고 해서 하고 싶은 말만 떠들어서는 안 된다. 기본적인 지식을 얻기 위해 연설문 쓰기에 관한 서적을 읽고, 과거 명연설이라고 불리는 것을 연구해서 넣을 수 있는 요소는 다 넣었다. 거기에 다무라 잇세이의 의견을 들으면서 수정을 반복하여 형태를 잡았다.

연설 장면을 촬영할 때는 입을 제외한 얼굴의 다른 부분은 다 가리는 가면을 쓰고, 목소리도 조금 변조했다. 아바타를 쓰지 않은 건, 루키의 혈연자라고 나서는 이상 본인이 모습을 드러내지 않으면 사람들이 믿지 않을 거라는 생각에서였다. 일본의 라이디치오 운동 대표자라고 하는 '렌'이라는 인물은 늘 자기 얼굴을 드러내고 활동한다. 아바타에 기대서는 아마 누구도 상대해 주지 않을 것이다.

동영상은 편집 없이 찍기로 했다. 세세하게 편집하는 편이 시청자도 보기 더 편하겠지만, 그래서는 마음 깊은 곳까지 닿기 어렵다는 게 다무라의 의견이었다.

"이 동영상의 목적은 시청자를 즐겁게 하기 위함이 아니야. 듣는 사람의 마음에 불을 지피는 거지. 괜한 연출은 오히려 역효과만 낳을 뿐이야."

동영상은 억양, 손짓, 호흡의 타이밍 등을 확인하면서 닷새에 걸쳐 촬영했다. 다시 찍은 횟수는 무려 36회에 이르렀다.

그렇게 완성한 영상을 인터넷에 올렸다.

기대감에 가슴이 하나도 안 떨렸다고 한다면 그건 거짓말이다. 자신들의 전력을 다한 '작품'이다. 과연 어떻게 받아들여질지. 숨죽이며 지켜봤다.

처음 며칠은 동영상 조회 수도 몇 안 됐다. 일주일이 지났을 무렵, 하루 조회 수가 드디어 두 자릿수가 됐지만 그 이상은 늘어나지도 않고 기대했던 수준에는 훨씬 미치지 못하고 끝났다.

그야말로 참패라 할 만했다. 이 결과에는 어깨를 떨굴 수밖에 없었다. 이제 의욕의 끈도 사라져 조회 수 확인도 그만뒀다. 다무라도 이 화제는 피하게 됐다.

그런데 한 달이 지난 어느 날 아침.

"마미야, 이거 봤어?"

미쓰키가 교실에 들어서자 다무라가 뛰어와 디바이스를 내밀었다.

거기에 표시된 것은 그 동영상의 조회 수 추이를 꺾은선 그래프로 표시한 것이었다. 거의 정체 수준에 있던 조회 수가 닷새 전부터 급커브를 그리며 상승하고 있었다. 게다가 그 기세가 줄어들기는커녕 더욱 가속 중이었다.

2

"쿠루나 운동?"

오미시마 렌이 그 이름을 알게 된 건 늘 그랬든 미쿠라를 통해서였다.

"라이디치오에 대항할 셈인 모양입니다. 카두케우스여, 이쪽으로 오지 마라. 그래서 쿠루나* 운동이라는 거죠. 참으로 유치한 명칭이네요."

최근 급격히 확산한 것이라고 한다.

"일단 주의하는 게 좋을 듯합니다."

"주의해서 뭐 어쩌려고?"

"우리의 앞길에 방해가 되면 어떤 대응이 필요할지도 모르니까요."

"그 대응이 뭔데?"

"그 부분은 임기응변으로 처리해야죠."

미쿠라가 의미심장하게 말을 흐렸다. 아바타의 너무나 순수한 눈동자가 오히려 불온하게 느껴졌다.

"괜한 곳에 힘쓰지 마. 지금은 라이디치오에만 집중하게."

"방심은 금물입니다. 쿠루나 운동의 중심에 있는 자는 자신이 루키의 혈연자라고 하는 미성년자인 것 같지만요."

"루키의 혈연자……?"

그러고 보니 세라 사키도 루키의 고모에 해당하는 혈연자고. 그녀에게는 딸이 하나 있었을 터. 분명 자신과 동갑이라고 했다. 그렇다면 십 대 나이의 아이가 있어도 이상할 게 없다.

"동영상을 보니 뭔가가 있다는 듯한 분위기도 납니다. 어쩌면 빨리 손을 쓰는 편이――."

---

* '쿠루나来るな'는 일본어로 '오지 마'라는 뜻이다.

렌은 저도 모르게 웃음을 터트렸다.

"뭐가 그렇게 우습죠?"

렌은 웃음기를 거뒀다.

"미안하군. 미쿠라 자네를 보고 웃은 게 아니야. 쓸데없는 생
각을 했거든."

말도 안 되는 일이다.

루키의 혈연자라니, 거짓말일 게 분명한데.

3

대체 무슨 일이 일어나고 있는지 알 수가 없다. 인터넷에 오
르내리는 빈도에 가속도가 붙은 걸 봐서는 적어도 동영상 조
회 수 시스템에 무슨 문제가 있는 건 아닌 듯했다. 미쓰키와 다
무라가 만든 동영상이 급속하게 세계 곳곳으로 확산 중이었다.

이에 공감한 사람들이 차례로 동영상을 올려서, 미쓰키의 연
설을 번역해서 소개하자 그게 더욱 많은 공감을 모았다. 그 연
쇄의 흐름 속에서, 루키의 혈연자인 미쓰키는 '루키 Ⅱ'라고 불
리기 시작했다. 미쓰키는 동영상 속에서 본명은커녕 가명도 입
에 올리지 않았다. 자신에게 호칭이 필요하게 될 사태에 대해서
는 전혀 상정하지 않았기 때문이다. 미쓰키가 쓰지도 않았던
'쿠루나 운동'이라는 명칭도 자연 발생적으로 퍼져 어느새 정착
됐다.

뜻밖의 반향에 잔뜩 기분이 들떴던 미쓰키와 다무라도 이쯤

되니 당혹감을 느끼게 됐다. 자신들이 벌인 일인데도 너무 빠른 전개를 따라갈 수가 없었다.

"왜 상황이 이렇게 된 걸까."

어느 날 밤, 미쓰키의 중얼거림에 다무라는 대답했다.

"아마 사회에서도 라이디치오 운동에 대한 반감이 파열 직전까지 쌓여 있었을 거야. 간접적이라고는 해도 그런 식으로 증오를 쏟아내는데 누가 기분이 좋겠어? 특히 최근에는 더욱 뒤숭숭한 분위기까지 조성해 댔고 말이야."

미쓰키도 라이디치오 운동의 염원 집회라는 것을 동영상으로 본 적이 있다. 예전 행사 때는 참가자도 별로 없었고 표정도 다들 비통함으로 젖어 있었는데, 최근 영상에서는 밀집한 참가자들이 광장을 꽉 메우고 다들 얼굴에 폭력적인 희열을 띤 채 인류 사회에 대한 증오를 외치기만 했다. 그 악귀 집단 같은 광란은 영상인데도 몸의 위협을 느낄 정도였다.

"하지만 그런 그들에게 대항할 수 있는 깃발이 선 거야. 라이디치오 운동을 씁쓸하게 보던 사람들에게 드디어 기다리고 기다리던 순간이 찾아온 거지. 그것도 깃발을 흔드는 건 인류가 살아날 방법을 모두에게 전하려 했던, 그 루키의 피를 잇는 소년이고. 이 이상 가는 배우는 없을 거야."

"피를 잇는다는 게 그렇게 중요해? 이제까지 루키와의 관계를 내세운 사람은 수도 없이 많았어."

"하지만 혈연자임을 확실히 밝힌 사람은 없었지. 루키가 실재했던 인물인 이상, 혈연자도 어딘가에 실제로 있을 테니까 가짜는 바로 드러나게 될 거야. 그런 위험을 감수하는 것보다 빛과 함께 루키가 강림했다느니, 꿈에 나왔다느니, 환생했다느니 등 검증하지 못할 이야기를 만들어내는 게 더 무난하지. ······그리고 인간은 예전부터 혈통이나 집안 같은 것에 유난히 약한 법이니까."

"귀인은 아닌 것 같은데."

어쨌든 간에 미쓰키로 인해 수많은 사람이 무익한 활동에 휘말린 건 사실이다.

그렇다.

미쓰키는 '쿠루나 운동'을 무익하다고 생각했다. 하려는 말에 거짓은 없었지만, 그렇다고 카두케우스를 밀어낼 수 있을 거라고 진짜 믿은 건 아니었다. 카두케우스가 지구에 부딪힐 확률이 올라가는 이유에도 모두 과학적인 설명이 가능하고, 갑자기 라이디치오 운동과 연관을 짓는 것에도 무리가 있다.

설령 염원의 힘으로 소행성을 움직일 수 있다고 하더라도, 쿠루나 운동이 승리할 가능성은 적다. 우선 라이디치오 운동보다 훨씬 뒤늦게 시작됐고, 이제 와서 그걸 뒤엎을 수 있을 리는 없을 테니 말이다. 그리고 '카두케우스'라는 이름을 쓰기 시작한 쪽은 라이디치오 운동이라고 한다. 역사의 길이 자체가 다르다.

뭐가 어떻든 간에 쿠루나 운동에 쏟아부은 열량이 보답 받을 길은 없을 것이다.

연설 동영상의 조회 수는 그 후로도 계속 상승 중이었다. 공감하는 사람들의 수는 매일 늘어나고 있다. 점차 죄책감마저 느끼게 된 미쓰키는 이제 영상을 삭제하는 게 어떠냐고 다무라에게 물어본 적이 있었다.

"우리는 이걸 시작한 책임이 있어."

하지만 다무라는 그렇게 타이를 뿐이었다.

"이제 와서 없었던 일로 할 수는 없다고."

그리고 일본 시각으로 2099년 3월 16일 월요일 오전 2시.

카두케우스가 지구에 충돌할 확률의 최신 수치가 발표됐다.

이 쿠루나 운동이 발생하고 나서 처음 나오는 갱신이었는데, 지난번 16.2퍼센트였던 게 10.4퍼센트로 무려 5포인트나 내려갔다.

4

마미야 유이는 미쓰키가 태어난 날을 자주 떠올리게 됐다. 그때는 인생 최고의 이벤트임이 분명했다. 자신의 목숨을 깎아 하나의 새로운 생명을, 새로운 인생을 이 세상에 내보내는 일이었으니까. 처음으로 내 아이를 가슴에 안았을 때는 너무 작고 가녀려서 자신이 이걸 지켜낼 수 있을지 불안했지만, 그 잠든 얼굴을 보는 사이 신기하게도 마음이 가라앉으며 몸 저 깊은 곳에서 힘이 샘솟는 것을 느꼈다. 그때 갓난아기가 벌써 17세. 걱정도, 고민도 끊이지 않았지만 그 몇 배나 되는 행복을 받았다. 지금은 참 잘 컸다는 감사뿐이다.

남편이 되는 마미야 다케미치를 만난 것도 행운이었다. 돈 버는 일을 게임처럼 즐기는 그의 눈에서 보자면 세상의 모든 사건은 모두 이를 위한 데이터에 불과했고, 루키의 화신에 관한 소란에도 거의 관심을 두지 않았다. 그게 힘들고 지쳤던 유이의 마음을 얼마나 편하게 했는지.

좋은 직장에도 자리 잡았다. FN35 주의 유성 생식기관에 관한 논문으로 박사 학위를 따고, 제약회사 연구소에 들어가서도 '유전자 조작을 한 박테리아에 의한 고분자 화합물 양산' 등 보람 있는 프로젝트에도 참여해서 연구자로서 충실한 시간을 보냈다.

실험 지하 도시 eUC 3에서 일어난 '헤르메스 사건'에 휘둘렸고, 그 여파 속에서 서로 마음을 나눈 루키와 안타까운 이별을 하는 등 슬픈 일도 있었지만, 그래도 유이는 솔직히 자기 인생도 나쁘지 않았다고 생각했다.

7월 27일까지. 남은 기간은 약 4개월.

아마 괜찮을 것이다. 소행성 2029JA1이 추락할 리 없다. 충돌 확률도 내려갔으니 말이다. 그래도 세상이 끝날지도 모른다는 공포는 마치 작은 돌멩이처럼 가슴 속에 남아 있다. 7월 27일이 아무 일 없이 지나고, 2029JA1이 지구 저편으로 떠나갈 때까지 이 감각은 사라지지 않을 것이다. 미쓰키한테는 눈앞의 시간을 힘껏 살라고 큰소리를 쳤지만, 자신도 무섭지 않은 건 아니다. 그 애 앞에서는 약한 소리를 하고 싶지 않았을 뿐이다.

좋아, 하고 유이는 결심했다.

오늘 집으로 돌아가서 『HEISEI』를 다시 한번 보자. 특히 2029JA1의 궤도를 바꾸기 위해 가즈미 마사토를 비롯한 리틀 가디언즈가 이 시대에 재집결하는 감동의 최종화를. 이걸 지금 안 보면 언제 본단 말인가.

"유이, 네 마음은 고맙지만."

식탁을 사이에 두고 맞은편에 앉은 어머니가 드디어 입을 열었다. 여든에 가까운 몸은 젊은 시절보다 훨씬 더 쪼그라들었지만, 특별한 지병도 없고 노화 억제제를 맞지 않은 것 치고는 젊은 편이다. 일주일에 두 번 가는 헬스장도 여전히 다니는 모양인지 오늘도 혈색이 좋다.

"역시 난 여기 있을게."

유이는 고개를 끄덕였다.

"그렇게 말할 줄 알았어."

"다케미치 씨한테도 안부 전해주렴."

어머니가 혼자 사는 이 맨션은 유이의 집에서 차로 30분 떨어진 거리에 있다. 18년 전쯤 살던 장소에서 이곳으로 이사했다.

"그래도 마음이 바뀌면 언제든 말해. 아직 4개월이나 남았으니까."

"고마워. 괜찮아. 사나기도 옆에 있으니까."

어머니의 말에 반응한 모양이다. 공중에서 가녀린 몸을 보디슈트로 감싼 소녀가 나타나, 어머니 옆에 조용히 내려섰다. 슈트와 똑같은 보랏빛 머리에 창백한 뺨. 내리깔던 눈을 들더니 새빨간 눈동자로 유이를 본다.

"지금 이야기, 들었지?"

사나기는 고개를 끄덕였다.

"우리 엄마, 잘 부탁해."

"잘 알고 있어."

아무리 건강하다고 해도 나이가 나이인지라, 어머니한테 무슨 일이 있을 때는 사나기가 유이한테 연락해서 바로 구급차를 요청하게끔 되어 있다. 말할 것도 없이 지금 이 사나기는 마이 멘터의 화신이었던 사나기가 아니다. 메타 버디판 사나기다. 어머니는 여기서도 마이 버디로 망설임 없이 사나기를 골라, 이후 계속 함께 있다.

"아, 그러고 보니."

이제 용건은 끝났다. 지금부터는 어머니와의 시간을 즐기자.

"얼마 전에 다케미치 씨가 그러던데——."

유이도 많이 바쁘다. 통화나 메시지로 연락을 주고받고 있긴 하지만, 실제로 어머니를 만나러 오는 건 한 달에 한 번 정도다. 그 미안함을 덜려는 건 아니지만, 방문할 때는 꼭 케이크 같은 선물을 가지고 한참 시간을 들여 대화를 나누곤 했다.

나이가 들어서 더욱 호기심이 강해진 어머니는 헬스장에서 새롭게 하게 된 운동이나, 요즘 배우기 시작한 외국어, 얼마 전에 팬이 됐다는 배우에 대해 즐겁게 이야기했다. 가끔 옛날이야기도 했다. 어머니는 70년 전의 2029JA1의 최접근을 직접 겪은 사람이다. 다만 그때 이야기를 하면 바로 실험 지하 도시 eUC

3로 부임한 오빠나, 그 아들인 루키가 자꾸 생각나는 모양인지 눈물지을 때가 많았다. 그럴 때 유이가 미쓰키 이야기를 꺼내면 금방 행복한 듯 눈꼬리를 내리고 연신 고개를 끄덕이며 귀를 기울였다. 어머니에게 있어 유일한 손자다. 역시 미쓰키의 성장이 그 무엇보다 큰 보람인 듯하다.

그러나 이날 어머니의 태도는 조금 이상했다.

평소처럼 한참 잡담으로 수다를 떨다가, 미쓰키의 근황에 대해 화제가 옮겨갔을 때였다.

"있잖아."

어머니는 난처한 표정으로 말을 꺼냈다.

"네가 좀 봐야 할 게 있는데."

5

어머니가 공중에 띄운 동영상 재생을 일시 정지했다.

콧김을 뿜으며 미쓰키를 날카롭게 노려봤다.

"이게 어떻게 된 거니?"

미쓰키는 굳은 얼굴로 웃으며 대답했다.

"응? 무슨 소리인지 전혀 모르겠는데."

"이거 너 맞지?"

정지한 동영상 속에는 미쓰키가 문제의 그 연설을 하는 모습이 들어가 있었다. 마침 클라이맥스로 접어든 부분이라, 두 손을 이상한 모양새로 펼친 채로 정지된 상태다. 마치 사마귀가 당랑권이라도 쓰는 모양새다.

"아니, 이거 나 아니야. 좀 닮은 구석이 있어 보이긴 하지만, 나 아니라고. 다른 사람이야. 당사자인 내가 아니라는데."

말이 두서없이 튀어나왔다.

"그래, 가면도 쓰고 목소리도 바꿨지. 근데 말이야."

어머니가 얼굴을 바짝 들이댔다.

"입매에 걸린 표정, 턱 라인, 호흡 방식, 억양, 체격, 손 모양, 그리고 이 흔들리는 몸. 무엇 하나 빼놓지 않고 다 너잖아! 부모 눈을 얼마나 우습게 보고."

찍소리도 못했다.

"물론 이걸 처음 발견한 사람은 네 외할머니지만."

언젠간 들킬 줄 알았다. 더 일찍 들켜도 이상하지 않을 정도다. 이렇게나 큰 소동이 났으니까.

"이거, 너 혼자 한 짓 아니지?"

"그걸 어떻게."

"그 정도는 알 수 있어."

어머니는 전부 다 꿰뚫어 본 모양이다.

"우선 사정부터 설명해. 순서대로, 정확히."

이제 포기할 수밖에 없다.

"말은 하겠는데 같이 한 친구 이름은 말 못 해. 적어도 본인 승낙을 받을 때까지는."

어머니의 눈가가 부드럽게 풀어졌다.

그러다 다시 곧 매서운 눈빛을 하며 말했다.

"그래, 좋아. 그 친구는 A라고 하자."

미쓰키는 지금까지 있었던 일을 나름대로 정리하면서 어머니에게 이야기했다. 다무라 잇세이를 'A'라고 바꿔서.

루키와의 연결고리에 대해 다무라에게 털어놓은 것이 발단이었다. 뜻하지 않은 사실에 흥분한 그는 루키가 화신이 되어 남겼다는 메시지 「루키의 묵시록」에 관심을 보였다. 이 시점까지만 해도 그저 사태를 재미있어하는 여유가 감돌았다. 그러나 카두케우스가 지구에 충돌할 확률이 16.2퍼센트까지 대폭 상승하자 그런 여유는 완전히 사라지고 말았다. 다무라 잇세이는 확률이 치솟는 이유가 라이디치오 운동 때문일지도 모른다고 했고, 그렇다면 같은 식으로 카두케우스를 밀어내는 것도 가능할 테니 그게 바로 「루키의 묵시록」에 나왔을 인류 구제 방법이 아닐까 주장했다. 그러나 그런 그라도 진심으로 그걸 믿는 건 아니고, 그저 아무것도 안 하는 게 견딜 수 없어서였을 뿐이었다.

"그래서 너도 이 동영상 제작을 거든 거구나. 루키와 같은 피를 가진 사람으로서."

공중에 뜬 영상에 비친 미쓰키는 여전히 당랑권을 쓰는 사마귀처럼 정지되어 있다.

"으음, 그거 그냥 끄면 안 될까? 어쩐지 민망한데."

"어머나."

어머니는 영상을 껐다.

미쓰키는 안도의 한숨을 내쉬었다.

"우리가 한 건 이게 다야. 처음에는 아무런 반응이 없더니 얼마 후에 엄청난 일이 벌어졌지 뭐야."

"'쿠루나 운동'이니 '루키 Ⅱ'니 세간에서는 아주 난리가 난 것 같더라."

"온갖 것들이 제멋대로 생기고 규모가 커지니까 이제 우리도 어떻게 하면 좋을지 몰라서."

그런데 여기서 더 등을 떠밀어 주는 것처럼 10.4퍼센트라는 뜻밖의 수치 하락이라니.

"어떤 생각이 들던?"

미쓰키는 바로 대답하지 못했다.

그때 기분을 정확히 표현할 단어를 찾을 수가 없었다.

그날 미쓰키는 아침에 눈을 뜨자마자 10.4라는 숫자를 보고 나서 요동치는 심장이 가라앉지 않아, 밤이 되어도 몸이 둥둥 뜨는 감각을 지우지 못했다.

"마미야, 일단 진정 좀 하자."

그런 다무라 홈스도 바쁘게 시선을 이곳저곳 돌리며, 손을 둔 팔걸이를 손가락으로 잘게 두들기고 있다.

"당연히 지구에 충돌할 확률이 내려간 건 우연이지."

"그건 나도 알아. 알긴 하는데 자꾸만 쿠루나 운동이 카두케 우스를 밀어낸 게 아닐까 하는 생각이 든단 말이야. 정말로 확률이 내려갔잖아, 지난 2년 만에 처음으로. 그것도 쿠루나 운동이 태어난 바로 이 타이밍에."

다무라 홈스가 겁먹은 눈빛으로 미쓰키를 바라봤다.

"만약 정말로 우리가 한 짓 때문에 벌어진 일이라면……."

○ ○

고개를 푹 숙인 채로 미쓰키의 이야기에 귀를 기울이던 어머니가 숨을 들이마시며 얼굴을 들었다.

"어떤 상황인지는 파악했어. 그리고 보호자로서 권한 행사를 좀 해야겠다."

"뭐?"

"동영상 삭제하고, 앞으로 이 활동에서 완전히 손 떼. 알겠어?"

"앗, 그래도……."

"네 친구 A한테 그렇게 전해."

"잠깐만, 엄마!"

어머니가 무슨 불만이라도 있느냐는 듯 눈살을 찌푸린다.

"그 동영상을 삭제한 것 때문에 카두케우스가 떨어지면 어쩌려고!"

"그럴 리가 있겠──."

"절대로 그럴 리가 없다고 말할 수 있어?"

"얘, 미쓰키."

"인류가 멸망할지 말지 그 순간에 있는 상황이잖아. 조금이라도 가능성이 있다면 뭐든 지금은 계속해야 해. 지금 여기서 멈추면 겨우 내려간 확률이 또 올라갈지도 몰라. 그렇게 되면 돌이킬 수가 없어. 인류의 운명이 걸려 있는 일이라고."

"너희가 없어도 쿠루나 운동은 알아서 계속될 거야. 그럼 아무 문제 없는 거잖아."

"실제로 무엇이 효과를 발휘했는지는 알 수가 없어. 내가 이런 소리를 하는 것도 좀 그렇지만, 루키의 피를 잇는 내가 중요한 역할을 했을 가능성도──."

"선택받은 소년이 인류의 운명을 좌우하는 건 SF 애니메이션 속 일일 뿐이야. 현실은 전혀 그렇지 않아."

"전에는 나도 그렇게 생각했어. 쿠루나 운동 따위 해봤자 아무 소용없다고. 그런 것으로 카두케우스를 움직일 수 있을 리가 없다고. 근데 실제로 움직였잖아. 물론 그렇게 보이는 것뿐이고, 사실은 무슨 효과가 작용하지 않았을 수도 있지만 만에 하나 정말로──."

"미쓰키."

저도 모르게 곧게 등을 폈다.

"네가 지금 얼마나 위험한 곳에 서 있는지 알고는 있니?"

6

오미시마 렌은 강력한 헤드라이트에 비친 전방을 묵묵히 바라보고 있었다. 어두운 차량 내에 울리는 건 희미하게 바람을 가르는 소리뿐, 노면에서 전해지는 진동은 거의 느껴지지 않았다.

고속도로를 미끄러지듯 나아가는 이 회색 원 박스 카는 최근 미쿠라가 조달해 온 것이다. 공공 도로 시스템과 접속을 끊어도 주행할 수 있도록 손을 봤다고 한다. 혹시라도 차량을 강제 정지당하지 않기 위해서. 물론 불법 개조다. 어디서 이걸 입수했느냐고 물어도 옛날 지인에게서 양도받았다고밖에 말하지 않았다. 원래라면 이런 걸 쓰게 놔두면 안 되지만, 결과적으로 묵인하는 꼴이 되고 말았다.

렌은 여러 일로 점차 지쳐가는 상태였다.

오늘 집회에서 느낀 이변도 심각했다. 최근 2년 동안 아무 문제 없이 나아가서 그런지, 이번 수치 갱신으로 나타난 10.4라는 뜻밖의 수치가 생각보다 큰 좌절감이 되어 모두의 마음을 짓누르고 있었다. 그게 초조함이나 분노로 변질되어 폭주라도 하면 내부부터 붕괴될 수밖에 없다.

반대로 파도를 타기 시작한 쿠루나 운동은 이제 라이디치오 운동을 뛰어넘을 기세였다.

"더 빨리 손을 썼어야 했어요."

운전석에 앉은 미쿠라가 시선을 앞으로 향한 채 감정 없는 목소리로 말했다. 그는 자동 주행 모드로 해놔도 반드시 두 손을 핸들에 둔다.

"아마 진짜일 겁니다. 그 '루키 Ⅱ'라고 불리는 소년이요. 그렇지 않으면 어떻게 이런 일을 할 수 있겠어요?"

미쿠라의 푸념도 늘었다.

"하지만 그건 그것대로 잘됐죠. 루키의 혈연자라면 알아내기도 쉬울 테니까."

렌은 서늘해진 기분으로 미쿠라의 옆얼굴을 응시했다.

"알아내서 어쩌려고?"

미쿠라는 입가에 미소를 띄기만 할 뿐 대답하지 않았다.

"안 돼."

렌은 힘줘 말했다.

"그것만큼은 절대로 용납 못 해."

"렌, 당신은 대체 어느 편이죠? 라이디치오예요, 아니면 쿠루나예요?"

"자네가 하려는 짓은 라이디치오가 아니라 테러야."

"테러라도 상관없습니다."

"라이디치오 운동을 무너뜨릴 셈인가?"

"카두케우스를 떨어트리지 못하면 결국 그게 그겁니다."

렌은 반박할 말을 찾으려 했지만, 무거운 한숨밖에 나오지 않았다.

"이 세상은 완전히 파괴되어야 해요. 그러기 위해 라이디치오 운동이 필요한 거라고요. 카두케우스만이 유일한 희망이에요. 그 누구도 방해하게 놔두지 않을 겁니다."

미쿠라는 어둠 속에서 흰빛을 띤 눈동자를 렌에게 향했다.

"그게 설령 당신이라도요."

제3장

폐허

1

마미야 미쓰키는 어두운 숲속을 묵묵히 걷고 있었다. 땅바닥에 두껍게 깔린 건 안개로 젖은 낙엽이다. 한 걸음 내디딜 때마다 소리 없이 푹푹 꺼지면서 부엽토를 헤집는 듯한 냄새가 피어오른다. 자신의 거친 숨결 외에 차갑고 습한 공기를 흔드는 것은 없다.

곧 숲을 빠져나와 하늘을 덮는 나뭇가지가 사라지자, 앞쪽에 하늘을 꿰뚫을 것 같은 건축물이 나타났다. 어두운 안개 속에 우뚝 솟은 그건 거대한 돔 형태로, 마치 피라미드의 모양을 딴 프레임 안에 갇힌 모습이었다.

미쓰키는 발걸음을 빨리했다. 타박거리는 자신의 발소리가 그림자처럼 따라온다. 돔 안으로 통하는 문은 활짝 열려 있었다. 안을 들여다보니 난간 하나 없는 좁은 돌계단이 내벽을 따라 크게 나선형을 그리면서 지하로 이어져 있다. 망설임이 미쓰키의 발목을 잡았지만 그것도 잠시였다. 미쓰키는 벽에 손을 댄 채 나선 계단을 타고 내려가기 시작했다.

곧바로 짙은 어둠에 삼켜져 자기 손도 보이지 않게 된다. 그래도 손바닥에 전해지는 벽의 차가움과 발밑을 지탱하는 돌계단의 단단함에 의지하여 한 계단씩 아래로 내려간다.

여긴 대체 어디지?

왜 내가 이런 곳에 있지?

나는 어디에 가려고 했던 걸까.

문득 머릿속에 떠오른 질문을 머릿속에서 떨치며 더 아래쪽을 향한다. 더 끈끈해진 어둠에 짓눌릴 것 같으면서도 미쓰키는 지하로 향하는 발걸음을 멈추지 않는다. 멈출 수가 없다. 나선 계단을 하나씩 내려갈 때마다 내 안에 뭔가가 어둠 속으로 녹아 나간다. 이대로 계속 내려가면 나라는 존재 그 자체가 사라질 것만 같다. 그래도, 좋다. 그러면, 된다. 그러기 위해, 나는, 이곳에······.

내려가려던 발이 뭔가에 부딪쳐 멈추면서 하마터면 몸의 균형을 잃을 뻔했다. 벽에 손을 댄 채 신중하게 발끝을 움직여 자신이 지금 평평한 장소에 서 있음을 확인했다.

"아아, 왔구나."

갑자기 들린 목소리에 뒤를 돌아본다.

옅은 빛 속에 낯익은 소년이 서 있었다.

"루키······ 씨?"

어머니가 보여준 사진 속에 있던 그 미소와 똑같다.

"루키라고 부르면 돼, 미쓰키."

"저를 아세요?"

소년은 미소를 지은 채 고개를 끄덕인다.

"사키와 유이는 잘 지내?"

"······네. 할머니도, 엄마도 잘 지내세요."

"정말 다행이다. 하지만."

갑자기 표정을 흐린다.

"그러면 더욱 넌 여기에 오면 안 돼."

"여긴 어디예요?"

"네가 알 필요는 없어. 아직 지금은. 그보다 빨리 돌아가."

"돌아가라니, 어떻게요?"

"괜찮아."

루키의 말이 끝나자마자 머리 위에서 강렬한 빛이 쏟아졌다.

목소리가 들린다.

미쓰키.

누군가가 나를 부른다.

"미쓰키."

몸이 위로 붕 뜬다.

"미쓰키?"

깊은 어둠 속에서 밝고 환하게 트인 곳으로.

"미쓰키!"
흐릿하게 보인 건 설교할 기세로 가득한 어머니의 얼굴이다.
아아, 그렇구나. 지금 난 엄마한테 혼나는 중이구나. 꾸중 듣
는 도중에 깜박 존 모양이다.
"미쓰키, 엄마 알아보겠니?"
어머니의 눈이 새빨갛게 젖어 있다. 하지만 그런 동영상을 만
든 것 정도로 뭘 그렇게 우는 걸까? 이제 삭제도 했는데.
……삭제?
작은 위화감이 미쓰키의 사고를 멈추게 했다.
그래, 그 동영상은 이미 삭제했어. 다무라와 상의해서.
그러면 엄마는 왜 화를 내는 거지? 왜 우는 거지?
"……엄마?"
어머니의 표정이 환하게 밝아졌다.

울고 웃느라 얼굴이 엉망이다.

"다행이다."

"왜…… 울어?"

"너, 무슨 일이 있었는지 기억 안 나?"

미쓰키는 고개를 저었다.

그때 처음으로 자신이 침대에 누워 있음을 깨달았다.

늘 눕던 침대가 아니다.

"너 두 달이나 의식 불명이었어."

여기는 병원이군. 근데 왜 두 달이나…….

두 달.

그 의미를 이해한 순간, 신경이 바짝 졸아들었다.

"오늘이 며칠이야?"

어머니는 대답을 망설인다.

"며칠인데!"

"7월, 21일."

이제 6일. 아니, 그보다…….

"카두케우스의 확률은 어떻게 됐어? 갱신됐어?"

"저기, 미쓰키……."

2029JA1, 소행성 카두케우스가 지구에 충돌할 확률은 일주
일 전부터 매일 갱신되게 됐다.

그리고 오늘 아침 확인한 최신 수치로, 어머니가 미쓰키한테
말한 숫자는 57.9였다.

2

그날 파고를 타고 하교 중이었던 미쓰키가 문득 고개를 들었을 때, 반대 차선을 달려오던 회색 원 박스 카가 시야에 들어왔다. 평소 같으면 바로 손에 든 디바이스로 눈을 돌릴 텐데 그때만 몸이 굳어버린 이유는 그 회색 차가 명백히 규정 속도를 넘었기 때문이다. 공공 도로에서 규정 속도를 넘어 주행 가능한 건 구급차나 소방차 같은 긴급 차량뿐이다. 그러나 회색 원 박스 카는 사이렌도 울리지 않고, 붉은색 라이트도 점멸하지 않았다. 게다가 가속하고 있었다. 미쓰키가 숨을 삼킨 순간, 원 박스 카는 갑자기 중앙선을 넘었다. 눈앞에 바짝 다가온 앞 유리 저편으로, 운전석에서 핸들을 쥔 남자의 크게 입을 벌려 웃는 얼굴이 보였다. 미쓰키가 기억하는 건 거기까지였다.

파고에 탑재된 최신 안전장치로도 이 충돌은 피할 수 없었고, 탑승자의 즉사를 막는 게 한계였다. 미쓰키는 생명이 위태로울 정도의 중상을 입었지만, 나노 머신이 구사하는 체조직 재생 치료 덕분에 목숨을 건졌다. 이제 근조직도 거의 회복된 상태여서, 사흘 정도 재활 훈련만 하면 퇴원할 수 있단다.

어머니가 경찰에게서 들은 이야기에 의하면 원 박스 카는 불법 개조 차량이었다. 운전했던 남자도 부상당했고 다리를 질질 끌면서 현장에서 도망쳤으나, 끝내 벗어나지 못하고 근처 육교에서 몸을 던져 전신 타박상에 의해 사망했다고 한다. 공표된 건 아니지만, 이 남자는 라이디치오 운동에 깊게 관여했던 모양이다. 즉, 미쓰키를 쿠루나 운동의 '루키 II'임을 알고 범행을 저

질렀을 가능성이 크다. 그걸 어떻게 알아냈는지는 알 수 없지만. 예를 들어 실험 지하 도시 헤르메스에 남았던 주민들 명부를 입수하면 그 유족들을 통해 정보를 얻는 건 불가능하지 않다. 이전 같으면 그런 정보 유출은 상상도 할 수 없는 일이겠지만. 지오 X사가 헤르메스 관련 관리 책임을 자회사로 이관한 이후부터 인원과 예산이 삭감되어 철저한 태세를 유지할 수 없게 된 것도 사실인 모양이다. 결국 어머니의 불안이 적중하고 말았다.

미쓰키가 의식을 되찾을 때까지 어머니는 거의 죽을 지경이었을 것이다. 미쓰키는 진심으로 미안함을 느꼈다. 최대한 어머니께 보상하고 싶은 마음에 거짓은 없다. 이제 며칠 후면 세상이 끝날지도 모르니까. 자신이 해야 할 것은 계속 어머니 곁에 있는 일이다. 그건 미쓰키도 잘 안다.

그렇지만 미쓰키가 죽을 뻔하기 직전. 카두케우스가 지구에 충돌할 확률은 4.3퍼센트까지 떨어졌었다. 그런데 그게 미쓰키가 의식 불명에 빠지자마자 바로 급상승 상황으로 변해, 정신을 차렸을 때는 이미 57.9센트에까지 이르렀다. 현재, 미쓰키는 이 일련의 사실을 도저히 간과할 수가 없었다.

"오늘 아침도 57.9야. 이제야 상승세가 멈췄다고는 하지만. 이 숫자는 아직 떨어질 기미가 보이지 않아. 하지만 지구에 떨어지지 않을 확률도 40퍼센트 이상이니까 절망하는 건 아직 일러."

미쓰키가 의식을 되찾은 다음 날, 다무라 잇세이가 병실을 찾아왔다. 그때까지 일주일에 한 번은 꼭 병문안을 왔다고 어머니한테서 들었다. 미쓰키가 이렇게 된 데 자신도 책임을 느꼈는지, 사고가 일어난 직후 그렇게 오열했다고 한다.

"나 때문일까?"

미쓰키가 나직이 그런 말을 중얼거리자, 다무라가 세게 고개를 가로저었다.

"아니야. 그건 아니야. 절대로 그럴 리 없어."

"내가 의식을 잃고 나서 확률이 올라간 건 사실이잖아."

"우연이야."

아바타가 아니라 이렇게 직접 얼굴을 맞대고 있으니 상대방의 감정을 역시 알기 쉽다.

"다무라, 너도 이게 상관이 없지는 않다고 느끼고 있잖아."

"그렇지 않아."

"아니, 난 알 수 있어."

미쓰키는 밝게 말하고 나서 두 손으로 무릎을 짚은 채 고개를 숙였다.

"내가 그런 동영상만 만들지 않았더라면 마미야도 이런 일을 당하는 일은 없었을 거야."

"하자고 결정한 건 나야. 할 거면 제대로 하자고."

"내가 미쳤었나 봐."

"지나간 일은 잊고 앞으로의 일을 생각하자. 울든 웃든 이제 5일밖에 안 남았으니까."

지금 쿠루나 운동은 그림자도 보이지 않고, 대조적으로 라이디치오 운동은 수습이 안 될 정도로 기세를 붙였다. 한정된 시간 안에서 무엇을 할 수 있을 것인가.

"그러고 보니."

미쓰키는 문득 뇌리에 떠오른 것에 대해 입에 올렸다.

"의식을 잃고 있을 때, 루키를 만났어."

다무라가 고개를 들었다.

"꿈에서?"

"응, 역시 그건 꿈이었겠지. 숲속 깊은 곳에 있는 큰 폐허 같은 장소에서."

"폐허……."

"안에 들어가서 캄캄한 지하로 계단을 따라 내려갔는데, 뒤에서 무슨 목소리가 들려 고개를 돌렸더니 거기에 루키가 있었어."

　갑자기 조용해서 눈을 돌리니, 다무라가 무서울 정도로 진지한 표정으로 생각에 잠겨 있었다.

"왜 그래?"

"혹시 그 폐허 말이야, 돔 형태 아니었어?"

심장이 쿵 하고 뛰었다.

"피라미드 같은 프레임에 싸여서."

"……어떻게 알았어?"

다무라가 디바이스를 꺼내 재빨리 조작해서 그걸 미쓰키한테 보여줬다.

미쓰키는 그 사진을 보자마자 외마디소리를 질렀다.

"바깥쪽에 있는 기념비는 위령비야. 안쪽에 있는 돔은 셔틀 스테이션이 있는 건물이고. 그 바로 아래에 한때 실험 지하 도시였던 헤르메스가 있지."

"아아, 루키가 태어난 곳이었으니까. 근데 왜 내 꿈에 나타난 거지? 헤르메스의 위령비는 본 적도 없는데. 기억 못 할 뿐이지, 어디서 본 적이 있었나?"

"그러게. 그렇지 않으면 설명이 안 돼."

하지만 그 어조에서는 말과는 다른 인상이 전해져왔다.

"뭐 신경 쓰이는 거라도 있어?"

다무라가 머뭇거리며 고개를 끄덕였다.

"전에 인터넷에서 이런 소문이 돌더라고. 실험 지하 도시 헤르메스가 피난소로 개방된다고."

"피난소?"

"물론 가짜 뉴스야. 폐쇄된 지 20년 이상이 지났는데 어떻게 쓸 수 있겠어. 아마 셔틀도 작동 안 할 거야. 그런데 그 가짜 뉴스를 믿은 사람들이 다들 헤르메스로 가고 있대."

그게 다라면 크게 신경 쓸 일도 없다.

"또 다른 의문이 아직 남아 있는 거지?"

다무라는 씁쓸한 얼굴로 침묵만 지켰다.

"말해 줘. 이제 시간도 없다고."

"그냥 바보 같은 얘기야. 피난소 가짜 뉴스처럼."

"이제 와서 그런 소리 해봤자……."

미쓰키는 답답했다.

"나는 할 수 있는 건 다 해보고 싶어. 아무리 바보 같은 짓이 더라도, 의미도 없는 위로에 불과하더라도. 27일을 맞이했을 때 후회하고 싶지 않아. 다무라 너도 그렇지? 저항조차 안 하고 운명을 받아들이는 건 못 참겠다고 그랬잖아."

그래도 그는 입을 열려 하지 않았다.

"부탁해……, 잇세이."

미쓰키가 더 간절히 매달리자 그는 숨을 한 번 토해냈다.

"아까 보여준 그 피라미드 형태의 위령 기념비 말이야, 그게 염동력의 힘을 극한까지 끌어내 줄 수 있다는 이야기가 돌았 어."

미쓰키의 반응을 엿보는 것처럼 잠시 뜸을 들였다.

"쿠루나 운동을 하는 사람들이 그 소문에 마지막 희망을 걸 고 헤르메스로 향하고 있대. 그걸 안 라이디치오 쪽도 이미 움 직이는 중이고. 기념비가 염동력의 증폭 장치라니, 아무리 가짜 뉴스라고 해도 너무 심하고 현실성도 없잖아. 나도 그렇게 생 각했어. 근데 이 타이밍에 네 꿈에 루키까지 나왔다니……. 난 이걸 더는 우연으로 못 볼 것 같아."

미쓰키는 눈앞이 탁 트이는 기분이 들었다.

남은 시간 동안 할 일이 명확해졌기 때문이다.

"그럼 우리도 갈 수밖에 없겠네, 그 헤르메스에."

"그것만큼은 안 돼!"

다무라가 화들짝 놀랐다.

"그래서 말하기 싫었단 말이야. 또 나 때문에 네가 위험한 일에 휘말릴지도 모른다고. 네 어머니께는 뭐라고 말씀드릴 건데?"

미쓰키는 미소를 지으며 말했다.

"이건 내 문제야."

3

마미야 미쓰키가 퇴원한 건 다무라 잇세이와 다시 만나고 나서 이틀 후였다. 2개월이나 누워 지냈지만, 최첨단 나노 머신 의료 덕분에 근육 위축 증상도 없이, 사지를 움직일 감각만 돌아오면 일상생활을 하는 데 지장은 없다. 단, 심폐 기능은 그렇지 못해 지구력은 이전보다 30퍼센트 정도 감소했으니 서서히 적응해 나가라는 의사의 권고를 받았다. 물론 미쓰키는 그렇게 편안히 기다릴 생각은 조금도 없었다.

소소한 퇴원 축하를 겸해 오랜만에 가족 셋이 모두 저녁 식탁 앞에 둘러앉았을 때, 미쓰키는 자신들의 계획을 부모님께 말했다. 두 사람은 그걸 조용히 들었다. 미쓰키는 이야기를 마친 후, 어머니의 얼굴을 차마 볼 수가 없었다.

"착각하지 마, 미쓰키."

그러나 어머니의 반응은 미쓰키가 두려워했던 것과는 사뭇 달랐다.

"우린 네가 곁에 있길 바라는 게 아니야. 네가 건강하게, 네 인생을 즐겁게 산다면 그걸로 충분해. 우리 생각은 안 해도 되니까 네 속이 시원해질 때까지 열심히 해봐."

"하지만 미쓰키, 너 알고 있어?"

오히려 엄한 태도로 나온 건 아버지였다.

"네가 하려는 일은 아무런 의미가 없어."

"나도 알아. 바란다고 해서 카두케우스를 움직일 수 없다는 것쯤은. 그래도──."

"그게 아니라."

힘 빠진 목소리로 아버지가 말을 덧붙였다.

"네가 헤르메스에 가든 안 가든 어쨌든 간에 2029JA1은 안 떨어져. 가봤자 괜한 고생이지."

미쓰키는 아버지의 얼굴을 바라봤다.

아버지가 그 시선을 얼버무리며 입을 열었다.

"내가 깜박 잊고 말 안 했는데, 네가 병원에 누워 있을 동안 네 계좌로 투자 신탁 적립 상품을 사뒀어. 20년쯤 지나면 제법 큰 금액에 될 테니까 기대해."

"왜 그런 걸."

"네가 죽을 리 없으니까."

그러면서 이번에는 미쓰키의 시선을 정면으로 받았다.

"내가 일하는 분야에서는 이런 격언이 있거든. 재산을 불릴 수 있는 건 미래를 믿는 사람뿐이다."

"아빠, 그거 지금 생각해 낸 말이지?"

"……어떻게 알았냐."

"내가 아빠 아들이잖아."

아버지는 이날 처음으로 소리 내어 크게 웃었다.

"걱정하지 마. 세상은 안 끝나니까. 너는 그냥 좀 산속까지 소풍을 다녀오는 것뿐이야. 우린 그렇게 생각해."

어머니는 조용히 고개를 끄덕였다.

"그러니까 돌아왔을 때 네가 인류를 구했다면서 너무 까불면 안 된다."

"알았어."

"잘 다녀와라."

"다녀오겠습니다."

"아. 그 전에."

어머니가 밝게 말했다.

"할머니한테도 얼굴 보여드리고."

제4장

내러티브의 결절점

1

서력 2099년 7월 27일의 아침이 밝았다.

마미야 미쓰키는 평소보다 일찍 일어나 아침 식사를 했다. 어머니가 어젯밤에 만들어준 샌드위치였다. 부모님은 아직 자고 있다. 아니, 일어나 있을지도 모르지만 배웅은 안 하겠다고 했다.

가지고 갈 것은 이미 배낭 안에 다 넣어뒀다. 햇살을 피할 접이식 모자, 모바일 배터리, 휴대용 식량, 음료수, 손전등, 타월, 우천시를 위한 도구, 방충 스프레이 등. 통기성이 좋은 긴 팔 셔츠로 갈아입고 배낭을 멨다.

"조심히 잘 다녀와."

류사키 라라이의 목소리도 평소보다 훨씬 무겁다.

"그런 표정 짓지 마. 내일 또 만날 수 있으니까."

"우리한테 내일이 있을까?"

"있어."

미쓰키는 말했다.

"내일도 아침은 와. 오늘처럼."

류사키 라라이가 드디어 미소를 보였다.

"응. 그러네."

자기 방에서 현관까지 소리를 내지 않도록 걸어가서 늘 신었던 스니커즈에 발을 넣고, 정적에 싸인 집 안을 돌아봤다.

"다녀오겠습니다."

작게 속삭인 후, 문을 열고 밖으로 나갔다.

맨션 입구로 나가니 예약했던 택시가 대기 중이었다. ID 인증을 하고 타서, 목적지로 다무라 잇세이의 주소를 입력하자 미끄러지듯 차가 움직였다.

동쪽 하늘이 이제야 하얘지기 시작했다. 오늘은 어떤 하루가될까. 오늘 아침 국제소행성감시기구(IASO)가 발표한 수치는 어제와 똑같이 79.9퍼센트였다. 단, IASO의 방침상 설령 실제 확률이 100퍼센트라고 해도 대외적으로는 79.9퍼센트를 넘는 수치는 공개하지 않는다는 소문도 있다. 사람들이 자포자기하지않도록 하기 위함이다. 물론 살아남을 가능성이 정말로 두 자릿수나 남아 있으니, 그 두 자릿수에 기대를 걸어볼 마음이 들지도 모른다. 정말로 그게 남아 있다면.

다무라의 집은 오래된 단독주택으로, 그는 밖에 나와서 기다리고 있었다. 옆에는 어머니로 보이는 여자가 서 있다. 다무라가 그녀에게 뭐라고 말하자, 그녀가 그를 꼭 껴안았다. 그 입이 잘 다녀오라고 움직이는 게 보였다.

"어머니셔?"

미쓰키가 묻자, 택시에 타며 대답했다.

"아니, 고모. 고모가 나를 키워주셨거든."

하늘은 구름 하나 없이 청명했다. 맑디맑은 저 하늘 너머에서 거대 소행성 2029JA1, 별칭 카두케우스가 다가오고 있다. 지구에 최접근 하는 건 일본 시각으로 7월 27일 오후 4시 45분. IASO가 제공하는 라이브 위치 정보 사이트에 의하면, 2029JA1은 처음부터 지구와 정면충돌하는 궤도를 그렸던 건 아니고 가까워질수록 지구의 중력에 이끌려 그대로 가속하면서 떨어질 가능성이 크다고 한다. 단, 2029JA1의 질량이나 속도에 따라서는 지구의 중력을 떨치고 우주 저편으로 떠나갈 가능성도 남아 있어서, 그게 바로 약 20퍼센트 정도 남아 있다는 게 IASO의 공식적 견해였다.

월요일 아침인데도 역에는 사람이 적었다. 회사나 가게도 임시 휴업이 많은 모양이다. 하긴 세상이 끝날지도 모르는 상황이다. 일이 손에 잡힐 리가 없다. 그래도 전철은 제대로 움직이고 있으니 참 대단하다고 다무라와 대화하면서 특급 전철에 몸을 실었다.

헤르메스(정확히는 헤르메스 바로 위에 건립된 위령비지만)에 도착하려면 앞으로 세 번 정도 전철을 갈아탄 다음, 마지막에는 10킬로 이상 걸어야 한다. 도착은 아마 오후쯤이 될 것이다.

2

실험 지하 도시 헤르메스와 그 관련 시설은 12년 정도 전부터 지오 X사의 자회사에 해당하는 일본 지오넥스가 관리하고 있다. 그렇지만 실상은 거의 방치에 가깝고, 직원이 틸트로터 항공기로 현지를 찾는 건 1년에 한 번 형식적인 위령 행사를 열 때뿐이었다.

광대한 부지에서는 넓고 멋들어진 도로 하나가 산간을 잇듯 뻗어 있으나, 이건 일본 정부가 지오 X사의 실험 지하 도시 계획을 유치할 때 건설 자재나 중장비 운송로로 일부러 새로 마련한 것으로, 시설이 폐쇄되다시피 한 후부터는 전혀 사용이 안됐다. 게다가 사회를 효율적으로 운영하기 위해 거주 구역 한정 정책이 도입되자, 헤르메스를 포함한 일대도 거주 불가 구역으로 지정되어 공공 도로 시스템에서 제외되고 말았다. 이후, 이 도로도 보수되는 일 없이 그저 거친 풍파에 몸을 내맡긴 상태다.

지금 그 초목에 침식되어 이리저리 갈라진 포장도로 위를 피로의 색이 짙은 사람들이 드문드문 오가고 있었다. 헤르메스로 향하는 이들의 발걸음이 무거운 건 근처의 무인역에서부터 계속 걸어왔기 때문이었고, 돌아가는 이들이 초췌한 건 피난소로 개방됐다는 소문이 거짓이었다는 현실을 방금 직시하고 온 까닭이었다.

"가봤자 소용없어요. 셔틀이 안 움직인다니까. 헤르메스로 못 내려가요. 가봤자 아무것도 없을 거고. 전부 멍청이들이 떠들어댔던 헛소문이에요."

이제 막 귀로에 오른 것으로 보이는 한 남자가 헤르메스로 향하는 자들과 엇갈릴 때마다 충고하지만, 아무도 귀를 기울이지 않았다. 인터넷에서는 가짜 정보나 페이크 영상이 범람했고, 사람들은 자기가 믿고 싶은 것만 선택해서 진실로 받아들였다. 헤르메스가 피난소가 될 거라고 믿고 여기까지 온 이상, 다들 자기 눈으로 직접 확인하지 않으면 속이 풀리지 않는 것이다. 그건 바로 한 시간 전까지의 그의 모습이기도 했다.

애써 베푼 친절을 무시당한 남자는 꼴 보기 싫을 정도로 맑고 푸른 하늘을 올려다봤다. 고지대여서 그런지 비교적 시원하긴 해도 7월의 햇살은 역시 뜨겁다. 부쩍 가까워진 산에서 숨이 콱콱 막히는 유기물 냄새가 엄청난 매미 소리와 함께 밀려 들어온다.

남자의 이름은 사토 가즈키. 41세가 되는 지금까지 가정을 꾸린 적은 없다. 부모님으로부터 물려받은 부동산 덕분에 돈 걱정 할 필요 없이 마음대로 살아왔고, 아직 좀 더 원하는 대로 살아갈 수 있을 터였다. 그런데 그 소행성 때문에 전부 망가졌다. 그에게는 뭐가 어찌 됐든 살아남는 게 최우선 과제였다. 목숨만 붙어 있으면 나머진 어떻게든 된다.

헤르메스가 피난소로 개방된다는 소문을 들었을 때, 사토는 바로 이거라는 생각이 들었다. 헤르메스는 원래 실험용 피난소로 만들어진 것으로, 현재도 사용 가능하단다. 그러나 피난소에 들어갈 인원수에는 제한이 있다. 이때 제한을 좌지우지하는 건 무엇일까. 돈이다. 당연히 돈일 수밖에 없다. 돈만 넉넉히 쥐여주면 최우선으로 피난소에 입성할 게 분명하다. 그렇게 기대해서 재산 일부를 금괴로 바꿔 숄더백에 넣어 가지고 왔는데……

"……젠장."

눈을 돌리자 또 한 명, 도로 저편에서 걸어오는 사람이 보였다. 잔뜩 마른 남자였는데, 그는 창백한 얼굴에 흐트러진 머리칼이 닿은 채로 비틀거렸다. 마치 유령과도 같은 그 모습이 너무 음산해서 말을 걸 마음도 들지 않았다.

눈을 마주치지 않고 지나치려는데 문득 발이 멈췄다.

뒤를 돌아 멀어지는 그 마른 뒷모습을 바라본다.

그래, 어디서 많이 본 얼굴인 듯하더니…….

어머니는 헤르메스의 위령비를 실제로 본 적이 있다고 한다. 지금의 미쓰키처럼 17세일 때, 할머니와 같이 추모식에 참석했기 때문이다. 그때 지오 X사가 마련한 전용 버스를 탔는데 그 버스의 출발지는 도심부와 가까운 복합 터미널이었지, 지금 미쓰키와 다무라가 세 번이나 환승해서 향하는 산간벽지의 무인역은 아니다.

"다음 역이구나."

"드디어 도착이네."

낮은 소리를 내며 선로를 달리는 완행열차는 원래라면 타는 사람도 적을 텐데, 오늘만큼은 만원이었다. 벽에 붙은 긴 좌석은 모두 자리가 꽉 찼고, 문 근처에 서 있는 승객도 몇 명이나 된다. 아마 다들 목적은 헤르메스다. 미쓰키 맞은편에 앉은, 어린 소년을 데리고 있는 가족처럼 보이는 세 명. 그 옆에 잔뜩 표정을 굳힌 중년 남자. 눈빛이 날카로운 검은 옷의 여자. 그들은 헤르메스를 두고 뭘 원하는 걸까. 피난소일까, 아니면 염동력 증폭 장치일까. 어쩌면 그 이외의 무엇일까. 겉만 보고 추측할 수 있는 부분은 얼마 되지 않았다.

그러나 보자마자 정체를 알 수 있는 무리도 있었다.

아까부터 문 근처에 붙어 큰 소리로 떠들고 소란스럽게 웃어대는 이십 대 청년 다섯 명. 종종 "라이디치오!"라고 외치면서 주변 반응을 즐겼다.

그 중심에 있는 남자는 다섯 명 중 제일 덩치가 작았지만, 치켜 올라간 큰 눈은 열기로 번뜩였고 웃을 때는 좌우로 크게 입을 벌려 이를 드러냈다. 탈색한 머리는 마치 정면에서 강풍에 흩날리는 듯한 형태로 고정한 채, 매끄러운 이마를 드러낸 모습이었다. 성질을 건드리면 감당이 안 될 것 같은 그런 분위기를 풍기고 있다.

"이봐, 당신들, 지금 기분이 어때?"

갑자기 그 덩치 작은 남자가 차량 내에서 고압적인 목소리를 울렸다. 승객들이 깜짝 놀라 얼굴을 들었다. 남자 주변의 네 사람은 히죽거리며 지켜만 봤다.

남자가 통로를 천천히 걷기 시작했다. 마치 자신이 이 열차의 지배자라도 되는 것처럼 주변을 흘겨보면서. 승객들은 눈을 마주치지 않으려고 숨죽인 채 고개를 숙였다.

"이제 몇 시간 있으면 카두케우스가 모든 걸 뭉개버릴 거야. 여기 있는 당신들도 죽겠지. 지금껏 쌓아 올린 모든 게 허망하게 무너지는 거야. 그래, 기분이 어때, 응?"

그는 아이를 데리고 있는 가족 앞에 발을 멈췄다.

"당신들은 피난소 때문에 가나 보네."

세 사람이 어떤 반응을 보였는지, 미쓰키의 위치에서는 남자의 등에 가려져 잘 보이지 않았다.

"헤르메스가 피난소가 될 거라는 이야기를 진짜 믿나 보지? 당연히 뻥이지, 멍청이들아."

그 말을 쫓기라도 하듯 남자의 네 추종자에게서 웃음소리가 솟아올랐다.

"이봐, 꼬맹이. 너도 참 안 됐다. 좋은 집에서 태어났지만 곧 있으면 넌——."

"아니——."

"그만 좀 하세요!"

미쓰키를 막으며 소리친 건 다무라였다.

남자가 돌아본다.

"불쌍하잖아요."

다무라의 뺨에는 희미하게 땀이 배어 있다.

남자가 추종자들에게 유쾌한 웃음을 던졌다. 그리고 곧 진지한 얼굴로 어린 소년을 가리켰다.

"이 녀석의 어디가 불쌍하다는 거지? 부모가 보호도 해주고, 있지도 않은 피난소에 데리고 가주잖아. 피부도 반질반질한 게 아마 평소에도 잘 먹고 잘 지낸 것 같은데 뭘. 이미 충분히 잘 산 거 아니야?"

그러더니 옆에 있는 미쓰키에게도 눈길을 준다.

"오오, 너도 좋은 물건 쓰는구나? 부잣집 출신인 모양이지?"

그는 미쓰키의 무릎 위에 얹은 가방을 보고 말했다.

"왜, 분해? 이렇게 복 받은 인생을 살았는데 그걸 다 맛보지 못하고 끝나서."

미쓰키는 떨릴 것 같은 목소리를 억눌렀다.

"아직 끝난다고 결정이 난 게 아니에요."

남자가 눈을 가늘게 뜬다.

"너희, 쿠루나냐?"

목이 턱 막혔다. 자신이 '루키 II'라는 걸 들키면 또 목숨이 위험해질지도 모른다. 미쓰키가 대답을 망설이던 그때였다.

"네, 맞아요."

다무라가 대답했다.

그러자 남자가 친근한 웃음을 지었다.

"오늘 아침 최종 갱신 결과는 봤지? 그건 사실상 100퍼센트 같은 거야. 이제 결판은 다 난 거라고. 이거 아쉬워서 어쩌나. 어서 포기하고 집에나 가."

"그러면 왜 당신들은 헤르메스에 가는 건가요?"

"다무라."

미쓰키는 소리를 죽였다. 자꾸 그렇게 도발하지 마. 이 사람, 진짜 위험해 보인다고.

"또 역전당할지도 모른다고 생각해서잖아요."

그러나 다무라는 신기할 정도로 차분해 보였다. 뺨에 어린 땀도 이미 다 말라 있다.

남자는 웃음기를 지운 얼굴로 다무라 잇세이에게 가까이 다가갔다.

"그렇게 놔둘 줄 알아?"

그렇게 낮게 대꾸하더니 몸을 일으켰다.

"카두케우스. 라이디치오!"

마치 보란 듯이 소리친다. 곧이어 네 명의 추종자들도 따라 외쳤다. 남자가 선창하는 식으로 라이디치오 구호를 집요하게 때려 박는다. 여기 있는 사람들의 희망을 모두 남김없이 짓밟으려는 것처럼.

"라이디치오!"

"라이디치오!"

"라이디치오!"

"쿠루나(오지 마)!"

다무라가 벌떡 일어섰다.

"쿠루나, 쿠루나, 쿠루나!"

"너 이 자식……."

돌아본 남자가 다무라를 향해 한 걸음 내디딘다.

"쿠루나!"

미쓰키도 벌떡 일어났다.

"쿠루나!"

"쿠루나!"

둘이서 계속 외쳤다.

"너희……, 그 입 빨리 안 다물면."

그때였다.

"쿠루나!"

맞은편 자리에 앉아 있던, 검은 옷의 눈빛이 날카로운 여자
가 높다란 소리로 외쳤다.

"쿠루나!"

아이를 데리고 있던 남자가 뒤를 잇는다.

그리고 다음 순간.

"쿠루나!"

그 파문이 차량 내로 점점 퍼져나갔다.

"쿠루나, 쿠루나, 쿠루나!"

울림을 더하면 더할수록 기세가 가속한다. 쿠루나의 외침에
맞춰, 다 같이 발을 구르기 시작한다. 바닥을 울리는 쿠루나의
고동이 라이디치오 남자들을 압도한다.

"라이디치오!"

그래도 그들은 물러서지 않는다. 이미 머릿수에서 밀리는 상

황인데도 저항을 멈추지 않는다. 그 덩치 작은 남자도 크게 부릅뜬 눈에 기백을 담아, 오른손 주먹을 번쩍 치켜든다. 몇 번이나, 몇 번이나 들어 올린다.

"라이디치오!" "쿠루나, 쿠루나!"

"라이디치오!" "쿠루나, 쿠루나!"

폐쇄된 공간에서 부딪치고, 튕기고, 그러다 뒤섞이며 상반하는 기도는 곧 기적적인 맞버팀을 이루다가 하모니까지 이루기 시작했다.

그러나 그것도 금세 끝났다.

수로 압도하고 있었던 쿠루나의 목소리가 갑자기 썰물이라도 빠져나간 것처럼 사라졌기 때문이다.

이제 남은 건 라이디치오의 목소리뿐.

그것도 단 한 사람.

그 덩치 작은 남자가, 몸에 흉포한 적대감을 가득 담은 그 남자가, 눈물로 엉망이 된 얼굴을 한 채 갈라진 외침을 계속 내지르고 있었다. 그 무방비하고 나약한 모습은 마치 통곡이라도 하는 듯했다. 네 명의 추종자들도 묵묵히 그걸 바라만 봤다.

"라이…… 디치오."

남자의 외침이 힘이 다한 듯 멈췄다.

거친 숨 아래에서 침을 튀기며 목소리를 쥐어짠다.

"……이런 썩어빠진 세상은 차라리 없어지는 게 나아. 우리가 이렇게 된 게 다 우리 책임이야? 모두 우리 잘못이야? 너희가 그렇게 잘났어? 그렇게 대단해? 우리랑 뭐가 그렇게 다른데?

이 세상이 이상한 거지. 잘못된 거잖아. 멸망을 원하면 뭐가 그렇게 안 되는데? 우리를 거부한 건 너희잖아!"

남자에게 대답하는 이는 아무도 없고, 그저 그의 오열과 거북한 침묵만 이어진다.

전철이 멈췄다.

문이 열렸다.

"너희는 전부 카두케우스에 깔려 죽어버려야 해!"

남자는 그런 저주만 남긴 채 "비켜!"라며 플랫폼에서 전철을 기다리던 사람들을 밀치고 가버렸다.

추종자 넷도 그 뒤를 쫓았다.

분명하다.

저 유령 같은 남자.

라이디치오 운동의 그 '렌'이다.

저 빌어먹은 자식이…….

사토 가즈키의 내면에 작게 붙은 불은 절망을 먹이 삼아 곧바로 활활 불타올랐다.

그의 발걸음은 조금의 주저함도 없이 지금 왔던 길을 되돌아가기 시작했다.

그 뭐에 썬 듯한 눈은 렌의 마른 뒷모습을 포착하고 놔주지 않았다.

무인역 개찰구를 빠져나와 낡은 역 건물에서 태양 아래로 나가자, 그곳은 반원형의 작은 광장이었다. 아직 공공 도로 시스템이 작동하는 곳이지만, 택시 등의 차량은 한 대도 보이지 않았다. 대신 광장을 가득 메운 것은 무인역에 어울리지 않을 만큼 많은 수의 남녀노소다.

지금 전철에서 내린 사람뿐만이 아니다. 이미 헤르메스까지 다녀온 것으로 보이는 모습도 보였다. 다들 잔뜩 지친 얼굴로 길바닥 위에 주저앉아 고개를 숙인 채 무릎을 끌어안기도, 신발을 벗고 맨발로 있기도 했다. 그 모습에 동요한 건 헤르메스가 피난소로 개방됐다는 소문을 듣고 이제 그곳으로 가려고 한 사람들이다. 그런 소문 따위 거짓에 불과하다는 걸 바로 눈앞의 광경이 확실하게 설명하고 있었으니까. 그래도 발길을 돌리려는 사람은 없었다. 전철 안에서 아이를 데리고 있던 그 가족도 "여기까지 왔으니까 가보는 데까지 가보자"라며 걸음을 내디뎠다.

"아까 그 라이디치오 다섯 명은 이미 출발한 것 같아."

다무라의 말대로 그들의 모습은 광장 어디에도 보이지 않았다.

일단 미쓰키는 안도의 한숨을 내쉬었다.

긴장의 끈이 풀렸을 때 말문을 열었다.

"그 남자가 나한테 시비를 걸었을 때 말이야."

궁금했던 것이 입에서 스르르 흘러나왔다.

"다무라, 너 일부러 그 남자의 주의를 끈 거지? 내가 루키 II 라는 걸 들키지 않도록."

하지만 다무라 잇세이는 미쓰키의 질문에는 직접 대답하지 않았다.

"난 그 사람 심정도 좀 이해해."

오직 그렇게만 말했다.

"이 세상은 아직도 엉망이고 야만적이야. 공평하지도, 공정하지도 않아. 그렇다고 해서 망하길 바라는 건 아니지만."

"다무라는——."

"저기, 너희도 헤르메스에 가니?"

갑자기 뒤에서 날아온 밝은 목소리에 저도 모르게 흠칫 뒤를 돌아보니, 대학생으로 보이는 세 사람이 서 있었다. 모두 품위가 있다고나 할까, 영리해 보이는 얼굴이다.

"너희 아까 대단하더라. 우리도 쿠루나야. 동지지."

아무래도 아까 같은 차량에 탔던 모양이다.

"너희 아직 고등학생이지? 우리는 무서워서 얼굴도 못 들었는데 너희는 참 용감하더라."

"정말 대단해. 그런 무서운 놈을 울리다니. 속이 다 시원했어."

세 사람은 각자 일방적으로 떠들어댔다.

"그래서 말인데, 혹시 너 말이야."

그러더니 열기가 담긴 눈동자를 미쓰키에게 향했다.

"루키 II 아니니?"

미쓰키는 말문이 턱 막혔다.

"아까 전철에서 봤을 때부터 분위기가 좀 비슷해 보이던데."

"아닌데요."

다무라가 대답했다.

"루키 II에 대해 모르는 건 아니지만, 얘는 아니에요."

"루키 II의 동영상이 삭제된 건 라이디치오 놈들 짓이 분명해. 그 때문에 카두케우스가 지구에 바짝 다가오고 말았잖아. 하지만 이곳에 루키 II가 온다면 그것만큼 든든한 일도 없을 거야. 대역전의 기회가 충분히 있다는 뜻이잖아."

매달리는 듯한 시선을 견디지 못하고, 미쓰키는 눈을 내리깔았다.

"죄송하지만, 정말 얘는 루키 II가 아니에요."

그래도 포기하지 못하는 분위기가 세 사람 사이에 흘렀다.

"그래, 알았어."

한 사람이 단념한 듯 말했다.

"아니라면 어쩔 수 없지. 우리 착각이었나 봐."

다른 두 사람에게 눈짓을 준 후, 다시금 미쓰키 일행을 똑바로 바라봤다.

"그럼 모처럼 이렇게 만났으니 헤르메스까지 우리랑 같이——."

"죄송합니다. 사실 얘가 병석에서 일어난 지 얼마 안 되어서 걸음이 느려요."

다무라의 말에 세 사람은 실망감을 감추지 못했다.

"……그렇구나. 그럼 힘들겠다."

셋은 서로 고개를 끄덕였다.

"그런 거라면……."

마지막으로 미련 가득한 눈빛을 미쓰키에게 던지며 광장을 빠져나갔다.

그들의 모습이 사라진 후, 다무라가 피곤하다는 듯 한숨을 토해냈다.

"그럼 우리도 출발할까."

3

이봐, 미쿠라.

자네는 이걸로 만족하나? 정말로 후회하지 않나?

오미시마 렌은 지금도 뇌리에 자리한 그의 얼굴을 향해 몇 번이나 물음을 던졌다.

"루키 II를 제거하지 않으면 이 상황은 타개할 수 없어요."

미쿠라가 '제거'라는 단어를 쓴 건 늘 있던 염원 집회를 마치고 돌아가던 길, 회색 원 박스 카를 고속도로 휴게소에 세웠을 때였다. 쿠루나 운동이 생겨나고부터 카두케우스의 충돌 확률이 자꾸 줄어들면서 마침내 10퍼센트까지 떨어졌을 때, 미쿠라가 한 번도 보이지 않았던 심각한 초조함을 드러냈다.

"안 돼."

물론 렌은 강하게 반대했다.

"루키Ⅱ에게 손을 대는 짓은 용납 못 해. 절대로."

"렌, 이제 시간이 없어요. 당신은 라이디치오의 리더 아닙니까. 카두케우스를 지구에 떨어트려 인류 사회를 리셋하려던 거 아니었나요?"

"그렇다고 해서 한 소년의 목숨을 빼앗는 일까지 허락할 수는 없네."

"카두케우스가 떨어지면 어차피 다 죽어요."

"그것과 이건 다른 문제야."

"순서가 다를 뿐이지 결과는 똑같잖아요."

"미쿠라, 자네가 하려는 짓은 살인이야. 그것도 상대는 미성년자라고."

"우리는 전 인류를 없애려고 하는 거잖아요. 먼저 한 명 없애는 게 뭐 그리 큰 문제죠? 어린애든 뭐든 그런 건 상관없어요. 렌, 당신은 모순적으로 행동하고 있다고요."

미쿠라의 지적은 옳다. 렌도 그 정도는 안다. 그러나 이것만큼은 물러설 수 없었다.

두 사람의 말은 아무리 시간이 지나도 평행선만 달렸다. 서로 할 말도 없어 허탈감만 감도는 중, 미쿠라가 의아한 표정을 지었다.

"왜 당신은 그렇게까지 루키Ⅱ를 지키려 하나요?"

"지킨다고……?"

렌은 그 말에 허를 찔리고 말았다.

"마치 그를 개인적으로 아는 것처럼 굴잖아요."

당황했다. 말해서는 안 된다. 말할 일이 아니다. 머리로는 이해했지만 입이 제멋대로 움직였다.

"직접적으로는 몰라. 물론 만난 적도 없지. 하지만 루키의 혈연이라는 게 사실이라면……."

"사실이라면?"

렌은 마지막 망설임을 떨치듯 숨을 토해냈다.

"내 지인, 아니……, 은인의 손자일지도 몰라."

미쿠라는 무거운 침묵을 지키다 메마른 웃음을 짧게 흘렸다.

"실망스럽네요."

미쿠라는 경멸 어린 시선을 보냈다.

"당신한테는 처음부터 이 인류 사회를 리셋할 진짜 각오가 없었던 거예요."

그날을 기점으로 미쿠라는 렌 앞에서 모습을 감췄다. 연락도 끊겼다.

그리고 그 사건이 벌어졌다.

렌한테도 경찰이 찾아왔다. 라이디치오 운동가 중에 테러를 의도하는 움직임이 있다는 점은 경찰도 파악했던 모양이다. 그리고 렌이 그걸 제지하려고 했던 것도. 경찰이 마음만 먹으면 렌을 체포할 수도 있었지만 그러지 않았던 이유는 라이디치오 운동의 과격화를 막기 위해서는 렌을 그냥 두는 게 낫다는 판단에서였을 것이다.

결국 어느 쪽이든 매한가지였다. 그 직후부터 충돌 확률이 크게 상승하면서, 테러에 기댈 필요도 없어졌으니까. 최종적인 수치는 79.9퍼센트. 실제로는 그 이상이라는 말까지 있다.

숫자만 보자면 미쿠라가 목숨을 걸고 상황을 역전시켰다고 볼 수도 있겠다. 그러나 미쿠라가 아무 행동도 안 했어도, 마찬가지로 상황은 뒤집혔을지도 모른다. 냉정히 따져보자면 그럴 가능성이 훨씬 더 크다. 아마 미쿠라가 죽을 필요는 그 어디에도 없었다. 자신의 목숨을 맞바꾸면서까지 죄 없는 소년을 괴롭힐 필요는 세상 어디에도 없었다.

이봐, 미쿠라.

우리는 근본적인 곳에서 큰 실수를 한 게 아닐까. 그 때문에 자네는 아까운 젊은 목숨을 버리게 된 걸지도 몰라…….

……아니, 미쿠라는 아무 잘못도 없다. 다 내가 잘못을 반복했기 때문이다. 자포자기의 심정에 빠져 라이디치오 운동에 몰두한 것도, 붙잡는 세라 사키의 손을 뿌리치고 '람다의 정원'을 그만둔 것도, 미쿠라를 보좌관으로 들인 것도, 전부 잘못이었다.

그리고 그 결과는 이거다!

이제 되돌릴 수 없다. 많은 사람을 라이디치오 운동에 끌어들인 일이나 너를 죽게 한 일, 그 사람의 소중한 손자에게까지 중상을 입힌 책임도 질 수 없다. 그런 책임은 질 수조차 없다. 다만 하다못해 내가 저지른 일의 결말을 이 눈으로 끝까지 보고, 이 몸으로 받아들이자.

그러니까 꼭 가야 한다.

세상이 끝날지도 모르는 오늘, 라이디치오와 쿠루나가 교차하는 그 장소로.

아까부터 기분 나쁘게 뭘 저렇게 중얼거리나, 하고 사토 가즈키는 생각했다. 혼잣말의 내용은 알아듣지 못했지만, 헛소리를 중얼대는 것 같았다.

사토는 라이디치오 운동에도, 쿠루나 운동에도 아무런 관심이 없었다. 그런 미신을 믿는 사람들은 죄다 멍청이라고 여겼다. 그렇다면 왜 지금 자신은 이 자의 뒤를 밟는 짓을 하고 있는가.

라이디치오 운동의 렌. 인터넷에 유포된 영상에서 몇 번이나 본 얼굴이다. 소행성 2029JA1을 카두케우스라고 부르며 인류를 멸망시키기 위해 제발 지구와 소행성이 충돌하라면서 소란을 피우는 모습을 볼 때마다 역겨워서 토할 것 같은 기분이었다. 하지만 그 정도의 혐오는 지금 자신 안에 솟구치는 무시무시한 충동의 이유는 될 것 같지 않다.

아아, 그렇구나.

자신은 지금 정말로 모든 게 이 인간 때문일지도 모른다는 생각이 들었다. 이 자식 때문에 소행성이 지구에 떨어져 세상이 끝나는 거라고. 아직 더 살고 싶은데, 죽기 싫은데 이 자식 때문에…….

그걸 인식한 순간, 마치 마약이라도 투여한 것처럼 마음의 족쇄가 풀렸다.

그래, 맞아.

이놈이다.

이놈 때문이다.

이놈 탓으로 돌리자.

이놈만 없다면…….

이놈만…….

이놈만…….

이놈만…….

오른손이 숄더백 안을 뒤지더니 단단하고 차가운 판 모양의 금괴를 건드린다. 1킬로그램의 금괴. 오늘은 그걸 세 개 가지고 왔다. 그중 하나를 손에 쥐고 가만히 가방에서 꺼낸다.

발걸음을 빨리해서 거리를 좁힌다.

놈은 아직도 알아차리지 못한다.

금괴를 쥔 손에 힘이 들어간다.

심장의 고동이 늑골을 삐걱거리게 하고, 대동맥이 파도친다.

이제 남은 거리까지는 몇 미터.

금괴를 치켜들며 달려들려던 순간, 벌레의 낮은 날갯 소리가 경고라도 하는 것처럼 귓가를 스쳤다.

그렇다.

소행성이 떨어지지 않을 가능성도 20퍼센트 이상이나 남아 있다. 그 경우, 이자를 죽이게 되면 평생이 헛되이 끝나게 될지도 모른다. 그리고…….

천천히 팔을 내리고, 앞뒤에 있는 도로로 시선을 던졌다.

헤르메스로 향하는 자. 헤르메스에서 돌아오는 자. 이곳에는 드문드문 떨어져 있긴 하지만 사람들의 눈도 있다.

사토는 크게 숨을 토해냈다. 순간적으로 제정신이 아니었다. 이런 장소에서 사람을 죽이려 하다니. 아직도 심장이 가라앉지를 않는다.

라이디치오 운동을 하는 무리는 이 세상에 아무런 희망이 없으니까 세상을 저승 길동무로 삼아 죽으려는 것이다. 그런 놈들에게 있어 죽음은 구원이라고 들었다. 그리고 겨우 1킬로그램의 금덩어리로 사람을 죽일 수나 있을까. 기절시키는 것도 어렵지 않을까. 금괴로 때리다니 어떻게 봐도 무리수다.

다만 이대로 있으면 속이 끓어서 견딜 수가 없었다. 어떻게든 이 남자에게 고통을 주고 싶었다. 지금 자신과 똑같은 정도의 괴로움을 맛보게 하고 싶다. 어떻게 하면 좋을까…….

문득 오른손에 쥐고 있던 금괴로 눈길이 갔다.

앞을 가는 말라빠진 등에 시선을 옮겼다.

사토의 얼굴에 미소가 번졌다.

"당신, 라이디치오 운동의 렌, 맞지?"

유령 같은 남자가 발을 멈추고 뒤를 돌아봤다. 뜻밖에도 그 동작은 재빨라서, 사토는 하마터면 뒷걸음질을 칠 뻔했다.

"이거 당신한테 줄게."

성큼성큼 걸어가 남자의 손을 잡고 금괴를 쥐여줬다.

"진짜 금이야. 무려 1킬로그램짜리지. 실컷 사치를 부릴 수 있다고. 세상 종말이 일어나지 않는다면."

간단한 일이다.

희망이 없다면 주면 된다. 한 번 손에 쥐면 그걸 잃는 불안과 공포가 생기게 된다. 슬퍼하고 괴로워하게 된다. 지금 나처럼. 그래, 꼴 좋을 거다.

"필요 없어."

남자가 금괴를 도로 쑥 내밀었다.

예상조차 하지 못했던 반응에 사토는 남자의 얼굴에서 금괴로 시선을 오갔다.

"이봐, 진짜 순금이야. 1, 2년은 놀면서 지낼 수 있다고. 잘 생각해 봐. 소행성이 반드시 떨어질 거라고 결정 난 게 아니야. 떨어지지 않을 가능성도 남아 있다고. 그때는 나도 이걸 거저 준 걸 후회할지도 모르겠지만, 그런 후회라면 얼마든지 기꺼이 받아들이겠어. 그렇지만 일이 어떻게 되든 당신은 손해 볼 게 없어. 정말로 소행성이 떨어지면 거기서 끝인 거고, 안 떨어지면 쉽게 큰돈을 번 셈이지. 이봐, 나쁜 제안은 아니잖아? 걱정하지

마. 나중에 가서 돌려달라고는 안 할 테니까. 약속할게. 나는 조금이라도 위안 삼아 약간의 내기를 해보고 싶은 것뿐이라고. 그러니까 사양하지 마. 제발 이것 좀 받아줘, 응?"

남자가 무관심한 얼굴로 금괴가 놓인 손을 기울였다. 손바닥을 미끄러져 떨어지려는 금괴를 사토는 얼른 받았다.

"왜 안 받아?"

남자는 등을 돌린 채 걸음을 옮겼다.

"잠깐만 기다려."

사토는 뛰어가 그 앞을 가로막았다.

"좋아……. 그럼 이거 전부 다 주지."

금괴를 다시 숄더백 안에 넣고, 가방째로 내밀었다.

"아까 그 금괴가 세 개 들어 있어. 3킬로그램이야."

사토는 자신의 행동에 몸을 떨며 웃었다.

"이만큼 있으면 인생이 달라질걸? 어때?"

그러나 남자는 사토의 모습 따위는 눈에 들어오지도 않는다는 듯 다시 걸음을 옮기기 시작했다.

사토는 보이지 않는 힘에 밀려 길을 비키고 말았다.

남자는 그저 걸었다. 아까와 변함없는 힘없는 발걸음으로.

이 사람, 대체 뭐지……?

그 모습을 눈으로 좇던 사토의 가슴에 피어난 건 혼란도 아니고, 분노와 증오도 아닌, 이제까지 그가 거의 품어본 적 없는 종류의 것이었다.

"이봐, 당신!"

견디지 못하고 그를 불렀다.

"지금 헤르메스로 가서 뭘 할 셈이야!"

"지켜볼 거야."

돌아보지도 않고 남자가 말했다.

"……뭘?"

남자는 더는 대답하지 않았다.

사토는 멀어지는 뒷모습을 멍하게 바라보기만 했다.

정신을 차린 순간, 발이 앞으로 나아가고 있었다.

이번에는 자신도 정말 영문을 알 수가 없었다.

왜 나는 저 남자를 따라가려고 하는 걸까.

역 앞 광장을 출발해서 한동안 좁다란 차도를 걸어 나아갔다. 길을 따라 세워져 있는 민가는 여전히 오래된 모양새였지만, 차고에는 자동차가 보였다. 아직도 사람이 사는 듯하다.

그러나 20분 정도 걷자 풍경은 완전히 달라졌다. 곳곳에 민가는 남아 있지만, 척 봐도 폐가라고 할 정도로 하나같이 상태가 엉망이었다. 이 근처는 이미 거주 불가 구역이었다. 공공 도로 시스템 범위에서 벗어나 있어, 불법 개조차 아니면 특별 승인을 받은 차량이 아닌 한 이곳을 이용할 수는 없다.

"일본에도 이런 장소가 다 있었구나."

미쓰키가 흘린 말에, 다무라도 맞장구를 쳤다.

"소문으로만 들었지 이렇게 직접 보니까 무섭다."

아무도 없는 동네 터를 지나 30분 정도 더 걷자, 드디어 실험 지하 도시 도로, 속칭 헤르메스 도로가 나왔다. 한때 실험 지하 도시 건설을 위해 중장비 및 자재 운반용으로 만들어진 길로, 편도 1차선이지만 폭은 제법 넓다.

"이제 이 길만 쭉 가면 되는 거네."

지금 속도라면 두 시간 정도 후에는 부지 입구에 도착할 수 있을 듯하다.

"우리 잠깐 쉴까. 칼로리를 보충하는 편이 좋겠어."

다무라는 미쓰키의 몸이 염려된 모양이다.

그 말을 따라, 미쓰키는 배낭에서 꺼낸 단열 시트를 깔고 거기에 그와 둘이 나란히 앉았다. 물통에 입을 대고, 휴대용 식량을 갉아먹었다. 태양 빛이 바로 머리 위에서 쏟아지고 있었다. 도로 주변에 펼쳐진 건 버려진 경작지나 산림뿐이었다.

"라이디치오 사람들은 한참 앞서간 모양이야."

산간을 잇는 듯 달리는 헤르메스 도로에는 드문드문 사람들의 그림자가 있긴 했지만 그 다섯 명의 무리도, 역 앞에서 말을 걸었던 대학생들 같은 모습도 보이지 않았다.

"왜, 신경 쓰여?"

미쓰키는 응, 하고 고개를 끄덕였다.

"또 시비를 거는 게 아닐까 걱정되어서 그런 건 아니지만."

물을 한 모금 마시고 말을 이었다.

"그런 식으로 어른이 엉엉 우는 건 처음 봐서."

감정이 고조되어서 그랬다기보다는 마음이 무너질 것 같은 울음이었다.

"그 사람은 진심으로 슬펐던 게 아닐까."

미쓰키는 다무라의 옆얼굴을 봤다.

"자신이 태어난 세상의 파멸을 바라야 하다니 얼마나 슬픈 일이겠어."

"그 사람은 왜 세계가 멸망하길 바랐을까?"

"본인 말을 빌리자면 거부당했기 때문이라고 하던데."

"……거부."

"이 세상의 모든 게 자신을 없애려고 한다. 그런 생각이 자꾸만 들 때 없어?"

"어쩐지 알 것 같아."

"그게 계속 이어지는 거지. 알 것 같은 정도가 아니라 진짜 현실에서."

다무라의 목소리에는 실감이 담겨 있었다.

"나도 장학금 전형에서 떨어졌으면 지금 학교에 다닐 수도 없었고, 장래를 위한 선택지도 사라졌을 거야. 그때는 아마 저 사람처럼 이 세상을 미워하면서 지금쯤 라이디치오를 외쳤을지도 몰라."

그러고 나서 흥 하고 코웃음을 쳤다.

"세상에 불만이 있으면 세상을 바꿀 노력을 하면 된다고 쉽게 말하는 사람도 있지만, 그런 건 개인 수준에서 해낼 수 있는 일이 아니야. 진정으로 세상을 바꾸려면 수많은 힘을 한데 모을 수 있는 리더가 필요하지. 세상을 바꿔줄 것 같은, 모두에게 그런 꿈을 꾸게 하는 리더가 말이야. 그렇지만 지금 사회 그 어디를 봐도 그런 리더는 존재하지 않아."

그답지 않게 비웃음의 울림이 어렸다.

"그때 하늘에서 나타난 게 카두케우스지. 하지만 카두케우스는 세상을 바꾸기는커녕 멸망시키고 말지만, 그건 아무래도 좋은 거야. 적어도 카두케우스는 꿈을 꾸게 해주니까."

그리고 문득 정신을 차린 것처럼 숨을 들이마셨다.

"절망밖에 없다면 차라리 세상은 멸망해 버리는 게 낫다. 사람이 그런 감정을 품는 건 어쩔 수 없는 일이야. 사실은 그런 감정을 품지 않게 하는 사회를 만들어야 하는데, 우리 사회는 그에 실패했지. 라이디치오 운동은 바로 그 결과라고 봐."

그는 눈을 들었다.

"그 사람이 세상의 멸망을 바란 건 진심이었어. 하지만 진짜로 세상이 끝나려 하니까 자신이 그런 바람을 품었던 게 슬퍼서, 도저히 참을 수 없어 그때 그런 감정이 단번에 치밀었던 게 아닐까. 물론 어디까지나 내 상상이지만."

미쓰키에게 미소를 지으며, 의식을 내면으로 향하게 하려는 듯 고개를 숙였다.

"예를 들어 어린아이는 부모님의 사랑을 받고 싶다는 마음이 있잖아? 설령 아무리 잔혹한 부모라고 해도."

고모의 손에 컸다는 그의 말이 문득 미쓰키의 뇌리를 스쳤다.

바람이 불었다.

더위를 잊게 하는 기류가 매미 소리를 저편으로 옮긴다.

하늘은 끝이 보이지 않을 정도로 맑고 파랗다.

"있잖아, 마미야. 내 말, 웃지 말고 들어주면 좋겠는데."

다무라 잇세이가 울적함을 떨치려는 것처럼 밝은 목소리로 말했다.

"난 오늘 정말로 카두케우스를 밀어낼 셈으로 왔어."

강한 의지를 담은 눈동자를 미쓰키에게 향했다.

"나는 미래를 살아가고 싶어. 이런 곳에서 죽기 싫거든."

4

실험 지하 도시 헤르메스 및 지상 컨트롤 센터라고 불렸던 시설은 12년 정도 전부터 주식회사 일본 지오넥스의 관리하에 있었지만, 앞서 언급한 대로 그 실상은 사실상 방치에 가까웠다. 그래도 최근까지는 경비 회사와 계약해서 도입한 방범 시스템이 기능하고, 게이트를 넘어 통과하려는 사람에게 경고하거나 담당 경비 회사에 신고하는 등, 관리 회사로서 최소한의 체면은 지켰다. 그러나 상황이 돌변한 건 일대가 공공 도로 시스템 범위에서 벗어났을 때부터였다.

차량 접근이 어려워지자 큰일이 생겼을 때 경비 회사가 출동하려면 하늘길을 사용해야 했지만 그래서는 계약 비용이 치솟고 만다. 그러나 접근하기 어려운 건 침입자도 마찬가지여서, 굳이 방범 시스템이 필요하겠느냐는 희망적 낙관으로 일본 지오넥스는 경비 회사와의 계약을 해지했다.

이 결단이 잘못됐음은 곧 밝혀지고 만다. 어느 시대든 존재하는 게 바로 괴짜인지라, 10킬로미터 이상의 길을 걸어 부지로 침입하는 사람들이 끊이지 않았기 때문이다. 그런데도 일본지오넥스는 경비 회사와 재계약은 하지 않고 현상을 묵인하기로 했다. 사실상 관리 회사로서 책무를 방치한 것이다.

말 그대로 폐허가 된 헤르메스는 곧 아는 사람은 아는 귀신 출몰 지역이 됐다. 원래부터 이 장소는 240명의 사망자가 발생한 참사 현상이기도 했다. 희고 간소한 복장을 한 집단이 위령비 아래에 서 있었다느니, 돔 형태의 스테이션 안에서 괴로워하는 신음 소리가 들렸다는 소문이 퍼져 심령 현상을 구경하려는 사람들을 불러모았다. 소행성 카두케우스의 충돌 확률이 50퍼센트를 넘었을 때 피라미드형 위령비가 염동력을 증폭시킨다는 이야기가 발생한 것도, 이 장소에 초자연적인 에너지가 모인다는 이미지 때문이리라.

지금 헤르메스 위령비 아래에는 그 초자연적인 힘을 갈구하는 사람들이 집결하여, 각자 온 힘을 다한 외침에 기도와 바람을 실어 하늘 저편에 뜬 거대한 덩어리를 향해 쏟아내는 중이었다.

"카두케우스, 라이디치오!"

"쿠루나!"

"라이디치오!"

그들의 목소리는 렌의 뒤를 따라 결국 게이트까지 되돌아온 사토 가즈키의 귀에도 닿았다. 게이트라고 해도 이름뿐이지, 침입자를 막는 철제 대문은 망가져서 이미 쓸모도 없었다.

이따금 게이트를 나오는 건 사토처럼 피난소에 들어갈 수 있을 줄 알고 이곳에 온 사람들인 듯했다. 피로와 실망에 휩싸여 생기 없는 얼굴로 무겁게 발을 질질 끄는 모습은 그야말로 지하 도시에서 기어 올라온 영혼이라고 해도 믿을 수 있을 듯했다. 렌과 마주쳐도 그가 라이디치오 운동의 대표적 인물이라고 알아차리는 이는 없었다. 또한 지금 렌의 모습은 연설 동영상에서 느껴지는 강인한 인상과는 거리가 멀어, 그를 알아본 사토가 더 희한할 정도였다.

게이트를 들어가도 위령비까지는 상당한 거리를 걸어야 한다. 중간에 있는 원형 광장은 한때 헬리포트로 사용된 모양이지만, 지금 여기 곳곳에는 색색의 간이 텐트가 몇 개나 흩어져 있었다. 며칠 전부터 이곳에서 먹고 자는 과감한 사람도 있었기 때문이다. 그렇지만 건물 내 화장실은 쓸 수도 없고, 물도 편히 얻을 수 없는 환경 속에서의 생활이다. 위생 상태가 결코 좋지 않다는 사실은 그들 근처에 부는 바람 속에 서 있기만 해도 여실히 느껴졌다.

사토는 여기서 먹고 자고 하는 이들이 당연히 쿠루나 아니면 라이디치오에 광적인 운동가들인 줄 알았지만, 피난소에 들어가고자 하는 사람들도 결코 적지 않다는 것에 깜짝 놀랐다. 얼핏 듣자 하니, 실험 지하 도시 헤르메스가 폐허가 됐다는 건 세상을 속이기 위한 가짜 정보고 사실은 지금도 정상적으로 가동한다는 소문이 돌았다고 한다. 그리고 지금 헤르메스에서 피난민을 받아들일 준비가 진행되고 있으며, 곧 지하에서 데리러 온단다. 헤르메스가 피난소로 개방된다는 정보를 믿고 여기까지 온 사토였지만, 아무리 그래도 이런 이야기는 어처구니가 없었다.

"스테이션이 저런 꼴인 걸 보면, 아직도 헤르메스가 제대로 돌아간다는 게 말이 돼? 잘도 그런 이야기를 믿네."

사토가 뒤에서 말해도 여전히 렌은 한마디도 대꾸하지 않고 그저 앞으로만 나아갔다.

"하긴 나도 남 말할 처지는 아니지. 한심한 소문을 진짜로 믿고 이런 곳까지 와버렸으니까. 나도 제정신이 아니었던 거야."

그래도 사토는 마음속에 쌓아둔 것을 토해내기라도 하듯 말을 계속했다. 렌으로 보이는 이 남자는 일방적으로 이야기를 쏟아내도 화조차 안 냈고, 괜한 말참견도 하지 않았다.

"나뿐만이 아니야. 여기 있는 놈들은 다들 제정신이 아니야."

헤르메스의 부지 곳곳에는 잔뜩 지친 사람들이 라이디치오와 쿠루나의 울림을 아득하게 들으면서, 멍하게 서 있거나 주저앉아 있었다. 그러나 반대로 약물이나 술을 가지고 와 떠드는 무리나 애틋한 모습으로 서로 포옹하는 남녀도 보였다.

"여기에 정상인 인간은 하나도 없어. 정신이 멀쩡하다면 세상이 끝날지도 모르는 이 순간에도 이런 곳에 오지 않겠지. 물론 당신도."

사토는 짧게 웃었다. 그리고 이 자리에서 자신이 웃을 수 있다는 게 묘하게 기뻤다.

"그런데 당신은 여기서 뭘 끝까지 지켜볼 셈이지?"

마음이 진정되기 시작하자, 다시금 이 남자에 대한 호기심이 고개를 치켜들었다.

"역시 라이디치오 운동의 성과를 보러 온 건가?"

"그런 건 없어."

남자는 몸서리 처진다는 듯 대답했다.

사토는 덩실거리고 싶은 기분을 억누르며 남자 옆에 나란히 섰다.

"이제야 대답을 했네. 나는 사토 가즈키라고 해. 당신, 정말로 렌 맞지? 그 라이디치오 운동을 하는."

남자가 앞만 보며 작게 고개를 끄덕였다.

"이제 라이디치오와는 연을 끊은 거야?"

렌이 사토를 쳐다봤다. 그곳에 누군가가 있다는 걸 처음 알아차린 눈으로.

"얼굴이 딱 그런데 뭘."

렌은 흔들리는 시선으로 앞을 향했다.

"나는…… 실수하고 말았어."

"실수는 누구나 하는 법이야. 나도 아까 당신을 하마터면 죽일 뻔했다고. 이 금괴를 휘둘러서."

"차라리 죽이지."

사토는 한숨을 내쉬었다.

"그래서 당신, 후회하는 중이야?"

"왜 나한테 와서 이러는 거지? 화가 나서? 라이디치오 같은 쓸데없는 짓을 했으니까?"

"아까까지만 해도 그랬지. 지금은 그냥 대화 상대가 필요할 뿐이야. 그 점에서 보자면 당신은 푸념하기 좋은 대나무숲 같아서 딱 좋아. 임금님 귀는 당나귀 귀 이야기, 알지?"

렌은 입을 꾹 다물었다.

"지금 당신이야말로 필요한 거 아니야? 대화 상대."

사토의 말은 분명 렌의 마음에 닿고 있을 것이다.

"어서 이야기해 봐. 들어줄 테니까. 내가 이렇게 너그럽게 구는 일은 좀처럼 없다고. 조금은 고맙게 여겨."

"……생각해 보지."

사토는 하하, 하고 소리 내어 웃었다.

"그런 시간이 남아 있긴 해?"

큰 건물을 빙 돌자, 풍압과 함께 열기를 타고 들려왔다.

"라이디치오!"

"쿠루나!"

"라이디치오!"

"쿠루나!"

렌은 발걸음을 멈추고 그걸 올려다봤다.

"당신도 여긴 처음인가 보지?"

돔 형태의 셔틀 스테이션은 바로 앞에 있는 5층짜리 건물보다 더 높게 솟아 있었다. 사진으로 본 적은 있어도 막상 실제로 보니 구면球面의 용적에 압도될 것만 같았다. 그 돔을 지키듯 덮고 있는 거대한 피라미드형 프레임이 240명의 영혼을 달래기 위한 위령비다. 둘 다 오랫동안 흙먼지와 비바람을 맞아 쓸쓸하게 우중충한 색을 띠었고, 한때 은빛으로 빛났을 위령비도 지금은 칙칙한 회색으로밖에 보이지 않았다. 스테이션에서 창문이 난 연결복도가 뻗어 있었지만, 그 창문 유리도 파손된 것이 눈에 띄었다. 지표면에 접한 측면에 문 같은 것이 있었는데, 아마도 그 너머가 셔틀 탑승구겠지만 계속 단단히 닫힌 채였다. 사토가 가까이 가서 확인해 보니, 누군가가 억지로 열려는 흔적도 있었다.

"라이디치오!"

"쿠루나!"

"라이디치오!"

"쿠루나!"

셔틀 스테이션 주변에는 사토가 처음 왔을 때보다 사람이 더 늘어난 상태였다. 아마 적어도 4, 5백 명은 될 듯하다. 그것도 막연하게 돔을 둘러싸기만 한 게 아니고, 다들 위령비 아래에 모여들어 피라미드의 정점을 올려다보면서 각자의 주문을 연발하고 있다. 주먹을 번쩍 쳐드는 자가 있는가 하면, 두 손을 번쩍 들어 올리는 자도 있었다.

"피라미드 안에 들어가 있어야 한다지 뭐야. 그렇게 하면 저 꼭대기에서 염력이 소행성을 향해 빔처럼 날아간대. 어이가 없어서. 대체 누구 생각인지."

"라이디치오!"

"쿠루나!"

"라이디치오!"

"쿠루나!"

지금은 양측 모두 기세가 거의 비슷한 상태였지만, 쿠루나가 필사적인 건 그렇다 치더라도 라이디치오 무리까지 눈을 크게 부릅뜨고 관자놀이에 푸른 핏줄까지 세우는 형상이다. 다들 제정신이 아니다.

그래도 양쪽이 서로 뒤섞여서 난투극을 벌이지 않고, 깔끔하게 좌우로 나누어 일정한 질서를 지키는 모습은 참으로 기이한 광경이었다. 그 이유가 뭔지 생각해 봐도 그럴싸한 것이 떠오르지 않았다. 사토가 그러한 감상을 별 뜻 없이 입에 올렸을 때.

"공범이니까."

렌이 말했다.

"공범?"

"라이디치오도, 쿠루나도 염원의 힘으로 소행성을 움직일 수 있다고 믿고 있어. 그리고 그 피라미드가 그 염력을 증폭시켜 준다고 하니까 이곳에 모였지. 바라는 건 정반대지만 서 있는 토대는 똑같아."

"흐음, 난 잘 모르겠는데."

사토가 콧숨을 토해냈다.

"그래서 당신은 이제부터 어떻게 할 거야? 이번에는 쿠루나 응원이라도 할 셈인가?"

"비켜!"

갑자기 뒤에서 거친 목소리가 다가왔다.

사토는 간발의 차이로 피했다.

"걸리적거리게!"

그러나 반응이 늦었던 렌은 떠밀려 넘어지고 말았다.

"이봐, 렌. 당신 괜찮아?"

사토는 저도 모르게 무릎을 꿇고 렌의 등을 부축했다.

"괜찮아."

렌이 땅에 두 손을 짚고 몸을 일으켰다.

"……렌이라고?"

아까 렌을 밀친 덩치 작은 남자가 발길을 멈추고 뒤를 돌았다.

"당신, 라이디치오의 렌이야?"

덩치 작은 남자 외에 다른 동료 네 명도 있었다. 다들 깜짝
놀란 얼굴로 이쪽을 본다.

"그래서 뭐?"

사토는 분노에 몸을 맡기고 날카롭게 노려봤다.

남자가 황급히 이쪽으로 다가와 렌 앞에 몸을 숙였다.

"아까는 미안했어. 당신인 줄 몰랐거든."

마치 동경하는 사람에게 보내는 눈빛으로 렌을 바라본다.
눈물까지 글썽이며.

"렌, 정말 렌이 맞네! 당신을 만나서 얼마나 기쁜지 몰라!"

그는 입을 크게 벌리고 이를 드러낸다.

"역시 와줬어. 당신이 더는 운동에 나서지 않는다고 떠드는
놈들도 있었지만, 난 당신을 믿었다고. 자, 마지막 준비를 하자
고. 같이 이 세상을 무너뜨리는 거야."

렌의 팔을 잡고 일으키려고 했지만, 렌은 남자의 손을 조용히 걷어냈다.

"미안하지만, 라이디치오는 이제 그만뒀어."

혼자 멀뚱히 서 있던 남자가 거절당한 자신의 손을 멍하게 바라봤다.

그러더니 엉덩방아를 찧은 자세로 있는 렌을 내려다봤다.

"무슨 소리를 하는 거야? 당신, 렌 맞잖아. 라이디치오의 렌이잖아⋯⋯?"

"이제 무서워서 그래. 비웃으려면 비웃어."

남자의 치켜 올라간 큰 눈이 분노로 부풀어 올랐다.

"⋯⋯그럼 왜 여기에 있어?"

"끝까지 지켜보려고. 내가 한 짓의 결과를."

"뭘 남의 일처럼⋯⋯."

그는 다시 몸을 숙이며 렌의 양쪽 어깨를 붙들었다.

"이제 와서 도망가겠다는 거야?"

세차게 흔들었다.

"난 당신의 연설을 듣고 큰 위안을 받았어. 태어나서 처음으로 살아갈 보람을 느꼈다고, 이 라이디치오 운동에. 당신은 우리를 그렇게나 일으켜 세워 여기까지 끌고 온 책임이 있어. 우리를 내버려두고 혼자 떠나지 말란 말이야!"

고함을 친 남자의 얼굴이 일그러진다. 격렬한 고통을 참아내는 것처럼.

"젠장, 빌어먹을!"

렌의 어깨를 밀치며 벌떡 일어섰다.

그는 눈가를 훔치며 뒤돌아, 동료들이 있는 곳으로 돌아갔다.

렌이 천천히 자리에서 일어나, 멀어지는 남자들의 뒷모습을 보며 희미한 미소를 지었다.

그렇게 평온할 정도의 침묵을 뒀다가, 마치 자기 마음에게 하는 것처럼 말했다.

"그래……. 참 뻔뻔스럽긴 하지."

"이봐, 저런 놈 말은 신경 쓰지 마."

렌은 사토에게 살짝 슬픈 미소로 응하며 대꾸했다.

"그럴 수는 없어."

다시금 남자들의 뒷모습에 시선을 향했다가 숨을 깊이 들이마셨다.

"카두케우스, 라이디치오!"

온몸을 떨며 외쳤다.

남자들이 뒤를 돌아봤다.

"카두케우스, 라이디치오!"

렌이 외치면서 그들을 향해 다가간다.

바로 다섯 명의 얼굴에 미소가 번진다.

"카두케우스, 라이디치오!"

주먹을 번쩍 들어 올리며 렌에게 호응한다.

"카두케우스, 라이디치오!"

렌을 받아들여 여섯 명이 된 무리가, 위령비 아래를 향해 나아간다.

"카두케우스, 라이디치오!"

렌의 등장을 알아차린 라이디치오 진영에서 땅 울림 같은 환성이 치솟았다. 렌이 오른팔을 똑바로 뻗어 피라미드의 정점을 가리켰다.

"카두케우스, 라이디치오!"

그렇게 외치자 그들도 이를 따랐다.

"카두케우스, 라이디치오!"

이와는 대조적으로 쿠루나 측은 의기소침해졌는지 점차 목소리가 줄어들었다. 이탈하는 사람까지 나왔다.

"카두케우스, 라이디치오!"

"카두케우스, 라이디치오!"

사토는 얼굴을 찡그렸다.

"아아, 도저히 못 보겠다."

동지들 사이에 둘러싸인 렌이 애써 '라이디치오의 렌'을 연기하는 것을, 무리하고 있는 것을 멀리서 봐도 알 수 있었다.

"난 이만 간다. 잘 살아, 렌."

사토는 도저히 그 자리에 있을 수 없어 등을 돌렸다. 소행성 최접근까지 앞으로 두 시간 남짓 남았다. 지구에 떨어질 경우, 반경 수백 킬로미터 이내는 즉사를 피할 수 없지만, 낙하지점에서 멀리 떨어져 있으면 잠시 동안은 살 수 있다고 한다. 소행성이 어디에 떨어질지, 살아서 집까지 돌아갈 시간이 남아 있긴 한 건지 알 수는 없지만, 이런 곳에서 죽는 것보다는 낫다.

건물의 그늘을 돌아 나오자, 짜증스러운 라이디치오의 외침이 조금은 줄어들었다.

햇살은 여전히 강렬했다. 숄더백에서 물통을 꺼내 물을 마셨다.

"다들 하나 같이."

바보뿐이다.

다만, 하고 목소리가 들리는 방향으로 눈을 돌렸다.

사토는 염원의 힘으로 소행성을 어떻게 해볼 수 있다는 헛소
리를 믿지 않는다. 그렇지만 저들은 다르다. 자신들의 힘으로
소행성을 진짜 움직일 수 있다고 생각한다. 그 힘을 사용해서
라이디치오는 소행성을 지구에 떨어트리려 하고, 쿠루나는 밀
어내려고 한다. 라이디치오는 세상을 멸망시키기 위해, 쿠루나
는 자신들이 살아남기 위해. 사토의 눈에는 둘 다 헛된 환상을
좇는 것처럼 보일 뿐이다.

그런데 냉정한 눈으로 보는 자신보다 그들이 더 '살아 있다'
라는 느낌이 드는 건 어째서일까.

특히 쿠루나가 그렇다. 시간이 얼마 남지 않았는데도, 저렇
게 마지막 순간까지 살아남기 위해 끊임없이 발버둥 치는 모습
이 더 인간답다고 느껴진다. 생명이란 본래 그런 것이 아닐까.
이럴 때 금괴를 끌어안고 있어 봤자 아무런 의미도 없다. 위로
조차 되지 않는다.

아아, 그렇구나, 하고 사토는 마침내 깨달았다.

나는 부러운 거구나.

아직도 살아갈 희망을 잃지 않은 그들이.

이럴 때마저도 설령 환상이라고 해도 불태울 생명을 가진 것이.

그렇다고 해서 이제 와서…….

그때 공기가 묘하게 술렁이는 느낌이 들었다.

돌아보니 이쪽으로 뛰어오는 사람이 있었다.

"──가 온다!"

회색으로 가득 찬 얼굴로 주변 이곳저곳에 외치며 다녔다.

"정말로 온다고!"

사토가 의아한 표정을 지었다. 저 녀석도 라이디치오인가. 하지만 그런 것 치고는 기묘한 타이밍에, 이상한 말을 한다. 소행성이 다가오는 것이야 전부터 아는 일이었지만, 충돌까지는 아직 시간이 남았다.

"이봐."

사토는 위령비를 향해 달려가려는 그 남자의 팔을 덥석 붙들었다.

"뭐가 온다는 거야?"

남자가 물어뜯기라도 하려는 것처럼 얼굴을 바짝 들이댔다.

"루키 Ⅱ 말이야! 전철에서 그를 봤다는 사람이 지금 도착해서 알려줬어. 곧 여기에 온대, 그 루키 Ⅱ가!"

"아니, 루키 Ⅱ가 누군데?"

남자가 깜짝 놀랐다.

"아니, 쿠루나 운동의 창시자도 몰라? 갑자기 인터넷상에서 사라져 사망설까지 돌았어. 하지만 역시 살아 있었구나. 루키 Ⅱ가 부활했어. 이제 카두케우스도 단번에 밀어낼 수 있다고!"

그는 웃으면서 사토의 팔을 탁탁 두드리더니, 건물을 돌아

위령비 쪽으로 달려갔다.

"루키 Ⅱ가, 루키 Ⅱ가 온다!"

사토도 남자의 뒤를 쫓아 왔던 길을 되돌아갔다.

"루키 Ⅱ!"

"루키 Ⅱ!"

"루키 Ⅱ!"

마치 마법의 주문 같았다. 쿠루나 진영이 갑자기 기세를 되찾았다.

그리고 어째서인지 쿠루나 따위 믿지도 않는 사토까지 기분이 고조되면서 심장이 격렬하게 뛰기 시작했다.

국제소행성감시기구(IASO)가 2029JA1의 충돌 확률이 79.9퍼센트라는 수치를 공표했지만, 낙하지점에 대한 정보는 조금도 다루지 않았다. 불확정 요소가 많고 예측이 어렵다는 게 그 이유지만, 역시 혼란을 막고자 일부러 언급을 피하는 것이리라. 구체적인 낙하지점을 알 수 없으면, 막연하게나마 자기가 있는 곳으로는 안 올 거라고 생각할 수 있기 때문이다.

그것 이외의 정보라면 IASO의 라이브 위치 정보 사이트에서 최신 내용을 어느 정도 얻을 수 있다. 그중에서도 전 세계 사람들이 이 순간도 마른침을 삼키며 지켜보는 건 지구와 2029JA1의 위치 관계를 표시하는 사진일 것이다. 1분마다 갱신되는 사진을 보면, 작은 구로만 표시됐던 2029JA1이 서서히 지구에 이끌려 온 궤적도 알 수 있다. 그리고 궤적의 어느 한 부분을 탭 해 보면 그 시점의 2029JA1의 고도, 다시 말해 지구까지의 거리도 표시된다.

"고도가 점점 아래로 내려가고 있네."

디바이스로 최신 수치를 확인하던 다무라가 낮은 목소리로 말했다.

"지구의 중력에 잡혀 가속하면서 다가오고 있어."

"역시 위험한 상황이야?"

"꼭 그렇다고 볼 수는 없지."

다무라가 화면에서 눈을 들었다.

"가속하는 편이 지구에 떨어질 확률을 낮출 가능성이 있어."

지금 두 사람은 두 번째 휴식을 취하며 발을 쉬는 참이었다. 같은 전철을 타고 온 사람들은 이미 한참 전에 앞서갔다.

"이 소행성은 처음부터 지구와 충돌하는 코스로 날아온 게 아니고 원래 조금 빗나가 있었는데, 지구 중력에 끌려서 이쪽으로 꺾이는 중이지. 다시 말해, 지금 카두케우스는 지구를 향해 호를 그리기 시작하고 있다는 뜻이야. 호를 그리는 물체에는 바깥을 향하는 원심력도 작용해. 그리고 원심력은 물체의 이동 속도가 크면 클수록 강해져. 만약 지구를 향해 완전히 꺾어 들기 전에 충분한 속도까지 이르러 중력을 웃돌면 카두케우스는 중력을 뿌리치고 지구에서 멀어질 거야."

"그렇다면 카두케우스를 괜히 더 밀어내려고 하면 속도가 떨어져서 역효과 아니야……?"

"이론적으로 보면 그럴지도 모르겠지만, 결과적으로 지구로 오지 않도록 하는 게 쿠루나 운동이니까 '밀어낸다'라는 의식 상태를 유지해도 괜찮을 것 같아. 그러는 게 더 감각적으로 이해하기 쉽고, 이제 와서 바꾼다고 해도 모두 혼란스러울 뿐이야."

그것도 그렇겠다며, 미쓰키도 수긍했다.

"어쨌든 아직 희망은 있다는 거네."

다무라가 고개를 끄덕인다.

"자, 이제 다시 출발하자. 조금만 더 가면 돼."

"응."

미쓰키는 배낭 속에 물통을 다시 넣으며 자리에서 일어났다.

오미시마 렌은 크게 동요했다.

루키 II가 온다고?

그 사람의 손자인 소년이…… 자기 때문에 중상을 입은 소년이…… 여기에 온다는 건가.

돌이켜보면 미쓰키가 이렇게 오래 다무라와 행동을 함께한
건 처음이었다. 특히 무인역 앞 광장을 나오고부터는 주변에
사람이 거의 없어 계속 두 사람뿐인 상태였다. 소행성 카두케우
스의 최신 정보 이외에도 이제까지 두 사람이 화제로 삼아왔던
책이나 영화 등에 대해서도 생각나는 대로 이야기를 나누며 걸
었다. 그런 귀중한 시간에 미쓰키는 살아 있는 기쁨이란 무엇인
지를 배우는 기분마저 들었다.

아바타를 통해 만날 때와는 달리, 서로의 목소리와 숨결을
가까이에서 느끼며 대화를 나누면 편안한 친밀감에 이끌려 가
슴 속 깊이 담아둔 것까지 입 밖으로 흘러나올 때도 있다.

"난 정치가가 되고 싶어."

다무라가 그렇게 고백한 건, 목적지까지 앞으로 1킬로미터
정도 남았을 때였다.

이제까지 살면서 정치가가 되고 싶다는 생각은 조금도 해본
적 없었던 미쓰키는 "아니, 왜?" 하고 소리치고 말았다.

다무라는 언짢아하는 기색도 없이 대답했다.

"좀 더 좋은 사회로 바꾸고 싶으니까. 그 누구도 라이디치오
따위 외치지 않고 사는 사회로. 라이디치오 사람들은 사회를
바꾸는 일은 어렵다며 포기한 상태야. 그러니까 카두케우스가
떨어져서 다 사라지면 좋다고 여기는 거지. 하지만 난 포기하
고 싶지 않아."

그는 앞을 본 채로 담담히 말을 이었다.

"사회를 바꾸려고 할 때 우선 우리가 극복해야 하는 건 폭력에 대한 유혹이야. 라이디치오가 희망을 맡긴 카두케우스는 그 사람들에게 폭력의 상징이라고 생각해. 물론 이제까지의 역사에서 폭력이 사회를 크게 바꾸긴 했어. 좋은 방향이든, 나쁜 방향이든. 그렇지만 22세기에 접어들려는 이 시기에 그래서는 호모 사피엔스의 체면이 뭐가 되겠냐? 폭력 따위에 기대지 않고도 인내와 상상력이 있으면 대체 수단은 얼마든지 있을 거야."

마음을 가득 담은 시선을 똑바로 던진다.

"세상을 움직이는 건 폭력이 아니야. 절대로 폭력이어서는 안 돼. 물론 독재적인 권력도 안 되지. 정치여야 해. 정치를 우습게 보면 안 되거든. 사회라는 복잡하기 이를 데 없는 괴물을 바꾸려면 고도의 정밀한 기술이 필요해. 그게 바로 정치야. 결코 단순한 게 아니지. 하루아침에 익힐 수 있는 일이 아니지. 그래서 나는……."

"너 정말 대단하다. 그런 생각까지 다 하고."

"그런 것 같지?"

다무라는 미쓰키에게서 고개를 돌리며 수줍은 웃음을 지었다.

"사실 이거, 전에 읽었던 소설에 나왔던 내용을 그대로 말한 것뿐이야. 정치가가 되어서 좋은 사회를 만들고 싶은 건 진심이지만."

그리고 나서 시원한 표정으로 하늘을 올려다봤다.

"치졸한 꿈일지도 몰라. 그래도 지금 꿈을 안 꾸면 언제 꾸겠어?"

마미야 유이는 디바이스에 표시된 사진을 기도하는 심정으로 지켜보는 중이었다. IASO의 라이브 위치 정보 사이트에 의하면, 지구 중력에 붙들린 소행성 2029JA1은 이쪽으로 방향키를 잡으려 하고 있다. 완전히 꺾여 낙하 코스로 들어가기 전에 탈출 속도에 이르면, 지구와 부딪치지 않고 멀어지겠지만 아직 가속도가 부족한 모양이다. 이대로 탈출 속도에 이르지 못하고 낙하 코스에 돌입하면 모든 게 끝이다. 중력을 타고 엄청난 기세로 지표면에 충돌해서 세상은 막을 내릴 것이다. 2029JA1이 탈출 속도에 도달하는 게 먼저일까, 낙하 코스로 들어가는 게 먼저일까. 지금 인류의 운명은 이 하나에 걸려 있었다.

"그렇게 긴장하고 있으면 정신만 힘들어져."

거실 소파에 누워 있던 다케미치가 손에 든 디바이스에서 얼굴을 들었다.

"다 되는 대로 되겠지."

"당신도 아까부터 계속 미쓰키 위치를 확인하면서 뭘. 걱정되어서 그러는 거지?"

어떻게 알았느냐며 눈을 동그랗게 뜬다.

하여간 여전히 알기 쉬운 사람이다.

유이는 숨을 푹 내쉬었다.

"지금 어느 부근에 있어?"

다케미치가 디바이스로 눈을 돌렸다.

"곧 입구에 도착해."

"……그렇구나."

헤르메스의 위령비 앞에는 2029JA1을 지구에 떨어트리려 하는 라이디치오와 밀어내려는 쿠루나, 각자의 바람을 품은 사람들이 대거 집결해 있다고 한다.

한때 자신도 딱 한 번 어머니한테 이끌려 찾아갔던 그 장소.

어릴 때 예뻐해 줬던 외삼촌의 영혼이 잠든 장소.

그리고 그 외삼촌의 아이, 루키가 처음으로 지상의 공기를 접했던 장소.

지금 그 땅에 미쓰키가 서려 한다.

"저기구나."

다무라의 목소리에 미쓰키도 고개를 끄덕였다.

큰 도로가 완만한 커브를 그린 저 끝, 숲으로 둘러싸인 넓은 평지에 네모난 건축물이 무리를 이루고 있다. 어딘지 모르게 그 광경은 비현실적이어서, 순간 꿈속 세계로 발을 들인 게 아닌가 하는 생각이 들었다.

"저 한가운데 있는 건물 위에 뾰족한 게 조금 튀어나온 거,

보여?"

"아, 정말이네. 혹시 저게……."

"위령 기념비일 거야."

정말로 실재했던 거구나. 그런 감개가 미쓰키의 가슴을 스친다.

"그럼 저 아래에 헤르메스가."

"솔직히 상상은 잘 안 되네. 이런 벽지 지하에 거대한 지하 도시가 건설되어 있고, 몇백 명이나 되는 사람들이 살았다니."

여름의 농밀한 냄새와 매미 소리 속에서 미쓰키 일행은 걸음을 멈추지 않고 가까이 다가갔다. 기념비 끝은 바로 앞 건물에 가려져 있었지만, 시설의 모습이 점차 서서히 보이기 시작했다. 주변에 쳐진 울타리로 완고하게 외부인을 막는 모습은 마치 군사 시설 같다. 헤르메스가 아직 eUC 3라고 불리던 때는 24시간 체제로 수백 명의 직원이 일하고, 틸트로터 항공기가 하루에 몇 번이나 하늘로 날아올랐다고 한다. 그러나 지금은 건물 외관은 잔뜩 노후화되어 당시의 활기는 조금도 남아 있지 않았다.

"어어?"

미쓰키의 입에서 목소리가 새어나왔다.

"게이트 근처에 사람들이 몰려 있는데?"

"다들 이쪽을 보고 있어."

다무라가 머뭇거리며 대꾸한 동시에, 게이트 부근에 있던 몇 명이 이쪽을 향해 내달렸다.

"뭐, 뭐야?"

미쓰키는 저도 모르게 발을 멈췄다.

"라이디치오……?"

먼저 갔던 그 다섯 명 무리의 모습이 뇌리를 스친다. 특히 덩치 작고 흉포해 보였던 남자의 얼굴이.

"다무라, 우리 도망치는 게……."

"아니."

다무라의 목소리는 차분했다.

"그건 아닌 것 같아."

달려오는 네 사람. 그들의 표정에서 넘쳐나는 건 분노와 증오가 아니라 환희였다. 숨을 헐떡이며 앞에 와서 서더니, 미쓰키에게 기대라고 하기보다는 기원을 담은 눈빛을 향하며 외치듯 말했다.

"너, 루키 II 맞지?"

"아니. 얘는——."

다무라가 그렇게 말하려던 순간이었다.

"잠깐만."

미쓰키가 막았다.

한층 더 큰 환성이 들린 건 위령비 피라미드가 아니라 게이트 방향이었다. 아까까지 길가에서 멀거니 서 있거나 주저앉아 있던 사람들도 펄쩍 뛰어 오르는 것처럼 게이트로 모여들었다. 사토 가즈키도 정신을 차렸을 때는 같은 흐름에 몸을 싣고 있었다.

"루키 Ⅱ!"

"루키 Ⅱ!"

"루키 Ⅱ!"

귀로 듣는 건 오늘이 처음인데, 어느새 그 이름에 마음을 빼앗기고 말았다. 마치 주변의 흥분을 몸 안에 받아들이려는 것처럼.

갑자기 정적이 돌아온 다음 순간, 눈앞을 꽉 메우고 있던 인파가 좌우로 갈라졌다. 갑자기 나타난 길 저 안쪽에 고등학생으로 보이는 소년이 두 명. 사토도 옆으로 비켜 길을 만들었다.

모두가 시선을 고정하고 있는 건 두 명 중 마른 몸매의 소년으로, 어딘가 건강이 좋지 않아 보였지만 망설임 없는 눈빛을 하고 있었다. 그런 그가 다른 한 명의 소년과 무슨 말을 나누더니 앞으로 발걸음을 내디뎠다. 걸으면서 오른손을 천천히 들어 올려 하늘을 가리키자, 모여든 사람들의 입에서 "쿠루나!" 하는 기도의 외침이 치솟았다.

"쿠루나!"

"쿠루나!"

사토도 마찬가지로 하늘을 향해 손가락을 뻗으며 소리쳤다. 가슴에 뜨거운 게 터지며, 눈에서 눈물이 넘쳤다. 이러면 카두케우스를 밀어낼 수 있다. 살아남을 수 있다. 진정으로 그렇게 생각했다. 그리고 자신이 그런 마음을 품고 있다는 것에 조금의 위화감도 느끼지 못했다.

미쓰키는 이제 각오했다.

할 수 있는 건 모두 해보기 위해, 진심으로 카두케우스를 밀어내기 위해, 미래를 살아가기 위해 여기까지 왔다. 자신이 루키Ⅱ로 나서서 쿠루나들을 일어서게 하고, 충돌 회피 가능성을 조금이라도 높일 수 있다면 이런 행동도 서슴지 않아야 한다. 그리고 이게 마지막이기도 하다. 후회는 남기고 싶지 않다.

그리고 맞이하러 나온 사람들한테서 들은 '저쪽에 렌이 와 있다'라는 한마디가 미쓰키의 결심을 굳혔다.

정말로 '라이디치오의 렌'이 이곳에 있다면 그를 꼭 만나야 한다.

만나서 전해야 할 말이 있다.

렌은 지금만큼 자기 자신에게 절망한 적은 없었다. 지은 죄를 처단받을 각오는 되어 있었는데, 그 소년이 이곳에 왔다는 걸 알고 나서부터 눈을 감고 귀를 막은 채 도망치고 싶었다. 그나마 겨우 이 자리에 버티고 서 있을 수 있는 건 '라이디치오의 렌'으로서의 책임을 다해야 한다는 실낱같은 의무감 때문이었다.

"라이디치오!"

외치면서 렌은 열심히 빌었다.

카두케우스여, 당장 내 몸 위에 떨어져라.

그리고 이 몸을 소년 앞에서 사라지게 해달라, 라고.

루키 Ⅱ가 진영에 들어가자, 쿠루나의 기세가 더해지면서 렌을 맞이한 라이디치오와 비견할 만큼의 수준이 됐다. 서로 뒤엉키는 두 개의 기도는 일대의 온갖 분자를 떨리게 하고 맹렬한 소용돌이를 만들어 상승한다. 그 진동과 열기에 몸을 맡기는 사이, 의식이 무한히 펼쳐지는 감각에 휩싸여 마침내 고대 의식처럼 신과 함께하는 듯한 도취감에 이른다.

그때 사토는 분명 본 것 같았다.

하늘 저편에서 희미하게 뜬, 거대하고도 무시무시한 덩어리를.

"이제 곧 최접근이군."

다케미치의 굳은 목소리가 베란다에 선 유이의 귀에 닿았다.

태양은 기울기 시작했지만, 햇살은 여전히 쨍쨍하다. 푸른 하늘에 뜬 구름도 아직 하얗다. 평소와 똑같은 하늘이 그곳에 있다. 2029JA1으로 보이는 불길한 그림자는 그 어디에도 보이지 않는다.

유이는 베란다에서 방으로 다시 돌아왔다.

"여기서는 안 보이는데."

"그러는 게 더 나아."

그리고 다케미치 옆에 앉아 디바이스를 들여다봤다.

미쓰키는 아까부터 계속 헤르메스 위령비 아래에 있는 듯했다.

"정말로 안 떨어질까?"

"안 떨어져."

그렇게 대답하는 다케미치의 손은 희미하게 떨리고 있다.

유이는 거기에 자기 손을 겹쳤다.

"그래, 괜찮을 거야."

분명 지금쯤 가즈미 마사토가 리틀 가디언즈를 이끌고 2029JA1을 밀어내고 있을 것이다.

제5장
집으로

　서쪽 하늘에 빛나는 태양은 서서히 붉은 기운을 띄면서 지평선에 가까워지고 있다. 메마른 바람을 타고 저녁 매미의 애달픈 울음소리가 들린다. 헤르메스 위령비 주변은 열기의 여운을 끌면서도 무거운 정적에 잠겨 있었다. 아까까지 목청 높여 외치던 사람들은 손에 쥔 디바이스만 보며 숨죽인 채 움직이지 않는다.

　소행성 2029JA1이 지구에 최접근 하는 것으로 알려진 일본 시각 오후 4시 45분에서 이미 20분 정도가 경과했다. 그리고 IASO의 라이브 위치 정보 사이트 데이터는 오후 4시 40분을 마지막으로 갱신이 멈춘 상태다.

　이게 무엇을 의미하는 것일까. 역시 카두케우스가 지구 어딘가에 떨어진 걸까. 세계의 일부는 이미 소멸했고, 곧 여기에도 뜨거운 충격파가 덮치게 되는 것인가. 무슨 일이 벌어졌는지도 모른 채 다들 죽고 마는 걸까.

쿠루나와 피난을 위해 찾아온 이들만이 아니라 라이디치오라고 외치는 사람들도 엄숙한 침묵 속에서 그저 심판의 때를 기다리고 있다.

"무슨 정보 하나 도는 게 없잖아."

다케미치가 디바이스를 소파 위로 내던졌다.

"이래서는 떨어진 건지 아닌지 알 수도 없어."

유이도 손에 있는 검색 화면을 들여다봤다.

"가짜 뉴스 같은 건 많이 돌아다니는 것 같지만, 솔직히 소행성 낙하를 확인할 수 있을 정도로 근처에 있다면 사람들이 인터넷에 글이나 올릴 여유가 있을 리는 없겠지."

"역시 IASO의 갱신이 멈춘 게 마음에 걸려. 만약 모든 기능이 상실된 상태라면……."

"어머나, 왜 그렇게 약한 소리를 해? 안 떨어진다며."

"그만 좀 긁어."

다케미치가 소파에서 일어나 창가로 다가갔다.

유이도 디바이스를 테이블 위에 놓고, 다케미치 옆에 섰다.

창문의 차광도를 낮춘 덕분에 바깥 상태가 잘 보인다. 보이는 범위 안에서 특별한 이상은 없다. 지금까지는.

유이가 다시 창문을 열고 베란다로 나가려 했다.

"여보, 위험해."

다케미치가 황급히 말렸지만 유이는 웃음으로 답했다.

"어차피 안에 있어도 마찬가지야."

정말로 2029JA1이 어딘가에 추락했으면, 늦건 빠르건 여기도 휘말리게 되어 있다. 곧 다음 순간에는 충격파로 인해 맨션이 통째로 날아갈지 모르기 때문이다. 그럴 경우, 이변을 알아차리기도 전에 숨이 끊기고 말 것이다. 방 안에 있어도 소용없다.

"……하긴 그러네."

다케미치도 베란다에 섰다.

이렇게 두 사람이 나란히 베란다에 나오는 일은 참 오랜만이었다. 눈 아래로 보이는 도시는 숨을 죽이고 있는 것처럼 조용했지만, 하늘에는 붉은색으로 아름답게 물든 구름이 떠 있고 기분 좋은 바람이 뺨을 쓰다듬었다.

"이게 마지막 노을일지도 모르겠다."

다케미치가 나직이 말했다. 이제 유이도 더는 놀리지 않았다. 사람은 언젠가 죽기 마련이다. 다만 얼마나 시간이 남아 있는가의 차이일 뿐이다.

"멋진 인생이었어."

"나도."

이런 순간에도 서로 마주 웃을 수 있다. 그걸로 충분하지 않은가. 유이는 그렇게 자기 자신에게 말하며 깊이 숨을 들이마신 그 순간이었다.

어딘가에서 사람 목소리가 들렸다.

찌르르한 직감이 지나갔다.

다케미치도 마찬가지였는지, 유이와 잠깐 눈을 맞춘 후 방으로 돌아가 소파에 던져놓았던 디바이스로 달려들었다.

그는 석상처럼 굳어 있던 몇 초 후, 입가를 떨면서 유이 쪽으로 몸을 돌렸다.

"IASO의 갱신이, 올라왔어."

"정말로 고도를 표시한 수치가 커지고 있어."

다무라 잇세이가 디바이스에서 눈을 들었다.

"이 IASO의 데이터가 정확하다면, 카두케우스는 지구에서 점점 멀어지고 있다는 뜻이야."

"그러면……."

다무라가 고개를 끄덕였다.

"지구에 안 떨어졌어."

주변에서는 이미 환성이 치솟기 시작했다. 겨우 30분 전까지 목이 쉬도록 카두케우스를 밀어내려고 했던 사람들이 펄쩍펄쩍 뛰면서 서로 끌어안고 기쁨을 폭발시키고 있다. 그들의 모습을 지켜보는 사이, 미쓰키도 조금씩 현실감을 되찾았다.

그렇구나. 인류는 멸망하지 않는구나.

긴장으로 팽팽해졌던 신경이 느슨해지며, 입에서 힘 빠진 웃음이 흘러나왔다.

"……다행이야."

"근데 기뻐하긴 아직 일러."

다무라가 억누른 목소리로 말했다.

미쓰키를 향한 그 눈빛은 지금껏 본 적도 없을 정도로 경직되어 있었다.

⟋⟍

정말로? 혹시 뭐 착각한 게 아닐까. 사토 가즈키는 주변 사람들을 일일이 붙잡고 물어보며 돌아다녔다. 질문을 받은 사람들은 하나같이 카두케우스는 떨어지지 않았다. 자신들이 밀어낸 거라며 웃으면서 대답했다. 그래도 사토는 믿을 수가 없었다. 그걸 믿고 마냥 좋아했다가 끝나버리는 게 무서웠다. 이제 실망감으로 좌절하고 싶지 않다. 피난소의 소문이 가짜였다는 걸 알았을 때처럼 저 밑바닥에 처박히는 듯한 절망은 두 번 다시 맛보고 싶지 않다.

"이것 좀 보세요, 아저씨!"

사토의 회의적인 태도를 보다 못한, 학생 같은 남자가 자기 디바이스로 IASO의 데이터를 보여줬다.

"이게 카두케우스의 고도, 그러니까 지구와 카두케우스의 거리를 표시하는 숫자예요. 이게 1분마다 갱신되고 있고요. 방금까지만 해도 이 숫자는 계속 줄어들었어요. 즉, 지구와의 거리가 줄어들고 있다가 그 후에 거의 변화가 없더니, 지금은 반대로 1분마다 점점 커지고 있어요. 이게 무슨 뜻인지 알겠어요?"

사토는 그 기세에 밀려 고개를 끄덕였다.

"고도를 나타내는 수치가 점점 커지고 있다는 건 지구에서 멀어지고 있다는 뜻이에요. 그러니까 카두케우스는 이제 지구에 떨어지지 않아요!"

"이 숫자 정말 믿어도 돼? 절대로 잘못된 게 아니라고 단언할 수 있어?"

"IASO가 내놓는 데이터가 제일 신빙성 높은 건 상식이라고요. 이번에 갱신이 늦어진 건 데이터가 확실한지 꼼꼼하게 확인했기 때문이에요. 이제 제발 좀 믿어요. 우리가 해냈다고요!"

"……이제 우리 산 거야?"

"네, 살았어요! 그러니까 다들 기뻐하는 거잖아요!"

어딘가에서 "쿠루나!" 하는 구호가 들렸다. 그리고 곧이어 "쿠루나!" 하고 호응한다. 그 수가 1초마다 점점 늘어난다. 곳곳에서 용솟음치는 환희의 함성은 이윽고 하나가 되어 세계를 감싼다. 아까와 같은 비장함은 없다. 모두 축복하는 것처럼 밝은 희망으로 가득 찬 노랫소리였다.

"자, 아저씨도 같이해요. 쿠루나!"

"쿠루나!"

"쿠루나!"

그리고 마침내 사토도 외쳤다.

"쿠루나!"

그도 공포에서 해방된 기쁨을 받아들였다. 이제 살았다. 정말 살았다. 아직 더 살아갈 수 있다. 영문을 알 수 없을 정도의 강렬한 고마움이 가슴 가득 퍼졌다.

"쿠루나!"

"쿠루나!"

"쿠루나!"

멈출 기세를 모르는 열기에 몸을 맡긴 채 무아지경에 빠지려던 순간, 사토는 문득 제정신을 차렸다.

"그러고 보니…… 렌은?"

저녁 어스름이 다가오는 하늘에 쿠루나, 쿠루나 하는 대합창이 울리는 와중, 렌은 땅속으로 영혼이 빠져나간 듯한 허탈감에 사로잡혀 그 자리에 주저앉았다.

이제 끝났다.

라이디치오 운동은 목적을 달성하지 못했다. 카두케우스는 지구에 떨어지지 않고 떠나가 버렸다. 라이디치오 운동에 바친 자신의 26년 세월도, 라이디치오라고 외쳐온 수많은 동지의 바람도, 그리고 미쿠라의 죽음도 모두 물거품이 됐고 무의미했다.

그렇지만 미쿠라…….

렌은 허공을 향해 말을 걸었다.

자네는 불만이겠지만 그래도 이렇게 되어서 다행이야.

……도저히 못 받아들이겠다고? 그래, 괜찮아. 곧 나도 그쪽

으로 갈 테니까 서로 속 시원해질 때까지 이야기를 나누자. 사실 자네한테 할 말이 많아. 네가 무슨 짓을 했는지 정말로······.

······아니, 지금은 이 정도로 해두지.

나도 내가 저지른 짓에 대한 책임을 질 때가 온 것 같아. 내가 라이디치오 운동에 끌어들인 동지들은 지금 절망의 구렁텅이에 빠져 있어. 그 절망은 곧 분노로 바뀔 거야. 나는 '라이디치오의 렌'으로서 그들의 분노를 이 몸으로 받아내야만 해──.

"저 자식만 안 왔더라면······."

그때 귓가를 스친 원망의 목소리에 렌은 불길한 위화감을 느꼈다. 허공에서 눈을 돌려 주변을 이리저리 살폈다. 이제 동지들의 눈은 절망에서 벗어나 분노로 이글거렸다. 그러나 그 화살은 렌이 아니라 정확히 쿠루나 진영에 있는 한 명의 소년을 향해 있었다.

사토는 큰일이라는 생각이 들었다. 라이디치오 사람들의 눈빛이 심상치 않다. 완전히 정신이 나간 모양새다. 이 자리에서 신이 나 날뛰던 사람들도 이제 알아차린 듯했다. 쿠루나의 대합창이 모래에 스며드는 물처럼 사라졌다.

망설일 시간은 없었다.

사토는 숄더백을 배에 바짝 붙인 채 자세를 낮추며 힘차게 내달렸다. 그야말로 삼십육계 줄행랑이었다. 겨우 간신히 살아남았는데, 이런 곳에서 무참하게 죽을 수는 없다.

곧이어 등에서 수많은 이들의 발소리가 쫓아온다. 사토도 필사적으로 땅을 박찼지만, 이제 나이 들어 둔해진 몸에 3킬로그램이나 되는 금괴를 껴안은 상태에서는 넘어지지 않고 뛰는 게 최선이었다. 순식간에 따라잡혔다가 곧 홀로 남겨졌다.

사토를 지나친 건 쿠루나 사람들이었다. 다들 사토에게는 눈길도 주지 않고 정신없이 게이트를 향해 달려간다. 사토는 뜻하지 않게 자신이 후방을 맡게 된 꼴이 된 것을 알아차렸다. 이대로 있다가는 자신만 제때 도망치지 못하고, 라이디치오 놈들에게 붙잡히게 될 것이다. 그래, 이런 금괴 따위를 끌어안고 있으니까 뛰지 못하는 거다. 이까짓 것, 그냥 놈들에게 줘버리자.

숄더백을 어깨에서 내리며 발을 멈춘 후 뒤를 돌면서 금괴를 내던지려고 한 순간, 예상치도 못 광경이 눈에 들어와 손을 멈추고 말았다.

사토는 숨을 헐떡이면서 숄더백을 축 늘어뜨렸다. 안에서 금괴가 작은 소리를 냈다.

라이디치오 진영은 위령비 아래에서 한 걸음도 움직이지 않았다.

미쓰키는 자신이 루키의 혈연자임을 알고 난 후 인터넷에서 정보를 뒤진 적이 있지만, 검색에 걸려드는 건 근거 없는 수상한 소문뿐이고 확실해 보이는 정보는 찾아낼 수가 없었다. 그러나 그중 한 가지, 미쓰키의 인상에 강렬히 남은 것이 있었다. 그건 루키의 어머니가 루키를 임신했을 때, 루키의 아버지에 해당하는 남자가 그녀에게 적절한 치료를 받게 하려고 지상으로 데려가려 했다가 실패했고, 분노로 미친 헤르메스 주민들의 손에 참살당했다는 내용이었다. 물론 이는 지오 X사에 의해 부정당했고, 어머니한테 물어도 어머니는 "그런 이야기는 못 들어봤는데"라고 일축하기만 했다.

왜 이 생각이 갑자기 떠올랐느냐면, 지금 서 있는 장소 바로 아래에서 몇십 년도 훨씬 전에 일어났을지도 모르는 그 사건과 비슷한 사태가 자신에게도 벌어지려고 하기 때문이다.

"우리…… 여기서 죽는 걸까."

"그런 말 하지 마, 마미야. 포기하면 안 돼. 이제 겨우 카두케우스를 밀어냈잖아."

지금 미쓰키 곁에 남아 있는 건 다무라뿐이었다. 아까까지 쿠루나 대합창에 취해 있었던 사람들은 라이디치오 진영에서 풍기는 기묘한 기척을 알아차리고, 앞다투어 위령비 주변에서 도망쳤다. 미쓰키도 그러고 싶었지만, 이제 막 병석을 털고 일어난 몸을 채찍질해서 세 시간 이상 걸은 데다가 온 힘을 다해 루키 II의 연기를 막 마친 상황이었다. 뛰어서 도망칠 여력은 남아 있지 않았다.

그리고 라이디치오에서 쏟아지는 시선은 아무래도 자신에게 집중된 것 같다. 그들에게 루키 II는 그렇게까지 증오해야 할 존재였던 걸까. 자신은 그렇게나 미움을 받았던 걸까. 회색 원박스 카를 운전하며 크게 입을 벌리고 웃던 남자의 얼굴이 뇌리에 떠오른다.

"다무라. 너라도 도망쳐."

"내가 널 두고 어떻게 혼자 가?"

라이디치오 진영까지의 거리는 채 10미터도 떨어져 있지 않다. 다들 가만히 움직이지 않고 노려보고 있다. 수많은 시선의 칼날이 미쓰키의 심장을 관통한다. 그 하나하나에 담긴 감정은 루키 II라는 개인을 향한 증오가 아니라, 좀 더 큰 것에 대한 더 깊은 분노여서 도저히 미쓰키 혼자서는 감당해 낼 수 있는 게 아니었다.

라이디치오라고 외치며 오직 인류 사회의 파멸을 바라는 것과 살아 있는 사람에게 실제로 위해를 가하는 것 사이에는 당연하지만 높은 심리적 장벽이 존재한다. 미쿠라는 그 벽을 넘어 버리고 말았지만, 지금 이곳에 있는 동지들은 아직 이쪽에 머무는 듯했다. 그래서 치밀어 오르는 격렬한 분노를 주체하지 못하면서도 행동으로 옮기지는 못하고 있다. 그러나 이 상태는 당장이라도 물이 넘칠 듯한 유리잔처럼 약간의 자극만으로도 단번에 무너지고 말 것이다. 그때는 제한 없는 폭력이 해방되어 저 두 소년을 덮치게 되리라. 그렇다고 해서 이대로 놔둬도 결국 같은 결과가 생길 건 뻔하다.

지금 나에게 아직 영향력이 남아 있을까. 그들에게 내 말이 닿을까. 그건 알 수 없었다.

"부탁인데, 잠시 길 좀 비켜주겠나."

해볼 수밖에 없다.

설령 이 몸이 어떻게 되더라도.

"마미야, 저 사람……."

다무라의 목소리에 미쓰키는 고개를 끄덕였다.

라이디치오 진영 한가운데가 갈라지더니 안쪽에서 걸어 나온 마른 남자는 동영상에서 보던 모습보다 훨씬 핼쑥했지만, 분명 '라이디치오의 렌'이었다. 그는 앞을 향해 시선을 둔 채 천천히 걸어 딱 중간쯤에 이르는 거리에서 발걸음을 멈췄다.

드디어 만났다.

묵묵히 서로를 바라보는 몇 초 간, 미쓰키를 향한 렌의 눈동자 안에서는 후회와 죄책감, 그리고 안도감이 뒤섞인 것이 흘러지나갔다. 미쓰키는 이런 눈을 한 사람을 난생처음 봤다.

렌은 굳은 표정으로 작게 고개를 끄덕이더니 미쓰키 일행을 등지고 라이디치오 사람들과 대치했다.

⟨✦⟩

먼저 나는 모든 이들에게 사과부터 해야 한다. 카두케우스를 지구에 떨구지 못해서가 아니라, 모두를 속여왔다는 사실에 대해서다.

나는 다 같이 염원을 보내면 라이디치오라고 외치면 카두케우스를 움직여서 지구로 끌어올 수 있을 거라고 말했지만, 그건 다 거짓말이다. 그런 일로 소행성을 움직일 수 있을 리가 없다. 당연한 일이다. 그걸 뻔히 알면서도 나는 라이디치오를 외치며 살았다. 사람들을 부추겼다.

오해가 없도록 미리 말해두지만, 이 세상의 파괴를 바라는 마음에 거짓은 없었다. 이 세계는 썩었다. 다 무너져버리면 좋겠다. 지금도 그렇게 생각한다. 그러나 라이디치오가 거짓이라는 것도 알고 있었다. 왜 거짓인지 알면서도 라이디치오 운동을 하며 살았는가. 라이디치오라고 외칠 때만은 힘든 일도 다 잊을 수 있었기 때문이다. 다시 말해, 나한테 라이디치오는 그저 현실도피에 불과했다. 그런데도 다른 사람들을 여기에 끌어들이고 말았다. 참으로 미안한 일이 아닐 수 없다.

반복해서 말하지만 라이디치오는 거짓이다. 그러니 카두케우스가 추락하지 않은 건 모두의 힘이 부족해서가 아니다. 쿠루나의 방해를 받아서도 아니다. 카두케우스는 그런 것 따위로 1밀리미터도 흔들리지 않는다.

지구에 떨어지지 않고 떠나간 건 우주의 법칙에 따른 결과로 우연히 그렇게 된 것뿐이다. 정말로 그뿐이다. 라이디치오도, 쿠루나도 아무런 관계가 없다.

지금 이 자리의 우리는 여기 두 소년에게 분노를 쏟아내려 한다. 카두케우스가 추락하지 않은 건 그들 때문이라는 것처럼. 그 심정은 이해한다. 그러나 그건 잘못됐다. 소년들은 아무것도 하지 않았다. 뭔가를 할 수 있을 리도 없다. 저 모습을 봐라. 그들은 여기서 뛰어 도망칠 수조차 없다. 그러니 어떻게 지름 10킬로미터가 넘는 소행성을 움직일 수 있겠나? 10킬로미터라면 우리가 지금껏 그 역에서부터 여기까지 걸어온 거리다. 그런 엄청난 크기의 바윗덩어리를 지상에서의 외침만으로 어떻게 해볼 수 있을 거라고 진심으로 생각하는가?

이 아이들한테는 아무런 잘못도 없다.

이들이 사람들의 분노를 살 이유는 전혀 없다.

소행성은커녕 땅바닥에 굴러다니는 조약돌 하나 움직이지 못하는 그저 어린애들이다.

모두에게 부탁하겠다.

이제 와서 이런 말을 할 입장이 아니라는 걸 잘 알지만 그래도 간곡히 부탁하고자 한다.

부디, 이대로 집에 돌아가길 바란다.

이 세상은 여전히 썩었다. 내일도 썩어 있을 거고, 앞으로도 쭉 그럴 것이다. 돌아가고픈 집 따위 없는 그런 사람도 있을지도 모른다.

하지만 그래도.

이런 곳에서 서로 죽고 죽이는 것보다 몇백만 배 낫다.

그렇지만 도저히 속이 풀리지 않는다면 어쩔 수 없다.

나를 죽여라.

나도 아픈 건 싫다. 이런 곳에서 죽고 싶지 않다. 하지만 이렇게 하는 것 외에는 책임을 질 방법을 모른다.

제발 실수하지 마라. 여기서 진정으로 죄가 있는 건, 심판받아야 하는 건 나 한 사람뿐이다.

그러니까 죽일 거라면 나 한 사람으로 끝내라.

그리고 나서 오늘은 이만 집으로 돌아가라.

부탁이다.

렌이 깊이 허리를 굽히며 머리를 숙였다.

라이디치오 사람들은 움직이지 않았다. 렌의 언동에 혼란에 빠진 건지, 갈 곳 없는 분노 때문에 망설이고 있는지, 아니면 감정 폭발 직전인지, 미쓰키는 알 수가 없었다.

팽팽해진 침묵 속, 한 남자가 앞으로 나왔다. 망설임 없는 발걸음으로 다가온다. 전철 안에서 만났던, 그 흉포해 보이던 덩치 작은 남자였다. 마음이 무너진 것처럼 통곡하는 모습은 미쓰키의 눈에 여전히 선연하다.

"잠깐만 기다려."

그의 존재를 알아차린 렌이 팔을 뻗어 제지하려고 했다.

"아무 짓도 안 해."

남자는 그 팔을 피곤하다는 듯 떨치고, 미쓰키 일행 앞에 섰다.

네가 루키 Ⅱ였구나.

그런 눈으로 바라보더니 입을 열었다.

"떨어지지 않아서 다행이다."

그는 내뱉듯이 말하더니 세상만사에 관심을 잃은 듯한 표정을 지으며 게이트를 향해 발을 옮겼다.

"저어……."

미쓰키는 그의 뒷모습에 대고 말을 걸었다. 그러지 않을 수가 없었다.

남자가 뒤를 돌았다.

그러나 미쓰키는 그제야 처음으로 깨달았다. 이 남자한테 해야 할 말은 아직 나 자신 안에 없다는 것을. 지금 자신은 아무것도 모르고, 아무것도 배우지 못한 텅 빈 인간이다. 그런 스스로가 한심하고 분해서 눈물이 났다.

　남자는 말을 차마 잇지 못하는 미쓰키를 이상하다는 듯 쳐다봤지만, 금세 흥미를 잃었는지 다시 걸음을 내디뎠다. 그러나 두세 걸음 갔다가 이제야 생각났다는 듯 발을 멈추고 뒤를 돌아봤다.

　"너희, 이름이 뭐냐?"

　"……마미야, 미쓰키."

　"다무라 잇세이."

　"나는 이쿠마."

　그 말만 남긴 채, 라이디치오 진영을 향해 고개를 돌렸다.

　"뭐 하는 거야! 어서 집에 가자고!"

　버럭 고함을 친 후, 남자는 미쓰키 일행에게 등을 돌린 채 성큼성큼 걸어가 버렸다. 남자의 추종자들로 보이는 네 사람이 서둘러 그 뒤를 쫓았다. 그들에게 이끌린 것처럼 라이디치오 진영에서 한 명, 두 명 사람이 빠져나가더니 이윽고 큰 흐름이 됐다.

라이디치오의 마지막 한 사람까지 떠나가는 걸 지켜봐도, 여전히 심장은 격렬하게 뛰고 다리의 떨림은 가라앉지를 않았다. 그래도 렌은 무너질 것 같은 몸을 기력으로 버티면서 두 소년과 마주했다.

마른 몸매의 소년이 루키 Ⅱ인 듯하다. 다른 한 명은 친구인가. 두 사람 모두 새파랗게 질려 표정이 굳어 있다. 루키 Ⅱ로 보이는 소년의 눈에는 눈물까지 고여 있다. 하긴 그럴 수밖에. 그렇게나 수많은 사람의 증오를 한몸에 받으면 어른도 못 버틸 것이다. 게다가 그는 실제로 목숨을 위협받아 죽을 뻔하기도 했다.

"이제 몸은 좀 괜찮니?"

"……네."

"너를 공격한 남자는 내 보좌관이었어. 모든 책임은 그를 막지 못한 나한테 있지. 정말 미안하구나."

렌은 머리를 숙였다.

"오미시마 렌 씨, 맞죠?"

렌은 깜짝 놀라 얼굴을 들었다.

"세라 사키 씨를 기억하세요? 제 외할머니인데."

"……그분은 살아계시니?"

"건강하세요. 병 하나 안 걸리셨어요."

다행이다. 정말 다행이다. 그 사람이 아직도 이 세상에 있다.

그것만으로도 눈물이 날 것 같다.

"할머니의 전언이 있어요. 당신을 만나게 되면 꼭 전해달래요."

렌은 눈을 휘둥그렇게 떴다.

"할머니는 말씀하셨어요. 당신을 절대로 용서하지 않겠다, 라고."

그야 당연하다. 자신은 그 정도의 잘못을 저질렀으니까. 그녀의 소중한 존재를 다치게 했으니까. 하마터면 그녀에게서 그를 빼앗을 뻔했으니까. 용서받을 거라고는 생각하지 않는다. 그런 마음을 먹어서는 안 된다.

"그러니까 집까지 찾아와서 사과하라고 하셨어요."

렌의 눈이 번쩍 뜨였다.

"와주실 거죠?"

소년의 눈동자가 가만히 렌을 보고 있다.

"그건——."

"연락 담당과 일정 조정은 제가 할게요. 당일에 저도 같이 가게 될 것 같으니까요. 그리고 준비도 해야 하니 미리 당신에게 한 가지 물어보고 오라 하신 게 있어서요."

"준비……?"

"싫어하시는 음식 같은 건 없나요?"

사토는 서쪽 하늘을 올려다보면서 선명히 남은 저녁놀에 한숨을 내쉬었다. 내가 하늘의 아름다움을 보고 감동하는 날이 올 줄이야. 인생 참 알 수 없다.

헤르메스의 부지에서 사람들이 모두 사라지고, 정적만이 주변을 뒤덮고 있다. 눈앞의 광장에는 텐트 몇 개가 남아 있었지만, 하나같이 주인은 이미 다 떠나고 그냥 남겨진 것들뿐이다. 소행성이 떨어지지 않는 이상, 이제 더는 헤르메스에 볼일은 없다. 1분도 더 이곳에 있을 필요가 없다. 짐만 되는 텐트는 이대로 버리고 간 모양이다.

"당신, 아직도 있었군."

들리는 소리에 뒤를 돌아보니, 그곳에는 드디어 모습을 드러낸 렌이 있었다.

그의 표정이 변했다는 생각이 들었다. 지친 기색은 역력하나 유령 같은 어두움은 이제 없다.

"날 기다린 건가?"

"이야기 좀 들어주려고."

렌의 눈빛이 부드러워졌다.

"길어질 텐데."

사토도 씩 웃으며 답했다.

"시간이라면 얼마든지 있어."

밤은 깊이를 더하고, 하늘에 작은 빛이 켜진다. 그 빛은 눈 깜짝할 사이에 하늘을 가득 채우고 형형히 빛나는 큰 강이 되어 지평선을 향해 쏟아진다.

"정말 대단해."

미쓰키는 감탄사를 터트렸다.

"이렇게 밝은 밤하늘은 처음 봤어."

"무서울 정도네."

땅에는 먼저 간 사람들의 불빛 행렬이 저 멀리 앞에서 흔들리고 있다. 미쓰키도 손전등을 가지고 있었지만, 좀 더 이 별빛 아래를 걷고 싶었다. 그리고 그건 다무라도 마찬가지였던 모양이다.

이런저런 이야기를 하면서, 역까지의 길을 반쯤 나아갔을 무렵.

"있잖아, 마미야."

다무라가 갑자기 진지한 어조로 말을 꺼냈다.

"진심으로 카두케우스를 밀어낼 수 있을 거라고 생각했어?"

미쓰키는 잠시 생각에 잠겼다가 대답했다.

"솔직히 안 될지도 모른다고 포기하려 했을 때도 있었어."

"사실 나도 그래."

그러더니 가볍게 웃음을 섞었다.

"하지만 밀어낼 수 있었잖아."

다무라가 곱씹듯 말했다.

"그럼 「루키의 묵시록」은 진짜였다는 뜻인가?"

"그것도 우연이겠지. 그 사람 말처럼 라이디치오도, 쿠루나도 결과에는 아무런 영향을 미치지 못했어."

"그렇지."

미쓰키도 시원한 기분으로 밤하늘을 올려다봤다.

"하지만 떨어지지 않아서 정말 다행이야. 이제 걱정 안 해도 되는 거잖아."

"이제 한동안은 지구에 접근도 안 할 거야. IASO 사이트에도 그렇게……."

디바이스를 조작한 다무라가 갑자기 발걸음을 멈췄다.

화면 빛에 비친 흰 얼굴이 어둠 속에서 굳어져 있다.

"왜 그래?"

"IASO의 데이터가 갱신되긴 했는데…… 카두케우스의 움직임이 좀 이상해."

미쓰키의 낯빛에서 핏기가 싹 가셨다.

"지구에서 멀어진 거 아니었어?"

"지금도 카두케우스의 고도는 올라가고 있어. 지구에서 멀어지는 건 맞아. 그건 확실해. 근데 멀어지는 속도가 점점 떨어지고 있어."

"……그게 무슨 소리야?"

다무라가 멍하게 얼굴을 들었다.

"카두케우스는 지구 중력을 완전히 뿌리치지 못했어."

에필로그

IASO가 '소행성 2029JA1이 지구 주회궤도에 들어간 것으로 보인다'라고 공식 발표한 건, 다무라 잇세이가 이변을 느낀 직후였다.

2029JA1은 지구 주변을 도는 위성, 다시 말해 '제2의 달'이 됐다. 그렇지만 여전히 그 궤도는 불안정해서 아마 몇 년 안에 주회궤도를 벗어나 이번에는 정말로 우주 저편으로 날아갈 것으로 예측되고 있다. 이제 지구에 떨어질 우려는 거의 없다.

그러나 머리 위에 있기만 해도 떨어질 가능성을 고려하지 않을 수 없는 게 사람이다. 게다가 소행성 카두케우스다. 소멸 직전이었던 라이디치오 운동이 되살아나고, 그 반작용으로 쿠루나 운동까지 발생한 것도 당연한 결과일 것이다. 다만 그곳에서 렌과 루키 II의 모습을 보는 일은 두 번 다시 없었다.

이 '제2의 달'의 탄생을 둘러싼 화제가 어느 정도 가라앉자, 인터넷에 퍼진 한 뉴스가 전 세계의 관심을 모았다. 2029JA1의 최접근 전 미국에 건설된 지하 도시 '윌 I'에 1만 명이 넘는 사람들이 피난했지만, 그 절반이 지금도 지상으로 돌아오지 않는다는 내용이었다. 주회궤도 상에 있는 2029JA1이 지구에 떨어질 것을 두려워해 지하에서 나오려 하지 않는다고 한다. 이 1만 명 중에 이제 100세를 맞이한 윌 영맨 본인까지 포함되어 있다고 지오 X사가 인정함으로써 소란은 더 커졌다.

그 후에도 궤도를 벗어난 2029JA1이 지구에 떨어질 확률이 매우 적다는 사실을 알리고 지상으로 돌아오기를 열심히 설득했지만, 윌 I에서 이에 응할 기색은 보이지 않았고 곧 통신까지 끊기고 말았다.

윌 I에 남은 1만 명의 생사는 현재까지도 불명이다.

헤르메스

초판발행　2024년 12월 1일
1판 2쇄　2024년 12월 10일

지은이
야마다 무네키

옮긴이
김진아

기획
조성근, 권진희
최미진, 주상미

편집
최미진, 김가원

디자인
권진희, 공소라

표지그림
Cover Illustration © Re°
(RED FLAGSHIP)

마케팅
조성근, 주상미, 이승욱, 왕성석,
노원준, 조성민, 이선민

온라인 마케팅
권진희, 주상미

©야마다 무네키

펴낸이
엄태상

펴낸곳
(주)시사북스

등록번호
제2022-000159호

등록일자
2022년 11월 30일

주소
서울시 종로구 자하문로 300
시사빌딩

전화
1588-1582

이메일
emptypage00@sisadream.com

ISBN
979-11-93873-04-5　(03830)